Per Wästberg • Eldens skugga

PER WÄSTBERG

Eldens skugga

Roman

Wahlström & Widstrand Stockholm

© Per Wästberg 1986
Omslag av Anders Rahm
Originalutgåvan utkom 1986
Tryckt i England hos
Cox & Wyman Ltd 1987

ISBN 91-46-15431-0

Historien är inte en historia om oss
själva utan om våra förklädnader.
— Virginia Woolf

Det finns saker jag minns som ald-
rig behöver ha hänt, men de äger
rum när jag erinrar mig dem.
— Harold Pinter

Why love what you will lose? The-
re is nothing else to love.
— Louise Glück

Only in darkness is thy shadow
clear.
— Hart Crane

INNEHÅLL

I

Födelsemärken

1

Han heter Johan Fredrik Victorin.

Måtte det aldrig bli så bråttom på jorden att man inte hinner uttala hela ditt namn, säger hans mor och tillägger förnöjt: Det visar ju bara att det finns mycket av dig.

Det finns mindre av hans syster som tidigt dog i blodförgiftning, hon hette Anna Fredrika, också ett släktnamn, och det får han överta, med ringast möjliga justering. Hon har återuppstått i honom och flyter i hans blod.

Johan Fredrik: namn hämtade från två förbigångna kungar, den ene enligt nyare forskning och trots sitt rykte en uppslagsrik revisor och tänkande byråkrat, den andre till sin reputation en okrigisk njutningsmänniska med den privata vällusten som enda riktmärke.

Kanske har dessa två ingått en förening i honom, det kan han lekfullt inbilla sig, när han långt senare tänker på vem han är och vem han möjligen borde vara.

Det är inte hans fel att han bär ett dubbelnamn med fyra stavelser, någon hänsyn till honom togs varken vid dopet eller i det ögonblick han avlades. Vad bestämde han då över, vad skedde ändå och vad drabbade honom mot hans vilja? Det är något han i vuxnare år ska grubbla på.

Sysselsatt med sådana tankar tycker han sig hastigt åldras. Han är en samling dansande molekyler som vill tillbaka ut i universum. Han har kommit till för att efter ett kort omlopp försvinna utan egen förskyllan. Har han då ett personligt ansvarsområde? Är han för någon tungan på vågen eller bara vågen på vattnet?

Det återstår att se.

Hans långa namn tycks ge honom ökat värde i moderns ögon,

11

ty hon utropar:

– Det höll på att inte bli någonting alls av dig!

Därmed antyder hon att missfall hotade, och Johan Fredrik ser framför sig ett vattenfall, han störtar utför dess brant, slukas av en virvel men räddas till en lugnare flodfåra. Han var nära att bli för tidigt utstött i världen, men hans frälsning var att modern låg blick stilla och tänkte på något annat – såsom hon kanske hade gjort också då han blev till, vad vet han; sådant lär vara vanligt.

Hans släktnamn Victorin – upplyser hon som själv är född Knutson – betyder ungefärligen segrare, och det har passat präster, lantmätare, bogserbåtskaptener, manufakturhandlare, racerförare, affärsadvokater, ägare till biografkedjor samt en källarmästare som försatt ett aktat frimurarhotell i konkurs.

Människor med detta namn finns överallt i Sverige och fyller ett par spalter i telefonkatalogen. Det märkliga är att få av dem är släkt, och de som är det vet ofta inte om det.

Själv är han döpt efter en frejdad namne, en talangfull naturforskare, som på 1850-talet reste i Sydafrika, såsom den förste svensken efter Linnés lärjungar. Han skrev en dagbok för familjekretsen och målade akvareller ur människornas och djurens liv. Från två år i Kaplandet förde han hem tvåtusen insekter, femhundra fåglar, åttiofem däggdjur och hundratals sidor "zoologiska anteckningar".

Han dog i lungsot tjugofyra år gammal, och en vän, zoologen Johan Wilhelm Grill, tog hand om samlingarna och lät trycka hans dagbok. Han beskrivs som en glad student, god historieberättare och tränad skarpskytt. Under höga träd på en kyrkogård vid Borens norra strand är han begravd jämte sin far brukspatronen och sin morfar J P Westring, författare till Svenska Lafvarnes Färghistoria.

Denne student påpekar att svalorna i Afrika är desamma som hemma, blott mera tystlåtna, och att blixtarna inte går i vinklar som över Östergötland utan "rakare, endast i små krokar". Han kommer hem med en blå kärrhök, en hårig spindel i sprit och ett djupt sår i tumvecket sedan han kvävt en fiskörn med bara händerna.

Han ursäktar sig för att andra har utstått svårare strapatser på sin väg mot kunskap, faran har också en angenäm sida och den har han hållit sig till. Han har följt gränsen mellan savann och öken, mellan odlad bygd och icke kartlagda regioner, men den verkliga ödemarken har han undvikit.

Så är också den tid Gud har uppmätt åt honom kort. På ångfartyget från Kapstaden till Göteborg börjar han hosta blod och antecknar: "Det enda som bekymrar mig är att jag så snart måste lämna Afrika efter att blott hafva tittat in som hastigast."

På en pennteckning, uppsatt på väggen i den sentida Johan Fredriks barndomshem, syns den veke zoologen stående på randen till det okända, ensam, i höga stövlar, öppen skjorta och knäbyxor. Texten därunder är hämtad ur hans färdbeskrivning:

"Ett par vita yviga fjädrar av Sekreteraren, tagna under vingarna och stjärten, pryda nu min gråa filthatt."

2

Johan Fredriks barndom är som många andras. Inte mycket att orda om, värjer han sig då någon frågar. Men i all stillhet har han en annan tanke i ämnet.

När han ligger sjuk i mässling, läser hans mor en vemodig gammal saga utifrån Europa. Något i den blir för alltid kvar i honom, kanske är den annorlunda än han minns den.

Det var en gång en konung som hade tre döttrar. Hans maka hade dött i barnsbörd då den yngsta föddes, hon som blev den vackraste av de tre. Men på ryggen hade hon ett stort födelsemärke som hon inte ville visa för någon, inte ens för sin kammarjungfru, och det gick inte bort med åren. På det viset kom hon från tidig ålder att sköta sig själv och det var inte alls vanligt bland prinsessor.

Hon sade sig att hon aldrig skulle bli lyckligt gift. Den man som såg den mörka fläcken mellan hennes skulderblad skulle förfärad vända sig ifrån henne. Män kunde förgöra trollkarlar och drakar och bestiga eldsprutande berg, men det fanns annat som de inte tålde. En jungfru måsta vara ofläckad av ödets stänk, annars vore hon inte jungfru utan besudlad av livet från början och sålunda inte i behov av den manliga kraft som vill spräcka hennes hinnor.

När konungens döttrar kom i giftasvuxen ålder, anlände friare från när och fjärran. De fäste sig vid den yngsta som var vackrast, men hon skickade dem till de två äldre.

– Min tid är inte kommen än, lät hon hälsa. Den som vill fira bröllop med mig får bereda sig på prövningar.

Vari vådorna låg ville hon inte avslöja. Hennes fader kungen blev bekymrad. Till slut sade hon:

– Detta är mina villkor. Bara öga mot öga låter jag mig

famnas och aldrig i fullt dagsljus. Ingen må äga min andra sida. Ingen får gå bakom min rygg. Och detta kräver jag inte för min skull utan för deras.

Småningom gav hon sig till en prins, men snart frestades han att se henne över axeln, och då förskräcktes han.

– Varför valde du inte en av mina systrar? frågade hon. Må du ta mig som jag är eller våga förvandla mig till den jag inte är! Låt mig annars vara.

Då övergav han henne i bestörtning över att något annat hade märkt henne än hans egen styrka och kraft.

Prinsessan klädde sig i höghalsad klänning och stängde in sig i ett torn för att ägna sig åt studier. Hennes fader konungen bannade henne för hennes högmod: det tillkommer inte en kvinna att ställa villkor. Men hon lät sig inte bevekas, och någon god fe fanns inte till hands för att ändra på det som var som det var.

– Liv, du har rört vid mig på fegaste vis, bakifrån, på en punkt jag inte själv kan se, sade hon. Liv, gå mig förbi, jag har inte behov av dig.

Hon lät sända efter böcker av alla de slag, och fast hon aldrig hade färdats någonstans kunde hon berätta vad som hänt på de sju haven och på fjärran kontinenter och vad hon känt inne i sitt eget bröst.

Hon blev mäkta lärd och klok, och hennes piga öppnade porten för människor som sökte upp henne för att få hennes råd, aldrig hennes famn. Och mången beklagade hennes lott, ty att läsa har aldrig ansetts vara detsamma som att leva.

Den friska morgonluften strömmade in genom en glugg, fåglarnas flöjtanden hördes in till kvinnan som inte längre var ung. Jägare drog förbi på sina hästar, barnröster blandades med stridstrumpeter, det skramlade från skänkrummet på borggården och växlades kärliga viskningar och druckna rop.

Men inget av allt detta kom henne vid. Hon hade ingen spegel i sitt rum och hon hade glömt hur vacker hon var. Hon vistades på sin egen baksida, där det oåtkomliga födelsemärket tecknade

16

en karta över ett främmande land eller en stjärnbild, kanske skorpionen som med sin böjda stjärt verkar stinga sig själv.

När Johan Fredriks mor har läst och berättat färdigt, kysser hon honom till tecken på att hon ska gå på teater med fadern, och själv måste han stanna i sängen med nerdragen rullgardin, ty med sin mässling tål han inte dagsljus mer än flickan i sagan.

Modern sveper genom rummet i en parfym som heter Artemis; nu vädrar hennes näsborrar nya jaktmarker.

– Jag har just lagt håret. Du får inte krama mig för hårt, min lilla gubbe.

Hon har tunna chevreauhandskar och blir för varje sekund alltmer avlägsen.

– Stanna hos mig, jag är mörkrädd! skriker han.

– Nu måste vi skynda oss, säger pappan nyktert.

Hans kinder sticks. Också han doftar avstånd.

När de har gått, smyger Johan Fredrik in i mammans garderob och tar fram en sommarklänning, vit med blommor på. Den luktar hennes kropp. Han somnar med den intill sig. Morgonen därpå hänger han tillbaka den utan att hon märker det. Den är skrynklig. Men hon säger inget.

Den natten, eller en annan natt, drömmer han att han står osedd i dörren och ser föräldrarna para sig på mammans del av sängen. Pappan flämtar, och hon viskar mycket tydligt: Nej, inte nu, en annan dag, du är så tung, lämna mig i fred bara för i kväll. Men han vägrar, han sjunker ner i henne, hon stönar som kvinnor visst är tvungna att göra: O nej, o nej, o nej!

Därefter vaknar Johan Fredrik ur drömmen och säger till sig själv:

– Det är så jag kom till, jag vet det nu. Det borde ha hänt en senare kväll, jag hade fått samma namn, men jag hade varit en annan människa.

Är han då en ödets man, för alltid solkad med en solfläck han måste dölja för att inte skrämma, med en lockande framsida och en frånsida han gör bäst i att behålla för sig själv?

Han tycker sig urskilja flickans födelsemärke inte som ett rött

17

storkbett utan som ett fält där enstaka hårstrån gror i bördig jord, mörk som trycksvärta. Endast med möda kan hon själv med fingertopparna beröra sitt hemliga tecken som är hennes styrka och hennes fördärv.

Utpekad, utvald, utstött – det går att välja. Flickan existerar ju enbart i en sliten volym ur Barnbiblioteket Saga; henne kan han handskas med hur han vill, allt efter stämning och lägenhet.

Han tänker på henne och kallar henne Anna efter den döda systern som simmar i hans blod.

3

Johan Fredriks minnen från tidiga år är nyckfulla och utspridda som punkter och kommatecken i en otydlig text. Han försöker komma närmare med blicken men hittar inget sammanhang.

Han ser isblocket i fiskaffären där laken vilar sitt klumpiga huvud. Hans blinda fingertoppar strövar över det knottriga tyget i innerfickan till pappans vindtygsjacka. Han förnimmer hjärtats dunk när han låter hammaren dansa över pissmyror på en solvarm häll. Han får besök av en halvtam kaja som äter sårskorporna han petar loss från knän och armbågar.

Han minns snöskottarens skugga över barnkammargolvet, hans lätta knackning på rutan, skrapet från livlinan som hjälparen hanterade: en hälsning från äventyret och skrämseln där ute på det sluttande taket. Och den djupa glädjen när han får vad han hetast har önskat sig: en tång som klipper stjärnformade hål i biljetter.

Den första skoldagen tilltalas han från katedern av en rund kvinna med de obegripliga orden:

– Jag heter Nilsson men jag är faktiskt född von Post. Ni får kalla mig Fröken.

Och en annan hopplös dag tas han till Nationalmuseum och förvånas över att en målare med det löjliga namnet Pinxit förfärdigat så många tavlor.

Han minns morfadern, Oskar Knutson, pälsbrämad, skärhyad och sval som ett åkeröäpple, med sina grå vinterdamasker som fångar upp lerstänken från gatan. De står och väntar på 10:ans spårvagn. Medan morfadern pratar vippar hans vita mustasch hit och dit under den storporiga näsan. Till honom vågar han säga:

– Jag har inte märkt att Gud finns.

– Du är en buse, Johan Fredrik, svarar morfadern lugnt. Gud är säkert rädd för dig. Därför visar han sig inte.

– Det jag ber honom om får jag aldrig.

– I så fall ett uttryck för hans klokhet och om något ett bevis för att han finns.

– Morfar, vill du komma till Gud?

– Johan Fredrik, svarar denne strängt, nordpolen existerar. Vill jag därför komma dit? Nej. Jag är nöjd med att åka 10:an mellan mitt kontor vid Slussen och mitt hem på Cardellgatan. Det kanske Gud också skulle vilja om han kunde. Andra föredrar tio fåglar i skogen och mer därtill. De griper efter alldeles för mycket. Min bror Wilhelm till exempel, jag har just hört från honom för en gångs skull... inte roligt... inte för att jag väntat mig något annat.

– Vad har du fått höra?

– Inget att tala om, Johan Fredrik. Och absolut ingenting som kan intressera dig. Det är bara det att somliga inte känner sina gränser, de vet inte hur de ska bete sig. Det är inte värst för dem själva utan för oss andra.

Mer får han inte veta. Och andra röster tonas in från andra tider.

Modern: – Vem tar skada av lite frisk luft?

Fadern: – Gapa, du kan råka svälja en spyfluga.

Kamraten: – Du är ju inte riktigt klok. Kunde inte nån läkare öppna skallen på dig så att man fick se vad som rör sig där inne? Maskar antagligen.

Lärarinnan: – Ta ut satsdelarna i följande mening: Sitt inte där och ljug mig rakt upp i ansiktet!

I viktiga frågor pågår en ändlös dialog. Sålunda Johan Fredrik till en flicka på besök:

– Jag kan berätta för dig hur barn kommer till.

– Säg det inte! Du gör dig bara fånig.

– Är det mitt fel att jag fått höra det?

– Ja. Du ska inte lyssna på strunt.

– De kommer ut ur en springa, viskar han.

– Har du sett min springa? frågar hon bryskt.

– Ja.

– Dåså. Där finns ett väldigt litet hål. Vill du titta?

– Nej.

– Ditt hål är lika stort. I så fall kan du också föda barn.

– Ja.

– Vad du verkar bakom! Visa mig din pitt!

Han gör henne till viljes.

– Här kommer inga barn, meddelar hon slutgiltigt. Va kul! Den hoppade till. Men det blir inga barn i alla fall hur mycket du än spretar och guppar.

– Hur går det till då!

– Vill du verkligen höra? Det heter kejsarsnitt. Man öppnar magen. Den stänger sig igen. Ibland blir det ärr, ibland bara några vita streck. Va sa du nu då?

– Du försöker bara malla dig, säger han. Och för resten har du inte med det där att göra.

– Gå och titta på din mammas mage! befaller flickan oberörd. Så får du se märkena efter dig.

4

Teodor Victorin, Teka bland vännerna, är Johan Fredriks far. Hans kinder är en smula insjunkna, hans ögon oklara som fönstren i vissa telefonkiosker. På morgonen äter han ett brunt ägg kokt i två minuter. Ibland finns inget brunt ägg; hans ansikte är då vitt av besvikelse när han går till kontoret, stödd på sitt hårt tvinnade paraply.

Han förestår en affärsbanks lokalkontor vid Birger Jarlsgatan, bara några kvarter från våningen vid Riddargatan. Hans titel är kamrer, ändå är hans omsättning större än i de småstäder där föreståndaren har rätt att kalla sig bankdirektör.

Till sin natur är han odiplomatisk och burdus och fruktar besvärliga konflikter som får honom att tappa besinningen. Han döljer sitt mörker och sitt vassa temperament under en avvärjande och till synes gemytlig distans: Vad var det jag sa? Ja, vem vet hur det egentligen ligger till? Ingen idé att fördjupa sig i onödan: det finns fler bottnar, människor har så mycket konstigt för sig.

Han sveper sig i en urskuldande resignation för att slippa beskärma sig över dumheten eller larmande kräva räfst och rättarting. Bättre lägga en hinna över den bubblande grytan, kväva både utbrott och fördomar, låta var och en gå under på sin fason och ur livets förfärligheter skära ut några muntert bittra anekdoter.

Siffror är verkliga. Resten är strunt. Han fyller huset med klockor: sekunder som tävlar med varandra om att överensstämma med den rätta, av Fröken Ur, banken och samhället fastställda tiden. Med siffror skyddar han sig mot den påträngande sentimentalitet och förvirring som bor i honom.

Han är besatt av att räkna. När han kommer från arbetet,

23

fortsätter han att notera trappstegens antal i huset vid Riddargatan, som om dessa hade möjlighet att likt dagskassan ändra sig från ett dygn till ett annat. Han tar tid på hissens knarrande gång och sina egna andetag, på hur många minuter han tillbringar på toaletten och hur många sidor han läser per timme i Svenska Dagbladets årsbok respektive Stora famnen.

Johan Fredrik sitter vid matsalsbordet och övar välskrivning, medan fadern står lutad mot den höga radioapparaten och identifierar rösterna som sprattlar i nätet Stockholm-Motala.

– Gösta Knutson, mumlar han, kan man tala långsammare, undrar vad han får betalt per minut? Thor Modéen... Alice Babs... Skaraborgs regementes paradmarsch... Utövalsen...

Han lyssnar inte, han namnger innan hallåmannen hunnit fram, han sätter var röst och melodi på plats. Det obekanta oroar honom, då sliter han till sig radioprogrammet i tidningen. Han tycks inte märka sonen utan har radion på låg volym och ser ut som om han fångade upp signaler från en fjärran galax.

Av psykologer har fadern hört att pojkar snattar när de blir elva och ett halvt år. Så när detektiven på det stora varuhuset ringer och har gripit Johan Fredrik på bar gärning med en eskilstunakniv och en sax med drakslinga på skänkeln, är Teodors första ord:

– Jaha, låt mig se, elva år och fyra månader är han, tidigt ute, men det stämmer ju någorlunda.

– Stämmer? upprepar detektiven.

– Den riktiga snattaredagen är förstås inte förrän i april, påpekar fadern med skärpa.

– Hur sa? frågar detektiven.

– Då fyller pojken elva och ett halvt år.

Johan Fredrik överlämnas till faderlig vedergällning, men eftersom han i stort sett har betett sig enligt reglerna, blir straffet ringa.

Pappan gillar kalkyler som bekräftas. Var sak och människa vill han helst notera till ett visst värde. Det finns ett utropspris på allting, också på dagar och nätter, även om det är dolt och

24

sällan utskrivet. Den som kan nagla fast en siffra på varje fenomen behärskar tillvaron och slipper gå vilse i känslornas labyrint. Men det som är obenämnt försvinner, dyker upp i fel spalt och hamnar till ingens glädje hos Allmänna arvsfonden.

– Jag kommer hem och i stället för min ende son hittar jag en offentligt utpekad bov. Vilket välkomnande! utbrister Teodor Victorin med ett svårtolkat tonfall.

Han stryker sig över hjässan som om han väntat sig att hitta sitt förlorade hår. Det var lockigt och svart på den tiden hans mor klippte av det för att laga sin gamla persianpäls. På översidan av varje finger har han ett litet mörkt skägg.

– När du blir tolv får du lägga av med att stjäla. Men du kan få höjd veckopeng redan nu. Jag staplar tusenlappar varje dag. Du kan komma med mig till kontoret och träna dig. Bankmän är som gynekologer: de har så mycket av det goda att de knappt märker vad de bläddrar i.

Dessa mogna och manliga reflexioner är vad Johan Fredrik unnas i stället för stryk.

Andra av faderns påpekanden är svårare att begripa:

– Jaha, bankens bokslut blev bra. Aktien stiger. Det blir fondemission till våren. Sen får man förstås inte glömma sitt privata bokslut inför ett nytt år. Där går det jämnt ut: bara man tar upp allt man har försummat som en tillgång, inte som en skuld. Kom ihåg det, så sover du bättre.

Vissa tider ser Johan Fredrik fadern gripas av grafomani. Han kan inte hålla högra handen stilla utan den skriver ständigt med nagel och finger, med och utan penna, på borddukar och armstöd, diskbänkar. Meddelanden, staplar, kryptogram och koder – det allra mesta utan mening, det är snarare fråga om att tillverka osynliga sköna bokstäver, slängar, öglor, ovaler och cirklar.

– Vad betyder det?

– Ingenting alls, det är det tråkiga. Eller också är det hemligheter jag kommer på. Fast jag inte vet om det. Hemligheter måste förrådas för att vi ska få veta att de finns.

Ibland hittar Johan Fredrik sin far dystert grubblande vid skrivbordet. Han sträcker ut handen som för att ta upp en telefonlur som inte finns där, och i det fallande mörkret glöder hans cigarr som en varningslampa.

Till slut kommer modern in, böjer sig över mannen, allvarligt, som om hon tittar ner i en kista.

– Vad funderar du på? frågar hon hjälplöst, med en spörjande blick som är utan misstanke.

Hennes ögon viker inte från honom. De är som pärlorna i en uppstoppad fågels huvud. När hon sedan rör vid hans kind, är det som om hon av en slump har kommit åt att smeka en ovanlig djurart.

Johan Fredrik tänker att hon har hittat denne man någonstans och nu känner ett ansvar utan like: hon har honom i säkert förvar på sin inlämning, tills en högre makt anmäler sitt intresse.

Och han i sin tur ler mot henne, lite överseende men ändå vänligt, som om han avsiktligt har bestämt sig för att bli glad när han såg henne. Men urskiljer han mer än obetydliga initialer på ett skedskaft? Är hon en asterisk i hans liv, ett mellanrum med stilla rymd omkring sig, medan hans tankar och siffror spelas upp i en annan kanal som varken hon eller sonen har tillgång till? Vem är det han ser?

Ty modern har en förmåga att härma andra, i tonfall, kläder, sätt att gå. Att vara sig själv är alltför besvärligt. Samtidigt är hon orolig för alla dem som inte är som hon, det vill säga som andra. Hon är bubblan i vattenpasset som måste ligga i mitten för de räta vinklarnas skull.

Hon verkar inte ställa några villkor. Hon ägnar mannen sitt stillsamt passionerade intresse, samtidigt som hon är lättad över att det inte gengäldas helt och fullt.

Johan Fredrik gissar att detta är ett lyckligt äktenskap.

5

Under en tid har familjen Victorin ett hembiträde som heter Gerda, en godsint och lättpratad flicka. Hennes pappa har Lindströms konditori i Ockelbo.

Johan Fredrik tycker om henne. Han är nio år och får en glasstrut, men den gula vaniljbollen faller av och ligger som en smältande måne på trottoaren. En duva kliver fram och smakar. Gerda – tjugo år men i hans ögon nästan lika vuxen som modern – tar honom i famnen och kysser honom med torra läppar över hela ansiktet. Hon luktar syrlig kola och läppsalva. Han har väntat sig förebråelser, inte tröst. Men han får ingen ny glass.

En dag gråter han. Någon har satt fast ett tuggummi innanför remmen i hans skolmössa. Gerda tar bort det och skrattar:

– Ni är barnungar allihopa. Och du, min docka, gör det så svårt för dig. Bry dig inte om sånt som är dumt. Blunda och glöm och vänd dom arslet så går det bättre.

Om något överraskande händer – som när en reparatör fastnar i hisschaktet – stönar Gerda.

– Jag har då aldrig i mitt långa liv...

Johan Fredrik håller med: hon verkar ha levt ett bra tag. Sen tillägger hon vanligtvis förnöjt:

– Det kunde varit värre.

Han skrubbar potatis åt henne som hon sedan river. Det skrapande ljudet mot järnet får henne att tänka på Ockelbo, berättar hon. Hon lagar rårakor, något de annars aldrig äter i familjen Victorin. Därför blir Gerdas rårakor ett begrepp, och genom dem lever hon kvar långt efter det hon har slutat hos dem – fast Johan Fredrik har också andra skäl att minnas henne.

– Din mamma, säger Gerda medlidsamt medan hon väter sopborsten för att inte röra upp damm, hon vill inte ha mycket

27

för egen del.

– Jaså?

– Hon vill ha dig förstås och gubben sin.

– Min pappa är ingen gubbe.

– Men det är liksom meningen att ni ska ta all hennes tid så det inte ska bli något över åt henne. Det är sån hon är. Hon har det inte för roligt.

Först långt senare begriper Johan Fredrik att Gerda har rätt. Modern måste se sig själv som oegennyttig och uppoffrande för att hennes liv ska kunna rättfärdigas i varje stund. Det gör henne nöjd men inte glad.

– Men du och jag har väl roligt? frågar han bekymrat. Vi tar väl ingen tid?

– Nej, tycker du det?

– Jag tycker vi har väldigt roligt, förklarar han bestämt.

När föräldrarna är borta, händer det att han sover i Gerdas säng för att slippa mörkrädslan. Hon har blommigt flanellnattlinne och en märkvärdig aftonbön:

Om jag dör innan jag vaknar,
jag ber dig Gud att ta min själ i dina händer,
så att jag inget minns och inget saknar.

Han grubblar över bönens innebörd: att dö innan man vaknar vore hemskt, det gör sömnen farlig. Gerda säger:

– När man dör kommer Entreprenören och syr ihop munnen på en. Då har man sagt sitt.

– Jag önskar att jag inte drömmer något alls i natt, säger Johan Fredrik.

Han gungar med henne i den fjädrande sängen. Hennes hår ligger utslaget över kudden. Det är tryggt med hennes varma lår och kurret från hennes mage. Hon lär honom att om man sätter en tulpanlök upp och ner, så växer den upp i Nya Zeeland. Där blommar mycket svenskt.

Rullgardinen är nästan nerdragen. Ljuset skär en strimma ur den brunflammiga korkmattan: som om modern tappat sitt smala guldskärp. Inom räckhåll har han ett glas Citronil, fastän han redan har borstat tänderna. Det är en lycka som åratals efteråt ilar mellan axlarna.

Då föräldrarna är hemma, blöter han ibland tandborsten och tvättlappen och spolar i toaletten, så det ska framgå att han varit verksam.

Gerda har sällan några krav. För henne får han vara som han vill. Hon ser i honom en jämnårig och ett mycket litet barn; han känner sig som en dvärg, hemligt erfaren och halvt osynlig.

På stolen i hennes rum ligger höfthållaren, strumpebanden med de vita gummiknapparna, behån med sina vadderade inlägg. Hon andas in ordentligt och drar in magen när hon kränger på sig trosorna som är för trånga. Hon stretar och tar i, hon pustar och kniper ihop stjärten, och han tycker om att titta på. Under tiden leker de med ord. "Förlorade ägg." Vem har förlorat dem och varför hör hon inte av sig? Gerda skrattar så axlarna skakar.

När hon är i mjölkaffären, drar han ut byrålådan i hennes rum och undersöker behån, krämburken och cigarrettpaketet. Han vill inte hon ska gömma något för honom.

På morgonen ruskar hon honom vaken, ger honom en knuff ut i badrummet, sätter på en kastrull, sopar smulorna från vaxduken med sin breda hand. Han dukar fram också åt henne, han känner sig snäll och förträfflig då, de har ett slags förbund.

Hon tuggar på ett äpple, gnider sig på magen och säger det är konstigt att det ska göra ont att vara kvinna, emellanåt. Sedan tar hon på sig klänning och nystärkt förkläde innan Johan Fredriks mor dyker upp, ty hon är hembiträde, inte lekkamrat.

– Skäm inte bort pojken, säger hans mamma till Gerda så att han hör det.

Det ironiska tonfallet får det att krypa i huden på honom. Han vill kasta sig över modern bakifrån, sätta munkavle på henne och vräka ner henne i ett snår. Det var så det gick till i boken om Skinnstrumpa.

I Europa går kriget mot sitt slut, det är fortfarande ransonering på det mesta. I efterhand kan han känna hur det luktade kristid i trappuppgången och sparsamhet långt in i tamburen. Då har han inget att jämföra med. I en tom albylask ligger kopparmynt redo att kastas ner till gårdsmusikanterna som kommer någon gång i månaden.

En kväll när föräldrarna är ute och de har våningen för sig själva kokar Gerda vatten i ett ämbar på spisen, häller upp i badkaret och blandar med kallt ur kranen. Först lägger han sig själv i det, och hon tvålar in honom.

När han är klar kliver hon ner i samma vatten, och då stiger det nästan upp till kanten. Han stannar kvar för att skrubba henne på ryggen och magen. Hennes bröst är små skimrande klot, dem vågar han inte röra. Försiktigt leende borstar han hennes blygdhår.

– Nu ser du ut som ett riktigt troll, ropar hon och stänker på honom. Stå inte så där. Borsta mera!

Hon har en mörk peruk mellan låren, hennes skinn är ljust, hennes navel en liten instängd vintersol. Det är roligt att ta på henne, så här skulle han aldrig ha fått göra med sin mor.

Gerda sträcker på sig så att brösten blir lika platta som när hon fäster klädnypor i tvättlinan ovanför badkaret.

– Ljuvligt! hojtar hon. När man känner sig klibbig och trött i hela kroppen... Jag längtar till Amerika, gör inte du det? Den som kunde komma dit... Jag får nariga skrynkliga händer av att tvätta så mycket. Har din mamma någon mjuk kräm?

Han letar reda på en burk. Han är hennes slav. Hennes höfter är kantiga, armarna hårda; det är brösten och stjärten som är mjuka.

– Har jag snygga ben? Vad tycker du?

Han har aldrig tänkt på det. De har lätta rödaktiga fjun. Ben är ben.

– Visst, säger han.

– Har du några känslor, du som är så liten?

– Vad då? undrar han. Jag är inte så liten.

Då rör hon lekfullt vid hans lem och skrattar på nytt.

– Jag ska kissa en skvätt, säger han som om han blivit påmind.

– Om man bara kunde hitta ett sätt att komma till Amerika, suckar hon igen. Eller nånstans där det inte är vinter.

Gerda sträcker på benen, spretar med sina kraftiga lår och brummar vällustigt. Så sluter hon ögonen och ligger stilla med handen på magen. Hon är vit och renskurad som en schackpjäs. Han blir rädd att hon ska somna.

– Vad ska vi göra nu? frågar han.

– Din dumbom, säger hon, reser sig ur badet och tappar ur. Dropparna rinner längs hennes sidor. Hon trycker honom hastigt mot sig.

– Om du varit större, mycket större. . .

All hans sinnlighet ligger ännu i blicken. Han ser på henne utan att ana att han kommer att minnas var detalj av henne genom livet: hur hennes bröstvårtor slätas ut i det varma vattnet och blir ljusa, sedan rynkas som katrinplommon då hon ställer sig upp i den svala luften. Och hur hennes tunga leker kring läpparna när hon sitter på huk framför ugnen och skjuter in en plåt med skvimpig äggstanning.

Det är förbjudet att ha över arton grader i husen under dessa år då strålkastarnas floretter duellerar på himlen och trådbussarna kör med kupade skärmar för lyktorna. Nattövning pågår både på gatorna och i badrummen.

De sätter sig i vardagsrumssoffan där hon aldrig brukar sitta annars. Hon läser följetongen i Vårt Hem, han kämpar med Stalins rättstavningslära. Sen spelar de Fritiof och Carmencita och Möte i monsunen på radiogrammofonen, tunga plattor som var tredje minut med en duns faller ner på tallriken:

Jag blev klädd i vita kläder, jag fick låna tie pund,
jag fick pass med Sveriges vapen och porträtt. . .

Dagsnyheterna hör hon aldrig på, fast hon har en sorts fästman inkallad i Norrland.

– Egentligen är han ett riktigt kronvrak, säger hon ömt.

Ensam med sin oberäkneliga beskyddare tycker Johan Fredrik att hela våningen blir annorlunda. Han vet aldrig vad hon

31

kommer att säga härnäst. En gång påstod hon att många svenska barn tror att deras pappa är deras riktiga pappa, men det är han inte och han vet inte om det själv. Över detta har Johan Fredrik grubblat en del. Han kan tänka sig att Teodor inte är hans far, men det var bäst att denne inte fick reda på det, för då övergav han kanske familjen.

Nu frågar Gerda:

– Har du sett på din mamma när hon väntar på att jag ska komma med efterrätten? Hon vrider och skruvar på sin vigselring. Hon är alldeles röd på fingret men hon får inte av den.

Han har ingenting sett och han blir så rädd att vartenda hårstrå reser sig på hans kropp. Han sliter i sina egna händer så det knakar i lederna. Men inget mer blir sagt.

De har en halv meter emellan sig, Gerda i sitt blåa nattlinne, han i randig pyjamas med fastsydda tränsar kring knapparna. Hon har dragit upp benen under sig och plötsligt petar hon på honom med foten. Hennes nakna armar knottrar sig. Hon rufsar honom i håret.

– Nu luktar du som ett välskött nybadat barn! Å, se inte ut som om jag har slagit dig!

Sen ropar hon med ens att hon har glömt den sista disken. Hon kokar upp en kastrull med vatten, skramlar, befaller honom att snabbt lägga sig så inte föräldrarna överraskar dem och försvinner själv in på sitt rum som ligger så nära att han kan bulta från sin säng och få svar ifall de blodröda råttorna anfaller honom i drömmen.

– Sov nu, pojken min, säger Gerda moderligt. Var nu ingen vettskrämd babian!

Hon trycker hastigt hans ansikte mellan sina bröst.

– Ingenting kommer att hända, tillägger hon med upprörda tonfall. Ingenting alls, konstigt nog.

6

Vinterdagen går från svart till blått, från lila till vinrött och vilar småningom saffransgul över staden. Snart skyler ett snöfall universum, och ljuset tunnas ut till skummjölk.

Kring Roslagstull är det fullt av skjul och kåkars oreda, men utanför Bellevues klippor står fjolårsvassen, förra sommarens ande rör sig i den, och under snön i skrevorna vid Veterinärhögskolan och på Hagas strandängar sover blåsippor, vårlök och daggkåpa, hoprullade som foster.

På Brunnsvikens is går människor förbi varandra, till fots eller på skridsko, och växlar hälsningar. Deras andedräkter skriver de vardagliga orden i luften, ömsint, skämtsamt. De dröjer kvar ett ögonblick – likt ångbåtsrökar om sommaren. Ett dubbeldäckat spaningsplan vinkar under ett moln. Dagen är stilla, träden orörliga, det är som om snön suger åt sig vinden.

Johan Fredrik, tio år, har spänt på sig sina halvrör, dragit åt remmarna och gett sig ut. Här och där sjunker han igenom överskorpan, sörjan stiger till fotknölen, så möter hård kärnis.

Ute på isen dansar Filippa på trubbig konstskridskospets. Hon gör evighetstecken och snurrar i oåtkomliga virvlar. Hon är ett år yngre, går i grannskolan, och för hennes skull är han där, bara för hennes. Pojkar bryr han sig inte om, men Filippa fyller honom med en undran och en bävan som han minns genom livet var gång liknande förnimmelser förblindar honom på nytt och styr honom som en marionett.

I den lilla flyttbara kåtan där de byter om ristar han hemligt sin initial på hennes skridskoskydd av läder. Det märker hon inte.

Han ser henne leka med andra, han glider prejande ner mot henne, men hans enda drivkraft är hungern efter henne;

styrka och mod fattas honom. Hans handflator hettar, fjärilar fladdrar i hans knäveck.

Han rastar vid en brygga som hör till ett av segelsällskapen, han känner en svag tjärdoft från en varmare årstid, hans fingrar är stela och blåfrusna. Men ett begär sliter i hans handleder, kroppen har en lekförväntan.

Han vill vända ut och in på henne som om hon hade något som vore möjligt att komma åt, en gåta, en hemlighet som kunde avtäckas, ett födelsemärke som vore själva kärnan i denna kraft som drar honom till sig.

Men hon vet inte om det, han har själv knappast ord för det. Dock vet hon vem han är, hon frågar när han ska fara hem, och så händer det att de åker 6:ans spårvagn tillsammans från Roslagstull till Norrmalmstorg. Han kan inte låta bli att titta på henne hela tiden, hennes vackerhet gör honom vimmelkantig.

Åsynens mysterier, själens trevanden... Hans mest förbjudna tanke är att få fläta hennes hår och känna det mot fingrarna. Men hon fattar ingenting, och lika gott är det, fast det fyller honom med en sorgsenhet som han lär sig att känna igen.

Ljusbrytningen över en brandgavel intill Norra Real gör att en halvt bortregnad reklam för Rosendahls bläck träder fram på den korniga murytan.

– Har du sett? ropar han.

– Nu försvinner den igen, säger hon lugnt.

Och så vänder hon sin tunna profil mot fönstret, så att han kan titta på hennes smala nacke och hennes öron, röda av kölden. Han intalar sig att hon inte är olik andra, alla har ju kinder, hals och öron, men det hjälper inte.

När de säger hej för att gå åt var sitt håll, är han så upprörd och vanmäktig att han indianlikt smyger bakom henne ett par kvarter, beredd på det förödmjukande i att bli upptäckt av henne. Han är ekorrvig och mager, men skridskonyckeln som dunkar mot låret är tung som hans kärlek. Hon har sina konstskridskor i vita snören över axeln. Och hon vänder sig aldrig om.

Det borde finnas en signal, något han kunde vissla så att hon

34

skulle förstå, eftersom inga ord vill komma farande. Kroppen är än otymplig av stumhet än lätt som ett nottecken med två flaggor. Han vet inte var han har den. Och han kan inte säga till henne:

– Är det så här det är?

För tänk om hon svarar:

– Vad är det som är? Vad du ser fånig ut!

Hans värld är begränsad men dess mark minerad. En förbjuden lust får välbekanta landskap att skälva. En söndagseftermiddag ångar en lätt dimma över skridskoisen. Han får inte syn på henne förrän han är alldeles nära. Filippa tycks finna hans närvaro naturlig, hon gör sina piruetter, och han vill inympas i hennes obekymrade dans på isgolvet och samtidigt införliva hela hennes varelse med sig själv.

Han är ett glupskt djur, men han når henne inte vare sig med fingrar eller läppar, det språket existerar inte för dem, och lemmen är ett redskap, som ännu inte är uppfunnet.

Jag vill sätta krokben för dig, Filippa. Jag vill inte att du ska komma undan. Jag vill du ska titta på mig som om jag vore någon särskild. Slå din åtta kring mig!

Det dunkar som ett hjärta i isen. Han tycker att hans tankar på henne strömmar ur honom som lätta anrop. Inne vid sjökanten faller han som på krasande glas och trycker kinden mot klippan. Under isen är gyttja, lera, vatten, fisk och grodor: en massa liv. Urgamla lukter stiger kring honom i strandbädden.

Hon seglar fram till honom och rör ängsligt vid hans arm då han förblir liggande. Han reser sig, hennes blida uppsyn glider över i samvetslös skönhet, och i hans dyrkande blick sammanfaller de till något retande och åtråvärt. Han får en klump i strupen, han känner sig på en gång mild och våldsam. Prisgiven är han. Att bland hennes tillfälliga åtbörder hitta ett tecken på uppmärksamhet, välvilja eller nåd! Nu, nu, låt det hända!

Men inget sker, det är för tidigt i livet.

En värme dock – men inte som hemma, utan en värme som pulserar och förhäxar.

Det är en lättnad att hon inget säger. Han letar i henne efter det som inte finns. Med det finns ju! Han försöker blunda bort henne. Det borde gå. Men sen förstår han att det är en inbillning att tro att hon är en inbillning.

Jag vill vara nära dig, jag vill veta allt om dig, jag vill se dig äta och läsa läxor och spela boll. Jag vill lära känna min egen bristningsgräns.

Det där kan han inte säga till henne. Ord som bristningsgräns finns inte ens i hans huvud. Vad han känner är en spänning som drar samman bröstkorgen, en skälvande lust att falla i hennes väg och bli upplyft och beskådad.

Något spritter i honom, han får inte fatt i det – som ödlorna i stenpartiet om sommaren: nyfikna blixtar, skrämda skuggor av något han inte hinner se.

Hans sinnen pejlar det oerkända och obekanta. Han tycker sig vara en formel på spåret, en avgörande insikt som han samtidigt vill fördröja, en glimt av en helig utsvävning som han ännu inte har tillträde till.

När skridskoåkarna lämnar Brunnsviken, börjar det sjunga i isen. Luftbubblorna spricker. Och då februarieftermiddagen mörknat och de är nästan ensamma kvar ute på den frusna vattenytan, är det någon som ropar:

– Titta på norrskenet!

Det är som om en stor katt har slagit klorna i horisonten och skjuter ragg långt upp mot himlen över Ulriksdal. Barnen står stilla intill varandra. Elektriska partiklar snöar över dem som julgransglitter. Det pågår i flera minuter.

– Inne i stan är det väl ingen som märker det, säger Filippa.

– Tur att vi stannade kvar.

De gröna flammorna mattas. Den kalla elden falnar.

– Nu måste vi hem. Dom väntar.

Snart är allt som vanligt.

7

En jul får familjen Victorin en sällsynt hälsning: en afrikansk kaktus anländer i Nordiska Kompaniets träklädda paketbil. Den ska vattnas var tionde dag, och den är från Johan Fredriks morfars bror, Wilhelm Knutson på Norrtullsgatan.

Den ställs i ett norrfönster, och eftersom Johan Fredrik är i en ansande period tillåter han sig att en ensam eftermiddag befria den från smärtor genom att med en pincett dra ut taggarna.

Det hör till hans väsen att vilja kamma, jämna ut och göra mjukt. Med den stulna varuhussaxen kuperar han mattfransarna, halverar gardintofsen i sitt rum, klipper ner en ryamatta och förkortar morfar Oskars mustaschspetsar då denne sover middag.

Kaktusen ser försvarslös ut med sin oljiga gröna yta. Så mycket vet han om Wilhelm att det viktiga för denne är inte växtens uppsyn utan att den har kommit från Afrika. Det bryr sig ingen annan om. Johan Fredrik smeker den varsamt i en kluven insikt om att hans välgärning kommer att bli dess död.

Julhälsningen ger upphov till spridda samtal om släktingen som det annars talas föga om. Det sker vid en söndagslunch med sparrisomelett, medan kumminen lossnar ur den smultorra kryddosten.

– Konstigt av Wilhelm att höra av sig.

– Undrar just vad han har för sig.

– Inga barn har han, vi är närmaste arvingar, men det blir ju inget kvar.

– Inte med hans galna processer! Att ingen kunnat tala honom till rätta.

– Så många strapatser och så lite uträttat!

– Sådana möjligheter – och så lite framgång!

– Skulle han inte bli sjöofficer?

– Spion och äventyrare kan man väl kalla honom. På sin höjd.

– Hur mycket som är sant av det han berättar, det måste man ha rätt att fråga sig.

– Sina omsorgsfullt vårdade lögner får han för min del gärna behålla för sig själv.

När föräldrarna talar om Wilhelm Knutson, sker det utan värme, med undran, överseende och ett förakt som spetsas med avund. Johan Fredrik fattar att släktingen inte är som de eller som han borde vara för att umgås med dem. Men han frågar inte varför han aldrig får träffa honom.

Han inser redan att denna värld är sammansatt av andra beståndsdelar än dem han först urskiljer. Förbuden och tillstånden, oviljan och eggelsen uppstår lika oförmodat. Välbekanta och främmande tecken ställs emot varandra: en skrift som han formar samtidigt som han söker tolka den. Det är som på filmens negativremsa, där höger är vänster, skuggorna lyser vita och det som lever ligger i mörker.

Så händer det att föräldrarna blir inbjudna till en konferens med sällskapligheter som banken ordnar i Malmö. Johan Fredrik är tolv år men får inte lov att bo ensam hemma. De är utan hembiträde det året, morfar Oskar är dålig, och de vänner som kan komma ifråga utan att det verkar påträngande vägrar Johan Fredrik att vara hos.

Fadern gormar över hans envishet och kallar honom bortskämd och lillgammal. Modern som gärna vill dansa på hotell Kramer i Malmö tar ett fotbad med grovt salt och dricker en kopp varm mjölk för att lugna sig.

Till råga på allt hittar Johan Fredrik i sin skolpulpet ett hemskt anonymt brev. Han lär sig det utantill mot sin vilja och visar det också för föräldrarna:

"Tro inte att du gjort nåt dumt. Du har inte gjort nåt fel. Vi tycker illa om dig ändå och vi ska märka dig – bara för att du är du. Sorgligt va? Inget att göra åt, förstår du. Varken för dej eller oss. Det är bara att vänta och se."

– Vem kan ha skrivit det? skriker modern.

– Jag har ingen aning.

– Man borde polisanmäla det. Eller anlita en handskriftsexpert.

– Det är väl någon som läst detektivromaner och vill skrämmas och känna sig viktig, förmodar fadern. Eller har du några fiender?

– Jag vet inte, svarar Johan Fredrik. Det kan vara vilka som helst.

– Och vi som ska fara till Malmö, suckar modern.

Ty det är inte ofta hon får ett kort som har äran inbjuda kamrer och fru Teodor Victorin o s a. Hon har låtit sy sig en klänning i organza, och Kramer är så fint att det står avbildat i Nordisk Familjebok.

Det är då den yttersta utvägen faller dem in: inackordera pojken hos farbror Wilhelm och tant Amanda, barnlösa är de och hushållerska lär de ha dessutom.

– De har ju aldrig höjt ett finger för att bistå någon i släkten, heter det nu från Johan Fredriks föräldrar. Och där kan de knappast hitta dig, de som vill klå upp dig. Inte medan vi är borta i alla fall.

– Nej, de har ju tid att vänta. De slår till när man minst anar det, säger Johan Fredrik.

Ty det väsenslösa i detta hot skrämmer honom, fast han har bestämt sig för att inte bry sig om det.

Knutsons är villiga, och när modern står vid diskbänken och trimmar stjälkarna på några vintertulpaner, förmanar hon Johan Fredrik:

– Och om farbror Wilhelm frågar om oss, så hälsa bara i största allmänhet. Han brukar inte vara nyfiken, tvärtom, han har andra intressen...

Johan Fredrik har ryggsäck med ombyte, pyjamas och tandborste, modern knäpper hans skidmössa under hakan så det gör ont, och när han kommer ut knäpper han upp den.

Det är frost på skyltfönstren, ett nät av snökristaller på källargluggarna, och män i långa överrockar hackar is från trottoarerna, så splittret yr. Det är i mars, några år efter kriget, men enstaka vedtravar står ännu kvar sen dess och spår av affischer som regn och skolbarn har slitit loss: Hemvärnets Dag, Spionen lägger pussel, Varning ... sjölök.

I Norrtullsgatans portgång sitter fortfarande anslag om skyddsrum, bevakningsuppdrag och evakueringsvägar. Det finns ingen hiss och ingen portvakt. Det luktar kål och lut. Lyset fungerar inte, trappstenarna är svarta. På en avsats väntar en kvinna med ett barn på armen och stirrar rakt fram. Johan Fredrik tänker att det är för trångt i hennes våning, kanske har hon blivit utkörd. Det är inte som på Riddargatan.

Säkerhetskedjan rasslar, hushållerskan Hillevi öppnar för honom och drar sedan för det tunga draperiet mot ytterdörren. Han stiger in i en annan värld.

Där är den höga guldsirade trymån i hallen och glimten av en vasstandad mård ovanpå ekskåpet. På en mörkbetsad hylla står Baedeckers trinda röda resehandböcker, under dem Uppfinningarnas Bok och den rosa Petit Larousse, lika bred som den är hög. På väggen är kopparstick som föreställer en fruktmånglerska i Tunis och Den döende Balder. Föremålen trängs med varandra som på ett slarvigt inrett museum. Det sjunger i kaminens gjutjärnsgrotta.

En askgrå papegoja gungar i en bur, och när den får syn på gästen, ropar den något som låter som: Kommer du? Kommer du?

– Vad säger den? frågar Johan Fredrik.

– Kamerun, svarar Hillevi. Det är det enda ord den kan. Och det är nästan samma sak med grosshandlarn, tillfogar hon respektlöst, eftersom hon är så gott som medlem av familjen.

Hon tar in honom i sin jungfrukammare, där hon brukar sitta och rulla lotter till församlingslotteriet i Gustav Vasa.

– Du ska sova i kabinettet, men gå inte in dit nu, för där sitter grosshandlarn och skriver på sitt tal till i kväll.

40

Hillevi var en gång förlovad med en kassakontrollant vid Statens Järnvägar, men han blev påkörd av ett växellok och så var hennes lycka över. Hennes ben bar henne inte på en vecka, hon drack mycket kallt vatten för att hålla tillbaka tårarna. Detta berättar hon för Johan Fredrik, medan hon häller upp saft och bjuder honom på judebröd, som visar sig vara tunna kakor med kanel.

Amanda Knutson är sjuklig och ligger mycket till sängs, det sägs att hon har svagt bröst. Hon har en hög rak panna, vit mittbena och håret hårt åtstramat över hjässan. Hon ser på honom länge med sina glänsande, djupt liggande ögon och tar hans händer mellan sina:

– Så du är Johan Fredrik. Vet du, jag har inte sett dig sen du var tre år, och det minns du inte. Du kunde vara mitt barnbarn och jag känner dig inte.

På det har han inget svar.

Snart står dock Amanda i köket tillsammans med Hillevi och förbereder en massa rätter. De öppnar glaskonserver med blodriska som de finhackar för att steka med peppar och salt. Hillevi har tagit hem färska champinjoner från Vasa-hallen att marinera, och därtill ska de stuva Karl Johansvamp.

– Det är Naturvetenskapliga Sällskapet i kväll. Och ledamöterna älskar svamp. Då får de tillfälle att diskutera sporer och mycelier och olika fyndplatser, förklarar Amanda överseende. Förra gången talade visst lektor Lutander om medicinalväxter på Gotland. Nu är Wilhelm värd, så det blir Kamerun för hela slanten.

Hon dröjer i dörröppningen och betraktar eftertänksamt Johan Fredrik som om hon ville få fram något viktigt, men hon säger bara:

– Jag hoppas du inte ska frysa hos oss. Det är si och så med uppvärmningen.

Hennes ögon ser trötta men kärleksfulla ut. Han anstränger sig för att minnas henne, han skulle gärna vilja komma ihåg henne långt tillbaka.

Så träder Wilhelm Knutson själv ut ur kabinettet och hälsar och visar in Johan Fredrik.

– Där får du ligga. Sällskapet ryms i salongen och matsalen. Soffan har bulliga armstöd som kan fällas ner när den förvandlas till sovplats. Två höga döbattanger leder in till matsalen. Tapeternas gröna rosor tycks försäkra honom att detta är ett rum där allting lever och ingen någonsin kommer att dö.

Amanda går åter till sängs, Johan Fredrik äter middag med Hillevi i köket, och hon pratar om en vindsröjning som brandkåren har beordrat: gamla innanfönster, tvättbräden, tavlor, brickor har åkt ut.

Men i våningen får hon inget röra. Där har allt sin innebörd, sitt affektionsvärde, som hon säger. Sparrmanskistan först och främst... Men hon går inte vidare in på det, och han vet inte vem Sparrman är, kanske någon annan avlägsen släkting som föräldrarna inte vill att han ska träffa.

Farbror Wilhelm har rosiga åderbrustna kinder, en vit mustasch och glest hår med sidbena: en svensk grosshandlare, en av många, kan det verka. Men hans ögon är porslinsblått klara som på en docka, hans blick har en lyster som Johan Fredrik inte minns från sin mor eller morfar.

Han vandrar fram och tillbaka på de slitna mattorna, mellan matsal och salong, i väntan på medlemmarna av sitt sällskap. En blek skymning sipprar in genom gardinerna. Rummen ligger i fil ut mot Norrtullsgatan.

– Om du får tråkigt, Johan Fredrik, kan du läsa de här, säger Wilhelm.

Han tar fram klippböcker som börjat lossna i sömmarna. De är fulla med gulnade tidningsspalter som handlar om mänsklighetens nederlag, dårskaper och påhitt.

– Här står också intervjuer med mig, påpekar Wilhelm. Från förr i världen då pressen brydde sig om vad jag hade för mig.

Men det blir aldrig tid för Johan Fredrik att läsa i dem. En bordsklocka slår och varslar gästerna. Den har inskriptionen Wilson & Son Southampton Street. Men okänt vilken stad det är. Och på sidorna har den två handtag så man kan bära omkring den.

– När vi träffas brukar jag läsa något ur mina minnen från Kamerun, upplyser farbror Wilhelm. De räcker länge. Det finns mycket kvar i Sparrmanskistan. Berättelsen om vägen till Manns källa sparar jag. Den får de inte höra i kväll.

Snart står de i hallen, och Hillevi viskar till Johan Fredrik vilka de är, de förnäma ledamöterna i Naturvetenskapliga Sällskapet: lektor Lutander, konservator Jonason, tobaksgrossisten Lindahl, filosofie licentiaten Forslund, lantmätaren Wadsten, fruktimportören Nordberg, förre byråsekreteraren Edvardsson, trafikinspektören Stenudd.

De är mörkklädda med vita skjortor, en del har klockkedja och kråsnål, de klappar varandra vänskapligt på armen och försäkrar att allt står bra till. Det märks att Wilhelm Knutson är kretsens medelpunkt. Han välkomnar, han visar in, fast alla har varit där många gånger förut.

Före förhandlingarna serveras Tonic Water med kinin, man kan nästan höra malariamyggorna vina under filodendrons väldiga gröna blad. Wadsten har med sig prospekt på en ny tidskrift om naturvetenskapliga fenomen. Kanske borde sällskapet prenumerera? I kakelugnen flammar tunga vedklabbar.

Lektorn granskar ett foto i glas och ram på väggen: Knutson och hans vän Waldau utanför faktoriet i Ekundu. I bakgrunden den svenske bogserbåtskaptenen Levin som i yngre år hjälpte Stanley uppför Kongofloden.

Byråsekreteraren har tagit med sig en ortoceratit som han med hammare och mejsel har lösgjort ur dess årmillioner. Nu ser den ut som en slocknad raket och faller sönder i tre delar.

Tobaksgrossisten lutar sig över en fjärilslåda, konservatorn granskar den matta vingspegeln på den afrikanska isfågeln. De rör sig om varandra i våningen som är en vildmark med gläntor och snår; de upptäcker och besiktigar som om de gör husrannsakan. Johan Fredrik, som några har nickat till och andra tagit i hand, betraktar dem med förundran. De ser honom inte längre, han är osynlig och har inget emot det. De är en karavan som sluter sig kring kvällens eld.

Förhandlingarna kommer i gång. Man bestämmer sig för att sända en telegrafisk hälsning till pensionatet i Smålands-Taberg, där frånvarande ledamoten Georg Waldau bor de perioder han inte uppehåller sig på Teneriffa efter många decennier i Kamerun. Någon i sällskapet erinrar om hans uppfinning som tyvärr fått ringa spridning och uppskattning: ett kemiskt medel för att släcka vådeld i stenkolsgruvor och kolförråd, eftersom vatten inte biter på stenkol. Han har sökt sälja det till olika länder, inte minst det efterblivna Ryssland, men utan resultat.

För att ytterligare hylla Waldau tar man fram en vulkanisk sten som denne har deponerat hos Knutson. Den härrör från Kamerunbergets utbrott 1922 och innehåller inkapslade bubblor av hetluft. Stenen blir därför aldrig helt kall, och den ger ifrån sig ett särskilt ljud då man knackar på den.

– Varken ihåligt eller massivt, faktiskt rent besynnerligt, sammanfattar lektorn, får syn på Johan Fredrik och räcker honom stenen. Känn på den, min gosse. Och tillägger: En presumtiv ledamot, kantänka?

Tonic och cigarrer, några repliker om hur eftersatta botanik och zoologi är på skolschemat; och så inleder farbror Wilhelm omständligt sitt anförande som Johan Fredrik memorerar så gott han kan:

– Tron på det underbara, behovet av det utomordentliga är inpräglat i varje människas bröst. Forntidens sjumilastövlar, önskehattar och Fortunatus pung, har de inte genom järnvägarna, flygtransporten och den elektriska telegrafen, genom Australiens och Sydafrikas guldgruvor blivit till verklighet? Detta begär att hitta en lösning på allt som förut har tyckts oss gåtfullt har aldrig framträtt så tydligt som i vår tid. Men numera är det inte de vises sten, inte den ur elden nyfödde Fenix som vi söker utan nyckeln till chifferspråket i naturens heliga bok. Naturforskaren är i dag den gudomliga uppenbarelsens apostel, ty det är inget fördrag med den onde, inget trolleri utan bara människans egen, ur vetenskaperna förvärvade kraft som har vidgat sitt lagliga välde över naturen.

Bravo! Väl talat! hörs från medlemmarna, men lantmätaren invänder:

– En sådan framstegstro, käre Wilhelm, ter sig dyrköpt i dag. Vi är gamla, vi har sett hur man kan rädda liv som aldrig förr men också släcka dem.

– Många unga menar nog att det där chiffret i naturens bok kommer att visa sig vara en räcka förbannelser, instämmer byråsekreteraren.

Men farbror Wilhelm verkar inte road av att man hakar upp sig på framåtskridandets avigsidor:

– Mina herrar, jag lovade er förra gången att läsa ett par sidor ur mina minnen från Kamerun, hittills outgivna. Johan Fredrik, säg åt Hillevi att ta in en flaska gin till tonicen. Vi närmar oss vickningen. Men först, om ni estimerar?

– Låt höra! ropas det.

Och Johan Fredrik lyssnar i en känsla av att något viktigt sker som inte kommer att upprepas.

– En man från Bomboko kom ner till Bibundi och meddelade att kungen och kronprinsen av Bosana hade fängslat vår uppköpare Bombe och tagit åtta säckar av vår inhandlade kautschuck i beslag. De anklagade Bombe för att ha förfört kronprinsessan. Jag tog med mig några Krumän och en förrådsman och bytesvaror. Vi var väl beväpnade. När vi kom till Bosana, gick vi direkt till kungens hus. Både kungen och kronprinsen förklarade att Bombe skulle straffas för sina handlingar. Bombe ansåg sig inte ha begått något straffbart. Kronprinsen var desperat och blåste en signal i sitt elfenbenshorn och sex krigare med laddade gevär ställde sig i ring kring oss.

Jag tog tag i kungens arm och satte min revolver mot hans huvud. Jag sade honom att om hans män lade an mot oss skulle jag omedelbart skjuta honom. Samtidigt förklarade jag att detta inte kunde vara någon krigsorsak och att saken borde biläggas utan att vi hetsade upp oss. Den gamle kungen skrek Ole

Mokumba – Tag bort gevären! Sedan begärde jag ett samtal med prinsessan. Hon kom, och på min fråga om vad som hänt talade hon om att Bombe hade kysst henne två gånger samt att hon berättat det för sin man. Hon tyckte inte att Bombe behövde lida för detta.

För att stilla oron föreslog jag att Bombe skulle betala fem pund: två till kronprinsen, ett till prinsessan, ett pund var till kungen och mig för att vi bilagt striden. Förslaget antogs. Bombe blev fri och jag fick tillbaka mina gummisäckar. Jag fick förskottera Bombes böter, men själv avstod jag från mitt pund. När vi kom tillbaka till faktoriet, tyckte Bombe att han hade betalat alldeles för mycket för två kyssar. Jag föreslog honom att gå igenom missionsskolan, men han föredrog det obundna uppköparlivet med dess risker, och det blev som han ville.

– Människor är sig lika, svarta som vita, konstaterar fruktimportören. Samma beräkning, samma drömmar...

Efter en stunds debatt sammanfattar Wilhelm:

– Afrika, mina herrar, har sina hemligheter kvar. Helst vill man låta dem vara. Det var inte för inte som Noaks söner betäckte sin faders blygd. Den som bröt mot denna handling av anständighet fick plikta för sin nyfikenhet med en fördömelse som följer oss än.

Vid det här laget sitter Johan Fredrik osynlig bakom den höga gammaldags radioapparaten i mahognyfaner. Han tittar upp mot takets stuckatur och tänker att den kan falla ner på honom likt splitter från vulkanens rand. Han grubblar på det som Knutson har sagt om Noaks blygd och anar att han aldrig kommer att glömma det.

8

Så är det småningom dags för vickningen.

Över matsalsbordet breder Hillevi den grova duken som Amanda har sömmat med gula runslingor och draktecken. Herrarna ställer fram höga stolar på vilka lädret har naglats fast med stjärnformade nitar. Karl Johanssvampen eller stensoppen är upphälld i snäckor av pajdeg, blodriskan serveras på tunnbröd. Där är fänkål som lektorn har odlat på södra Gotland och som lockar en och annan ledamot till en botanisk dissektion hellre än till ett smakprov.

På ett runt fat uppdelat i olika fack ligger stekt nors, rensad ansjovis med kraftig lagerbladssmak, hästkött i tunna skivor med pepparrot, en gråvit kokt leverkorv samt ättiksgurka. Nykrusad persilja kantar smörkulepyramidens bottenplan.

Och så pilsner från bryggeriet tvärs över gatan, O P Anderssons Akvavit och i en fyrkantig butelj den holländska genever som jämte Steinhäger intogs som medicin i tyskarnas Kamerun.

– Nu väcks anden till liv, nu går flaggan i topp! halvsjunger lantmätaren Wadsten.

Men någon snapsvisa blir det inte, bara det hävdvunna muntrande ropet:

– Kamrater, supen kallnar!

De har glömt Johan Fredrik. Spetsglasen höjs, vätskan sväljs med allvar och fart. Ett ögonblick stirrar alla tysta på varandra med runda ögon, som om de betvivlar att de någonsin har blivit presenterade. Så följer ett djupt befriat andetag som från en enda lekamen. Lektorn ger uttryck åt samtligas känslor:

– Jorden är ändå en välsignad himlakropp.

Amanda har åter stigit ur sängen och kommer in med en korg nybakat bröd till osten just när herrarna pauserar kring en puffadders skinn. De tystnar eller ändrar tonfall när hon träder in, men hon dröjer inte länge kvar, hon har aldrig varit med i Afrika, hon står utanför Knutsons hemligheter och har nog av vad som alltför uppenbart är. Ormhalsfågeln med sina gamlikt utbredda vingar betraktar henne från matsalsskåpet, hotfull och på väg att anfalla, var gång hon dukar till middag och låser upp silverlådan för att ta fram besticken med Sjöryds monogram.

Än en gång under aftonen gör Amanda entré. Det är då hon sätter fram sköljkoppar; en kolonial vana, upplyser hon gästerna, och de har säkert fått höra det förr. Hon upptäcker Johan Fredrik bakom soffan och föser honom i säng i kabinettet på andra sidan de vita döbattangerna.

Han ligger i det mörka rummet, med ögonen öppna. Ändå är han försvunnen, han finns bara som ett bindemedel mellan rösterna som tränger in till honom, han är en våglängd för något annat som ännu inte är hans.

Någon säger sig ha hört varfågeln sjunga, milt och bevekande i vårbrytningen, men det är tjugo år sen. Någon rapporterar om hämplingen med en fjäderskrud grann som engelsk konfekt. Någon härmar lommens skri över Bornsjöns fredade ytor, och samtidigt hörs lastbilarna och de skramlande hästkärrorna som i sena kvällen kör in med tomglas genom Hamburgerbryggeriets portal: det är i transportväsendets övergångstid. Han ser konturen av det stora tegelmassivet från sin bädd, kabinettet har ingen rullgardin, bara ett draperi som hålls åt sidan med ett band fästat vid fönsternischen.

Inne hos honom står pianot med den väldiga tallkotten från Kalifornien. Och Beethoven blänger gul och fientlig på en uppstoppad chimpansunges förtorkade gubbansikte.

– I sakens natur...

Sådana fraser hör han där inifrån. Vad är en saks natur? tänker han och somnar bland avgudabilder, fornminnen, orientaliska mässingslampor koppärrigt hamrade.

Trots dubbeldörrarna kryper ett ljus fram över parketten, och han vaknar på nytt när licentiaten Forslund högljutt föreslår en skål för deras rättrådige gode vän Wilhelm Knutson, en man som hade mod att stå emot en av det tyska kolonialväldets mäktige, guvernören von Puttkamer, en föregångare till Adolf Hitler. Skål, Wilhelm, broder!

Det klingar av punschglas, det porlar av vichyvatten. De är ämbetsmän på äventyr; säkerhetskedjan är på, våningen lyfter mot en annan kontinent.

– Den buskråttan tål att skådas inuti. Men det var länge sen du tömde henne på allt värdefullt, Wilhelm.

Johan Fredrik ligger nerkilad i en ficka av tillvaron, en dold livsplats. Han har gått miste om berättelsen om Puttkamer. Men han börjar känna igen rösterna, Stenudds, Jonasons, allesammans omkring sextio år äldre än han själv. Hövdingarna Njongo och Mirima Bell omnämns som vore de folk som bor om hörnet. Och när ångfartyget Alice Woermann ankrar utanför Douala, inbillar han sig höra dess siren nerifrån Brunnsviken.

I kabinettet står skrivbordet i valnöt med papperskniven formad som ett vikingasvärd och en askkopp där man genom att trycka på en fjäder vänder upp och ner på mässingsskålen och tömmer dess innehåll i utrymmet där under. Hans sänglampa har sexkantig skärm och på varje del är inritad en cirkel med silhuetter av hus i Stockholm.

På skrivbordet ligger förstoringsglas, stämpel, läskpapper och en linjal av stål, och på dess sidohurts står ett porträtt av Amanda som ung och mycket vacker, med ett öppet tillitsfullt ansikte, intill Agards International Industries & Trade Marks Register.

Johan Fredrik urskiljer repliker och upplysningar:

– Delfinen flyter på vattenytan, somnar och sjunker då sakta till havsbotten, vaknar av att stöta emot botten och stiger mot ytan. Där somnar hon igen, går åter mot botten och väcks på samma sätt. På det viset kan hon njuta sin vila i ständig rörelse. Är inte detta eftertraktansvärt, mina herrar?

Importören av sydfrukter berättar om en fransk poet, Rimbaud tycks han heta. Denne deltar i cirkusuppvisningar på en

49

öde stadsäga intill nedre Grev Turegatan. Sen kommer han till Afrika, dock inte som akrobat. Hans enda nära vän är jesuitpatern Jerome som senare blir biskop av Harar och lär Etiopiens blivande kejsare Haile Selassie att läsa och skriva. Men kejsaren läser sällan i ämbetet och skriver aldrig, och inte ens hans närmaste har sett hans signatur. Efter att ha lyssnat var morgon på sina angivare viskar han instruktioner till Ministern av Pennan, denne tolkar honom till administrativ prosa och får ansvara för följderna av dessa order, ty kejsaren kan alltid ändra sig eftersom ingen kan vittna om vad han egentligen har sagt. Och nu vill Haile Selassie avlägga statsbesök i Sverige, många dyrkar honom här, en greve von Rosen utbildar hans flygvapen efter italienarnas avtåg.

Hur mycket bättre – menar Nordberg – om kejsaren likt skalden Rimbaud hade slungat sig mellan några trapetser på en bakgård och sedan för sina oförtjänt ärvda pengar byggt upp varitérestaurangen Tattersall, från vars scen han kunnat utfärda sina dekret utan dödligare utgång än att någon skrattat ihjäl sig.

Efter ett uppehåll då Johan Fredrik kan ha slumrat till är det någon som frågar:

– Så att Puttkamer lät piska henne inför alla andra i byn?

Johan Fredrik tycker att farbror Wilhelms skugga faller över fönstret, hans mustasch ritar ett liggande S mellan spröjsarna, en livets stig, suddig och föränderlig. Och han hör släktingens bestämda röst:

– Inte Puttkamer den gången, utan Leist. Han tyckte att hon och de andra soldathustrurna inte arbetat nog åt honom. De skulle kläs av en i taget och i varandras och männens åsyn få tio slag med piskan av flodhästhud. För en av männen blev det för mycket, han överföll Leist, fängslades och ställdes genast på schavotten. Hans sista ord var: Om vi bara hunnit döda dig skulle vi ha varit nöjda. Då blev Leist så ursinnig att han ryckte geväret från en soldat och slog den redan dödsdömde med all kraft i huvudet. När den piskade kvinnan förstod att hennes man genom sina ord hade dömt sig själv till döden, kastade hon sig med ansiktet mot jorden och rev pannan blodig mot den hårda marken.

– Fick då Leist inget straff?

– Jo, när det kom ut i tysk press, avsattes han som tillförordnad guvernör. I stället fick han ett undersökningsuppdrag och i det ingick att utreda lagligheten i de fastighetsförvärv vi svenskar hade gjort på Kamerunberget. Han var juridiskt okunnig och sände in falska rapporter, han var besatt av hat till oss för att vi behandlade infödingarna väl. På hans undersökning åberopade sig tyska regeringen då den senare vägrade att kompensera oss för sina beslag.

Johan Fredrik är bara en hopkrupen lyssnande bälta, han känner sig på en gång munter och oroad, utan andra tankar än på att samla ihop allt han ser och förnimmer. Kanske bildar det en gåta som löser andra gåtor, till exempel varför föräldrarna inte vill att han ska besöka farbror Wilhelm.

Nedsänkt i sitt mörker hör han röster som talar om skändligheter och grymma och förslagna finter men även om ljuset över Memefloden och sporrgökens rop. Han tar till vara enstaka begrepp: process, överklagande, mandatområde, naftalinkamfer, marantaceer med höga spadformiga blad...

Han knackar på ordens skal, de är som ormägg, något skimrar där inne. Han ser framför sig något vettlöst och oformligt men också den klara konturen av ett solbelyst berg.

– Baron af Knutson var jag tvungen att kalla mig till sist. Guvernör von Puttkamer var ju själv greve. Det gällde att sätta sig i respekt.

Sedan följer en mening som borrar sig in i honom, fastän den hamnar utanför ett tydbart sammanhang:

– Soldaterna skrattade, men barnen var tysta.

De orden stannar kvar i honom likt ett eko som upprepar sig själv, allt svagare, utan att någonsin dö bort.

Johan Fredrik vill tränga in i denna hemliga och heliga krets som han snart måste lämna. Men nu darrar han av rädsla att få veta för mycket. Puttkamer – namnet skrämmer honom. Naturvetenskapliga Sällskapet, den svenska beredskapen och alla goda människor måste bekämpa det tyska hotet.

Han vet att Hitler är krossad, men är herr generalguvernör von Puttkamers välde slut?

Dunkelt och svårgripbart är det som Wilhelm talar om:

– Berget hade kunnat bli en fristad för människor med god vilja. Sådana som Bowallius och Linnell, Sjögren, Per Dusén, Waldau och jag själv och våra efterföljare i senare generationer hade kunnat skapa en modell av samverkan, ett nytt mönster... Kanske har inga levt i så nära vänskap med de infödda som vi gjorde. Och gummiträden flödade av saft under sin blånande bark.

Plötsligt känner sig Johan Fredrik stolt och förvånad över att han alls finns till och lyssnar till detta. Han fylls med en lust att klättra över stängsel, öppna sig mot en annorlunda tillvaro. Han tänker på fadern som försöker övertala kunderna att köpa premieobligationer och på modern som träget för en hushållskassabok i tolv kolumner, varav hon kallar den sista för "gåvor och annat oförutsett".

Det är inget som upptar dem på allvar. De iakttar en distans till människorna, så att ingen ska lyfta dem i glädje eller sänka dem i sorg. De vill kunna förutse varje förändring av ränteläge, arbetsschema, känsloklimat. De mobiliserar sig mot det oväntades attacker. Johan Fredrik tycker de är snälla men alltför beräknande, deras liv är enformigt och planlagt och det måste vara deras eget fel.

– Mina herrar, Sverige har låtit det gå sig ur händerna, ett bördigt jungfruligt land, med vänligt sinnade invånare... Nu har vi ett Kamerun utsuget av tyskar, engelsmän, fransmän. Ni förstår vilka ansenliga följder det fått ifall jag hade vunnit min process.

De andra mumlar instämmande. Wilhelm är deras budbärare från de fjärran fälten. Johan Fredrik kämpar mot tröttheten. De höga möblerna och draperiet glider samman till jättelika lavablock på Kamerunberget, under ett illaluktande cigarrmoln.

Skratten mullrar.

Han vill så gärna se dem som en hop lyckliga människor som sitter och håller varandra i händerna medan de pratar. Han behöver inget veta om dem annat än att de är till freds. Hans hjärta klappar för dem som vistas i det milda lampskenet framför brasan. Ofta är detta hans enda önskan: att människor ska vara glada.

Han får lust att låtsas gå i sömnen och skrida genom deras krets likt ännu ett naturvetenskapligt fenomen. Han beundrar dem, ty de verkar inte ett ögonblick ha tråkigt, fastän de är gamla och det inte återstår mycket för dem att uträtta.

Han känner sig febrig av lyssnande och trötthet. Där inne i kabinettet grips han av en rädsla som han inte vill vara utan, ty han har inte känt den förut och den liknar en lockelse. Han tycker att alla människor är instängda i ett mörkt universum – insärrade i Guds ögonhåla, bakom hans näthinna, och man ser inte klart utan famlar, rotar och fäktar, allt medan ljuset växlar från månkallt till solgult och aldrig låter en urskilja gränsen mellan det som är och det som inte är.

Men nu vill han ut, slippa bindas vid en trist tjänst som faderns, slippa bli självömkande och bitter som modern är emellanåt. Ty han vill egentligen mest av allt vara glad då han blir stor, och därnäst uträtta något åt mänskligheten, fast han är osäker på om dessa syften låter sig förenas.

Han skulle vilja vara ett av dessa cirkusbarn som färdas genom natten i stora vagnar, medan världen sover, och han skulle sticka huvudet i lejonets gap och balansera på lina över de häpna inbyggarna i Bollnäs och Borensberg. Han har sett de resande cirkussällskapen, de hinner aldrig bosätta sig för att odla en trädgård. När de far är gräset bränt och marken nedtrampad av elefanternas fötter.

Småningom bryter medlemmarna upp under buller och välgångsönskningar, det telefoneras efter droskor och skramlas med promenadkäppar. De följande mötena prickas in i almanackan: ett ska handla om röksvamp, ett annat om ormfångst i

53

Grekland. På kontoristföreningens Tornet samlas de ibland, men det är annars svårt att hitta en billig restaurang, så nu får det bli hemma hos Stenudd, i all enkelhet, ifall han inte lyckas ta några gäddor ute vid sommarstället på Tynningö.

När dvalan sedan faller över Johan Fredrik likt en yrsel, drömmer han om vulkansprickor i Kamerunberget och den heta stenen som det susar i.

Och precis som med Filippa ute på Brunnsvikens is blir han maktlöst medveten om att något finns inom räckhåll som han ännu inte förmår gripa.

9

Morgonen stryker frosten från bryggeriets höga fönster, snön smälter bort intill husväggarna, och en hund skäller för att det är på väg att bli vår. Mellan gatstenarna ligger havrespill, och gråsparvarna pickar i hästbollarna.

Mitt i körbanan står takskottarens kompanjon, onyktert vacklande, och skriker ett varningens ord till hög och låg. Det är den tid på året då han kan utöva full myndighet och till och med poliskonstapeln lyder hans order.

I kabinettet stiger Johan Fredrik tyst upp och klär sig. Det är konstigt att vakna i ett rum som inte används till att sova i. Han är trött och griper om fönsterbrädan. På avstånd brusar staden som havet i ett snäckskal. Cykelklockor ringer. Ur Gustav Vasas torn dånar åtta slag.

Så många människor det finns där ute; och så Knutsons som verkar leva sitt liv vid sidan av alla andra. Fast Hillevi kallar honom grosshandlarn – varför vet inte Johan Fredrik, han glömmer att fråga.

Han får syn på skelettet av en flygande ekorre, den har landat här för alltid. Igår lade han inte märke till den. Han själv är en gäst i huset, ett kolli utan adresslapp, en vindharpa utan egen röst. Han skickas hit och dit. Han är inte herre över sitt öde.

Om sin morfars bror vet han föga. Men han tycker inte det tillkommer honom att forska. När han slår upp en av de trasiga klippböckerna, skymtar han stora rubriker, mest i landsortstidningar han inte känner till: Afrika-Knutson tillbaka i Sverige. Men han hinner inte läsa förrän Hillevi kallar till frukost.

Hon häller upp havregrynsgröt i en djup tallrik som har en stjärna i botten. Mjölken rör hon ihop av vatten och pulver.

Köket är klätt med pärlspont som på landet, målningen

har flagnat. Diskbänkens marmor har spruckit, en ärgad varmvattensberedare hänger på väggen över slaskhon. I det klara morgonljuset ser våningen sliten ut. I serveringsrummet står en Singer symaskin med blanknötta fottrampor. Det är tyst i salongen där herrarna har sammanträtt. På snedklaffen ligger Fries' Sveriges ätliga och giftiga svampar uppslagna på Riskor.

Hillevi har städat, ställt undan resterna av en Janssons frestelse, allt annat har gått åt. Hon sitter stilla på köksstolen, sprättar bort en knapp i Knutsons svarta byxor och fäster den närmare sprundet. Grosshandlarn har lagt ut under året, säger hon och lutar sig med ens fram över bordet och gråter:

– Jag skulle vilja att grosshandlarn fick precis som han ville. Men se, han är för gammal. Allt går emot honom. Ingen har respekt för vad han har uträttat. Tur att han har vännerna! Men dagen efter är han alltid upprörd och nedstämd. Och frun är sjukare än hon vet om. Det är inte bra alls.

Det är inte ofta Johan Fredrik har sett en vuxen människa gråta. Hillevi är yngre än Amanda och Wilhelm, hon ska överleva dem länge. Hon samlar ihop brödsmulor i en påse för att mata duvor på Odenplan. På kvällen ska hon rulla lotter.

Han tittar genom den släckta korridoren mot sängkammardörren, där hans gamle släkting vilar med sin hustru som snart ska lämna honom. En sådan dörr kan då likna det svarta omslaget till en almanacka: Där inne göms det som väntar honom själv, barnet; också han måste passera genom sovrum, sängar, in i en okänd kropp.

Det skrämmer honom – både att detta måste ske och att han själv den gången kommer att vara så förändrad att han tycker om det. Kemiska processer ska forma honom till en främmande gestalt som kanske kommer att gilla dubbelsängens fångenskap.

Och ändå har Wilhelm Knutson bestigit en av Kamerunbergets toppar som den förste vite mannen någonsin och där lämnat en plåtlåda med sitt namn och en hälsning från konungariket Sverige. Han har vistats i det rörliga och obekanta, han har varit borta många år från julgranar, bröllopsmiddagar och lönekuvert, och hans kartor har införlivats med Berliner Universal Atlas och orienterat människor om var de befinner sig på jorden.

Med en filodendron som hotfullt slingrar över salongsdörren, med sina minnesanteckningar och uppstoppade djur bygger Knutson på nytt upp denna scen, kuslig och tilldragande, ändå för Johan Fredrik begripligare än det mörka schakt som förenar sängkammaren med gården.

– Var du uppe och gick i natt? frågar tant Amanda som träder in i köket. Jag tyckte jag hörde konstiga ljud.

– Nej, svarar han. Det kommer jag inte ihåg.

– Så du sov hela natten? Jag fick för mig att jag hörde steg inne i salongen. Jag tänkte gå in och prata med dig.

Har han vandrat i sömnen för att leta efter något? Eller är det hon som vaktar på föremål han inte tillåts se? Han är utmattad av allt han har varit med om. När han drog undan gardinen tidigare den morgonen, hade en svart likbil kört Norrtullsgatan ut mot Norra kyrkogården.

Hillevi hade rätt: När farbror Wilhelm kommer ut till dem ser han ut som om han brutalt har väckts ur en dröm. Han dricker tigande sitt kaffe och äter sig mätt på knäckebröd med senap.

– Jag måste ha något starkt att restaurera mig med, säger han.

Johan Fredrik ser på hans breda ljusfräkniga händer och tänker på nytt att det han vet om honom är så bristfälligt att han kommer att glömma det. Han anar att han inte kommer att se honom mer. Norrtullsgatan är avlägset som Afrika.

– Det är kallt ute, konstaterar Wilhelm. Och vintern har varit sträng.

– Jag skulle vilja det var sommar hela året om, säger Johan Fredrik.

– I Kamerun är det sommar jämt. Men de som bor där vet inte om det. Därför har årstiderna inga namn.

Hillevi suckar och går ut i serveringsrummet för att pressa hans byxor.

– Det är minsann ingen sinekur att leva, stönar Wilhelm Knutson.

– Vad är sinekur? frågar Johan Fredrik.

– Egentligen är det att vara kungens hovläkare på Gotland. Johan Fredrik, du har en far som gör något så ofattbart som förvaltar andras pengar. Men det råder jag dig: Får du några pengar själv, så använd dem medan du har dem. Spara inte på något om du kan slippa: pengar, mat, resor, kvinnor, sak samma. Man syr inga fickor på likskjortorna, sa man när jag var barn.

Han tiger. Han är rödnäst och blank i ögonen, som om han länge fixerat något.

– Mig är världen skyldig en del, återtar han. Ett par miljoner var mitt skadeståndskrav mot tyskarna. Processerna har kostat mig hundratusen och mer än så. Jag har hållit advokater i tre länder sysselsatta.

Johan Fredrik får en dunkel bild av hans kamp mot övermakt och orättvisa. Wilhelm är en banbrytare – det står klart – men på vad sätt vet han ännu inte. Han skulle vilja bo kvar i kabinettet några dagar, men det får han inte; han måste hem till Östermalm och gå i skola.

– Folk kommer att inbilla dig så mycket, säger Wilhelm. Tro dem inte! De kommer att påstå att göken är tyst i Afrika. Du kan fråga mig. Och jag säger: det är inte sant!

Det enda Johan Fredrik kommer sig för med att fråga den morgonen är:

– Varför for farbror Wilhelm till Afrika?

Då får han veta en del men ändå inte mycket. Farbror Wilhelm växte – liksom morfar Oskar – upp på Sjöryds gård i Västergötland. Dasset hade spruckna tapeter med scener ur Robinson Crusoes liv. En cirkus slog upp sitt tält på en allmänning vid stationen i Grästorp. Efteråt fick han gå ut i stallet. Där stod en svart man och klippte elefanternas tånaglar med en avbitartång av den sort som plåtslagare använde. Elefanten vaggade sitt huvud för en inre storm och lät det ske som måste ske.

Wilhelm, tio år, tog upp en nagelflisa stor som en barnhand, gråsvart som Kinnekulles skiffer. Han förvarade den i sitt rum, men fast den låg i en låda spred den en så mäktig lukt av djur att han tvingades göra sig av med den. Han grävde ner den under en vinbärsbuske och hittade den aldrig igen. Men han visste att den fanns där i jorden och det var nog.

I julklapp fick han ett tåg och på vagnarnas gröna sidor läste han i gyllene bokstäver Kairo-Khartoum-Expressen. Tåget drevs med sprit, och dess spritlampa kunde man ta loss. Han smälte socker vid dess ljus, det droppade ner på en tallrik som smorts med smör och täckts med mandel. Det blev knäckflarn, medan tåget stod stilla på en station i öknen.

Ett par kilometer från Sjöryd var kyrkogården med sina väderpinade almar och krumma tårpilar. Kyrkan stod på dess ena sida, Elimkapellet på dess andra. Mitt emot var viktualiehandeln; lärarinnan hyrde rum där ovanpå. I skogsbrynet låg ett litet hemman med skraltig boskap och höga stockrosor på vakt vid förstubron. Det hette Kongo, ty där bodde en afrikamissionär som vänt hem efter svåra malariaanfall.

Inne hos honom rådde en isande stillhet. Luften blev aldrig varm, det luktade gammalt av stövlar och råttor. Han hade böcker från missionsfältet, översättningar av evangelierna till afrikanska språk, han hörde till den första generation som vågat sig dit ut i baptismens tjänst och den enda som återvände. Han visade teckningar av döpta vildar under brödfruktsträd. Han bjöd på hårda svarta karameller som sakta blev sega i munnen och kallades engelsk lakrits.

Några sommarveckor bodde på Sjöryd en västgötsk jägare, zoolog och uppstoppare, Gustaf Kolthoff. Då var Wilhelm Knutson sjutton år och ett förtroligt band knöts mellan honom och den mycket äldre konservatorn. De vandrade i skogen, där älgen stod svept i dimstråk och tuggade sälgskott och haren kröp ihop under en rot och sammetssopp och vinkremla växte tysta i mossan.

Kolthoff teg gärna, men plötsligt brast en fördämning inom

59

honom, och han domderade som en fältväbel: I väg och se andra länder, samla till våra museer, laboratorier och vetenskapliga kollektioner! Du kommer att bli ryktbar som Afzelius, Wahlberg, Axel Eriksson, Johan Fredrik Victorin...

Här tittar Wilhelm Knutson så förvånat och förebrående på sin brorsdotterson att denne känner sig som en förfalskare, en som aldrig kommer att leva upp till sitt namn.

I närheten av Vänersborg bodde björnjägaren Lewellyn Lloyd och hans son Charles John Anderson som upptäckte sjön Ngami och floden Okavango. Slaktarsonen Axel Eriksson hade genomkorsat hela Sydvästafrika och fyllt hemstadens museum med hundratals preparerade djur. Slut dig till dem, manade Kolthoff den unge Wilhelm, far till Calabarkusten, till det innersta av den västafrikanska bukten, där har ingen botanisk eller zoologisk expedition varit.

Det ryckte i en tråd som med sin andra ända var fästad i det okända, långt borta från den hembygd han lärde sig besjunga i skolan. Men också långt borta från Amanda Liedberg, godsägardottern från Ulfstorp, som han redan växlat ord och blickar med. För henne vågade han inte blotta det frö som Kolthoff hade sått.

Det är något som Wilhelm inte hinner eller vill gå in på denna morgon i köket. Eller också orkar han inte teckna bilder som hans åhörare kan begripa och se framför sig. Johan Fredrik märker att hans släkting tar en omväg kring sitt ämne, han avbryter sig, kanske är pojken inte vuxen eller erfaren nog att förstå. Kanske väntar bakom kylan hos småbrukaren i Kongo, det moderna leksakståget och skogsvandringen med Kolthoff en annan historia som han ännu inte förmår berätta.

Till avsked får han av farbror Wilhelm en sorts strut.

– Det är ett penisfodral från Kamerun. Det duger bra till att ställa pennor i. Tala inte om för dina föräldrar vad det är. De tål det inte. Och för resten, berätta inte för mycket om oss, de begriper helt enkelt inte. Tyvärr.

Han lovar. Fast å sin sida har Knutsons inte frågat om hans

föräldrar, det är som om de knappt funnes. Och vem tar de då Johan Fredrik för, vem ser de i honom? En tillfälligt adjungerad medlem i Naturvetenskapliga Sällskapet eller bara en otydlig skepnad som tillåts göra en smula intrång i deras ovanliga vardag i Vasastaden?

I en port vid Vidargatan om hörnet står två pojkar. De störtar fram till honom.

– Vagöruhärva? Stick!

Han går långsamt som när man möter en ilsken hund. Han tänker på det anonyma brevet. Han gissar att han är olika dem på något sätt, därför är han lovligt byte. Han vänder sig inte om, men plötsligt river en av dem i hans ryggsäck så att remmen lossnar. Den andre hoppar fram och ger honom en solar plexus.

Då blir han så rasande att han ställer sig på ett ben och snurrar runt med ena armen rakt ut så att ingen kan komma nära. Han morrar och fräser som ett lodjur. Detta beteende överraskar de två övermäktiga som ställer sig att gapa.

Johan Fredrik böjer sig ner i farten, griper ryggsäcken med ett sista obehärskat skall och rusar ner till 5:ans spårvagn på Odenplan. Han kastar sig upp på främre plattformen och gömmer sig intill föraren.

Banditerna ser snopna ut men har ingen avsikt att lämna sitt revir. De plockar upp vad som är kvar på trottoaren: en tumvante som är Johan Fredriks och en något längre pärlstickad vante som en gång framhävde manligheten hos en jägare av doualafolket.

Hemma på Riddargatan frågar modern:

– Vad talade farbror Wilhelm om?

– Om Puttkamer.

– Herregud. Vem kan det vara? En släkting på Amandas sida? Eller någon av hans kumpaner där nere?

– Jag vet inte.

– Talade han bara om Puttkamer?

– Ja.

61

– Alltid är det något konstigt! Vilket slöseri med tid och pengar! Så mycket onyttigt och dumt de har för sig! Tur att du inte behövde stanna längre.

– Hur var det på Kramer i Malmö? undrar Johan Fredrik artigt.

– Vi dansade hela natten, berättar modern. Någon gång i livet ska man väl få göra det också.

Sedan går Johan Fredrik in på sitt rum för att slippa svara på flera frågor. I tummen på sin udda vante gömmer han det anonyma brevet.

Han känner sig ensam. Förråd oss inte! viskar hemligheterna runt omkring honom, men det är med hans egen röst de talar: Filippa, Gerda, Wilhelm Knutson och hans Naturvetenskapliga Sällskap.

Han står med ryggen mot väggen. Sina födelsemärken visar han för ingen.

10

En avsevärd tid framöver blir Kamerun för Johan Fredrik ett vagt och odefinierat område dit han förvisar underliga infall, ett gåtfullt land som sänder ut lystringssignaler.

Men småningom glömmer han denna tidiga initiationsrit och dess tänkbara innebörder. Någon gång påminner han sig papegojan, sådana fåglar brukar leva länge, kanske gungar den än i den fönsterlösa hallen, lika mörk som regnskogen där den fångats, och lockar och klagar med sitt rop: Kommer du? Kommer du?

Ja, något hos honom blir kvar i denna våning, ett mönster börjar formas helt oförberett. Under natten på Norrtullsgatan får ett frö till hans framtid fäste vid tröskeln mellan kabinettet där han sov och salongen där ledamöterna i Naturvetenskapliga Sällskapet hörde sin illustre ordförande, hans morfars bror, berätta om den skygga vit- och svartbrokiga isfågeln Cyrele rudis: hur den sover inne vid stammen till ett vilt fikonträd och hur den stannar över flodytan med fladdrande vingar likt en tornfalk innan den störtar sig över sitt byte.

Och fast han efter några år nära nog ska glömma farbror Wilhelm, kommer han att minnas ljusstrimman över nött parkett och smaken av kondenserad mjölk den dag han blir utnämnd till kabinettssekreterare i utrikesdepartementet. Det är en sällsam och ålderdomlig titel, som framkallar kabinettet vid Norrtullsgatan, där han låg i en hopfällbar soffa och hörde Wilhelm Knutson sorgset säga efter att ha läst ur sina minnen:

– Jag vet inte om något av detta finns kvar. Det mesta försvinner. Solfåglarna, sporrgökarna – djuren är dömda. Jag försöker bara berätta hur det var att leva några år på berget under vulkanens hot, i eldens skugga.

Att förteckna kabinettets inventarier och tolka rummets budskap på en annan nivå i en annan tid – det är kanske undermeningen med hans utnämning.

Det drar igenom honom som ett snabbt och lekfullt infall, men inget framgår därom i intervjuerna med Johan Fredrik Victorin när han på 1970-talet tillträder denna höga post inom svensk förvaltning.

11

Den ståndaktige tennsoldaten, säger en pojke och fnissar. Det räcker. Puberteten drar in i Johan Fredrik som en fuktig dimma. Han vill mota bort den men snubblar över sig själv.

Klassens långe kvarsittare som alla är rädda för tar under en biologilektion fram sin styvnande lem, skriver med bläckpenna $1+1=3$ på den, drar i gång under pulpeten och betjänar sig av bläcktorkaren.

Därefter blänger han trotsigt omkring sig, medan lärarinnan tecknar mullvadens tänder på svarta tavlan. På det här området ligger han en klass före de andra.

– Vet du vad gamla människor kallar fittan? frågar han hotfullt Johan Fredrik.

– Vadå? undrar denne skrämt.

– Varginnan.

Långt fram i livet känner han gymnastikkaptenens grepp om överarmen som böjs bakåt upp mot skuldran:

– Två saker ska jag lära dig innan du slutar skolan: bocka och stå i givakt.

Dessa åtbörder har han dock föga nytta av; däremot deltar han i omklädnadsrummet i en tävlan som för en kort period är omtyckt. En tvåöring läggs på en halvstyv vågrät penis. Den som med en sprittning av lemmen lyckas kasta myntet högst eller längst behåller också kamraternas insatser. Det är ett av de få hasardspel han någonsin ägnat sig åt.

Johan Fredrik säljer julkort med änglar på, han går från dörr till dörr i hyreshusen – det är flera decennier kvar till kodnumren och förstoringsglaset i dörrspegeln. Hjärtat bultar i honom när hundars ilskna klor skrapar mot den inbyggda brevlådans baksida.

Nästan bara kvinnor öppnar, de är rädda, misstrogna, vänliga, frånvarande, klädda i morgonrockar, förkläden, finklänningar. Kring dem svävar en lukt av kaffe, kokt gädda, malmedel och bonvax.

För pengarna går han på tå in på biografen London och ser en barnförbjuden erotisk kortfilm. En kamrat har redan beskrivit skådespelerskans bröst som så upphetsande att de kan få hjärtat att stanna på en jak. Hon badar i en utomhusbassäng med en man som hon kallar Otto.

– Jag tycker egentligen inte om kroppsövningar före mörkrets inbrott, anmärker hon med ett synnerligen menande tonfall.

Otto jagar henne, dyker och flaxar i sina försök att nalkas hennes nästan nakna flyende kropp. Han skymtar som en delfin ur kurs.

– Du orkar inte ta mig, retas hon.

– Om jag kunde förvandla dig till en tvestjärt och sen fick stampa på dig, skulle jag med nöje göra bägge delarna, skriker den rasande Otto.

Deras få repliker översätts omständligt på breda textremsor som ibland döljer just det som Johan Fredrik vill se.

Till slut hamnar Otto på land, flämtande av utmattning. Där räddar hon honom från ett sammanbrott genom att blåsa mystiskt i hans mun. Hon plutar med fuktiga läppar, så att Johan Fredrik minns elefantens mjuka sug på Skansen då han matade den med en skorpa; inuti var snabeln skär och vit som en nyfödds gom.

När han vaknar med klibbig mjölk över mellangärdet, skaffar han sig ett förstoringsglas för att få syn på spermierna men kan inte upptäcka dem. Säden lossnar som tunnaste rispapper från huden.

Sin första kondom köper Johan Fredrik, utan minsta yttre anledning, i en sjukvårdsbutik vid Östra station. Den puckelryggige expediten ser inte upp en enda gång, själv tittar han också envist ner. När han betalar smäller därför deras skallar ihop över disken. Chocken att ha blivit berörd av den hemske försäljaren är stor, han måste luta sig mot husväggen utanför, ty han darrar i hela kroppen.

Hemma förfar han enligt anvisning: rullar upp den sakta kring avsett underlag. Blotta handlingen får honom att explodera. Sen blir kondomen en löjlig påse som inte låter sig spolas ner förrän han blundande fiskat upp den och gömt den i en massa papper.

För att snabbt hejda det lynniga organet i dess meningslösa gymnastik hittar Johan Fredrik på att multiplicera svåra tal i huvudet. Det kräver koncentration, och det går bra tills själva leken med siffror färgas av den upphetsning som ska dämpas. Till slut ejakulerar han häpet i samma ögonblick som han fullbordar 88×63. Han listar ut andra metoder – som att nypa sig så hårt i överarmen att han har blåmärken i veckor. Men snart blir smärtan en signal till den oregerliga semaforen att höja sig till klartecken.

Första året hanterar han sin lem frejdigt som en vattenpistol. Han beskjuter en korsspindel som vägrar lämna sitt nät i hörnet till hans sommarrum. Nätet kommer i svajning, spindeln rullar ihop sig till en boll. Men innan säden hunnit torka till ett korsvirke som ska få djurets boning att rasa, har spindeln förstärkt nätet med en serie bärande trådar.

Den tidiga puberteten är mycket kroppslig. Johan Fredrik är otyglad och uppfinningsrik. Det är som om han går omkring med stänkflaskan som brukar stå intill strykbrädan.

Det är en privat exercis. Någon flicka ges inte tillträde; för övrigt finns det ingen. Känslorna väntar på annat håll, de har inte med det här att göra. Likt snigeln lämnar han efter sig en tunn tråd som utsöndrats ur honom själv, ett spår som ingenstans leder, en ostyrig vattnig slinga, underligt svår att tvätta bort.

Att ryggmärgsvätskan skulle sippra ur honom via denna utgång och låta honom tyna bort i en svaghet så stor att den endast lät sig avbrytas av hallucinationer varunder han skulle skåda sin farmor i kubik – såsom det klart och tydligt står i Henrik Bergs läkarböcker – det tror han inte på men läser gärna därom.

Spara på krafterna är inget för honom. Först långt senare erfar han vällusten att gå länge på gränsen till orgasm; men då har han också lärt sig förnimma andra människor som lika verkliga som han själv.

12

På ett gult herrgårdspensionat vid en sjö i Södermanland till-bringar Johan Fredrik och hans föräldrar några sommarveckor ett par år i följd. Efteråt ser han den tiden som en hemlig sänka, lagd på tvären genom hans liv och inte riktigt åtkomlig.

I hallen skallrar glasdörren med sina rubinröda romber var gång någon kommer eller går. Verandan knakar som en korgstol. I korridoren utanför hans rum drar en städerska en hårnål i golvspringorna för att sprätta upp skräp och damm. Det luktar stekt strömmingsflundra genom trossbotten. På kökstrappan sitter en flicka och spritar ärter. De faller med ett plingande ljud i en plåtskål. Några får ett mjukare nedslag i hennes mun.

En trädgård hör till. Melonen sticker upp sin flint över driv-bänkskanten. Manshöga nässlor gömmer komposthögen på baksidan. En vit snäcka här och där visar var igenlagda grusgång-ar har gått. Gästerna samlar lupinfrön i tändsticksaskar; där rasslar de löftesrikt om ännu en sommar.

En järnhandlare från Stockholm metar oförtrutet små beniga abborrar. Katten som fick dem till en början blev vild och flydde till skogs. Nu mals de ner till kroketter och äts med tillkämpad andakt till middag. Vid kaffet på verandan tänds för stämning-ens skull fotogenlampor vilkas glas är dimmiga jordklot med en meanderslinga längs ekvatorslinjen.

Då spelas fia och fortuna och Johan Fredrik och en pensione-rad ingenjör begrundar sabinskornas bortrövande i ett koppar-stick på träväggen: en påminnelse om en manlig dådkraft de båda saknar. Några försjunker i Quentin Patrick, han som upp-träder under så många författarnamn att man kan misstänka att alla samtida detektivromaner har skrivits av honom, fastän han förmodligen är en kvinna.

Dagar porösa som cigarrettfilter, drömmar dådlösa som trasiga segel där vinden rivit upp en reva intill lattfickan. En tillvaro otolkad som tecknen på makaonfjärilens vinge.

Vad måste man vara med om för att göra det man vill göra? Det han önskar är att glömma sig själv och slukas av ett äventyr som åtminstone ska vara sommarlovet ut.

Det är inte han själv som han vill ska uppenbaras utan något annat som med sin mäktighet ska ställa honom i skuggan. Men han tvingas nöja sig med halvfabrikat och surrogat. Likt vissa steklar liknar han till förväxling andra som inte är som han. Det utsätter honom för missförstånd men skyddar honom också. Hans vardagsjag är ett nödtvunget provisorium som han en dag ska lägga av sig.

En morgon ror han och en flicka som lider av att heta Ingrid med var sin åra över insjöns ytor, i vänskapens långsamma takt. En gädda slår i lugnvattnet framför stäven.

Ingrid kallar pensionatet för passionatet. Där ligger det mitt emot deras ö, med vita trädgårdsmöbler som faller sönder i den dallrande luften och blir till ved i oktobers löveldar.

Johan Fredrik sitter i en klippskreva där hans kropp passar in som i en gjutform. Hon finns intill, i gula shorts och rödflammiga ben. Hon biter på naglarna, hon är så mjuk i ryggen att hon kan bita på tånaglarna också. Hon tycker om att röra sig och går okyskt ner i spagat över en björkrot.

– Dom är så goda vänner, inget kan hända tillsammans med honom, aldrig i livet. Vet du vem som sa det? Min mamma. Idioter!

En storspov svävar över strandalarna. Rönnens unkna doft flyter på vågorna. Ett bräm av ljustorkat sjögräs markerar att vattnet har sjunkit den senaste veckan.

Hon stryker pekfingret över näsryggen och tittar på honom. Han vet att han betraktas som stillsam av de andra gästerna. Han brukar sitta med en engelsk språklära under Signe Tillischträdet och låta äppelbarken skava mot skuldrorna. "There is nothing like an evening on the Thames." "He is not likely to act prematurely.''

Johan Fredrik är en andligt sinnad person, inte upplagd för lättfärdighet. Det är hans skyddande mask. Ingen ska få honom till sin spännande sommarleksak.

– Dom talar som om dom levde för hundra år sedan, skrattar Ingrid segervisst. Tror dom att du ska äta upp mig?

Något hos henne drar honom till sig, något stöter bort honom: saknad och lättnad byter plats, tills de glider in i varandra och förbi varandra.

Hon lyfter armarna och lägger vardera handen på motsatta axeln och ett ögonblick är hennes ansikte gömt bakom underarmarna då hon drar av sig tröjan. Hon har baddräkt under.

De är ensamma på ön. Insjöns vatten är lent som olja, brunt av multnande växter. Hösten dessförinnan har en tjugo års man, pensionatsgäst han också, drunknat och inte återfunnits. Han var epileptiker och fick ett anfall då han stod och tvättade sig på en klippa.

– Han måste ha fastnat under några rötter eller mellan stenar, säger Johan Fredrik. Annars hade han flutit upp. Väldigt uppsvälld efter så här lång tid.

Ingrid ryser och tar hans hand. Det finns diken mellan hans knogar, där vilar hennes fingertoppar. Den omärkligaste rörelse i en fingerled kan kännas som en smekning över hela kroppen. Men han vill inte bli indragen. Han ångrar att han pratat om den drunknade. Och språkläran har han inte med sig. ''He paused on the sill of a door ajar...''

Han släpper hennes hand och visar hur han kan härma svenska kungars namnteckningar, det har han lärt sig i Pojkarnas fickkalender: Johan och Fredrik klarar han som vore han dem bägge i en gestalt.

– Ge mig ett papper med de rätta fibrerna, ett bläck som är blandat som då, och jag utfärdar ett dekret, en kunglig order, som kan ställa till en massa oreda. Eller också kan jag sälja det på auktion.

– Då är du en förfalskare.

71

Ingrid ser förfärad ut. Hon stryker över sina fräkniga armar. Han berättar att han har pensionatsnyckeln, den som inte lämnas ut åt barnen, innanför fjädrarna under sin cykelsadel. Därför kan han vara ute när som helst, dygnet runt. Hon är imponerad, ty hon är hårdare hållen; hennes far är apotekare och går omkring i golfbyxor, beigegrå som kronärtskocksbottnar, med långa friluftskliv för att visa att han är på landet.

Ingrid plockar upp en grågrön sten och slickar på den. Då börjar den lysa. Hon slår en kalksten mot klippan så den spricker och en blank hård yta blottas, gömd i det grå. Han iakttar henne medan hon andas och slickar och får saker att skimra.

Och med ens får han mod att avslöja en dröm som har plågat honom flera gånger. En ardennerhäst, spänd framför en bryggarkärra, äter honom, börjar vid överarmen och arbetar sig in mot axeln. Det otäcka är inte smärtorna utan det stora fuktiga huvudet som sakta närmar sig hans eget.

Då omfamnar hon honom oväntat, genom baddräktstyget känner han hennes kraftiga bröst mot revbenen, och han blir helt förskräckt.

– Jag är bara femton år, får han fram, fast det är något annat han vill säga.

Hon släpper honom ett ögonblick.

– Skulle inte det räcka?

Han ser svetten på hennes överläpp och blir rädd för hennes saliv. Han undgår hennes mun, men han tar om hennes armbåge och kysser den. Han känner insidans svaga saltsmak. Om han älskade henne, skulle han kyssa henne på munnen.

– Vill du inte röra lite mer vid mig? ber hon försiktigt.

– Jag tror inte det.

– Tycker du jag är äcklig?

– Nej, inte ett dugg.

– Har jag dålig andedräkt?

– Du luktar gott.

När hon står upp i sin baddräkt, ser han att insidorna av hennes lår vidgas just under skötet: som två kupade händer som vill bära fram eller ta emot. Det upprör honom att hennes konturer är så olika hans, men han förnimmer ingen åtrå.

– Faktiskt! utbrister hon bittert. Du är rena medeltiden. Mamma hade rätt. Dig behöver man inte vara rädd för.

Han blir överraskad men grips av djärvhet och kraft.

– Mig kommer du visst att vara rädd för. Jämt! Mig kommer du aldrig att glömma. Alla andra kommer att göra vad du ber om. Inte jag.

– Vad nu då? Har du blivit astrolog?

– Jag vet och du vet att jag vet, säger han mystiskt men med stor auktoritet.

Och hon betraktar honom med en respekt som han just då tycker han förtjänar. Så brister hon i gråt:

– Jag är ju inte nån sån där sexig parfymerad människa som tuggar tuggummi. Jag tycker ju bara att eftersom vi ändå är ensamma här ute... och vi snart... och sommaren... och sen vet man ju inte...

Hon snyftar, men han förblir obeveklig, ty nu har han gjort sin svaghet till en styrka:

– Det är·bäst så här, du kommer att förstå det snart. Du kommer att vara mig tacksam.

Hon stirrar på honom som om han har besparat henne en förfärlig sjukdom.

Längre ut på sjön guppar pensionatets gårdskarl i sin eka: han dränker månadens tomma konservburkar. Vågorna kammar sjögräset. En skäggdopping drar över vattenytan som en mjuk rakborste. Flickan tiger. Hennes anletsdrag är stilla, hennes panna som en ljus vattenslipad sten. Han sitter infogad i klippskrevan och tittar rakt ut.

Stenhällen mellan dem är hemlighetsfull som ett ansikte och utan mylla: ändå fäster sig örter och lavar vid den. Inifrån land hörs göken och gröngölingens rullande snabba skri.

– Jag gillar dig, säger han. Det är säkert.

Men hon tror det inte, det syns på henne.

Han ror, hon sitter i aktern. Det är inte längre vänskapens

jämna tag över insjön. Han känner sig hemsk till mods och vänder blicken bort mot årbladen för att undgå hennes ögon.

Över holmen bakom dem skränar skrattmåsarna. De tar ingen hänsyn. Det är som om tusen målbrottsfalsetter på en gång river sönder en psalmmelodi från morgonbönen i läroverkets aula.

Dagen efter reser hon med sin familj. Han cyklar ut i skogen för att bli kvitt den värk hon vållat. Hans cykel har lägsta möjliga handtag, han ligger vågrätt över styret; som en tjur anfaller han luften.

Han tar fram sin stulna eskilstunakniv med riksvapnet på och borrar ett lämpligt hål i en björkticka på en trädstam. I dess porösa värme för han in sig själv. Svampen sluter sig om honom och suger honom till sig, men det gör ingenting.

Han ångrar redan sin motsträvighet: varför hade han inte gjort henne till viljes, vad hon nu hade velat med honom? Men han är rädd för att bli fången hos någon för driftens skull.

På hemvägen passerar han fågelskrämman, med monokel av växthusglas under pensionatsägarens gamla keps. Den blixtrar sitt budskap till kråkorna: Kom inte nära mig, då piskar jag er till slamsor!

13

Nästa sommar kommer försiktigt, med långsamma rörelser, som när en badgäst prövar det kalla vattnet. Men insjöar värms fortare än havet; snart är det juli, och örtbeståndet minskar under lövträdens tätnande kronor kring det gula pensionatet.

Innan ljungen tänds i skrevorna och trollsländan börjar cirkla som en helikopter över darrgräset, har Johan Fredrik hunnit säga till sig själv men till ingen annan:

– Jag älskar.

Men vad kan han göra åt det? Han är sexton och hon tjugofyra och student; hennes föräldrar ska anlända senare.

Vid måltiderna iakttar han henne hela tiden, medan han äter sportbröd med honung från Sveriges Biodlares Riksförbund: hur hon bryter en halv sockerbit till teet, hur hon viker ihop sin servett och stoppar in den i en nött nickelring, hur hon borstar smulorna från klänningen i samma stund som hon reser sig.

Hon vänder sig emot honom en eller två gånger varje måltid, hon vet att han finns där och har inget emot det. Hon spelar tennis med en äldre man, Johan Fredrik går förbi och ser hennes vita shorts och bara ben, han lär sig uppfatta ljudet från hennes sandaler på långt håll.

Hon har hört honom skratta till när han stod framför pensionatets bokhylla en regnig dag och hon frågade:

– Vad är det som är så roligt?

Då högläste han för henne ur en ålderdomlig handbok eller hjälpreda, ett stycke om hur man gör hattar styva och korsetter mjuka. Det är en period i hans liv då det mesta ter sig löjligt om han vill se det så. De började prata med varandra, han blir betagen i hennes röst och förvånad över hennes kunskaper.

De cyklar på hennes förslag till en fornborg i närheten. De har tröjorna hoprullade på pakethållaren, sen använder de dem som kudde när de ligger på en grässlänt och dricker äppelsaft.

Hon berättar om den sena järnåldern, hur människor överallt måste försvara sig, alla var hotade då som nu, en del av livet går alltid åt till att samla stora stenar till skydd mot andra. Det är hemskt att man inte kan vara fri, fara vart man vill, överträda vilka gränser som helst. Kriget är över sedan flera år, men Europa ligger fortfarande i ruiner.

Arkeolog vill hon bli. Nuet och framtiden, skeenden som ännu är obestämda och ofullbordade, fängslar henne inte. Det förflutna är fastlagt, förankrat i tiden, det som har hänt har hänt, och det som återstår är att få syn på det och tolka det.

De plockar några smultron, ögonblickets bär, omöjliga att hushålla med. Kålfjärilarna jagar varann. En flugsnappare tar en av dem, ungen dyker upp och får dela en vinge. Grantopparna böjs under sina kottar.

– Här är örnbräken, pekar hon, ormbunken som bara gror ur bränd mark. Den är mycket uthållig när den väl har fått fäste. De här har säkert växt i askan efter lägereldarna när människor samlades här i fornborgen.

Nära den rasade muren stöter de på någonting märkvärdigt: en råbock som sover under ett träd. De har nalkats den ljudlöst, mot vinden. Dess långa läppar rör sig i sömnen, den går på bete i drömmen. De vänder sakta om.

– Han såg oss inte, viskar hon. Eller också tror han att vi är ett par djur.

Han möter hennes blick i leende medbrottslighet. Han tycker det löper magnetiska linjer mellan dem. Hans nattliga fantasier som lämnar sådana tydliga runda konturer på lakanet gäller aldrig henne. Det är bara unket dropp ur kroppens kökskran. Men när han ser länge på henne, dunkar hans hjärta vildsint: det är en otålig häst som sparkar i sin spilta.

Han känner upprördhet och glädje, känslorna drar igenom honom som skyar. Han svämmar över i ljuvhet och smärta. Han rår inte över sitt liv. Han vill smaka på henne, beröra henne med

76

sin hunger. Han vill ge sig hän men har inget att ge sig hän med. Han vill berätta allting i detalj för henne – allting, men egentligen vad?

Han vill hon ska tränga in i honom och lyssna till varje tanke i hans huvud. Samtidigt vill han vara någon helt annan som hon lättare kunde tycka om.

Vankelmod griper honom. Älskar han henne eller älskar han sin känsla för henne? Vad kan han lättast vara utan? Men för det mesta är han allvarlig och bestämd, han vill nå fram till henne, om också bara för att såras och förblöda.

Han vågar inte säga mycket, de sitter tysta. Skogen står i vindstilla väntan.

– Vad ska vi göra nu? undrar hon lite moderligt, som vore hon beredd att roa honom med vad som helst.

– Lös upp dina flätor för mig, ber han.

Hon skrattar:

– Var inte dum! Vad ska jag göra det för?

– Jag skulle vilja se dig med utslaget hår, säger han tonlöst.

Hon ler frågande, tittar länge på honom och börjar dröjande reda sitt bruna hår som snart täcker hennes axlar som en schal.

– Sådärja, mer är det inte med det, säger hon sakligt, fast hon verkar en smula orolig. Han granskar henne eftertänksamt:

– Bra. Nu vet jag det.

Hon ser förändrad ut. Något har hänt som ingen av dem ger ord åt. Hennes ögon är isvattensljusa, molngrå: svåra att bestämma fastän klara.

När de cyklar hemåt, är de båda en aning generade, och vid frukostbordet nästa dag nickar de bara åt varandra. Han tycker att det hon gjort för honom är närgångnare och mer uppoffrande än vad någon flicka kunnat göra.

Ett par dagar senare ger han henne ett märke med landskapsvapnet som hon kan fästa på blusen. Hon säger:

– Tack, men du borde inte.

Detta gör honom glad, hon förstår att han menar något mer än själva märket. Han vill vara nålen som råkar rispa henne på bröstet.

De går under träden i pensionatsparken. Det är lördagskväll. De är nästan lika långa, han en aning kortare. Hon har ljusbruna sandaler, hans är mörkt bruna. Han berättar för henne ett hemskt minne från jullovet:

Familjen hade en ensam guldfisk i en skål. Från julgranen föll ett litet barr. Fisken slukade det, han såg det sitta på tvären i dess genomskinliga kropp. Han kunde inget göra. I plåga och förfäran slungade sig fisken över skålens kant ner på golvet mot sin död.

– Jag tror det inte, säger hon. Varför berättar du det för mig?

Och han förstår det knappast själv. Han är genomstungen av en kvalfull eggelse som utgår från henne, han håller på att brista. Men han svarar inte på hennes fråga. Han lägger i stället armen kring hennes midja som för att trösta och dra henne närmare, och han begriper inte att han vågar.

Hans mod är en följd av hans hjälplösa hängivenhet. Något vill bryta sig fram i honom: än ett värmande jubel, än något främmande och pinande underligt som skymtar likt ett granfälle under badsjöns yta. Han kan inte hantera detta som växer och bemäktigar sig honom.

De är nere vid stranden, och han inbillar henne att de kommer att höra den drunknade unge mannen skrika ur sin död: Hitta mig! Hitta mig! Och hans ödsliga rop kommer att dränkas av dansmusiken från pensionatets grammofon såsom mörkret har slukat hans ansikte och hår. Johan Fredrik uttrycker sig poetiskt och hon ryser som Ingrid gjorde sommaren innan, men hon griper inte hans hand.

Insjöns vatten är brunt och ändå genomskinligt. Han ser på hennes starka handleder. Ska de ge sig ut i ekan med de gnisslande årtullarna och den kvistiga sittbrädan?

– Båten är inte öst, säger hon. Och det är frånlandsvind.

– Sjön är full med folk som drunknat. Jorden är full med döda som vi trampar på. Det är så det är.

– Nej, jag vill inte. Den där pojken fick kanske för sig att det fanns något nere på botten, ett förkolnat hus, ett vrak, någon som fastnat med flätorna i alrötterna. Det kanske var något han absolut ville få syn på.

– Varför tror du det? frågar han förvånat.

– Det är inte så otäckt när jag säger det som när du gör det. Och du tänkte säga det.

Det är sant. Han känner en het våg av handlingslust och förtvivlan. Kanske älskar han henne verkligen, kanske ska han i så fall aldrig älska någon mera, och andra flickor ska nalkas honom intresserat, ana vad de gått miste om, drömma om att tävla med den okända bilden i hans inre och ändå fatta att det vore förgäves. Och han ska gå in för enbart vänskap, förtroenden, såsom anstår en livets änkling.

– Du känner mig inte alls, säger hon.

– Jag vill lära känna dig. Jag vill veta allt om dig.

– Nej, svarar hon sorgset, det vore inte bra. Det är bäst så här. Jag ska ju ändå resa.

Han forskar i hennes ögon för att se om där står skrivet: Du är ändå bara ett barn. Men det gör det inte. Då blir han glad mitt i sin ledsnad över hennes avfärd. Han inbillar sig att också hon plågas av smärtan att hålla honom på avstånd, att hon går intill honom i en tung och kluven ömsinthet. Då känner han inom sig en glädje handfast som plåtvarma skorpor.

Men när hon sedan säger god natt och går uppför trappan till sitt rum intill föräldrarnas, lägger hon honom i mörker.

Den sista natten hon är på pensionatet klättrar Johan Fredrik – med hjälp av gymnastikskor, en stupränna och spaljégallret – in genom det öppna fönstret till hennes rum. Han hör sina fotleder knaka som trädgrenar. Hans djärvhet fyller honom med svindel.

Hans känsla skakar honom likt ett byte i sina klor. Han är bokstavligen utom sig, han är en annan som uträttar vad en röst befaller honom. Han kommer aldrig att se henne mer, hon återvänder säkert inte till det gula pensionatet, och nästa år är han inte längre densamma, det anar han dunkelt, och då är han heller inte ansvarig för det han gör nu. Alltså är allting tillåtet.

Denna varma natt är en extra tilldelning i hans liv. Utnyttjar han den inte till att tränga in på förbjudet område, kommer i soluppgången ett födelsemärke att kolna på hans rygg.

Hon märker ingenting. Hon sover på rygg med lakanet halvvägs upp på bröstet. Hon är naken. Han hukar vid nattduksbordet, så att hans huvud kommer i jämnhöjd med hennes slutna ögon, och han minns råbocken i skogen.

Han viker sakta ner filten, hennes bröstvårtor är bleka plättar som går i ett med huden. Han håller andan, böjer sig fram och kysser dem mycket lätt.

I hans skalle virvlar lärdomen från en äldre kamrat: Om man vill att en kvinna ska ge efter måste man fortast möjligt snudda vid hennes erogena zoner.

Men djupare ner något annat som är grumligare, svårare att ta fatt: Om människor berör varann på allvar, flammar de då upp som tände i brasan?

Han vill inte erövra henne, läppar mot bröst är mer än nog, han drar efter andan som om han simmat länge under vatten. Bakom öronen bultar två hammare, samtidigt tränger revbenen ihop sig till ett galler och han tycker sig nära att kvävas. Han märker till sin förvåning att hennes bröstvårtor har krympt till små knottriga röksvampar.

Hon vaknar, tittar frånvarande på honom en lång stund.

– Det är jag, viskar han och försöker le i sitt tunga allvar. Var tyst så att ingen hör oss.

Då ger hon ändå till ett rop:

– Gode Gud, jag trodde det var pappa!

Och i samma ögonblick bultar fadern i väggen från rummet intill och skriker:

– Hur är det med dig?

– Jag hade en mardröm, svarar hon medan hon ser pojken i ögonen.

– Jag ville bara se dig, inget mer, säger Johan Fredrik. Innan du far.

Han trycker sig bevekande mot henne och kysser henne på kinden. Hon gör motstånd.

– Jag fattar inte, viskar hon. Varför kunde du inte vänta till i morgon? Måste du leka inbrottstjuv? Hur kan man bete sig så? Det skrämmer mig.

– Jag kunde inte sova, jag kunde inte låta bli, upprepar han.

Hon är inte smickrad, bara sårad över att han inte respekterar henne. Se inte på mig med denna främmande klara blick som sänder mig ut i förvisningen! vill han be henne. Men de besvärjelser som ska förvandla henne till den hon är inuti honom, de förmår inte stiga till ytan.

Ute på gårdsplanen rister vinden i almens löv. Synd att det inte åskar, tänker han. Halvmånen flyger genom trasiga moln likt en bil vars ljus dyker upp i kurvor och försvinner på nytt. Ett ögonblick står han med ryggen mot henne, osäker på om han vågar vända sig igen.

Hon är vaknare nu, reser sig på armbågen och ler förlåtande. Hon döljer inte brösten längre och verkar inte skrämd.

– Johan Fredrik, viskar hon och nämner för ovanlighetens skull hans namn, sätt dig här!

Så tar hon ett fast grepp om hans arm och för hans hand ungefär som en duschstril över sina axlar och bröst. Sen sluter sig hennes starka smala fingrar genom byxtyget kring hans resta lem och trycker ner den mellan hans lår.

Han halvligger orörlig intill henne, i en kortvarig salighet och förfäran över det oväntade som sker. Han andas knappt, han sväljer mörkret så det ljusnar kring henne.

– Så där, säger hon och har övertagit kommandot. Det får räcka, mer kan vi inte göra. Hej då! Och du, det där märket du gav mig, ta tillbaka det är du snäll. Jag vill inte ha några minnen, jag är inte bra på det.

Han har märket på sig när han klättrar ut genom fönstret och över till annexet där han själv bor. Hon ser på honom då hans ansikte försvinner under fönsterblecket, det är som om han drunknar.

Det är halvljust ute. Fortfarande augusti och värmebölja: dofter från ett kvavt kök. Långt borta ljuder bomklockorna från stambanan; ett tåg ska vara i Stockholm till morgonen.

Har han gjort henne olycklig? Han har känt hennes skinn mot tungan som när man slickar på snö. I efterhand vet han inte om han kunde ha avstått. Hans längtan var en dyrk som öppnade henne mot hennes vilja. Hon hade tagit om hans lem på det lekfulla sätt som var det enda möjliga mellan dem. Men nu när han har sett henne så nära känns hans åtrå svårmodig och stilla som om den aldrig kunde nå fram till en annan människa.

Han står ensam nere vid sjön och ser hur det ljusnar mellan stammarna i parken. Bortom utflyktsholmen är skogshorisonten ännu svart. Strandvattnet rör sig, det sorlar under alarna, och strömmen sliter i rötterna som i gamla förtöjningar.

Märket med Södermanlands vapen ska han gräva ner under fornborgen när hon har rest. Hon är ju nästan arkeolog och vill syssla med det avslutade, inte med det pågående. Där ska hon – eller någon annan som är som hon – finna den sedan allt är över.

Han slänger av sig kläderna och dyker. Han simmar genom grön skymning, vattnet trycker mot ögongloberna. Han tar sig fram under valv av suddigt skymtande rötter, alarnas och pilarnas underreden bildar en nätkorg, mellan vars vidjor han slingrar sig.

Han går upp till ytan, trampar vatten, andas in och ut för att syrsätta lungorna. Åter låter han sig sjunka ner mot denna avlövade, knotiga skog. Han hejdas vid en mörk trekant, likt dörren in till ett lågt kapell. Och då anar han där inne den unge mannen som har drunknat – eller är det inte han, bara en form som föreställer en människa, en skepnad som har fastnat i nätkorgen och har hår som vattnet rör likt sjögräs från en undervattensklippa?

Han vågar inte komma tillräckligt nära, han får för sig att denna varelse håller upp en hand för att säga: Tyst, förråd mig inte!

Vattnet är kornigt av multnande växter, sikten grumlig, han är osäker på vad han har sett. Han känner skräck och lättnad i underlig blandning när han stiger till ytan. Sen ligger han utsträckt, fnysande som en utter, bland hundloka och fingerborgsblommor på stranden.

Det dånar i huvudet, i hans öron sjunger vattnet som i en snäcka. Genom pilens grenar kisar han upp i den knappt morgonljusa himlen som kupar sig kring honom likt en väldig underkjol, och han urskiljer lockande obestämda konturer.

Det var något annat jag ville dig, säger han till henne som inte lyssnar. Om du velat följa mig ner i vattnet, hade du kanske förstått.

Men hon har farit, och själv återvänder han inte heller.

Huset han klättrade in i om natten blir småningom en institution där invandrare lär sig anpassning och svenskt språk. Och stugbyar, husvagnar, salongstält och tågglufferi avskaffar med åren den livsform som var det gula pensionatets.

14

Ingen av dem har legat med någon annan förut. Nu ska det äntligen bli av. Hon heter Kari Beata Pettersson. Han är arton år, hon nitton, de ska ta studenten och sedan läsa vidare på var sitt håll. De umgås en vår, en sommar, en bit in på hösten ett år i mitten av 50-talet.

Första gången de ses är i väntrummet till ett sjukhus där de ska donera blod. Hon läser Anna Karenina och den har han själv just läst.

– Den där boken håller jag också på med, ändrar han det till.
– Håller på med? skrattar hon. Det är väl ingen läxbok heller.
– Jag menade inte så.
– Jag läser allt om lidande och passioner. Läroböcker är hopplösa. Romaner förbereder en på vad som kan hända.

Man fattar att andra har varit med om samma saker som man själv kommer att råka ut för, ofta mot sin vilja. Är det inte en tröst?

– Du menar att det aldrig kan bli finare eller djävligare än i böckerna?
– Kanske.

Sen ger de blod och hämtar ut pengar samtidigt. De går ut ihop och nu vet de vad de heter och att de snart ska upp i slutförhör i sina olika skolor.

Det visar sig att de har mycket lätt för att tala med varann, för de dricker kaffe på ett konditori på Hantverkargatan och sitter där ända till kvällen, och då vet de ganska mycket om varandras liv. Är det för Anna Kareninas passioners skull eller för att de möttes som blodgivare och inte på en skoldans eller hemma hos någon kamrat?

Sen går de på årets första cirkus som har rest sina stänger i

Rålambshovsparken. De sitter högst upp, längst bak, intill ett järnrör som håller tältduken uppe. Det luktar svagt av terpentin från tyget.

Han breder ut sin regnrock över bådas knän och leker med hennes fingrar under den. Då tar hon hans hand och för den mot kinden, trycker sig mot den och blundar.

Mot slutet av föreställningen lägger han handen på hennes knä och sedan lite högre upp, och då trycker hon den mot sitt lår så hårt som om hon på en gång tillät detta och förbjöd honom att gå vidare. Under tiden trumpetar elefanten, mässingsinstrumenten blixtrar i strålkastarnas sken, små hundar skuttar på frambenen och clownen ramlar baklänges och blir liggande med sin röda näsa i vädret.

De har mötts vid sidan av de vanliga ritualerna och det dröjer två månader tills de tillåts ge blod igen. Så träffas de ändå. De står under ett träd och kysser varann – som man gör i dåliga böcker, säger han, ty han minns inte att man gjorde så i Anna Karenina. Men hon finner jämförelser onödiga. Hon kysser honom djupt och länge, med öppen mun; han häpnar över att detta är möjligt.

Hon har ett barndomsärr vid ögonbrynet, tunt och vitt som en sytråd. Det kröks när hon koncentrerar sig och slätas ut då hon är glad. I maj månad har hon vita sandaler med halvhög klack, kastanjevatten på benen, en veckad blå kjol ner till halva vaden, en vit blus; han skymtar behåbanden igenom den. Så är det på den tiden.

De tar tåget till Uppsala för att titta på staden, eftersom Kari ska läsa moderna språk där. De hinner med både Günthers, Ofvandahls och Domtrappskällaren; de dricker hur mycket te som helst, det är intellektuellt och leder till djupsinniga samtal.

På återfärden är de ensamma i kupén, han sitter intill henne med armarna i kors och under sin egen arm når han hennes armbåge och gnider den lätt, cirklar ömt med pekfingret kring den. Han märker att pulsen stiger också hos henne, det finns en sinnlig samklang mellan dem, hon är stilla och rör inte vid honom.

Så mycken åtrå och känsla förtätas i hans fingrar och hennes armbåge att lusten övermannar honom när tåget saktar in vid Märsta. Han biter samman tänderna så käkarna håller på att spricka, han nyper hårt i hennes arm och ser via den blinda fläcken hur hon lutar sig bakåt med slutna ögon. De är bägge andfådda som om de sprungit efter tåget.

– Förlåt, viskar han.
– Jag var ju med på det. Jag tyckte jag var du.
– Det var inte meningen...
– Var det inte?
– Det gjorde nästan ont. Det var som att falla...
– Håll om mig, ber hon och lutar huvudet mot hans axel. Saker händer med en. Så häftigt, jag fattar inte...

Snart har han varit hemma hos Kari, i en våning vid Blecktornsparken, en stadsdel för sig själv med valv i pastellfärger, kullar och träd och inga butiker utom en mjölkaffär.

Hennes mor är blek som en palsternacka med två tunga ljusa streck till ögonbryn, hon blir förfärad när hon skymtar en pojke i dotterns sällskap, och hon knackar emellanåt på hos Kari också på dagtid, för att höra om de inte vill ha te eller kaffe.

Karis far har ett päronformat ansikte och en haka som går i ett med halsen. Han är byrådirektör vid tullverket och ser i varje ung man en importör av förbjudna varor, en smugglare som gömmer något oanständigt och farofyllt på sin bara kropp.

När Kari träder in med Johan Fredrik, rusar han upp utan att egentligen säga något, sedan sätter han i sig så många groggar att när Johan Fredrik går skymtar han fadern halvt medvetslös i en länstol, med väderleksrapporten dundrande som ett slagregn.

– Vad tror de att vi gör? frågar Johan Fredrik.
– De tror att du gör mig med barn.
– Men du är ju oskuld.
– Jag har inte unnat dem att veta det.
– Och om de knackar?

– Jag öppnar inte. Jag säger vi pluggar filosofi.

De klär av sig framför varann. Det är underbart att se henne blottas bit för bit. Han tycker att han aldrig har varit med om något viktigare och mer storslaget.

Hennes bröst har stora vårtgårdar med knottror sinnrikt placerade som stenar i labyrinten på Skansen. Hon har en androgyn kropp, med höfter lika smala som axlarna. Hennes navel blinkar snett. Hennes pubeshår är en ullig slinga och lämnar hennes ljumskveck barnsligt bara. Alltsammans överväldigar honom så starkt att han måste vända henne ryggen.

Hon är den företagsamma och ogenerade:

– Känn på mina bröst, det är inget farligt.

Han lyder genast: i en timme gör han inget annat, medan hon smeker hans revben och skuldror och knän. Sen tar hon hans lem mellan två fingrar, lite förvånat som om hon på danskt maner tänkte pröva en cigarr, och han flödar genast över.

De ligger på sida mot varann, hon lägger ena benet över hans höft och han för med handen sin lem fram och tillbaka i hennes skåra som öppnar sig. Han lär sig hitta hennes clitoris som göms under ett tunt hölje. När hon märker att han är på väg, griper hon om honom och spritsar ut hans säd över sin känsligaste punkt.

Hur kommer det sig att hon vågar göra allt detta från första stund? Hur vet hon så mycket mer om hans kropp än han själv i ensamma drömmar?

Så är de hemma hos Johan Fredrik, de ligger på föräldrarnas brysselmatta och har säkerhetskedjan på ifall någon skulle komma: det skulle ge dem frist att klä sig.

Hon är ovanpå honom och hennes höfter rör sig mot hans, hon stöder sig på armbågarna och ser på honom triumferande och skrämt:

– Jag vill ha dig. Jag vill äga dig.

Sen sjunker hon ner på honom och viskar:

– Jag vet att det inte är modernt att säga så.

Men han förstår sig inte ens på problematiken, han vill inte äga henne det minsta, han vill ha en gäst som tittar in och avbryter hans studier med åtråns alla upphetsande rörelser.

Hennes jungfruliga hinna sitter så långt inne att han till hälften kan begrava sig i henne utan att något genombrott sker. För hans vällust är det mer än tillräckligt. Han ligger stilla i henne för att inte bli överraskad. Rör dig inte, ber han. Men då kommer han just därför att han varit oblyg nog att säga det.

Han lär sig hennes kropps kustlinjer. Han smeker henne. Hennes lårmuskler spänner sig. Hennes blygdläppar öppnas och han har aldrig sett det förut. Han lockar fram clitoris ur dess lilla skjul och hon drar mycket sakta ner hans förhud så att ollonet blir sidentunt och spänt som en trumma. Han vispar med tungan kring hennes kittlare, det kluckar i hennes sköte, och hon lägger hans lem mellan haka och hals och kniper till, och de kommer bägge. Det är det djärvaste de gör, men sin jungfrudom har hon kvar.

Hon ligger med stjärten mot hans mage och skruvar fast hans lem. Först är de orörliga, sen drar hon lillfingret längs roten av hans penis och då förnimmer hon säden pulsera förbi och in i sig, hon ropar till och kommer.

Hon låter sig berusas av sinnlighet, hon vill bli uppäten levande, och när hon skriver till honom, pressar hon kuvertet mellan benen och väter det med sin saft i stället för att slicka igen det med tungan. Hennes dofter stiger från lappar hon skickar honom.

"Du är den som fattas mig för att vara den jag skulle vilja vara," skriver hon. Men han tror inte det är han, Johan Fredrik Victorin, som fattas henne utan någon som hade kunnat vara ungefär som han. Och han förmår inte skriva några kärleksbrev.

Hon lyfter armarna över huvudet och då höjer sig brösten och pekar på honom och samtidigt reser sig hans lem och drar med sig pungen en bit uppåt. Allt detta är märkvärdigt och roligt och skönt. Men hon vill locka in honom i sin själs alla skrymslen; det hör ihop med hennes behov att ha honom hel och hållen.

Och visst vet han att kärleken är lusten att dela allt, inte vara rädd att visa någonting, också sina hemliga födelsemärken. Det hade han känt, men inte fått, med flickan på det gula pensionatet i Södermanland.

Han söker en lätthet – eller en annan specifik vikt. Han vill urskilja ett ansikte som inte är Karis. Sen iakttar han henne med en känsla av att ha förrått henne. Hennes ansikte ännu oformat och mjukt, följsamt skiftande efter vart lynneskast som vore det målat på en leksaksballong.

Hon kan se vilseledande blyg ut och en aning skuldmedveten. Beroende på skugga, ljus och vätsketillförsel uttrycker hennes blick en lidelse, en sorg, ett mod. Hennes höga panna ger relief åt de grågröna ögonen som hon kan fästa på honom otillbörligt lugnt och länge, tills han besvärad, skamset avslöjad vänder bort huvudet.

– Arg på dig har jag nog svårt att bli, säger Kari. Men sårad. Den som känner minst har ett övertag. Det blir kanske annorlunda för dig, men inte ihop med mig. Vi är nog ganska olika.

Så står det tidigt klart mellan dem att han sätter hennes kropp högre än hennes själ. Hennes långa underarmar gör honom motståndslöst kåt. Han dras in i ett kraftfält där doften från hennes hud, hennes snabba ljumma andedräkt är något han förnimmer och tar till sig.

Men något annat hos henne som söker honom blint och trevande stöter han ifrån sig. Han stänger in sig mellan hennes bröst som i en varm håla för att slippa se henne i ögonen. Han tycker han missbrukar henne, när hon bara begär att de ska bruka varann mera. Han begraver sig i hennes våta mörker, hans sinnen vidgas, men inte hans inlevelse.

Hon är en annan människa, och han rör sig med vällust inne i hennes okända. Han vill egentligen bara snudda vid henne med en brännande smekning men inte lindra den hunger och besvara den hängivenhet han är orsak till.

Hennes händer flyger rastlöst över hans kropp, söker hans veck och hårdheter, vill bryta upp honom och säga: Kom nu, kom in i mig, utan återvändo!

Men han tar sig ut ur henne med samma kraft som in i henne. Hans befrielse är hennes fångenskap. Han anar att hans smekningar skulle nå hennes innersta ensamhet, om de bara kunde laddas med ett begär att fånga hennes blick och öppna hennes själ.

Ibland blir hon rädd för sig själv, tror hon går för långt, syndar, försummar det andliga. Och ändå är hon gladast och närmast då hon lyfter sina höfter mot honom och står i villig spänd båge.

Tills han äntligen sakta spränger hennes hinna och hon rycker till med ett rop och ser till att han hamnar utanför, ty nu är det dags för pessar och spermiedödande salva.

Det blir sommar, de är fria från skolan. Kari tjänar extra som turistguide, han skaffar sig läroböcker i juridik som han ska börja med till hösten. Han är kvar i våningen på Riddargatan, medan föräldrarna semestrar på västkusten. Ibland äter han frukost på Tösse vid Banérgatan och handlar mat hos Herman Winberg i hörnet av Styrmansgatan, stadens äldsta speceriaffär, med sockertoppar av plåt som hänger ut från fasaden och sotas av tiden och Liljeholmens stearinljus målade på stora svarta spegelglas.

I hans pojkrum mot gården, där det växer ett stort rönnbärsträd, utforskar de kroppens alla trösklar. Hans lem bultar och spritter i henne sommaren lång. De förbrukar kondomer när hon inte orkar med pessaret, de leker med säkra perioder, han spiller sin säd på hennes nyss jungfruliga mage, och en gång när de är på väg att gå och se Hotel du Nord med Louis Jouvet, säger hon åt honom att komma i hennes mun, och då kan han inte låta bli.

Ett veckoslut lånar de en stuga av en klasskamrat till Kari. De har med sig allt möjligt från stan: Algervin, oxtunga på burk, sega råttor. De hittar en luftbössa och skjuter till måls på en björkstam. De häller fotogen på soporna i plåttunnan och tänder på. En vildkatt flyr för oset. De hämtar mögligt äppelmos ur jordkällaren. De sitter på en gjutjärnsbänk som blir glödhet i solen; den står utanför ett växthus med slokande tomatplantor och nedklippta begonior.

Det finns något hon inte vågar tala om för honom. Hon viskar något någon gång, han kan inte höra det när han ligger inne i henne, det är ett främmande språk som hon behåller för sig själv. Han tror det har att göra med något svårt och förfärligt hon har upplevt och inte förmår berätta om.

Det sipprar fram som fukten mellan hennes lår, han kysser hennes bröst och låtsas inget höra, för han hoppas det angår någon annan. Och han är inte svartsjuk, han är nöjd med det han får, hon är ett bad som omsluter hans lem, så ivrig att den reser sig flera gånger om dagen och detta vid minsta signal.

– Din frihet är livsviktig för dig, inte jag. Du beter dig som om du har en kallelse. Vet du vad du tänker bli?

– Kanske diplomat, svarar Johan Fredrik då och uttalar det för första gången.

– Det är så långt från en kallelse något kan vara, utbrister Kari besviket. Diplomat! Se till att hjulen är smorda, att allt flyter. Ett hovmästarjobb!

– Jag gillar att resa, invänder han sårat. Jag vill vara rörlig. Jag tänker inte fastna på Riddargatan.

– Du vill få en bra ställning och tjäna pengar och få små duktiga barn som går i diplomatskolor, säger hon kränkt. Nej, bry dig inte om vad jag säger, jag menar det inte.

Hon har en pojkskjorta – lånad av brodern som är i militärtjänst – och har kavlat upp ärmarna. Hennes kropp lockar honom mer än hennes ansikte. På ena ögonlocket har hon en liten leverfläck. Den undgår honom aldrig när han ser henne i ögonen. En flimrande punkt, en extra pupill.

Han har svårt att tänka sig henne som barn. Hon har visat honom ett foto där hon sitter grensle över en trädstam i vit klänning. Hade hon samma hungriga ögon och mjuka händer som luktar sockerärter?

– Du tror du är osårbar, säger hon.

– Nej, nej, svarar han häftigt.

Han vet att det finns ett känslornas minfält där själva kärleken gör att ingen trygghet är möjlig. Men han vågar inte säga henne sin grymma och lättjefulla sanning: Jag älskar dig inte, men jag vill gärna vara med dig i väntan på att genomträngas av någon annan.

De somnar. Hon har med sig ett hårdstruket nattlinne som hon aldrig använder. Hon vilar bakom hans rygg, med armarna så hårt om honom som om hon satt bakpå en motorcykel.

Så vaknar han och märker att hennes kinder är våta. Han förstår med ens att det är för att han aldrig låter henne se honom som han är, ty han tycker sig vara någonting obestämt som inte riktigt finns till. Och det som starkast präglar honom vill han inte dela med sig. Hon vill fläta sina revben med hans till en korg som bär dem båda. Men han ställer sig på nytt med ryggen mot väggen.

Det är inte ditt fel att du inte är flickan från pensionatet, vill han viska. Universum har inte avsett oss för varann, men vi kan väl vara med om det här som ett ömsesidigt experiment.

Hon säger han sveper sig i undanflykter. Hennes ömhet skrämmer honom, inte hennes lidelse. Hon vill vara hans hemliga verktyg, och såsom han med lemmen som redskap bryter sig in genom hennes hinnor vill hon med hela sitt väsens oro in i hans ostronskal, in till det kostbara och skimrande som hon tror är hans själ.

Hon jagar hans facit, deras slutliga omfamning i all evighet – så inbillar han sig – och han känner sitt liv brant förkortas, han vill inte bli omhändertagen. Det finns en tomhet inom honom som han vägrar att fylla med henne.

Hon blir allt djärvare i sina åtbörder. Hon tar hans lem i sin knutna hand och döljer den nästan helt, hon böjer sig ner för att kyssa sin tumme och då snuddar hennes tunga vid yttersta spetsen av hans penis. Hon lockar ur honom en virvel av värme, en glad och förfärande yrsel då vätskorna lämnar honom. Men hans hjärta slår tungt, hans lust kan inte mätas mot hennes hängivenhet, han är en rasslande vintervass hon inte får att grönska.

– Allt känns meningslöst, säger hon med ens. Brysselkål och

blodpudding börjar på b och kan ätas. Det är det enda de har gemensamt. Jag ser inga sammanhang. Du far hem, jag städar bort dina dofter, jag sitter och stirrar i en bok och orden är obegripliga, jag tittar ner på min mage men känner ingen sveda efter dig. Inte ens det. Inget hör ihop med något annat. Ska jag ringa min pappa och bjuda honom på te för att se hur förvånad han blir? Ska jag gå på en Chaplinfilm ensam och gråta när andra skrattar, hela sommaren är ju full av repriser.

– Du har ju ditt jobb som turistguide, påminner han.

Men hon kan inte besvara alla frågor när hon far under Stockholms broar, ibland glömmer hon engelska ord och passagerarna rättar henne. Sen händer det att någon frågar om hon inte kan visa honom Gamla stan privat, så kan han i gengäld bjuda på en drink på sitt hotell. Hon vill göra Johan Fredrik svartsjuk, men han är oberörd av hennes finter, det är hon som har gett honom den självkänsla hon på andra vägar vill hota.

– Om man vill hittar man sammanhang i allt, filosoferar Johan Fredrik. Som när man gör en trasmatta. Har man lite överblick så får man fram ett mönster. Eller också får man finna sig i att det finns väggar mellan olika tillstånd. Tänk på din kropp! Ta en deciliter saltsyra ur din magsäck och spruta in i blodet, så dör du nog.

– Jag känner att saker inte hänger ihop som de borde göra, invänder Kari. De faller sönder. Det är som att leka ryska posten i mörker. Men du ska ju bli diplomat, en sån ska ju knyta ihop och jämna ut. . .

– Och få ihop en trasmatta, åtminstone nåt som tål att gå på, fyller han i för att bryta hennes ton av bittert förakt.

Men när han säger detta, tycker han att repliken bara är ett röstprov och han själv en försändelse som ska lösas ut men okänt på vilken poststation.

– Det finns så mycket jag skulle vilja gå till botten med, säger Kari. Men du vill skynda vidare och jag vill inte hålla dig inlåst, jag vill inte livnära mig på dig.

Ofta har hon svårt att göra klart vad hon känner när de träffas.

Hon är blyg för orden, inte för kroppen och känslorna. Hon skriver lappar och brev:

"Jag vill överleva utan att stelna, utan att behöva säga: du tvingar mig att bli hård. Jag vill våga känna lika djupt igen, men hur orkar man, var får man kraften ifrån?

Jag tycker jag är med om viktiga saker ibland, jag vill berätta dem för dig, men hittar inga bra ord, det blir så vagt. Jag ser din otålighet och tystnar. Jag vågar inte ens börja och hur ska du då få veta något om mig utom genom min kropp? Den är det ärligaste jag har, den famnar dig utan baktankar, den är nöjd med den närvaro som mina tankar tvivlar på.

För inget jag gör och inget jag är kan få dig att älska mig. Och det är inte ditt fel. Det är bara någonting vi inte rår på."

Han kan känna sig förtvivlad över hennes försök att nå honom, när han finns någon annanstans. Han letar efter omtänksamma ord han kan stå för. Samtidigt tränger han in i henne med ett begär som är utom kontroll, det ska väga upp det andra som saknas mellan dem.

Hennes fingrar borrar sig in i hans rygg. Han är vild av lust inte efter henne utan efter att komma ner på sådana djup att han utplånas och hon inte längre får syn på honom.

Men hon är kvar, de ligger utsträckta på sängen, hon somnar med benen isär och blygdhåren våta och tillplattade. Han betraktar henne och försöker tänka sig ett tillstånd där hon inte mer finns i hans liv och ändå inte är olycklig. Han måste lita på att hon har ett innandöme med dolda kraftkällor.

Hon rynkar ögonbrynen och gör en rörelse med huvudet. Men hon ser inte upp, han får en känsla av att hon vill undvika att iaktta den han är, hon har en annan bild inom sig. Det ångar fuktig värme från henne. Han gillar hennes dofter.

Inget har gått på tok mellan oss, vill han viska till henne. Men något har aldrig funnits.

"Du låter mig inte vara så allvarlig och högtidlig som jag vill", skriver Kari. "Du kräver bara att jag inte ska älska dig så mycket. Och varför ska jag begära en hängivenhet och intensitet som bara uppstår av en slump, sällan hos två människor på en gång? Är jag på jakt efter en hemvist, ett hus, och du på väg bort från alla hus? Är du rädd för beroende och jag för självständighet? Och är det du kallar min bundenhet till dig vad jag kallar min frihet från föräldrar?

Jag önskar du finge göra allt vad du ville men att det du ville vore att göra det med mig.''

Han ser på henne med förundran: magskinnets anonymitet, kroppars blanknötta oskuld. Hon öppnar sig för åtrån med en uppriktighet som visste hon att den sammansmältning hon längtar efter rymmer ett beslut att låta sig såras – för denna livslånga sekunds skull då man förlorar sig i den önskade.

– Jag vill inte att du ska komma än, andas hon och rör sig mycket långsamt över honom. Jag vill inte, å jag vill inte, suckar hon och trycker sig mot honom med ett skri som gör honom häpen – ty allt är ännu första gången och ingen har förberett honom på denna hudens glädje, inte ens böckerna och filmerna.

Men efteråt är det hon som är ledsen:

– Är du hos mig? Är din säd det enda som passerar mellan oss? Jag är väl svartsjuk – inte på någon särskild, bara på att det inte finns någon plats för mig i ditt liv.

Han försöker trösta och varna: han kommer att bli en resande man, flyende och trolös. Men likt ett fint regn tränger hennes sorgsenhet in i honom. Deras kroppar finner varann, deras liv älskar inte varann. De hör inte samma musik. En tystnad uppstår i honom när hans lem slaknar och hennes sköte sluter sig.

Han ligger i hennes armar, utspilld i mörkret, utkramad som en färgtub med antikvitt. Tömd droppe för droppe och med en mattighet i låren som om han cyklat många mil.

Han vilar i kroppens ebb och torka, men tidvattnet stiger över hans själ och sänker honom i mörka tankar om vampyrer, anonyma vålnader, njutande gestalter maskerade i kravlöshet. Han anar frestelser som väntar, impulser som kommer att driva honom viljelöst in i handlingar som kallas dumma och oansvariga.

Han skymtar och fruktar den åtrå som likt diplomatin tar sig fram på slingrande vägar och frodas i sekretessens mylla.

En dag bjuds han på middag hos Karis föräldrar, motvilligt accepterad av dem. Fadern är sentimental och självanklagande i förfärande samklang och knarrig som en korkskruv i en trög kork. Medan han talar kommunalpolitik och mamman läser upp ett recept på fransk chokladtårta, driver Johan Fredrik Kari till orgasm under bordduken med stortån. Kari slamrar överdrivet med kniv och gaffel, Johan Fredrik upphör ett ögonblick att andas, och fadern glor misstroget på honom som vore han ett stycke kontraband.

– Jag förstår inte varför Kari inte stannar hemma en enda kväll och hjälper mamma att göra apelsinmarmelad, säger fadern med blicken riktad mot gästen, som om det vore Johan Fredrik han ville koka och slå upp på burk. Kari tvinnar generat den urtvättade men stärkta bordduken.

Efteråt, på sitt rum, utbrister Kari:

– De är så stela och tråkiga att jag tror att de har hittat mig i en trappuppgång. De har patentsvar på alla allvarliga frågor. Se på min mor! Det är något sniket och bekymrat kring munnen, hon har aldrig fått som hon har velat, men för allt i världen kan hon inte tala om vad det är. Men hennes ögon är mätta, lite glanslösa, som om det inte fanns något roligt att titta på. Vill hon inbilla sig att hon har sett allt? Hon skulle ge till ett skrik om hon såg mig i dina armar, men den som tog henne i sina skulle hon ge ett roat småleende. Ibland tror jag att det gör henne detsamma om hon kramar pappa eller en garderobsdörr.

– Jag tror inte det finns människor utan passioner, invänder Johan Fredrik.

– Det ska du säga!

– Jag vet ju inte säkert, urskuldar han sig. Fast han tror att han vet.

Sedan tänker han på sina egna föräldrar. Några större vyer har de inte, de spelar kort, pappa Teodor räknar trappsteg eller parkettstavar och klär sig i frack för Arla Coldinuordens årsstämma. Modern ger till ett överilat tjut endast då hon hittar ett hårstrå i savarinkransen. Åt detta kan Johan Fredrik inget göra.

Karis mor knackar som vanligt på när de är i Karis rum.

– Kari, det var något jag ville tala med dig om. Kan du titta in till mig sen?

– Snälla mamma, låt oss vara ifred!

Ordet "oss" får modern att ängsligt pipa till.

– Hon tror jag är utsatt för yttersta fara, säger Kari till Johan Fredrik. Om det vore så väl. Dessutom tror hon att jag är en alldeles fördärvad människa – det hör till hennes form av logik. Men om mitt liv skulle rinna ut i sanden och jag aldrig skulle träffa en man, då skulle hon också jämra sig och gå på. Och om jag skulle säga henne: Älska! Alla borde älska allt vad tygen håller! då skulle hon skräna av förfäran. Och då har jag ändå inte sagt vad jag tänker: I stället för att gå där och dammsuga åt pappa knulla honom mitt på matsalsbordet så polityren spricker!

– Jag menar, fortsätter Kari, finns det en tid då man måste säga: nu är det dags att sluta leva?

– Jag har också frågat mig det, säger Johan Fredrik. Jag vet inte vad mina föräldrar håller på med. Jag förstår mig inte på deras sätt att vara. De verkar inte lida. De verkar inte njuta.

Han tänker: kunde man inte vara lycklig och ändå älska, älska och slippa lida och känna leda? Men han vågar inte fråga Kari, ty hon känner så starkt och det hon vet är mer än han just då vill veta.

Natten har mer tid än dagen, den är ett mörkt bord att duka upp berättelser på. De dricker litervis med te. Kannan är Karis, blommig, engelsk, låg och lång med framfusig pip. Småningom får han den av henne, den kommer att följa honom länge, allt sprucknare, tills den hamnar på hans tjänsterum, med ett glas i: prästkragar, ringblommor, allt svagare signaler från det förflutnas kvällar som den har bevattnat.

Kari är en smak, en doft, ett landskap. Johan Fredrik är

skulptören som formar henne, och på det viset är han närmare henne än han varit någon annan. När han kryper ner under lakanet och kysser hennes ulltott och tvinnar den mellan läpparna, känner han svindeln att försvinna i henne.

Men det är också mycket nog att höra hennes andetag, se henne vila lugnt med ena fotvalvet mot vaden. Långt efteråt, hos en annan, ska han känna igen ställningen och hans hjärta minns henne då.

Han lämnar henne och går visslande genom tomma gator, hoppar på 4:ans spårvagn och kommer nästan ända hem. Kall sensommarnatt, musik från öppna fönster, tysta skrattmåsar, fuktfläckar på trottoaren, duvor som burrar upp sig på takblecken.

Han vandrar gärna ensam i staden, för han behöver vara för sig själv mellan deras famntag. Han tittar på andra kvinnor och intalar sig att han vet hur de ser ut inpå bara skinnet och vad de kan ta sig till. Ändå fattar han det inte, tror det inte om dem. Men inte heller Kari såg sådan ut när hon satt i sjukhusets väntrum för att ge blod.

Han skriver in sig på högskolan, läser en bok i förvaltningsrätt, seglar med två kamrater. Det finns en vardag där Kari bara är en del. Men den spelar mycket liten roll den sommaren, det är hon och allt de gör med varann som färglägger kartbilden.

De far till Köpenhamn och tar in på ett billigt hotell nära huvudbangården. De tvingas gå igenom en annans rum, ett fönster med gardin vetter mot rummet. De blir halvt instängda, ty de är generade att passera de två personer som sover där. De stannar inne och ligger med varann på två britsar som de skjuter samman och binder ihop med ett bälte och ett skärp.

När hon tror att han sover, använder hon handfatet som bidet, grenslar det, hennes hår hänger ner över ansiktet, hon spärrar ut låren och plaskar vatten mellan dem. Hon ler av blygsel och medbrottslighet när hon märker att han iakttar henne. De torkar svetten från varandras kroppar med fuktiga handdukar.

Då hon är mycket kåt, reser hon sig på alla fyra och han glider in i henne bakifrån, då är slidan trängre. Han vilar huvudet i hennes svankrygg eller griper om hennes höfter och lutar sig bakåt, och han ser allt han aldrig har väntat sig att få se: den mörka skuggningen över svanskotan, ändhålets bleka stjärna, sin lem som försvinner mellan hennes läppar. Att hon vågar vara så öppen mot honom gör honom varm av glädje, han snuddar kanske till slut vid ett slags kärlek.

I Glyptotekets palmhus står de under höga tropiska växter, lianer och praktfulla orkidéer som pressar sig mot en immig glaskupol. Johan Fredrik minns med ens Kamerun inspärrat i Wilhelm Knutsons våning vid Norrtullsgatan.

I Nyhavn ser de en tatuerare i verksamhet. På kundens bröst broderas hans älskades namn. Så kryper man under huden på en annan människa. När kärleken har försvunnit, är namnet kvar. Det borde vara tvärtom, säger Johan Fredrik.

De går genom salarna i Hirschsprungska samlingarna. Den danska guldålderns tavlor är dämpat grå, med indirekt ljus, man blickar in i flera rum och en kvinna sitter och syr, med spänd böjd nacke och knut i håret, avbildad bakifrån, sig själv ovetande. Ligger ett löfte om beständighet däri eller är det en framställning av borgerlig instängdhet, där friheten är höstdagern mellan parkens träd?

Att gå där med Kari känns plötsligt tungt – som ville han förvandla det till ett minne av något de en gång har gjort men slipper göra igen.

Ett ögonblick är man innanför de fyra väggarna i en annan människas liv. Inte mer. Med Kari vill han inte att något ska upprepas. Och det är tecknet på att han inte älskar henne.

– Vi kommer ändå att finnas till för varann, tröstar han henne fram i oktober. Jag tror aldrig man helt överger varann. Inte efter allt detta...

– Vi kommer aldrig mer att ligga med varann.

– Nej, det kommer vi inte att göra.

I deras njutning har gömts en mättnad som drabbar honom

mer än henne. Det finns ett uppbrott inbyggt i deras samvaro. De har blivit av med en oskuld. Man fortsätter sällan leva med den första, fast Kari har velat det. Han önskar henne någon som inte är som han.

För Johan Fredrik hör Kari – på ett sätt han först senare blir klart varse – till hans uppväxt, ej till hans vuxenhet. Den åtrå han känner för henne blir småningom ett förebud om en mer sammansatt lycka som han ännu inte är utbildad för. Hon är därför ett avsked mer än en ankomst, och det har kanske bara att göra med den tidpunkt i livet då de möttes.

När Kari till julen sänder honom sin dagbok från de sista månaderna av deras samvaro, läser han den skamsen och upprörd. Så mycket han har upplevt annorlunda, så mycket han inte har förstått!

Hon har gnidit på honom som på en förtrollad lampa, men han har varken gjort henne rik eller osårbar. Hon beviljar honom dock full och tacksam ansvarsfrihet, själv har han ju gjort det från början, tillfogar hon ironiskt i sitt följebrev.

Han tycker inte om bilden av sig själv i hennes dagbok. Ty också han är en fågel som dansar efter vinden och sin åtrå. När han senare känner som hon, för en annan, vet han genom henne att han inte är ensam.

På åratal vågar han inte öppna dagboken. Den blir till ett dolt födelsemärke som i hennes jämna runda handstil träder fram på hans hud. Hon får rätt: det som är hennes nu blir hans då, längre fram, när hon är borta, osaknad men närvarande i sina ord.

Hon gifter sig efter en tid med en man som avancerar till en hög post i Skolöverstyrelsen och dyrkar henne som en furstinna – det senare får han höra av en bekant. Hon blir lärare i moderna språk i en innerstadsskola. Han ser hennes ansikte i en tidningsspalt när hon utnämns till studierektor vid ett av gymnasierna.

Mer får han inte veta, och närmare vill han inte komma. Men en känsla, lycksalig och upprorisk, kan många år efteråt sticka upp ur komposthögen av senare erfarenheter och rutiner: Kommer du ihåg?

15

Om jag kunde ta min kärlek och lägga den åt sidan. Du kanske vill ha den en gång. Nu är jag din barlast och bär dig fram till en ort där du kan byta mig mot värdefullare gods.

Om du inte förstår mig, förstår mig ingen. Du är inte nedsänkt i min mark som jag i din. Jag är tokig, inte du. Men jag valde det riskfylldaste: att leva. Och jag klarar det inte.

Jag vill inte att du på länge ska känna likadant för någon annan: samma spänning i kroppen, samma önskan att kyssa, bita, älska. Men jag är rädd för ditt minne, jag skäms för mina brev och barnsliga yttranden.

Kan knappast tänka mig min tillvaro utan att vara bunden vid någon, hemligt och obesvarat, eller på detta sätt, otillfredsställt. Min önskan: att du blev ivrigare, mer lik mig själv. Att detta skedde och jag förblev densamma.

Besviken när jag kom hem och inget brev. Tycker det är tidsrymder sen sist, bara en dag i verkligheten. Om du kunde känna likadant! Älskade, jag vågar inte säga någonting. Något är fastfruset och dött inom mig.

Jag vet inte vad hos dig jag älskar. Jag har alltid känt så här för dig, från början. Därför blir jag så förtvivlad efter att ha talat med dig ibland. Jag sitter ensam med pannan mot fönstret och gråter ut i mörkret. Du låter opersonlig som ville du ha slut på något otrevligt. Jag förmår inget säga för mitt hjärta slår så jag blir andfådd. Du kanske också känner så, kanske.

Jag får jämt treva när det gäller dig. Är jag så oförmögen? Jag vill säga hur mycket jag tycker om dig. Det blir aldrig sagt. Du säger heller ingenting. Jag lägger in för mycket i varje ord, du tycks stå nyktert över allting.

Ändå älskar jag dig. Och du? Jag vet bara att jag blir förblindad, gör mig löjlig. Jag drömmer bort tiden, gräver ner mig i självömkan. Nu då jag behöver dig finns du inte.

Jag svämmar över av längtan, uppfylls av den så att allt annat försvinner. Det är just detta jag förbannar och vet leder till undergång. Det är det livsodugliga hos mig. Jag vill att du kände en enkel oerhörd önskan, förnedrande och omöjlig. Jag skulle få dig att förstå hur mycket det då betyder att höra din röst, för några minuter, att läsa ett brev men ett som inte är en månad gammalt.

Jag kan se dig utan ansikte, fragment av en kropp och ett kön. Du dricker mig i mörkrets tystnad. Vi är två kraftverk som laddar varann. Men jag anar att det som sker mellan oss strider mot dina ursprungliga planer för ditt liv. Jag kanske är den okända delen av dig, den du inte vill erkänna.

Kanske tränger du in i min kropp bara för att tysta mig, för att befria dig från din egen kropp och dess krav och rädsla. Du buffar pannan mot det man inte bör tala om, mot det som ännu inte kan sägas.

Jag ser på mina hemliga vackra kort av dig, Johan Fredrik. Din kropp känns över min kropp, din hud i min. Inget annat betyder något. Din röst får mig att darra, dina händer får min kropp att öppna sig, vet du det? Dina ögon binder mig, allt som är du gör mig till någon annan, främmande och vacker.

Men jag har sett för lite av mitt eget ansikte för att fatta vad dina ögon och ditt minspel betyder. Jag leds av mina egna svar, några andra får jag inte på mina frågor, för de uttalas aldrig. I dina ögons skygga sidoblickar mitt i skrattet och hjärtligheten, i dina lister som jag överlistar, anar jag ett annat du, ett annat väsen.

Skratta inte åt mitt allvar! Min tillit mötte aldrig din. Du vilar i dig själv. Ändå tror jag du kan älska.

En gång kommer du att vara med om det. Inte med mig. Och det kommer att göra ont i dig.

*

Jag upprepar ditt namn för mig själv, men jag vet ingen som heter så. Jag finns inte för dig. Mina tankar är det enda som binder oss samman.

Kan jag älska dig hur du än är? Hur villkorlig är kärleken? För dig är den mycket villkorlig. Kanske är du som många fäder: du skulle inte kunna älska ett barn som jämt snäste dig och betedde sig mot din förväntan.

Du orkar inte med att jag älskar dig. Du står inte ut med att såra någon direkt utan du gör det genom att underlåta, försvinna. En missriktad vänlighet som får de ovänligaste följder. En gäspande frånvaro.

Kärleken är en underlig och skrämmande känsla. Du vet det och flyr. Du har annat att uträtta, du kommer alltid att ha händerna fulla. Jag vet det och ändå vill jag vara i det hemska, mitt i det, där du inte finns. En gång kommer du kanske att vistas där. Då kommer du att förstå mig. Då kommer du att minnas mig. Och vi kommer att tala samma språk, jag nu, du då.

Den du är vill du inte visa mig. Jag ser döljandets gest, den är sårande nog, sen spelar det mindre roll vad du undanhåller. Du är rädd för mig, det hade jag inte väntat. Du är rädd därför att du vill älska, givetvis någon annan än mig, men inte som jag älskar.

Du har aldrig sagt att du föredrar någon annan framför mig. Jag har inte mycket att beskylla dig för. Jag har gråtit i din famn och du har hållit mig om axlarna tills du känt min främmande stelhet mjukna och på så vis har du hejdat mig när jag sökt gråta mig fri från dig.

Och när jag haft min torra raspiga röst av besvikelse, har du fått den att bli lätt och nästan ångerfull – som om det vore jag som skadade dig med min tillit och min dumma förhoppning.

*

Jag kan inte uppsöka min säng igen. Jag ser märken av dig och luktar dig överallt. Trodde för ett ögonblick du skulle komma in. Väntade att dörren skulle öppnas och du, främmande, förvirrad: här var ostädat, dålig luft.

Du skulle vara tyst, jag också, bara se på varann. Din doft över allt annat. Du kommer fram till mig, jag ligger i sängen och känner att mina ögon är klara stjärnögon, mitt hår vackert, därför att jag är så lycklig, därför att du kom in genom min dörr, in till mig. Jag skulle se på dig i timmar. Mina ögon och händer skulle samtidigt glida genom ditt hår, över ditt ansikte.

Du är en solfläck som värmer min rygg. Jag står mitt i rummet, så stängs en lucka, en gardin dras för. Jag fryser.

Jag förföljer dig. Jag har för gott om tid. Jag önskar jag vore något lätt och osynligt som ingen annan kommer åt och som inte kan jämra sig. Jag har bultat på din dörr och du har svarat: Kom inte in! Säkert är det bra att jag inte tog mig in till dig på annat sätt, genom ett fönster, blödande av skärvorna.

Du tror på dig själv, du. Jag dansar som en fågel, beroende av vinden, av mitt blod, min åtrå. Jag kommer inte att ångra dig, så känn ingen skuld! Jag är inte rädd att förlora dig, för jag har aldrig ägt dig och du har låtit mig se det, ibland mycket tydligt, som om du trott att jag var ett barn som inte får bli för bunden till sin... far, bror, morfar, vad vet jag?

Du bedyrar jag har all rörelsefrihet i världen. Så generöst! Du anvisar flyktvägar och öppnar själv grindarna. Jag har bara att tacka och försvinna.

Du har taktfullt frusit bort mig så långt ifrån dig du har kunnat. Jag kommer aldrig mer att skriva brev som handlar om ditt hår. Jag kommer aldrig mer att börja ett brev: älskade du med vackra ögon.

Då kände jag det som om jag gav allt jag hade inom mig med de orden. När jag skriver dem nu, känner jag mig fylld med samma känsla, men vemodigare, bittert sentimental. Du har gjort din plikt. Jag fick som jag ville men måste också ta följderna.

Några formler finns inte. Att smälta samman med någon annan är kanhända en kvinnlig dröm. Vara ensam eller låta sin kärlek vandra från den ena till den andra – det är kanske villkoren. Trohet, ömhet – inget finns. Min själ ropar på dig, du gör mig blind. En har behov, aldrig båda.

*

Jag är i ett ingenmansland och lägger beslag på det. Trädgården här är så vackert ordnad. Jag ser ut över häckar, en damm, raka gångar med rundade hörn, sparrissängar, lövkojor, astrar och lejongap i rader, de längsta innerst, de små blommorna vid kanten.

Här kan jag inbilla mig att världen är harmonisk, välvillig. Jag kan se en tankfull plan som inbegriper minsta detalj, den finns inte bekräftad någonstans, inte ritad på en anslagstavla. Den existerar bara därför att jag har upptäckt den.

När jag går i trädgården, glider ögonblicken in i varandra utan att upphöra. Jag skulle vilja stanna här jämt. För ibland känns allt så trassligt att jag tänker på döden som en varm säng.

Det tillfälliga som har plågat mig så – också hos dig – blir en cirkel här, en livscykel jag är del i. Denna trädgård är min prövosten, den lär mig att ensamhet inte bara är fåfäng väntan. I varje fall inte på dig, ständigt på dig.

Bara när jag skriver till dig, kan jag låtsas att vi fortfarande har varann, jag menar: ser varann.

Jag gör mig illa på dig. Då får jag lust att skada dig. Ditt lugn fyller mig med trots. Jag är svartsjuk på din behovslöshet. Alltid är det en som lämnar, en som blir kvar. Också när man föds. Jag skulle vilja vara gammal, ha mina rötter täckta av många jordlager, förmiddagsfrid och vuxna barn – inte med dig – som jag kan fotvandra med.

Kom, vill jag be dig, var inkräktaren i mig, var min vinge och propeller! Kom – och gör allting annat oviktigt!

Men du vill inte vara den som dunkar i mitt blod och spränger i mina ljumskar. Hur kan jag begära det, hur kan jag ens önska det?

Jag inbillade mig att jag kunde ge mig oinskränkt till någon,

107

att vi kunde vara oinskränkta inför varann, att du, en annan människa, kunde låsa upp mig, när jag inte kunde själv. Men nu tvivlar jag på att det finns så oförbehållsamma handlingar. Man ska nog inte ge allt, för allt kan vara mindre än något.

*

Med dig så avvisande känner jag att det måste finnas andra eldar att värma sig vid. Därför har jag stämt möte med E. En egoistisk nyck man inte borde utsätta någon oskyldig för: han vet ju inte att han är i stället för någon annan.

Om du inte hade varit hade detta möte känts spännande, upprörande, lustbetonat. Nu är det mest lite parodiskt. Jag ville hellre försvinna med dig in i något sovvagnsmörker, bort härifrån till ett okänt hotell. Men du vill inte.

Kommer du en gång att möta någon du tycker är navet i ditt liv, inplanterad i dina celler, och så reser hon ifrån dig, tar tåget söderut med någon annan, och du ser inom dig vad de gör med varann i en kupé, du är där men är inte med?

Jag vet inte hur jag ska bruka mig själv, den som är jag, för mest har jag velat vara något du har i din hand: en spade, ett cykelstyre, en penna. Jag måste göra mig kvitt dig så du inte ska behöva trampa på mig mot din vilja. Jag har inget att gripa tag i. Jag längtar att bli jordad: strömförande, utan att brännas.

Jag tryckte mitt ansikte mot din nakna axel. Jag låg ovanpå dig, vi var utmattade. Jag greps av sorg, av medlidande med mig själv, för om ett år eller mindre skulle vi inte ses mer, det visste jag. Jag grät mot din axel utan att du märkte det.

Det var mycket du inte märkte därför att du inte älskade som jag.

*

Aldrig tänkte du på vad ord, brev, kan betyda. Du har ditt schema, sover på bestämda tider. Du ljuger dig bort. Och jag:

druckit choklad, sömnlös, en stunds jolmigt onanerande i mitt kalla rum. Inget växer utan näring. Som ett vekt strå faller och glider jag med vindarna, dras mot det närmaste, det påtagliga.

Jag kan inte älska andevarelser. Jag kan längta efter att ett par andra armar famnar mig. Men du vet: innerst inne blir det inte samma heta lyckokänsla. Det dröjer länge till nästa gång. Även om det vore med dig.

Mogna: är det att ha många vänner, en ro i sig själv, ingen som är allt för en?

Jag måste finna mig i att jag för alltid förblir en okänd person för dig eller att jag har ett kvinnoliv du aldrig kan förstå. Självutgivelse och omsorg – detta som får en att älska ett barn – är det något du kommer att fatta långt senare i ditt liv?

Kan vi mötas bara någon enstaka gång, på en tidvattensvåg, uppgivna, sammanvispade, innan förändringen griper oss eller friheten?

Patetik – när jag borde fnysa: fy sjutton din usling, din dumma bulldogg, din hårdnackade idiot... Och du själv då, Kari Beata Pettersson, 19 år, jo pyttsan – lysten, lättjefull, typisk kvinna, ligger där och jämrar dig... Drömmer över en roman, med kaksmulor mellan bladen... Förväxlar i din förvirrade hjärna en svidande längtan nedanför naveln med själens plåga...

*

Ingen rår väl för sina känslor. Kanske kommer jag alltid att bli besviken. Och jag kommer inte att vara dig trogen. Jag vill bedra dig snart. För mig är det inte fult. Inte i de stunder när jag verkligen älskar. Det är nytt land, nya armar, någon som håller mig hårt.

Jag känner mig inte ett dugg äldre eller mognare som jag trodde för en tid sen. Jag har aldrig känt mig så obeständig och flyktig som nu. Men jag tycker fortfarande oändligt mycket om dig – genom att jag skriver kommer du närmare och jag känner mig liten.

En älskad varelse är du, men jag tror vi är för tidigt ute i livet för att min känsla ska kunna gå över i varm vänskap. Vi kommer att försvinna utom synhåll för varann. Kari Beata och Johan Fredrik – en kombination att vricka tungan på, men ingen kommer att behöva göra det.

Humlen klättrar kring staget på telefonstolpen här utanför. Det sjunger i trådarna där uppe, nån gång sprider sig en ton ner till staget och ut i humlerankan. Den darrar och klamrar sig fast. Den vill vara med och samtala i vinden.

Du ser – jag blir sentimental. Jag borde ha någon annan att öva mig på, för jag vet ju att för dig är jag bara en etyd, ett studium, en övning för framtiden.

Kärleken är en flygfisk så snabb i sitt hopp över svarta vattenytan att jag inte hinner fotografera den. Jag hade nog inte velat att den skulle drabba mig så tidigt.

Är en kravlös osjälvisk kärlek möjlig?

Ja – det är kanske den enda smärta som aldrig behöver avtrubba och förhårdna en.

Men jag önskar den inte. Inte än.

Jag slutar här. Jag har jämt haft lättare för att skriva än att tala, det vet du. Men jag vill inte se tillbaka på de här sidorna. Jag ger dem till dig.

II

Ledtrådar

16

Då Johan Fredrik Victorin under skoltiden inte visar bestämda anlag för något särskilt – ingenjörsvetenskap, läkekonst eller teologisk forskning – uppstår frågan om han inte borde bli diplomat. Ett yrke där man dämpar och förhalar förlopp eller styr in dem på andra banor, försiktigt och milt som då man leder en blind genom rusningstrafiken.

Så blir det. Och åren går. Och trots allt uppskjutande och bordläggande hinner mycket inträffa. Johan Fredrik är över fyrtio. Hans far Teodor har dött, kanske till följd av bankens datorisering som tog hans räkneglädje ifrån honom.

En gång har fadern lärt honom hur man hänger ett par byxor över en stolsrygg så att vecken kommer på plats. Det har han haft nytta av. Det finns väl annat också.

Sonen minns honom med smalnande noshörningsögon, näsan porös som en jordgubbe, läppar som förgäves tog sig ton. Han åldrades hastigt. Men han förblev punktlig. Han höll reda på isbrytarpositioner och indragna fyrskepp via radion, han kände börsens sommarstiltje i sitt blod.

Som pensionär började han intressera sig för urmakeri. Han öppnade sin armbandsklocka och fann en skygg och känslig mekanism. Det behövdes bara en salt tår vid sidan av luppen, och tiden hejdade sin gång.

Så kom hjärnblödningen, följd av andra komplikationer. Han krympte dag för dag likt en nöt som torkar innanför skalet. Under en sista vistelse i hemmet flyttade han runt spelkort, piprensare och tandpetare. De ändrade ideligen position på hans bricka, det var en invecklad matematisk procedur. Han såg på Johan Fredrik för att få beundran och uppmuntran för det han hade för sig.

En dag fann hustrun honom på golvet. Han skurade solljuset med en nagelborste. Ljuset var för hårt, han ville få golvet genomskinligt som is, nu skulle hela världen tvättas.

Johan Fredrik och läkare tillkallades och insåg att fader Teodor höll på att passera in i de oföddas rike varifrån han hade kommit.

– Jag tror det är över nu, viskade han till sin hustru, och hon skulle just dra en lättnadens suck då hon insåg vad han menade.

Men innan han tappade andan för alltid, ropade han två gånger, utdraget och klagande, som från en fjärran ort: – Anna Fredrika, Johan Fredrik!

Så långa namn mäktade han med trots allt och så långt tillbaka in i det knappt existerande mindes han.

Och han hade gripit de handleder som fanns nära, sonens och makans, som hade han velat bli fasthållen av dem, och de hade försäkrat honom gång på gång: Vi är här, hela tiden, hela tiden!

Men det hjälpte inte, han fördes obevekligen bort – som då en fångvaktare förkunnar att den korta rasten är slut och fången förgäves kastar en blick bakåt.

Modern flyttade från Riddargatan till en lägenhet vid Johannes kyrka. Där besöker henne Johan Fredrik om möjligt varannan söndag. Hennes böjelse för valnötter har inte minskat med åren, det krasar milt mellan hennes tänder som förr, allt medan klockorna slår och ett enstaka brandlarm skingrar friden mellan Drottninghuset och Franska skolan.

– Här på kyrkogården begraver man bara församlingens präster, upplyser hon dystert. Annars vore det ju nära och bekvämt...

Johan Fredrik lyssnar knappt på hennes prat. Stödd på en livslång vana inbillar hon sig själv och andra att hon har kort tid kvar på jorden. Därtill kommer att mannen ligger på annat håll. I all sin bräcklighet ska hon leva länge. Han tycker att hennes leder ger ifrån sig ljud likt svirret i en koltrådslampa.

Hon har länge varit så självutplånande att alla har låtit henne få sin vilja fram. Men som änka övertar hon småningom många av mannens egenskaper och vanor. Med honom som en mask för ansiktet uppträder hon mindre försynt och tveksamt än tidigare. Ja, hon fyller så väl sin mans gamla plats att den person vännerna saknar är inte Teodor utan hennes eget forna jag.

När de äter söndagsmiddag, berättar hon först innehållet i samtliga filmserier i TV. Hon tycker om dem alla förutsatt att ingen på rollistan heter Teodor. Sedan prisar hon kungaparet för dess chosefrihet, men då hon förstår att ämnet inte fängslar honom, övergår hon till att säga:

– Jag vet inte vad det tog åt honom de sista åren, Teka, din pappa. Han var närvarande bara till hälften. Var det kanske mig det var fel på? Ibland undrade jag om han var bortrest fast han satt vid samma bord. Vill du ha mer brylépudding? Jag gör helst den här sorten med citronskal i.

Vad han än svarar tror hon att han förebrår henne.

– Gode Gud! ropar hon. Gjorde jag inte vad jag kunde? Om jag älskade din far? Det är det minsta man kan säga.

– Jag tror man kan säga mindre, invänder han matt, ty han inser att mer kommer inte att bli sagt.

Dock tillägger hon:

– Teodor borde ha varit med den dag du blev kabinettssekreterare. Jag kan se honom skrapa möglet av champagnekorken med sin pennkniv.

Efter middagen sitter hon med ögonlocken halvt sänkta, uppenbart försjunken i meningsfulla memoreringar av sitt förflutna liv. Han vågar inte störa henne utan betraktar med vördnad hennes tillfälliga och trancelika skönhet.

I hans drömmar brukar fadern dyka upp. Annars är det underligt hur lätt det är att glömma de döda, man räknar inte med dem därför att de inte begär något av en.

Sedan rycker modern till hans förskräckelse upp sig:

– Nu gör vi i ordning efter oss, det går på en minut.

Tiden erhåller med ens en annan dimension. Han sköter torkhandduken, något ostadig på benen av det vin hon rikligt har mutat honom med. För egen del tar hon sig ett glas Hunts

Port som hon anser bra för matsmältningen.

Därefter ställer hon sig slamrande framför diskbänken med alldeles för stora genomskinliga gummihandskar. Hon böjer sig fram, och under finklänningens små blommor ser han med plötslig ömhet ålderns vassa ryggrad.

2

Dublin och Amsterdam ligger bakom honom, Washington och Genève. Förste sekreterare, ambassadråd, minister, på hemmaplan kansliråd, chef för Pol 3, biträdande kabinettssekreterare... Kryptiska förkortningar i Vem är det återger en svensk ämbetsmannakarriär.

Om hans privatliv tiger uppslagsböckerna. Endast utrikesdepartementets kalender meddelar i sin tjänsteförteckning: "Gm Gudrun Göransson."

Pålitlig och plikttrogen, väl ansedd, kanske omtyckt. Fackliga ärenden och personalfrågor sysslar han sällan med och deltar inte i allmänbildningstävlingar i personaltidningen. Å andra sidan tillhör han inte de intellektuella excentriker inom verket vilka översätter kinesisk poesi, skriver öppna brev till pressen om islams etik eller förfärdigar romaner om sina motgångar som biståndsförmedlare i Guinea-Bissau.

I den meningen saknar han ett publikt ansikte, fastän han kan förekomma på ett veckotidningsfoto från en teaterpremiär eller skymta krokryggigt grubblande på en sidobänk i riksdagen, där han skriver lappar åt sin minister i den årliga utrikesdebatten. Lappar som denne för övrigt sällan läser, eftersom han är för fåfäng att sätta på sig glasögonen i TV-lampornas sken.

Johan Fredrik kan beskrivas som en lång man med en aning framåtböjd nacke, ett föga ordningsamt hår, bred panna, kraftig näsa som rodnar och en uttrycksfull mun som mer än hans blick uttalar förebråelser, kyligt avstånd, roat deltagande, häpnad och entusiasm.

Han står gärna snett, med ena foten stödd på den andra och högra handen knuten inuti den vänstra. Det verkar då som om han när som helst kan falla omkull, vore det inte för dessa akrobatiska åtbörder. Men hans handrörelser är graciösa när han sitter och överlägger. Han kan fäkta med ett glas eller en kaffekopp utan att spilla, omgivningen betraktar hans händer med ängslan och hör knappast vad han säger.

Du är en medlare och en telefontråd, har någon sagt till honom vid en eftersläckning, inte en hammare och inte ett städ. Det betyder att hans yrke ingår i det sinnrika system av improduktiv verksamhet som är ett viktigt inslag i landets ekonomi.

Ändå beundrar han dem som trotsat ödet: Magellan, Shackleton, Rimbaud. Själv är han ingen partisan, därför inget ämne till en politiker, ty han önskar förstå också det som är mest främmande för honom själv.

Däremot menar han sig ofta kunna förutse ett politiskt skeende. Han varnar i god tid sin regering för tendenser som andra inte har hunnit upptäcka, men han tar inte ledningen, utrikesminister skulle han inte kunna bli. Han har nog kommit så långt han kan komma.

Var gång han möter en kirurg, en fysiker, en cellist, en pilot, tycker han att han saknar ett yrke, en ansvarsfull specialitet eller en lärd besatthet. Det han sysslar med är upphöjd konversation, ett utbyte av synpunkter på ett enahanda tungomål inom en vidgad familjekrets där alla känner varandra.

Och han undrar om han en gång kommer att drabbas av en fingervisning som ofrånkomligt måste följas, av ett uppdrag av yttersta vikt. Men det är sent i hans liv, och han ska sannolikt vänta förgäves.

Och om han nu inte hade blivit diplomat och rentav kabinettssekreterare, varav det bara finns en i landet? Han vet inte vad han skulle ha gjort. Han kan ikläda sig tillfälliga skepnader: tvätta betor efter en skörd, gå i fjällen med en ung flicka, fotografera de sista mayaindianerna, hyra ut trampbåtar på en badort.

Biroller på en scen över vilken förkvällens skuggor faller och sufflören viskar: Snart sitter du igen vid Gustaf Adolfs torg, snart är du inne i staden, i dina vanliga göromål, och du kommer att slita hårdare än någonsin.

Ändå: är det detta jag föddes till? kan han tänka då han byter ett leende med vakten på morgonen. Olika slags skolor och kurser har lett till utnämningar, skrivelser, läkarbesök, middagar, famntag. De har fört fram till människor som verkar fungera ungefär likadant och vara lika vilsna. De har tvingat honom att var morgon och kväll ta del av nya exempel på en outrotlig drift att döda överallt på jorden, en lust att skära upp havande kvinnors magar och bränna barn inne i hyddor.

Han kan känna sig som en fluga som har fastnat utanpå ett videoband och ett ögonblick virvlar med i handlingen för att sedan försvinna. Han tror sig inte vara inne i någon medelålderskris. Ty dessa tankar har han hyst sedan han var barn, och det konstiga är att han inte blir av med dem. Han är ännu inte bedövad av omständigheterna.

Som ämbetsman har han att förklara ett system – neutraliteten och dess gränser – som i sin tur är en del av andra system, andra förklaringar. Han är medbrottsling. Mer än så: ansvarig såsom en arkitekt svarar för att den byggnad han har ritat inte rasar ihop.

Var finns hans själ i detta? Har tiden kommit för ett perspektiv utifrån, ett steg åt sidan? Bara så kan han klä av sig ämbetsverket och känna sin egen hud möta regnet och blåsten, husväggarnas och trädstammarnas skrovligheter.

3

När Johan Fredrik Victorin utnämndes till kabinettssekreterare, ber honom tidningen Studenten om en självbiografisk skiss. Efter mycken tvekan skriver han ned följande som han inte vågar underställa utrikesministern:

"Ni frågar vad som har påverkat mig. Jag vill inte svara. Jag vill hålla det för mig själv. Som diplomat hemligstämplar jag en del information. Av censurlust? Nej. Av ett behov att den ska behålla sin laddning, sin tunga sanning, inte spädas ut och splittras i fragment vid mötet med vardagens tillfälligheter.

På mitt område tvingas jag röra mig bland gissningar. Jag tror mig inte veta särskilt mycket om dem som styr i världen – annat än att ett antal av dem på mentala grunder skulle ha förbjudits att inneha offentlig tjänst i vårt land. Jag vet inte heller mycket om mina egna drivkrafter. Ofta har jag försummat att gå till källorna utan nöjt mig med det omtuggade, det omformade – likt den som dricker kaffe utan att ha en aning om hur kaffebusken ser ut.

Mitt yrke är beroende av kontakter och relationer som leder till att man fångar upp politiska signaler, urskiljer sprickor i de ideologiska murarna, hittar kompromissformer, smygvägar. Intet av detta kan skötas i ensamhet. Långt efteråt kan man förgäves se sig om efter sin egen signatur i utrikespolitiken: någonstans en tegelsten där man har ristat en initial innan leran hunnit torka, men var i bygget den hamnar vet ingen.

Jag är administratör, tjänsteman, tjänande ande. Världens skiftande hälsotillstånd tvingar mig att vara lika osystematisk som Linné, den store ordnaren, han som först stoppade allt i fack som det fanns pärmar till och sedan skyfflade allt annat – trollsmör, spermier, lavar – ner i en påse på vilken han skrev

Kaos.

Diplomatens lärdom är att vi får försöka stå ut med varann. Kärnvapnens planet är ingen skolgård där vi kan puckla på varandra. Ingen finns kvar att torka upp efter en.

'Med stora steg gör man sig enbart löjlig. Med många steg däremot skulle jag kunna bli kabinettssekreterare i UD.' Så säger Leni i Alexander Kluges film 'Artisterna under cirkuskupolen: rådlösa'. Hon har säkert rätt, fast hon menar det ironiskt, hånfullt: hon ställer konstnären som vågar satsa allt mot den försiktigt orienterande diplomaten.

Men det ges kanske en utväg som Witold Gombrowicz, kosmopolit och diktare, pekar på när han utropar: 'Sluta identifiera er med det som definierar er!' Det betyder: vägra vara den som andra tror dig vara. Vägra vara den du själv väntar dig att du bör vara.

Och med den utgångspunkten har jag redan sagt mer än jag har velat säga.''

Inte mycket till självbiografi, tänker han. Inte en av dessa där man antyder att min ungdom var Europas, min ångest nationens. Han har inte haft del i en kollektiv erfarenhet: storstrejk, bombanfall, hungersnöd. Han har växt upp i acceptabla och lugna omständigheter i ett land som var politiskt stabilt. Han minns dofter lättare än idéer: cigarrettröken i tröjan, glasspinnens snåla träsmak. . .

Han är heller inte mån om publicitet och ger ogärna intervjuer: det är politikernas sak att göra uttalanden. Då får han i en tidnings söndagsskvaller läsa om sig själv: ''Hans lojalitet mot överheten har blivit en lojalitet mot honom själv. Han verkar i det dolda. Det anses att det i praktiken är Victorin som lägger fast svensk utrikespolitik.''

Förbannade anonyma journalistlusk, tänker han, vad ska utrikesministern säga? Nå, utrikesministern läser inte tidningar, det är en av hans förtjänster, han inhämtar sin kunskap via föredragningar och privata nyhetsbrev från när och fjärran. Det som skrivs om honom får han genom sin klippservice i efter-

122

hand.

Och något litet är kanske sant i den elaka notisen. När Johan Fredriks idéer inte vann anklang, gjorde han gradvis, nästan omärkligt för sig själv, utrikesdepartementets uppfattning till sin. Han inbillar sig att UD har anpassat sig till hans tankesätt, medan det är tvärtom. En lugn impregnering äger rum och förhindrar större kontroverser.

Han läser mycket, analyserar, lägger till rätta, upprättar promemorior. Något systematiskt sätt att nalkas tillvaron har han inte. En viss arbetsordning finns på UD, fastän vag, den hjälper inte långt.

Han betraktar världen som full av hemligheter, och försöken att röja dem misslyckas för det mesta. Han improviserar sig fram, i marginalen till något större, han är en lav på ett träd vars omfång han aldrig kommer att lära känna.

4

Diplomatjobbet innebär att färdas i svävfarkost över samhället. Sätta sig in i mycket, foga samman olika bitar av sociala och ekonomiska skeenden, men inse att bilden förblir grund som pusselbiten, det tredimensionella perspektivet beror mer på den skickliga penseln än på verkligheten.

Lånta fjädrar, plock och tafs, smulor och fragment. Hastiga betänkanden och långa betänkligheter. Bjudningar med ett flimmer av repliker, leenden, ögonkast, yrkesupplysningar. Emellanåt skriver han Intressant eller Tänkvärt på en rapport innan den går ut för delgivning. Han vet att den då blir läst, de flesta känner igen hans handstil.

Ibland tycker han att allt rinner bort mellan fingrarna. Vid dagens slut minns han inte vilka brev han har undertecknat, vilka frågor han besvarat, vilka åtaganden han gått med på.

Så många små saker staplas på varandra, så mycket måste klaras av i en hast, och då slagrutan någon gång sänker sig, är det inte alltid han förmår hejda sig. Han förstår dem som far till avlägset belägna stiftsgårdar för att äta krossat vete och läsa mäster Eckehart.

Ändå älskar han Arvfurstens palats, han är mer hemma i det än i sig själv. Händer har format dess stuckatur och marmorerat dess väggar i finaste grisaille, lagt golvens parkettstavar och kalkstensplattor enligt länge prövade mönster, spänt vävtapeterna och gjutit mässingshandtagen. Nu samlas hundratals människor här om dagarna, röster korsas, elektroniska fingrar tecknar meddelanden på papper och fotoremsor.

En gång byggdes huset för en prinsessa: för att hon skulle sova här, låta sig uppvaktas, dansa och vara mittpunkten i fester som hennes samtida kom att skildra i dagböcker. För Sophia Albertina, tänker han, var detta hennes hem i Stockholm. Här noterade hon sorgset vad som hände henne, hon grät, menstruerade, sökte ibland knäppa sitt livstycke utan hjälp och såg ut på detta öde torg, där vagnshjul slirade på nötta stenar och hästspillning blandades med snö.

Nu har sandstensportalerna vittrat, och man sticker in magnetiska plastkort i en plåtmun som öppnar en glasdörr. Ett spindelnät av alarmtrådar skyddar huset mot landets befolkning. Och när samtiden rasar där utanför, bilarna köar och en demonstration för en nedläggningshotad skola tågar mot utbildningsdepartementet, kan UD likna ett kloster där man drar sig undan världen.

Där klirrar ett glas, rörs ett papper, där eldas ett utgånget chiffer i en kakelugn på nötta träfötter. De dagar då allting är en trasa längtar Johan Fredrik in till gamla fru Sager, kvarterets enda privatperson. Hos henne dricker man te med koppen på knät, samtalet följer en obrytbar ritual och Strömmens virvlar drar alla mörka tankar ner i sitt djup, medan lekfullhet och tillförsikt dansar som norsar på dess yta.

Johan Fredriks tjänsterum har de vackraste proportionerna i Arvfurstens palats. Han sitter med ryggen mot två höga speglar och kring dem öppnar sig fönstren ut mot Strömmen och pilarna på Helgeandsholmen.

Över de ljusblå sidentapeterna hänger porträtt av furstar och diplomater: Fredrik Ramel ser ut att sakta upplösas i ett inre bad av bourgogne, Algernon Stierneld blundar med ena ögat som om konstnären stänkt terpentin i det, Elias Lagerheim förefaller att med en handrörelse avvisa en note från en stormakt, August Gyldenstolpe år 1905 har en melankoliskt hängande mustasch och en simmig blick som hade han dränkt sin sorg över unionsupplösningen i ett glas absint.

Kristallkronornas kedjor är lindade i blå sidenvåd, och den väldiga mattan är vävd i dämpat blått, grått och ljusrött. De gustavianska stolarna är överdragna med ett bomullstyg med gröna och blåaktiga slingor. Pendylen på kortväggen har stannat på fyra. Två morianer står på byrån därunder och brukar väcka afrikanska sändebuds intresse.

En nära nog osynlig tapetdörr leder in till en skrubb med kassaskåp, där finns plats för resväska och ombyte. En dörr för in till utrikesministern, en annan ut i den vidgade korridoren där man kan följa riksdagsdebatten i intern-TV. Korridoren utmärks av sin röda matta, det anses förnämt att ha ett rum som vetter mot den. I en domestikkammare mitt emot sitter en informationssekreterare vid en vit kakelugn med grönstrimmig bård, hans fönster går ända ner till golvet. Alla lås är gamla, av järn med mässingsvred, man kan inte ljudlöst smyga sig in till någon.

Johan Fredriks gyllene rum kräver på en gång lätthet, en ironisk distans och en representativ grandezza, ett formens allvar, som om möblerna och tavlorna och marmorspisen vore själva insignierna på den svenska utrikespolitikens trovärdighet.

I detta gemak – hoppas han – ska ingen karriärlysten partipolitiker slå sig ner utan bara instrumentmakare, försteviolinister, handhavare av diplomatins traditionella redskap, vilka är kunskap om samhället, psykologisk insikt, takt och list, humor och en förmåga att uppleva tillvaron på olika nivåer – människor, medger han en smula motsträvigt, ungefär som han själv.

Han ser stolen han sitter i: tillverkad på 1780-talet, läderdynan nyare, men armstöden som parentetiskt böjer sig utåt är slitna, blankade av kostymtyg och händer, svettinpyrda, nagelristade. Färgen nästan bortnött. Men skårorna i ryggstödets pinnar är kvar. Ackumulerad tid, arbete i timmar och dagar, en okänd snickares tankar.

Han vistas i en annans skapelse. Det ger honom en hemmastaddhet bakåt, men i nuet en vanmakt: andra formar hans värld åt honom, det är på andras intriger och manövrar han måste reagera.

Ty oavlåtligt strömmar rapporterna in från misärens planet. Hur ansvarig är himlen för helvetet? Människor dör i var sekund på öknens gräns. Skogarna drar sig tillbaka, skövlade av multinationella bolag, formellt på befallning av fattiga regeringar, för att föda de redan rika. Upprustningen kräver de dyrbaraste mineralerna och de klipskaste hjärnorna. Värst är tanken på att hunger inte är nödvändig, att veteöverskottet inte fördelas och att några sitter fångna på toppen av ett smörberg.

Han finner sig läsa en promemoria därom med armbågarna så hårt pressade mot sidan att han tittar upp för att undersöka om han befinner sig på middag, en av de trånga, där det gäller att inte stöta till bordsgrannen när de i samma sekund för en sked bisque de homard till munnen.

Han dunkar på papperen. Livet är för kort, öknen för väldig. Han lutar sig ut genom fönstret och är nära Operan och Operakällaren, musiken och det förfinade frosseriet: han älskar bägge. Han vill främja rättvisan utan att avstå från Mozart i huset mitt emot. Han vill bekämpa upprustningen – och för pengarna som blir över bjuda varje levande varelse på en biff Rydberg och en OP på baren.

Under en glasskiva som han drar ut ur skrivbordet har han lagt ett citat av Ernst Wigforss: "Varje framtid blir en gång ett nu, och det kan inte heller ha ett eget värde, om det nu, vari vi själva leva, synes värdelöst."

På Johan Fredriks bord ligger budgetpropositionen, en bok med titeln The Muslim Mind, en skrift om medbestämmanderätten. I ett vridbart bokställ på golvet står en röd pärm med etiketten Grå zoner, Svampar. Det är hybridernas lunta, de suddiga gränsområdenas ärenden (Swedfund, Bits och andra lika tillfälliga beteckningar). Han studerar ett utkast till en plan på vad som på samma jargong kallas Glädjehuset eller What can I do for you: en central där u-länder kan hyra kunskap av olika slag, ett clearinghouse som slussar ut experter.

Det finns många jargonger inom UD. De är smörjolja i umgänget, högtravande beskrivningar för det triviala, vardagliga nedtagningar av det allvarliga och storslaget. Ofta snabba förkortningssystem: eftersom så mycken information sprids varje dag, får den ett övertag som säger det mesta möjliga på knappaste tid.

Jargongen har också ett avvärjande syfte: hit men inte längre. Den fyller ut tystnader och förmedlar skenkontakter: närmare beröring är det kanske ingen som önskar. Med en främling på ett party kan man tala öppet i förvissning om att inte ses igen. På ett departement kan alltför intim bekantskap hindra samarbetet.

– Här sker en påplussning via annan kanal vilket betyder att man kringgår gällande regler, påpekar kabinettssekreteraren, illa berörd av att använda det tungomål som omgivningen har lättast att förstå. Det hör till hans uppgift att kunna förordningar, att hålla reda på sedvanor och vedertagna beteenden och ifrågasätta avsteg från dem. Inom UD tvingas han emellanåt spela riksrevisorns roll.

Han kan gripas av en lust att komma förbi det diplomatiska språket och slå in en annan kod. Nycklar till olika språk skramlar från samma knippa. Ändå respekterar han det och fängslas av det. Det är på en gång lågtonat och precist. UD:s interna konversation är till brädden fylld av antydningar, symboler, chiffer, åtbörder som för den utomstående tycks hemlighetsfulla och svårtolkade.

– En föredragning, säger utrikesministern med ett av sina sällsynta morgonleenden, bör inte ta mer än en halv timme – som en bra föreläsning, en gudstjänst, en kärleksakt. Då bör man också hinna med frågor och diskussion. Annars slappnar ens uppmärksamhet och man börjar tänka på annat, avslutar han sin ovanligt långa reflexion.

I utrikesministerns minspel avlöses urbana leenden av diplomatiska fnysningar och en återkommande fras: "Vi är tvungna att dra en gräns någonstans." Medveten om sin litenhet står han på tåspetsarna när han talar med andra och gungar fram och tillbaka som om han tänkte ta ett språng mot dem.

Hans blick är ofta inåtvänd. Han går omkring och bär på ett självporträtt han aldrig växer ifrån: det föreställer en ledargestalt som i ett avgörande ögonblick räddar nationen ur en återvändsgränd. Men varken ögonblicket eller gränden kan han

129

urskilja. Därför kommer han aldrig att företa några oväntade utspel. Han står och vaggar i sina övertygelsers grunda vatten utan att lockas av de osäkra djupen runt omkring.

En tid hade han bacillskräck och tog ogärna någon i hand. På bjudningar hälsade han på hedersgästerna, sedan ställde han sig med händerna på ryggen framför en kakelugn och bugade lätt för dem som defilerade förbi. Så blev han kvitt sin åkomma hos en terapeut som visste att bakterierna mestadels förflyttade sig på andra vägar mellan människor.

Han har vekare sidor också, men dem gömmer han likt franska vykort i en låda. Hans kabinettssekreterare tycker med tiden allt bättre om honom.

5

Johan Fredrik framträder inför de nya handläggarna, förr kallade aspiranter. Några år tidigare gick de i jeans och träskor på brysselmattorna. Nu kommer de i ljusa slacks och rutig blazer, blå och vitrandig skjorta och slips. Var åttonde är en flicka.

– Det här är kabinettssekreterare Johan Fredrik Victorin, presenterar handledaren med vad denne tycker är ett något ursäktande tonfall.

"Om diplomatin som kringgående rörelse" har han betitlat sitt anförande, men det nämner han aldrig. Dock passar han på att inskärpa en av sina trossatser:

– Inför politiska överläggningar kan en viss grad av oklarhet – och varför inte förvirring – ibland vara att föredra framför en alltför tidig precisering av krav och ståndpunkter. Man måste handskas med många ännu okända faktorer. Man vill lyssna till opinionen hemma och ute. Man kan medvetet vilja röra sig i en slöjdans som tills vidare döljer det väsentliga men som låter ana frestande möjligheter.

Sedan kommer han in på motiven för att bli diplomat, något han själv har grubblat på en stor del av sitt liv:

– Diplomati kan verka onyttigt. En beslutsfattare i Stockholm når hela världen med sin telefon. Är inte våra mellanhänder onödiga? Trots allt inte. För det handlar om något annat. Det krävs tid och närvaro för att se in i andra människors tankar, förstå deras ambitioner, hitta fram till deras fantasier och drivkrafter. Iran, Paraguay, Zaire – hur är det möjligt det som sker där, vilket är samspelet mellan tvång och besatthet? Ni vet att det finns en plats inom UD åt er. Men ni måste också tro att ni kan påverka er globala omgivning, åtminstone fransa dess kanter, för annars kommer ni att känna att ni har gått miste om det

131

hela.

Han pauserar och ser framför sig denna värld som en rad logier, med portierer i receptionen, olika inackorderingsvärdinnor, tapeter och utsikter. En lukt av solhet vaxduk, av fuktig aska ur en eldstad, av billig matlagningsolja från köket mot gården. Tillfälliga bostäder. En obestämd hemlängtan till ingenstans.

Men han är lika bekant med förnimmelsen att höra hemma överallt: det är diplomatyrkets tillgång att man lär sig den moderna tillvarons mekanik och vart man kommer bär man med sig en bit av fädernejorden som hade man en höstdag sprungit över en leråker.

Till slut citerar han, halvt på skämt, den brittiske ambassadören Henry Wotton: "En ambassadör är en hederlig man som skickas utomlands för att ljuga för sitt eget lands bästa."

– Just det, inflikar en ung man förebrående, det diplomatin lär en är att ljuga.

– Det brukar påstås så, men det är inte så enkelt.

– Genom att ljuga skaffar man sig både ära och trygghet. Man hittar en smakfull lögn som man placerar mitt emellan två tänkbara sanningar.

– Det kanske är det som är alliansfrihet, säger Johan Fredrik medgörligt.

– Somliga står staty enbart för att de ljög så bra.

– Men då måste man exakt veta i vad syfte man ljuger. För landets skull, sin egen eller till och med för sanningens skull. Annars går det inte.

– Om inget är sant är allt tillåtet.

– Ja. Då finns inte ens lögnen.

Johan Fredrik beskriver diplomatin som ett schackspel. Aktörerna vet sina drag. Men slumpskott förekommer, öppningar mot en frihet som existerar en kort stund – likt en pragvår, likt de tio dagar som skakade världen – tills reträtterna täcks, gläntan omringas, möjligheterna inkapslas. Då får man huka sig och tänka på något annat.

– Lär er rörlighet, misstänksamhet, en lust att leka med associationer och traditioner för att skapa sammanhang, en förmåga att vända på perspektiven för att underlätta liv och överlevnad! utbrister han. Planeringen får inte vara stel, historien är ingen rutin, tryggheten inget självklart. Disciplin och lojalitet ska inte vara att följa givna ritningar. Det gäller att gräva fram ny kunskap och skönhet ur den mylla vi alla växer i. Allt finns i jorden och på jorden.

Det där har han inte tänkt säga. Hubbarna – som de kallas i UD-jargongen – verkar rörda eller muntert överseende. Handledaren sitter förstenad på sin stol och ropar att man redan har inkräktat på kaffepausen.

Johan Fredrik vet att han har rykte om sig att vara en sval person, med många alibin, skicklig och respekterad, men ingen rubrikernas man, ingen anar riktigt vad han tänker. Det han utför och skriver i tjänsten är av nödvändighet föga originellt. Allt är ett uppkok på sådant som förut har sagts, här och var med en fin justering.

Förnyelser måste smygas in bakvägen och presenteras som en anknytning till en eller annan tradition. Neutralitet och alliansfrihet bygger på upprepning, auktoritet och avskräckning. Lie back and think of England, rådde viktorianska mödrar sina döttrar inför äktenskapet. Så känner ofta Johan Fredrik i sin verksamhet. Ligg still och tänk på neutraliteten. Behärska dig med hänsyn till nationens bästa.

Därför är handledaren upprörd. Han anser att Johan Fredrik har gått för långt i sitt tal till aspiranterna. Men han får inte fram det, dels för att han inte vill brista i aktning, dels för att någon har skruvat på lunchekot i radio, där Johan Fredrik uppfattar några av sina egna ord i utrikesministerns kommentar i riksdagens biståndsdebatt:

– För Sverige innebär krisen i mottagarländerna att frågan om prioriteringar i biståndet måste ställas med ökad skärpa. Givaren måste vara redo att med mera lyhördhet och flexibilitet skräddarsy biståndet efter varje lands behov. Erfarenheten visar också att Sverige måste vara berett att föra en mera aktiv dialog med mottagarländerna om insatsernas inriktning och utformning.

För att inte göra lyssnarna modstulna anslår ministern ett optimistiskt tonfall mot slutet:

– Trots alla problem har Sveriges bistånd bidragit till att skapa varaktiga förbättringar i miljoner fattiga människors levnadsvillkor, t ex genom bättre sjukvård, undervisning och tillgång till rent vatten.

Johan Fredriks sekreterare Alice Nordin följer honom upp till lunchmatsalen. Hon är snart femtio, smal och rödkindad som en flicka. Hennes far var elektriker i Mellerud, hennes mor hade lampaffären. På hennes bord ligger tidningen Dalslänningen ihop med chiffertelegram, Le Monde och nyhetssammandraget från pressbyrån.

Alice stenograferar lika bra som hon förfalskar hans namnteckning. Hon har gått på franska intensivkurser och talar så förbindligt och varmt med ambassadörer att de numera föredrar att lägga fram sina problem för henne. Hon övar sin engelska på Wodehouse och gamla underhållningsromaner. Han hör henne läsa halvhögt meningar som framkallar suddiga 20-talsillustrationer: "Peeping through the window he saw an extraordinary sight..." "Nearer they came, and nearer..."

Var sommar ger hon sig ut att paddla, ensam, för att få byta stadens invånare mot rörsångare, kärrhök och smålom. Ändå förstår hon sig på människor. Hon ser som sin uppgift att förvirra de alltför dryga och ge självförtroende åt dem som inte vet hur de ska bete sig. Johan Fredrik betraktar hon med en oerotisk ömhet som förblivit oförändrad av tidens gång.

Hennes kännedom om alla på departementet – omkring 1 800 människor – förvånar honom. Hon konstaterar att utrikesministerns handsekreterare samlar på olyckor som andra samlar på Zorn-etsningar.

– Säg åt honom att hålla sig tillbaka en aning. Det är inte bra att utrikesministern blir deppig och handlingsförlamad redan klockan nio på morgonen.

Hon råder honom att lägga ett ord för Jan Myrberg så att denne får den nya posten i Oman enbart för att han är nykterist och ungkarl. Jan är nöjd med litet och verkar bli berusad på ett glas kallt mineralvatten. Och han behöver inte gömma undan någon fru i det muslimska samhället. Egentligen älskar han hela mänskligheten; därför har han inte kunnat bestämma sig för någon särskild.

Alice tar hand om en del av Johan Fredriks besökare, men släpper in personer som hon tycker att han bör träffa, även om deras ärende inte alltid faller inom hans ämbetsområde.

Han ser en ung kvinna från Chile sjunka ner i rokokostolen framför honom. Hon har beviljats asyl och vill veta hur mycket hon kan arbeta politiskt i Sverige. Hon har torterats i Santiago, våldtagits, stängts in i ett bårhus med den ruttnande kroppen till den man hon sammanbott med. Den ensamhet hon då kände var bortom orden. Men eftersom hon visste att syftet var att göra henne otillräknelig, bjöd hon motstånd, låste till om sin själ och klarade sig ända hit.

Han sitter stum sedan hon gått. Att onda människor kan tycka om Mozart och älska hundar och barn – det vet han. Den viktiga frågan är: i vilken jordmån blomstrar grymheten? Vilka omständigheter gynnar den, vad hämmar den, vad gör det svårare för den att slå rot och hitta ett berättigande?

I lunchmatsalen under vindstaket har krögaren tagit ett krafttag och bjuder mot sedvanlig kupong på citronstuvad lake. Det är januari, pälsmössor utomhus, hårda vindar över Skeppsholmen och flaggan fransig över den tomma kungaborgen. Svarta sandhögar har skottats upp på gatorna och reglerar trafiken som inte kan följa de vanliga filerna. På borden står små gula krysantemer som förefaller tillkomna via kloning, de går inte att skilja från varann.

Lunchen kostar femton kronor, inräknat lättöl och kaffe, staten subsiderar, och veckomatsedeln innehåller sillbullar med korintsås, isterband med stuvad potatis, kroppkakor med lingon, fläsklägg med rotmos – alltihop rätter som är lämpade för skogsarbetare och väcker utlänningars förfäran och etnografers intresse. På sommaren kan man hålla till bland krukväxter på takterrassen och blicka ut över Riksdagshuset och Slottet och den vittrade tegelmur som är Sagerska husets brandgavel.

Kabinettssekreterare Victorin brukar sätta sig i den enda soffan. Där samlas en skara som byter allehanda upplysningar för att slippa handbrev och interntelefoner under eftermiddagen. Underordnade får sitt förslag till handläggning bekräftat av överordnade som avstår från att närmare granska besluten. Hierarkierna stärks och vacklar.

Ett utkast till utrikesministerns tal för arbetarkommunen och ett något annorlunda avsett för handelskammaren växlar ägare, och tänkbara följdfrågor och lämpliga repliker skisseras. Utgångspunkten är att ministern är intelligent men tämligen okunnig, aldrig tvärtom. Ingen anser sig ha copyright på kommunikéer och uttalanden. Alla lånar ohämmat av varandra; det väsentliga är att brodera vidare på tidigare formuleringar och ståndpunkter, ändra ett adjektiv och ta fram ett aktuellt exempel.

Vid lunchbordet diskuteras ärenden på än tio miljoner än ett par tusen. Det är som att slungas mellan ett kärnkraftverk och ett cykelstall. Än gäller det Kubabiståndet, än bråket om expeditionsvaktmästaren på krypto. Sekreterarna vill ha upp en jämställdhetsaffisch som protesterar mot att de får springa pigärenden och koka kaffe. En kurirsäck har stulits av sydafrikanska agenter i Luanda och avslöjat det svenska stödet till befrielserörelsen, en penibel historia som ingen lyckligtvis har läckt till pressen.

Mest engagerande är frågan om man ska sänka källarmästare Jensens arrende: han förlorar mer på lunchrestaurangen än han vinner på regeringsmiddagarna, mathissen går för trögt och hargrytan kallnar på nedfärd från vindsvåningen där köket ligger.

– Vad tyckte du om Ingmar Bergmans senaste? frågar Johan Fredrik informationschefen.

– Jag har mina reservationer. Men det dröjer innan vi får sända ut den i det vanliga gatloppet mellan Rio, Auckland och Djakarta.

– Nu när bilden av Sverige som välståndets och de goda avtalens samhälle bleknar, så finns Ingmar Bergman där: Sverige som ett äktenskap i upplösning, till tonerna av Beethoven i sommarnatten. Det passar oss egentligen bättre. Ingen älskar oss som förr.

Informationschefen som är nygift finner det förknippat med avsevärda risker att fortsätta samtalet och tystnar.

Johan Fredrik nickar åt ambassadören för kontakter med icke-statliga organisationer. Denne är frikyrklig och vegetarian. Äpplen är hans basföda, trettio om dagen. Via frukten har han ingått ett organiskt förbund med naturen; han förefaller återcyklad i förtid. Han föredrar att äta ensam och har den inträngande grå blicken hos en som har föresatt sig att förbättra mänskligheten.

Biträdande protokollchefen påstår sig ha blivit biten av en mus i vänstra foten ute på sitt förfallna, vinterstängda lantställe. Han luktar starkt mentol.

– Fotbalsam, meddelar han. Håller musen borta. Ingen idé att gripas av panik.

I kaffekön uppfattar Johan Fredrik strörepliker genom lunchrummets sorl:

– Det var bra länge sen! Du kom från Paris den gången, jag från Hanoi. Jag fick en kulturchock när jag såg dig.

– När jag tar ut mamma på krog griper hon matsedeln först så att jag inte ska beställa något dyrt åt henne. Bara en soppa för mig, säger hon alltid.

– Sten är ju ungkarl nu efter skilsmässan. När jag kom hem till honom på middag i går hade han sned hals. Han hade knipit telefonluren mot örat för att lyssna på dagens recept – kalvfricassé – medan han lagade till den. Bandet gick runt i luren, han insåg snart att invändningar var meningslösa. Det måste vara syltlök i såsen, sa Fru Mat gång på gång, och det var det enda

Sten inte hade hemma.

En av byråcheferna på Pol presenterar sin nya sekreterare, Linda. Han får namnet att låta som ett nytt slags självbredande smör. Enligt senaste fackliga direktiv kan hon bli ambassadör efter tjugo år. Själv har han tillträtt sin tjänst efter att ha varit utomlands i decennier. Han skriver sonetter i UD-Kuriren, har fått malaria i Etiopien, fallit utför en glaciär på Grönland och under en sysslolös period på rapportavdelningen lärt sig spanska och portugisiska.

Därför anses han tåla vad som helst och har på en längre tid sänts till diktaturen i Argentina med sidoackreditering till Uruguay, där han fick en blodig näsduk och ett avslitet ödlehuvud i ett korsband. Han har gått igenom mycket och är en smula ansträngande genom att verka högdraget fri från frestelser och passioner.

Linda, den nya sekreteraren, säger plötsligt:

– Om man har samma toalett för bägge könen stjäls det mindre på arbetsplatserna.

– Varför?

– Människorna upplever jobbet som ett hem. Där har man ju bara en toalett.

De föreslår henne att formulera ett förslag om samordning och överlämna till personalchefen. Anmälda stölder är annars rätt få på UD – frånsett att allt som stämplas "Tillhör statsverket" genast försvinner.

Kabinettssekreterarens befattning är pressande, brukar Johan Fredrik påpeka. Oregelbundna arbetstider. Statsministern bryr sig inte om klockan utan kan ringa när som helst. Ett utkast till en artikel eller ett tal måste presteras på någon timmes varsel. Han har ständigt en väska packad: i väg till ett möte i Bryssel, ett seminarium i Salzburg, ett samråd med de nordiska kollegerna i Reykjavik.

Men på andra sätt är ämbetet av angenäm art. Han lär känna folk som inte direkt är folket, men alla är ju människor, även Operachefen, Riksantikvarien, Överbefälhavaren, Riksmarskalken och Kungen själv. De flesta är intressanta att tala med ifall man ger sig till tåls, några är spännande bara den första halvtimmen och förlorar på närmare besiktning. Man kan aldrig vara säker och det är huvudsaken.

Han får biljetter till premiärer på Dramaten och Musikaliska akademien, han möter baletternas koreografer och de gästande dirigenterna. Han går på Nobelfesten om inte annat så för att växla ironiska kommentarer och bryta dem med: Men det är ju ändå ett fantastiskt skådespel... att få en glimt av all denna lärdom... och själv är man bara en enkel brevbärare.

Det är också vad han är: han sänder meddelanden hit och dit, på chiffer och i klarskrift. Han befordrar, överför, registrerar, stämplar. Sekreterare är ju hans titel. Så mycket passerar genom hans händer utan att han gör annat än tar del av det. Delgivning dagen i ända.

Ibland tycker han att han håller på att bli ett spöke. Ser du rätt igenom mig? vill han fråga utrikesministern som inte verkar se någon alls. Har hans förnimmelse med yrket att göra eller med att han inte utsätts för avgörande påfrestningar?

Han har levt fjärran från Mount Everest och Antarktis blå isar. Han antar skyddsfärger för att inte märkas för mycket. Och då förefaller det honom som om han saknade en mittpunkt och som om han har blivit uppslukad av de krav hans offentliga gärning ställer på honom och av hela det skuggiga området av speglar, den ena bakom den andra, som han bebor, så att han faktiskt har upphört att finnas till som privatperson eller vanlig människa.

Han har mycket att minnas som han ännu inte har varit med om.

En gång ville han bli berömd för blott en sak: som den han var, Johan Fredrik Victorin, och det i en enda människas ögon. Inte berömd för att han tjänat en miljon, sjungit Tannhäuser på Operan, hittat på en ny sås till pilgrimsmusslor, skrivit en stor roman eller utnämnts till statsminister.

Han ville destillera fram en personlighet som lurade och

gömde sig inom honom och presentera denna gestalt i all dess renhet. För att nå dit borde han anlägga skilda förklädnader i hopp om att en dag kliva fram ur en av dem såsom han var, inte naken men klädd i något som passade endast honom.

Ibland går han fram och tillbaka, med händerna på ryggen, i sitt väldiga arbetsrum och hoppas att ingen ska komma in och se honom nyckfullt vandra. Årstiderna växlar. Det kan vara ljust i salen till långt in på natten, men mitt i vintern tänds belysningen på Norrbro klockan tre på eftermiddagen. Man borde veta mycket och inte vilja för mycket, tänker han.

Någon gång dricker han ett litet glas visky för att lugna sin inbillningskraft – som han kallar den – och emellanåt några koppar starkt te för att få igång den. Allt är kemiska processer, intalar han sig då. Själen är på sin höjd det som gör urvalet åt en, den halvt förvirrade programmerare som säger åt en att fastna för den där boken, den åsikten eller den personen och inte för andra som också är närvarande.

Han kan bli sittande länge och titta på den nötta guldkanten till en kopp av vitt porslin och grubbla över sambandet mellan avsikt, fulhet, fulländning. Formviljans olika steg mot ett osäkert slut. Hans sekreterare har gått hem. Han hör tydligt sina andetag. Håller han på att förminskas till skuggan av en man?

På ett party hos holländske ambassadören i Ebba Brahes rosa palats vid Götgatan möter han en dag en äldre dam från Delft. Hon berättar att hennes bror 1944 togs av Gestapo, angiven som motståndsman, och kastades i full fart ur bilen på väg mot Haarlem, dog inte, sköts då genom lungorna. Hennes kusin, misstänkt som motståndskämpe, satt på ett kafé då en tysk polis kom in, grep en askkopp och krossade hans skalle. Han levde men torterades till döds.

Sådant får Johan Fredrik lyssna till vid en campari och en kanapé med svampstuvning. När han sedan går tillbaka mot UD, glänser knopparna på de hamlade buskarna utanför Riddarhuset och solen slocknar i den gyllene devisen Arte et marte. Koltrasten sjunger från Strömparterren, sälgen rör sina hängen och måsarna stiger och sjunker mellan skutornas master ytterst på Blasieholmen.

Nya snöfall väntas enligt radion. Men i hans stora rum råder ett gustavianskt lugn, och Alice har ställt in ett glas med kortskaftade anemoner. Snart står norra Europa i blom precis som våren 1944.

Nattvakten Lindqvist, en liten uråldrig man med examen från Östermalms självförsvarsinstitut, före detta styckjunkare, har en termosflaska med kaffe intill sina snabbtelefoner vid stora ingången. Han läser i Det Bästa en artikel om zenbuddism och hejdar Johan Fredrik som han sedan en tid i demokratisk anda kallar du:

– Det mesta är oförklarligt. Gud står över sin egen skapelse. Inte ens konstnärer brukar ju vilja förklara sina tavlor. De nedlåter sig inte till det. Gud finns just därför att vi inte fattar något av det hela. Förstår du?

Johan Fredrik skakar fundersamt på huvudet. Operan har stängt efter föreställningen av Salome; morgondagen tillhör Macbeth. Lyktorna skimrar svagt i den honungsfärgade rappningen. Det är sent på dygnet även för en nattvakt.

6

Johan Fredrik Victorin bor i ett gult jugendhus vid Parmmätargatan på Kungsholmen. Huset ligger i en backe, och lägenheten på fjärde våningen har en balkong på den snedskurna hörnmuren mot Hantverkargatan.

Det tar honom tjugo minuter att gå till UD, och då passerar han idel byggnader som har fyllt viktiga funktioner i samhället: Ulrika Eleonora kyrka med det forna fattighuset, horkontrollen på Eira, Kongliga Myntet, Serafen, Stadshuset.

Han fortsätter förbi mälarbåtarna, under trafikkarusellen och kommer upp vid Rödbotorget, så längs regeringens säte i Rosenbad och änkefru Sagers palats, där hennes chaufför putsar bilen i en ficka av trottoaren. Trots att han promenerar genom det centrala Stockholm, följer han fjärd och ström, med vattenlukten i näsan, och han ser mer av Riddarholmens och Gamla stans silhuetter än av det nya Tegelbacken.

När han är på hemväg, brukar han snedda över kyrkogården, där enstaka gravar från förra seklet är glest spridda på grässlänten. Kring kyrkan står allvarsamma träd: blodbok, lind och lönn. Vinterns granris har lyfts bort från rabatterna, men när det ännu är snö åker daghemsbarn på röda plastfat förbi skalden Vitalis' oansenliga gravsten.

Vitalis som var son till en bonddräng och prästens ogifta dotter beskrivs av en samtida kollega som "en magerlagd karl, med ett slags tjuvansikte, liksom misstänksamt frågande..." Monsieur Skugga var hans vän i ensamheten, ändå fann han sig trångbodd, ansatt och pressad: "Vår rymliga jord kan icke rymma en fri."

Grusgången leder förbi en vård i nygotik av svartmålat gjutjärn, skeppsbyggmästare Johan Fredrik Andersson, död

1854. Den uppbyggliga texten sammanfattar ett liv som han önskar blev hans eget: "Idog och oförtruten i sitt kall. Nitisk och uppoffrande för arbetsklassens bästa. Vänsäll och trofast."

Det är långfredag. Bageriet i huset har stängt och likaså Lailas kafé, en liten källare som på en svart tavla i fönstret förkunnar sina svenska specialiteter: falukorv med potatismos, pyttipanna med ägg och rödbetor. I bottenvåningen ligger ett herr- och damskrädderi, på en strykbräda spretar ett par sönderslitna frackbyxor, och det verkar som om innehavaren i all hast har flytt ur landet.

Närbutiken i hörnet är dock öppen ett par timmar, och Johan Fredrik köper obesprutade tomater och små fasta champinjoner. Han får veta att vid Kungsholms kyrkplan ska någon som är trogen tidens strömningar öppna hälsokostboden Gryningen med försäljning av yogurtrussin och torkade bananchips.

Då Johan Fredrik kommer in i hallen, ser han kartorna som Gudrun tidigare har brett ut på golvet och rullat hårt: Uppsala universitets ägor från Medelpad till Västergötland är hennes förvaltningsområde. Hon har arbetat hemma ett par dagar före påsk; annars sitter hon i ett rum på universitetet dit hon försvinner varje morgon med åttatåget samtidigt som Lena går eller cyklar till skolan.

Hon är civilekonom från Handels, men har växt upp i Uppsala. Siffror och natur är hennes tidiga passioner, och hon kan inte tänka sig ett roligare jobb än att se till att de akademiska skogarna och jordbruken ger vinster till stipendier och forskning.

När Johan Fredrik får syn på kartorna, flyger genom hans minne bilden av andra kartor, dem som Wilhelm Knutson har skissat och underlöjtnanten Byström vid Generalstabens Litografiska Anstalt fullbordat, med varje äga utsatt på Kamerunberget, skogsgränser, jaktstigar, "byar ej förut besökte af hvite".

Hallen är klädd med grunda ljusmålade hyllor, böcker från golv till tak. När man tar på eller av sig kan man låta blicken fara över titlarna: internationell rätt, politik, jordbruksekonomi, romaner. En kabinettssekreterare förutsätts intressera sig för allt,

144

fast Gudrun läser mer: hon har nära nog två timmar om dagen på tåget.

En eld brinner i den höga vita kakelugnen. En knippa torkad renfana från sommaren hänger intill spjället. Trasmattor i grått och vitt löper över de tiljor de tagit fram under 40-talets rutiga linoleum.

Lena som är femton år är på körläger i Ångermanland. Johan Fredrik har skjutsat henne den korta sträckan till stationen, hon såg sömnig ut med sina vackert kupade ögonlock, hon var klädd i en bondsk naturfärgad blus som dolde hennes fint välvda axlar och alltför smala överarmar. Hon var gracil, med sitt halvljusa pagehår som böjde in mot nacken, men hon ville inte visa mycket av sig själv. Ändå ängslades han över att hon var för tunt klädd. Du skulle ha tagit en tjockare scarf, om du får ont i halsen kan du inte sjunga. Hon kramade honom och försvann in i ett tåg som – tyckte han – förde henne längre bort än om han själv hade flugit till San Francisco.

Gudrun och Johan Fredrik har påskdagarna för sig själva. Hon arbetar – förstrött, ändå tigande, det lägger han märke till. Hon har stått på omslaget till TCO-tidningen, hon är en kvinna som lyckats inom den ekonomiska sektorn, och det är fortfarande rätt ovanligt.

Ibland sätter hon på sig glasögon och ser klokare ut, men inte mindre vacker för det. Hon har smala drag, en röst som en sommargyllings, och är temperamentsfull och uppriktig på UD:s middagar, som hon finner alldeles för stela. Då kostar hon på sig att vara intensiv, oslipad, med förment oskuldsfulla påpekanden, och Johan Fredrik märker den erfarna världsliga maktens milda avståndstagande från henne. Hon passar också på att uttrycka åsikter om hans arbetsplats som alla anar är hans egna men som han såsom tjänsteman är förhindrad att röja.

I sitt jobb är hon däremot saklig och effektiv, när hon beräknar avkastningen på björkskogen, förhör sig om möjligheterna att sälja en torvmosse eller gör en lista på vilka trogna arrendatorer som ska få en jultallrik att hänga på väggen.

Under hennes lugna arbetsflit – det vet han – ligger en ambition som döljer hetsighet, och den i sin tur är följden av att hon har drivits hårt av sin far att bli något och sedan alltid bli något mer än det hon redan var.

Därför finns inget roderfäste i hennes tillvaro, trots hennes regelbundna pendlande mellan Kungsholmen och Uppsala. Hon är ständigt sysselsatt. Hon vill visa att hon duger. Jag skulle inte ha tid att bedra dig ens om jag ville, har hon sagt. Han tror det är sant; något annat ingår nog inte i hennes kalkyler.

När han ringer till henne på jobbet, hör han en välansad stämma på vänlig distans. Det är väl därför att det finns andra i rummet, men han frågar sällan. Hur ser hon ut då hon talar med honom? Varje dag sitter hon i samma kupé på tåget, med människor hon småningom har lärt känna och börjat diskutera dagens händelser med. Han har följt med henne någon gång, många passagerare har han mött tidigare, precis som han på morgonen brukar nicka åt några tjänstemän vid Landstinget, Länsstyrelsen och Skolöverstyrelsen, där de kommer upp i dagsljuset ur tunnelbanan. Det är en liten värld.

Som Lenas mor är Gudrun pålitlig, stabil. På arbetet förmodligen också. Men i umgängeslivet kan hon ändra röst och utseende som om hon prövade sig fram mot något annat och sedan plötsligt tröttnade. Eller uppfattade han bara en del av henne, den som är vänd mot honom i de ögonblick de är varandra närmast? Är han rädd för det inom henne som han själv inte förmår framkalla?

– Det är faktiskt april. Ändå känns det som om det kan börja snöa när som helst, säger han.

Det droppar från istappar och takutsprång, den gula vintergäcken har trängt fram under multnande almblad på kyrkogården. Johan Fredrik tänker skriva ett tal på temat "Gemensam säkerhet i Europa – en svensk ståndpunkt", medan påskdagarna drar förbi.

De sitter i det stora hörnrummet, i den vita rakryggade möbeln som en gång stod brunblank och salongsfähig i Gudruns

146

föräldrahem. Tekopparna står på en bricka av citronträ som han har köpt på Rue Jacob i Paris. Den har små fläckar som liknar intarsia, kanske syra eller sprit som någon har spillt och aldrig torkat upp.

Gudrun lutar sig fram med en rörelse som om hon ville samla upp osynliga kjolar och resa sig, men blir sittande med händerna kring knäna. Så vänder hon sig mot honom med ett ansikte som är blekt, liksom förstenat; han kan inte utläsa något ur det.

– Jag har bara älskat dig i mitt liv, säger hon. Att vara med dig utan att älska dig klarar jag inte. Därför vill jag bryta upp.

Han tycker att världen delar sig. Hon drar djupt efter andan. Hennes röst är låg i tonen, nästan sårad som om den mot hennes vilja har förrått en hemlighet.

– Jag har inget emot dig. Men jag tror inte du kan förstå mitt beteende, det vore knappast i ditt eget intresse. Men du kanske själv någon gång... jag vet ju det... inte har kunnat återgälda en kärlek, fast du har velat det.

Det är något febrilt och nervöst över henne. Ett ögonblick tror han sig urskilja ett skämtsamt tonfall som om hon drev med honom.

– Men vår har ju ändå funnits, invänder han tonlöst.

– Ja. Men för mig har den tunnats ut under dina resor. Eller också är det jag som har smalnat, blivit svagare, och då kan jag inte vara dig till hjälp.

Dock talar hon som vore hon den starkare. Och hon förklarar att hon med tiden har känt ett behov att vara obarmhärtigt ärlig mot sig själv och andra. Det har blivit för många undanflykter, artigheter, låtsasgester. Också vänlighet kan fräta sönder livsväven. Av ren hövlighet kan man ge sig ut för en annan än den man är.

Är hennes nej till deras liv något han inte bör ta på allvar? Försöker hon bli accepterad av honom också då hon visar honom ifrån sig och är detta ett kärlekens nödrop som bara han kan besvara?

– Jag bränner mina skepp, säger hon. Inte för en passions

skull. Inte för någon.

Så jag är så tråkig att ingen annan behöver slå ut mig, tänker han. Du dömer mig och dömer ut mig.

– Inget frestar och berör mig längre, fortsätter hon. Det är mitt fel, inte ditt. Allt är ett emballage kring något jag inte kommer åt. Det finns mycket att älska hos dig. Men jag orkar inte. Och jag måste bestämma mig för att göra något åt det.

Hennes huvud är nerböjt som om hon läste ett brev i knät. Han vill krama mörkret ur henne. Han kunde ta vilken omväg som helst för att hitta henne på nytt.

Till slut hör han henne säga med förtvivlan:

– Jag känner ingen åtrå till dig längre och det gör mig ledsen. Jag behöver dig men jag vill inte ha dig. Jag har inte velat visa det. Jag lider av det.

Han tänker på det gamla fotografiet av henne som han har på sitt arbetsbord: aningen av ett leende, håret omodernt kammat, en klänning som har gått till Emaus. Ett ungdomligt utslätat ansikte som han har hjälpt till att ge erfarenhet och skärpa. Kanske ett ansikte vars lyskraft han här släckt genom att sitta dagarna i ända, oseende framför hennes bild, och syssla med alliansfrihetens problem.

Detta är deras hem vid Parmmätargatan, och här pågår vardagliga ting. Gudrun har lagt mossa kring hyacinten i en engelsk porslinsskål. Han har skrapat rosten från botten på en kakburk han tagit med sig hemifrån Riddargatan och han har befriat mässingsstakarna från ärg. Fåglarna har fått frö på gårdsbalkongen. En oväntad solstrimma studsar mot brevvågens gyllene platta.

Finns ett kärlekens ögonblick som man kan hejda?

Han ser att hennes ögon är bleka som hennes hud. De bådar inte kaos och upplösning utan en frusenhet, ett färgfoto som glömts kvar i starkt ljus, så att konturerna suddas ut och själva papperet tar över från det som var närvaro nyss och påminnelse.

– Vi har Lena ihop, säger Gudrun. Jag kommer aldrig att glömma det, ifall det är det du är rädd för. Men jag har svårt att

148

minnas mig själv.

På fönsterbrädan står en glasburk med flisor av bärnsten som hon har plockat på någon strand, klibbig kåda som överlevt genom att bli hård.

– Du älskar säkert någon annan.

– Nej.

– Någon älskar dig.

– Det vet jag inte.

Och så tillägger hon till hans förvåning:

– Jag kan inte tänka mig att älska någon som inte älskar mig.

– Det kan jag.

– Jag vet. Det kanske är naturligt. Men opraktiskt.

– Jag tror dig inte, ropar han. Säg vem det är! Det är mycket lättare då.

– Ingen, säger hon. Det har aldrig varit någon.

– Jag ska inte bråka. Jag tänker inte förebrå dig. Jag vill bara veta vem det är. Sen kan vi glömma det.

– Låt mig vara, skriker hon. Jag vill inte skylla något på dig. Men jag vill inte bedra dig med att jag inte finns kvar. Jag är bara ett eko.

– Det är bara någon du tycker mycket om som du kan tillfoga det här, säger han och vrider hennes handling till sin fördel.

– Du har aldrig varit med om det här förr. Ingen har gått ifrån dig. Du har varit älskad. Du har haft tur. Och du har ett vinnande väsen. Nu ber jag dig: låt mig gå som en vän. Jag vill inte plåga dig med en Gudrun du inte känner igen. Om vi kunde vara som bror och syster. . .

– Är det för den där astronomiprofessorns skull? envisas han. Underbarnet Klas Törnblad? Vår nyupptäckta stjärna? Jag såg dig dansa med honom flera gånger på promotionsbalen.

– Min himmel är mörk, ler hon. Där finns inga av dina stjärnor. Jag är trött på relationer, på allt det personliga. Jag behöver vara ensam.

Han ser på henne med den fasta blicken hos en man som tänker hålla sig lugn sekunderna innan han skjuts ut i rymden.

Undkomma går inte. Kompassen kramas sönder i handen. Pod och antipod förenas. Väderstrecken rullas ihop till ett nystan. Allt finns omkring honom: både tid och avstånd. De sitter länge tysta.

– Vi har bägge haft våra skyddsnät, säger han. Ditt var: när som helst är jag fri att gå. Mitt: vad som än händer kommer vi att höra ihop. Därför kunde vi göra alla slags konster. Så prövade du nätet och det var bara spindelväv.

För honom är det som om en försäkring blivit ogiltig fast han troget har betalt premien. Hon klagar tvärtom på att allt verkar bestämt på förhand, hennes liv är nedstoppat i ett frankerat kuvert med adressen redan tryckt. Så olika upplever de varandra.

– Du måste ha en dubbelgångare, säger han. Henne jag kände en gång och som gjorde mig lycklig, hon som fick mig att vakna med ett leende var morgon.

– Jag kan inte älska din kärlek, säger hon uppgivet. Hur kan du tycka om någon som gör dig så ont?

Sedan försöker hon berätta att någon gång tidigare har hennes omgivning mist all glans för henne, men han blev ändå kvar och lyste, han var närvarande, medan annat fogades in i ett album som hon låste och lade åt sidan.

Nu har hon förlorat sitt ljusa lynne, utan det förmår hon inte bära honom. Och vad de har gjort var ju att bära varandra genom vardagarna, låna varandra den lätthet som blev den nödvändiga tyngden i deras liv.

Han har aldrig hört något liknande. Han inser med ens att han inte känner den han älskar, och det skrämmer och sårar honom mer än något annat. Somliga skulle kanske eggas av tanken på nya marker att utforska. Men han begriper att hennes skogar ligger utom räckhåll.

Han minns Kari som älskade honom så mycket att det måste ha varit något fel på henne, ty han sätter inte sig själv vidare högt och tvivlade därför på hennes omdöme också i andra hänseenden. Ändå fyllde hon ett tomrum som till hans förfäran småningom slöt sig om sig självt.

Åren innan han mötte Gudrun levde han nästan måttlöst utsvävande, tycker han i efterhand. Vad sökte han hos dessa kvinnor? Inte trygghet. Snarare: att se allt hos dem och blotta också sig själv, bli renskrapad, barskrapad.

Först därefter kunde han låta sig förankras i någon som Gudrun, hon som var lust och kön, samtal och kamratskap på en gång. Han ångrar inget, men han har svårt att tala om dessa episoder som aldrig var avsedda att bli något annat. Han vill varken upphöja eller förminska dem.

Händelser och scener blir kvar, sen passionen har förtärt sig själv och känslan gett sig ut på andra vatten. Han kan se på en kvinna han en gång har begärt med hela sin varelse och finna det ofattbart att de klättrat över varann i ett hotellrum någonstans. Men han behåller hennes ansikte inom sig.

Mest tycker han om att tänka på en smal kanadensiska vid ILO i Genève, där han en kort tid var delegat vid nedrustningskonferensen. Hon kom med några skrivelser i arbetsrättsfrågor till lobbyn på hans hotell. Plötsligt kände han sig naket förtrolig och glatt beslutsam; hennes handleder och fingerrörelser var närmaste orsak. Han följde henne ut genom parken och hejdade henne vid en platan med flagnande bark, hon mötte stadigt hans blick, han smekte hennes hår, de kysstes.

Hade han blivit allvarligt förälskad från första stund, så hade allt gått mycket långsammare, men nu duschade de snart tillsammans i hennes lägenhet i den gamla delen av staden, i ett badkar på höga lejonfötter. Hon hade chokladbrunt hår som huvan på en skrattmås och cirkelformade bröst som blev platta som en pojkes när hon satt med händerna bakom nacken.

Hon föreföll honom så fragil att han låg i henne stödd på armbågarna för att inte tynga henne, men hon tryckte honom intill sig: Jag är inte så bräcklig som du tror.

Han såg henne lättast framför sig vid ett restaurangbord, i rutig skjorta med pösiga ärmar, och lättskrynklad linnekjol, med hakan i handflatorna. Hon tittade på honom med sina stora lysande ögon, rakt fram, obesvärat och allvarligt. Han förmådde inte se tillbaka så oavvänt, det var en blick som krävde att han omfamnade henne eller sa något märkligt, och ändå visste han att det inte var så, hon mättade sig med hans gestalt utan att vilja något mer.

Det är lätt att vara med dig, sa hon, jag känner mig oskyldigare, mindre rädd än för andra. Det viktigaste var att komma några mycket nära, arbetet hamnade på andra plats, sa hon också. Det som betydde något var att känna sig spritta av liv i mötet med ett fåtal andra.

Och hon såg glad och förälskad ut, men knappast i honom. Han hade hjälpt henne till något han själv inte riktigt visste vad det var, men hon belönade honom för det.

Johan Fredrik går fram till fönstret mot Parmmätargatan. Barnen nere på trottoaren leker i den första vårsolen, de rör sig snabbt, tycks själva skapade av ljusgrönt ljus. En flicka står med skramlande nycklar och söker öppna en garageport.

På väggen mellan fönstren hänger hans farfar och farmor i svart band på tapeten. De var gamla nog att ha fått sitt bröllopsfoto i oval ram, inte fyrkantig. Han i lång rundskuren kavaj, väldiga polisonger och sirapsfuktiga läppar, hon som gudfruktig godtrogen slättboskap, en ungmö som försvarslös och oreflekterande formgavs av fotografen.

Gudrun hämtar mer te. Hon sätter fram den väldiga kannan som vore den en gravurna. Sen ställer hon sig med ryggen mot honom och ser in i brasan. Hon bär en lång blekgrå kjol med ett mörkblått band vid fållen. En indisk skjorta har hon lånat av honom.

– Vad tycker du om mina glasögon? frågar hon och vänder sig om.

– Jag gillar att de är klara. Man ser din blick.

Hon tar ändå på sig min skjorta och hör sig för om min åsikt, tänker han en smula hoppfullt.

– Gör inte om mig bara därför att du har fått andra måttstockar, ber han. Jag vet inte hur olika vi var från början eller

152

vem du har blivit.

– Hur ska vi veta var vi har varann utom genom vår glädje när vi ses?

Och om den inte finns... Om klistret torkar...

7

Johan Fredrik Victorin gifte sig med Gudrun Göransson i en romantisk förväntan att han för var dag skulle komma henne närmare tills han på ett mystiskt sätt blev ett med henne.

De skulle slipa varandra fria från kantigheter, så att deras kärlek blev en rund glob utan sidor. Innerst tvivlade han på hennes förmåga att kunna och vilja vara ifrån honom. Båda lade de snart av sina ringar, det var en annan sak.

Vad finns kvar av bröllopsdagen för sjutton år sen? Gudruns konfirmationspräst, som spelade kammarmusik med hennes far och satt i sparbankens styrelse som faderns suppleant, vigde dem i Vaksala kyrka – allt för hennes föräldrars skull. Hyrd frack och lång klänning, fotografi i tidningen, medan släkten tog färgkort: det var diabildernas första glansperiod.

Dock fanns en gräns för konventionerna: de anlände till kyrkan ihop och ej från skilda håll, de klädde sig i Gudruns föräldrars villa, han smög in till henne och tvålade in hennes bröst och hon smekte honom längs höfterna: ett vått och hedniskt bröllop innan det andra tog vid under gråa kalkstensvalv och regn över gravarna och de vida slätterna som bara brydde sig om befruktning och förmultnande.

Men ritualer måste till för att skyla könets oro och livskraftens sprittningar, högtidliga ord om skyldighet och ansvar lades som ett lock över lustans krumsprång. Och efteråt följde borgensförbindelser och hemförsäkringar, långsiktiga åtaganden och garantier, så att känslornas mörka flod fick en cementerad fåra utan ostadiga brinkar att flyta igenom.

Han ser framför sig hennes vita skepnad vid altaret, mödrarnas tårfyllda grimaser, klockaren som bugade efter orgeltrampet. Ett intyg om vad som hade inträffat försvann i något arkiv tillsammans med andra attester som skulle visa att man funnits till.

De hade ont om pengar, Gudrun hade gått ut Handels det året men inte hunnit få ett jobb, Johan Fredrik var ny som kanslisekreterare på UD. Vänner lånade dem en sommarstuga med elektriska element för några smekdagar. De satte ihop två sängar som var olika höga, med grova furukanter, de slog i knän och armbågar när de kröp över till varann och lade till slut madrasserna på golvet.

Han mindes sin lust att förnimma var rörelse hos henne, inte ett flyktigt ögonblick skulle undgå honom: hennes sätt att dricka vin, granska en trasig glödlampa, möta hans blick efter en frånvaro, borsta brödsmulorna från bordduken.

Samtidigt ville han ha kvar något oupptäckt och överraskas av något okänt, oförbrukat eller nyfött hos henne. Den lusten utmanade hans rädsla, ty den han riskerade att hitta kunde vara en Gudrun som värjde sig mot honom och en gång tyckte att han rörde vid hennes ansikte som ville han rätta till en tavla.

– Jag kan stanna hos dig i natt, sa hon, men vet du . . . jag är inget bra på det. Det var första gången, de hade umgåtts någon månad, kanske mer, de hade kysst och smekt varandra och suttit på kaféer och krogar och berättat om sina liv. Och så märkte han att hon knappt rörde vid honom utan bara passivt tog emot honom. Men hon var inte kallsinnig, snarare förskräckt för sitt eget begär, och mitt i natten steg hon upp, klädde sig och gick.

När det upprepades, frågade han henne om det, och hon svarade nästan andlöst: Jag vet inte. Jag bara ligger där och kan inte sova. Jag måste ge mig iväg.

Han undrade om han skrämde henne eller gjorde något fel. Hon svarade att hon kände sig infångad på något sätt. Han förstod ändå inte. Hon verkade vänta sig mycket litet av honom som för att på förhand förta varje förtrollning. Hon kämpade emot något han inte kom åt.

– Kärleken är ingen husarrest, lugnade han henne. Kärlek är föränderlighet.

Senare skulle hon påminna honom om att han sagt det.

En dag ute på hennes föräldrars sommarställe – då regnet föll sakta i tunnorna och gräset grönskade på nytt – tog hon till flykten som en gasell, ilade nerför kullen och ropade åt honom att följa efter. Då han äntligen hann ifatt henne, snurrade hon runt och kysste honom feberaktigt på ett sätt som hon aldrig hade kysst för. Sen sprang hon igen som ett lekfullt barn.

Men han förföljde henne inte utan sjönk ner i ormbunkarna tills hon kom tillbaka. Hon lade sig intill honom, men han rörde henne inte. Hon log gäcksamt, utmanande, triumferande, men han förblev stilla. Efter en stund sträckte hon ut armarna och kysste honom igen, och hela hennes kropp skälvde av regnet och spänningen. Hon drog ner blixtlåset på hans byxor och skakade otåligt på axlarna när han med lätta händer lyfte hennes vita bomullsbehå längs revbenen över hennes huvud.

De låg bland ormbunkarna, hon tryckte honom häftigt mot sig, sköt honom ifrån sig som i värk, och när han började känna sig använd som ett redskap, drog hon honom in i sig med en kraft som liknade något mer än begär. Fastän vidöppen knep hon ihop sitt sköte kring honom, med en förtvivlan i själva lusten, hennes ögon blev mörka och undrande och hon lyfte huvudet mot honom som ville hon fråga om någonting oerhört.

Hon vågade trycka hans pung för att tömma den i sig, och hennes ansikte var så tungt av vällust och ömhet att det verkade bära på en sorg. Ändå kände han att allt detta hade föga med honom att göra, det var kullen, regnet, blåsten, de höga och ännu gröna ormbunkarna som hade befriat henne.

Hon skulle bli vildare och mer oförställd i sin lust, och hon sa honom så förundrad, skrämd och glad att han alltid skulle minnas det: Du besöker trakter hos mig där jag inte ens har varit själv.

Men inte heller han kunde leda henne fram till den brant där hon vågade hoppa i förlitan på sin egen styrka. Hon ville inte ta emot gåvor, hon fick inte vara skyldig någon. Du är så vacker, sa han, och ibland log hon då, men lika ofta förskräcktes hon för komplimangen.

Och till slut började han tro att djup kärlek är som djupt vatten: den kan inte uttryckas.

Borde mycket av det han vill formulera hellre förbli outsagt eller få utlopp i färg och musik? Också i diplomatin rör man sig med det förmodade och antydda. Medvetenheten är en förbannelse. Så länge luftbubblorna stiger genom vattenrymden ser man dem. När de kommer till ytan försvinner de. Varför stiger de uppåt när så mycket annat sjunker enligt tyngdlagens bud?

8

– Du måste ändå ha bedragit mig, säger nu Johan Fredrik.

– Inte så många gånger som du mig. Bara en gång.

– Och nu är det för sent att tala om det?

– Ja. Ändå kan du få veta det. Det var i början, före Lena. Jag hade fått missfall i tredje månaden, jag var mycket nedstämd. Då gick jag till Bengt som jag bröt med när du kom. Jag ville se om han fanns kvar. En sorts trygghet eller försäkran bakåt. Egentligen var det inte att bedra, jag visste ju så väl vem han var och vad jag hade att vänta mig. Det som var fel var att jag förteg det. Men du kanske kan förstå det nu.

– Jag tror det.

– Om dig och dina resor har jag inget velat veta. Det är inget jag tänkt på.

– Inte jag heller, nöjer han sig med att säga.

Han hade trott att de skulle bära varann, inte bura in varann. Frihet och trygghet skulle tvinnas samman till ett rep. På det skulle de dansa fram.

Gudrun är en gåva som han har låtit glida sig ur händerna. Eller också är ingenting hans fel, han kan inget göra, men den känslan plågar honom lika mycket.

Bron av gnistor mellan dem är borta. Några vadstenar återstår. Hon ser inte på honom med den nyfikenhet som är kärlekens: vad kommer du att berätta nu?

Också han själv tappas på energi som en gris tappas på blod. Han känner en värk i ryggen, en friktion mellan kotorna. Å, om bara ett ögonblick av iver och förväntan kunde drabba dem, den kåthet som gör att man vill bita i tillvaron.

När han sitter i korgstolen och teet kallnar, bärs han på en rörelse bakåt i tiden, han ser stugan de hyrde på Värmdön, Lena står selad i en hage, och de har kastat sig på britsen i vindskammaren medan den vita gardinen blåser vågrätt in som en sänghimmel över dem.

Gudrun drar upp benen så han kysser hennes knäskålar samtidigt som han sjunker in i henne. De har inget som skyddar, och hon säger: Kom bara, jag vill det, vi får kanske hyra här nästa sommar, då har vi ett nytt barn. Ja, instämmer han lättad, det är ju inte hela världen. Fast han menar tvärtom.

Kanske är lättsinnet livets mening: sommar och vackert väder, baddräkter på tork, barnet som gnolar för en skalbagge, sängen som älskvärt knakar under deras kroppar, hennes lugna andetag då hon sover med benen flätade i hans.

Nu ljuder hennes röst så sorgset förnuftig, ett eko ur håligheter ej längre vattenfyllda. Hans avlagringar i henne filar hon bort som den grova huden på fotsulorna: vitt stoft.

Hon ser inte det han ser. Han skakar av smärta, hon stelnar av likgiltighet. Men bägge lägger en lins mellan sig och den andra, och linsen blir ett brännglas eller en förstoring av det sedda: en hud som består av svarta korn, ett leende som blir ett bett.

Med ens är det svårt att tänka sig att han någonsin mer skulle blåsa på hennes mage så att hon ryser, ofrivilligt, såsom kärleken är ofrivillig och oförnuftig, i strid med det anständiga och ordningsamma som uppfostran går ut på att åstadkomma.

Hängivelsen bortom all beräkning, fuktig hud som möts i natten fast de behöver vara utvilade till morgonen, den biologiska virvelvinden... Och nu: otillfredsställelsens ljumma soppa.

– Jag vill inte vara beroende av dig, säger hon. Du är inte nålen min tillvaro snurrar på. Jag vill gärna ha dig som vän. Fjärrvärme. Så slipper du drunkna i mig. Inuti mig är det mycket mörkare än du tror.

Det är inte fråga om att drunkna. Det är hon som lättar ankar före ebben. Hon kommer undan. Kvar på det som nyss var fukt och värme ligger han och sprattlar.

Arbetet är hennes fallskärm och hölje. Där svävar hon tryggt över känslornas hav och landar på fasta marken. Han har läkt ut ur hennes blodomlopp. Nu är hon fri att sluta sig kring sig själv, sina sysslor och uppdrag.

Gudrun är inte en människa som låter sig räddas av kärleken, tänker han. Om det nu var den han bjöd henne. Lycka är något annat.

Han har varit blind för något som måste ha varit synligt, för känslotorkan, livets mögel och tvinsot – den tredje kraften som två älskande ständigt hotas av.

Ljuset faller in i rummet som om det letade efter honom.

Hon ser på honom med misstro och medkänsla – som på ett vilt djur som är vackert men oberäkneligt. Hon vet inte vem han är, men hon tror sig veta vem han kommer att bli, och den mannen värjer hon sig emot.

Hennes eget ansikte är svenskt och öppet. Ingen kvinnodemon eller vampyr ur den gängse modereklamen. Ändå har detta välvilliga ansikte dolt att han inte mer behagar henne, att hans famntag har blivit henne likgiltiga och att hon får orgasmer som inte kommer henne vid.

Kränkt känner han sig då: jaså, hon föredrog faktiskt att förlora mig. Vi bollade med vår kärlek. Plötsligt vände hon sig bort av rent ointresse. Och bollen rullade under en bil.

– Jag vill ju älska dig i nöd och lust, bedyrar han. Detta är nöd. En grå liten sten är vår kärlek. Jag försöker flytta över min kärlek till dig på stenen. Då ser jag att stenen är du. Jag kommer inte undan. Det finns inga större och mer lysande stenar.

– Jag har blivit rädd för kärleken, Johan Fredrik. Förstår du? Jag undviker den. Jag vill inte söka den.

Han tycker sig se hur hon, likt Filippa en gång, dansar bort på isen och det är inte meningen att någon ska hinna ifatt henne.

– Låt mig få vara den jag är, ber hon. Jag ser hos dig ett gradvis avsked som du inte vet om. Jag föregriper en besvikelse. Jag vill inte lida, jag vill inte ta alla dessa slag som framtiden bär med sig: andra du kommer att förälska dig i, barn du vill ha med yngre kvinnor.

– Jag har aldrig träffat någon så utomordentligt förutseende, stönar han. Du skyller ifrån dig på något som inte finns. Du är räven som ser till att ditt gryt har en extra utgång. Du vill inte ha hängivenhet utan distans. Din ärlighet är destruktiv.

– Du har en motvilja mot praktiska lösningar, säger Gudrun. Du gör de luftslott som passar dig.

– De blir tunga när de rasar.

Hon verkar inte bry sig om det han säger. En gång fanns riktiga ord mellan dem, ord som kunde få det att svindla för hans blick. En gång räckte han till för allt.

– Låt min kärlek få vara så stor den vill, vädjar han. Den är det enda jag har.

Kanske är det bara han som nu minns lyckan när de möttes efter en resa: hur de gick ut på tysta gator en sommarnatt då barnet sov. Änglamusik över årens bräckvatten. Nätter då kropparna vänligt fogade sig samman, avvaktande som då fiskar sover under isen om vintern...

Han känner ett ansvar för att deras förflutna inte förvrängs. När han framkallar minnen, klara som diabilder mot en vit vägg, förefaller Gudrun komma ihåg föga. Hon ser sällan tillbaka. Hon drar ner ett mörkläggningspapper och då hjälper det inte att han står utanför och blixtrar med leenden och vackra ord.

– Jag kan inte längre överraska dig, klagar han. Jag vill vara oförutsägbar som en varm aprildag och mycket nära dig – som när vi dansade på Hotel de l'Europe i Amsterdam och trängseln tätnade, du sa du ville stå låst för alltid i denna form, insmugen längs min kropp.

Så mycket av hans identitet är överförd till henne att han inte står ut med att den delen av hans jag och all dess kunskap sjunker som en kontinent. Han vill hjälpa henne att finna vad hon har inuti sig själv; det göms inte hos någon annan.

Men hon tror honom inte. Hans ord botar inte hennes trötthet. Hon sliter i deras rötter för att bli uppryckt, inte för att pröva deras motståndskraft. Hennes kärlek har försvunnit – som när en hund springer bort. Den var ju så trogen, den måste ha blivit överkörd. Någon annan har kanske tagit den, vi borde efterlysa den.

– Du begär något av mig jag inte kan ge, säger hon. Du tror jag är en annan än den jag är.

– Vem är du då?

– Jag är den som måste gå ifrån dig. Det händer inget mellan oss.

– Nu händer det ju massor, säger han bittert. Och vem du är får jag aldrig reda på. För dig vore det en fångenskap att låta mig veta det.

– Jag vet hur otacksam jag är. Jag är full av egen leda och väldigt bortskämd. Jag har ett molntöcken i mig.

– Det måste till ett annat högtryck än mitt, fyller han ut hennes bild.

Han prövar tanken: Fattar hon vad hon förlorar i honom? Ändå kan han sympatisera med henne. Även han kan tänka sig att välja bort sig själv, ifall han hittade en intressantare person.

Den kärlek som är hans vill hon inte ha. Någon annan hittar han inte. Vad hjälper det att han uthärdar allt, förlåter allt, när hon vägrar vara föremål för hans känslor? Eurydike kysser honom mellan skulderbladen och försvinner. Han har ingen flöjt, inte en ton för sin saknad. Hans chiffernyckel på UD går inte i hennes lås.

Han ser henne ta upp en murbräcka för att bända sig loss och en okänd framtid läcker in och dränker dem. Att det kan göra så ont, tänker han. Att den som känner starkast ska vara i sånt underläge!

Han får lust att göra henne illa, så hade hon en orsak att välja bort honom. Men det är för sent. Hon har redan släppt honom som när man tappar en sked i disken. Ändå vill han inte att hon ska ha ansvar för hans liv.

Är min hand mot ditt bröst för dig en annan hand? tänker han men säger det inte. En ledsnad sköljer igenom med sådan styrka att det är som att beträda ett nytt och obekant område. Han sitter länge alldeles stilla.

Man kan ligga en natt och tycka att lakanet är knöligt, kudden för het, men det är andra saker man inte kommer åt, och så bäddar man om och bäddar om.

– Du vill vänja mig av med dig, säger han. Du vill försvinna som en punkt som blir allt mindre, snart ska jag inte märka dig och bry mig om vad du tar dig för. Undermedvetet gör du mig allt mindre värd att älska, så blir du skuldfri dessutom.

Till sin häpnad känner han sig inte bara darrande upprörd utan också brottslig och förlägen som om han har tillfogat henne en oförrätt någon gång och nu får stå till svars. Han kommer inte på vad det är. Någonting han inte vet om sig själv och som hon med kvinnlig takt låter bli att nämna. Ty skälen till att hon överger honom kan inte enbart finnas inuti henne.

Som för sista gången ser han på den vita jugendsoffan de ropade in på stadsauktionen, Aschenbrenners serigrafi "Masskorsband", Norsbos torrnål över Kungsklippans kåkar för femtio år sen, den mörka mässingskronan med fem slipade droppliknande glaskupor som kanske hängt i en första klassens väntsal på en järnvägsstation eller i ett stadshotell.

Inga operamässiga preludier, inga teatraliska domstolsscener i köket, inga klassiska varningssignaler och utrymningslarm. Bara ett nyckfullt tidvatten av känslor och stämningar, en mystisk förnimmelse av att drömma i fullt dagsljus: hon är verkligen på väg bort för att minnas sitt liv på ett annat sätt än han.

9

Vetskapen om att man ska glömma också det lyckliga är lika hemsk som smärtan att leva kvar i något som är förbi. Skiljas betyder att en del av tillvaron blir minnen som hotar att upplösas och tystna.

Johan Fredrik framkallar Gudrun på en äng, på en gata, i en provhytt på ett varuhus. Blev hennes ansikte suddigt i konturen, skärpte han sin inre syn. Det finns andra inställningar, en vinkel som lockar fram henne i ljuset.

Han kommer ihåg utfärder med Gudrun och Lena, halvårigt sommarbarn, en roslagsglänta med vädd och rölleka, lila och vitt. Hennes blödningar hade börjat igen efter förlossningen, hon ville att han hellre skulle komma mot hennes mage, och sen satt hon mot en trädstam och ammade deras dotter. Den vita mjölken som sprutade in mellan barnets läppar såg ut som säd, detta våta och obestämda element som man förlorade och tog emot, skapelseprocesser utanför en själv. Barnet kluckade och gnydde av vällust, all drift och kärlek tycktes vara de oföddas påtryckningar att bli till.

Senare: en februarisöndag i Connecticut, ett år då han var vid FN-delegationen i New York. Många människor på skidor, hög luft från inlandet. Överallt stängsel, privategedom, stora vägar: han saknade den svenska allemansrätten. Han var gäst på en country club; där var golfbana på sommaren.

Någon ropade högljutt: Ur spår! Lena tog ett skutt åt sidan så häftigt att hon föll och fick skidspetsen i ögat. Blodet strömmade, man såg inte om hon skadats svårt. Han lossade bindningarna, sjönk ner i snön, bar henne på värkande armar till klubbhuset, medan oron virvlade igenom honom.

I närmaste stad hittade han en läkare, en oberörd man som

satt hemma och drack visky och tog femtio dollar för undersökning och bandage. När de kom hem till våningen i New York och Gudrun fick syn på Lena, skrek hon i panik:

– Det är ditt fel, det är ditt fel! Hon var för liten att gå med i spåren, det sa jag ju.

– Det är ingen fara. Hon får gå med svart lapp en vecka.

– Det kunde ha... Det kunde ha...

Än vittnar ett litet hack i ögonvitan om det som hände i Amerika. Men för Gudrun gick det djupare än så. Hon fruktade dessa "kunde ha", hon ville inte bli överraskad, drabbad.

Och en gång under denna tid i utlandet, med kalendern fullklottrad av bjudningar vilkas informationsvärde hon misstrodde, fick hon kanske för sig att också deras äktenskap var ostadigt som deras tillfälliga stationeringar och lätt kunde hoppa ur spåret.

Ett år senare, när Lena och Gudrun var i Sverige, bad han henne låta Lena komma över på sportlovet. Men hon sa nej.

Inlevelsen är kärlekens prövosten. Hat och svartsjuka är bara källarfukt. Han måste fortsätta att förstå henne. De är två pusselbitar, nu har de särats, och för honom skymtar mörkret mellan dem, för henne öppningen ut mot ett liv hon föredrar.

Mitt i deras samtal uppstår hos honom en åtrå av annat slag. Den har att göra med att han lyssnar på någon vars handlingar han inte begriper. Han betas av en lust att lära känna henne på nytt: en mer egenartad människa än den han tidigare har varit bekant med, en som med oväntad lätthet säger sig beredd att avstå från honom. Och i sin tur vill han låta henne känna en redan förändrad man som inte blir av med sin yttre skepnad.

Är hon rädd för dem som vet för mycket om henne? De letar efter kunskap för att en dag ta till kniven och såra henne. Är man för öppen mot andra kan man förblöda, har hon sagt honom en gång.

– Du är en sån lättsinnig, munter och självständig människa, fastslår Gudrun överraskande. Du passar inte för ett långvarigt äktenskap – om man försöker se dig utifrån. Jag tror inte du kommer att gifta om dig.

– Och du?

– Inte jag heller. Men av andra skäl. I motsats till dig vet jag vad leda är. Jag kan tycka att allt upprepas, inget är oförvillat och nytt. Det är hemskt. Vitsippsbacken är unik varje maj. Men jag tycker jag har sett den förr.

– Mig har du sett.

– Och ännu mer mig själv. Jag vill glömma mig själv och förskona dig från den jag är.

– Gör inte det! Jag vill ha dig som du är.

– Underbart och frikostigt av dig. Men jag kan kanske inte bli någon annan utom i ensamhet. Jag bryter hellre upp än ihop. Jag har en barlast jag inte blir kvitt. Jag känner tyngdlagen mera än du.

Det finns hos Gudrun något behärskat och anspråkslöst som när hon ibland vänder ansiktet åt sidan så hans kyssar hamnar på hennes kind och inte på läpparna. Och han undrar då om han har dålig andedräkt eller om hon är för trött för ett gensvar. Men han frågar aldrig.

Honom förvånar blåsippor och gullvivor om våren. Det finns upprepningar han inte vill vara utan. Kärleken behöver ju inte vara bara en språngbräda för nytt liv. Den är tillknycklade lakan som vanan slätar ut, tiden nöter, döden använder som omslag. Den finns.

Och han tar hennes hand och stryker över knogarna. Det är plötsligt enda sättet han kan visa att han fortfarande älskar henne – vad det nu är för sorts kärlek, ty också han kan inbilla sig att den håller på att smälta likt en snögubbe: snart är väl bara moroten, riset och de svarta knapparna kvar och allt som höll den samman borta.

Hon låter sin hand dröja i hans, men hon ser på honom som om han aldrig hade varit långt inne i hennes kropp. Och handen är blodlös och vek, hennes tunna leende en ursäkt: tänk inte på det som inte finns!

Långfredagen går, timme för timme. Inga matinéer denna

dag. Polishusets simbassäng stängd. Koltrasten tystnar bakom det gula fattighuset vid Kungsholms kyrkogård, men grönfinkarna tar vid från det svarta staketet mot Parmmätargatan där de bor.

– Det jag är rädd för, säger Johan Fredrik, är att du i efterhand ska beskylla mig för saker jag inte har gjort eller varit, inte nog varm eller omhändertagande eller praktisk, inte hemma tillräckligt för att leka och prata med Lena. Sånt du inte sa när det var aktuellt. Nu kan du låta det färga hela vårt förflutna, så blir du lättare fri från det.

– Det är därför jag vill bryta upp nu, svarar Gudrun. Innan jag ångrar något. Jag är säkert brutal och orättvis och du är känslig. Jag hade velat se mer av dig en gång, men då måste du vara utomlands och jag kunde inte ta tjänstledigt jämt, du kunde det nästan aldrig. Jag fogade mig i din värld, men du försvann i den, den gav dig tankar och huvudvärk, försåg dig med anekdoter, piggade upp dig. Vi blev olika då. Du har så klara minnen, jag har nästan inga. Jag kommer inte ihåg vem som har skilt sig och vem som har flyttat ihop med vem, inte heller minns jag lönegrader, utnämningar.

– Du håller reda på varenda arrendebeteckning och skogvaktarfru på universitetets ägor, avbryter han.

– Men jag minns knappt de få jag hade en affär eller flirt med på Handels. Det är som om jag fått tillbaka en oskuld, men jag förknippar den inte med nyfikenhet och förväntan som när jag var yngre. Mera en känsla av att jag håller på att tvätta mig ren från alla möjliga erfarenheter.

– Uppsala har inga nunnekloster kvar, försöker han skämta. För du tänker väl inte säga upp ditt jobb samtidigt med mig.

– Jag älskar kartorna, arrendeutgifterna, statistiken, besöken hos bönder och förvaltare. Gårdar byggs om, timmer forslas till sågverk, anbud strömmar in... Där är jag hemma.

Han vet att Gudrun har varit djupt förälskad en gång, före honom, i en ung man som dog av en hjärntumör. De skulle ha gift sig. Han var tekniker och uppfinnare. I början berättade hon mycket om honom, sen förde hon honom aldrig på tal, och gjorde han det själv kunde hon le som åt något avlägset och omöjligt som inte längre var del av hennes liv. Det smärtade honom, han var villig att komma i andra hand om hon lät bli att förneka den unge mannen som var död.

Kanske hör det också ihop med att hon har svårt att minnas.

Han kommer ihåg hur barnslig hon var då de träffades, hon var det på ett medvetet och lekfullt vis, ty hon hade också andra sidor. Hon gillade charader, rebusar, vikta lappar med namn man skulle fylla ut. Hon ville inte ha barn då. Hon var själv ett barn och behövde honom, en vuxnare person, som kamrat.

Sen anlände Lena i alla fall, oväntad men välkomnad, och han märkte först inte hur Gudrun förändrades. Han kände sig som en snäll gammal släkting som söker roa med enahanda skämt och lustigheter utan att fatta att barnen blivit stora och uttråkade.

Något hos Gudrun som var sorglöst och uppsluppet avlöstes av modersinstinkten att vara ständigt vaksam så att barnet skulle undgå hot och olyckor. I gengäld blev han själv impulsivare, mindre bekymrad för hur flickan skulle klara sig.

Han var barnets rörliga leksak, där han kröp ihop i hennes spjälsäng tills bottnen brakade samman, han blev Lenas fyndiga dumdristiga kompis, och de sidorna kunde få den måttfulla och förutseende Gudrun att oväntat dra honom till sig i en kåthet som riste hennes kropp och påminde om den tid då hon överlämnade sig åt honom med hela sitt väsen, därför att inget annat upptog henne så odelat.

Han inser att hon var en annan då de möttes – såsom hon hade varit en annan då hon var femton och tog familjens taxvalp i en korg och cyklade iväg och låg utomhus i tre dagar tills hon efterlystes i radio.

Allt detta för att fadern förbjudit henne att se Den andalusiska hunden på Slottsbiografen i Uppsala, ty han trodde den var pornografisk. När Gudrun protesterade, sa pappan att om det var hennes syn på hundar, skulle han se till att taxen aldrig blev mer än en valp. Detta utbrott – som hörde till de sällsynta hos denne man – var nog för att Gudrun skulle säga sig precis som Kari och kanske alla andra flickor: Jag hör inte hit, jag har hittats på rådhustrappan, det är tid att ge sig av. Hon såg aldrig flickans öga snittas upp med rakkniv i filmen, men en del annat såg hon på närmare håll med ens blottat och avslöjat.

Nu är hon inte som då, det förstår han när han betraktar hennes bleka ansikte som hon stramar till genom att spänna musklerna kring haka och käke. Hon är sval och sansad, hon talar eftertänksamt och utan vrede, hans värme går inte fram, hon urskiljer något annat. Hon vill ge sig av igen, snart trettio år efter sin pubertet, som hade även han hotat att döda något hos henne.

I en garderob har de stoppat undan en chimpans som kunde dansa ett varv om man skruvade upp den i ryggen, en ask med legobitar, en grå elefant av tyg. Resterna av Lenas barndom. Nu har hon små bleka bröst och blå ögonskugga. Hon har varit med dem på filmstudio och konsertförening den här terminen. För henne hör de ihop.

– Jag ville prata om det här medan Lena är på lägret, säger Gudrun. Det verkar konstigt att jag inte har en yttre orsak. Det kanske är något kvinnligt i det.

Det är som om hon redogör för något tungt och ödesmättat som hon har dragits in i mot sin vilja. Hon släpper ner mörka gardiner för deras liv, och han ser på henne med medkänsla som om hennes uppbrott inte gällde dem båda, med undran ty hon vill kanske uttrycka något helt annat med sitt beslut, och med bitterhet, för är det nödvändigt att överraska honom så grymt bara några månader efter det han glatt förvånad utnämnts till kabinettssekreterare?

Ljuset skiftar, blir i dagens slutskede allt snedare. Gudruns rökgrå ögon får färg av det. Hennes ögonbryn är raka, osvärtade, axlarna pojkaktigt kantiga. I hennes ansikte tror han sig se en hjälplös förtvivlan, en ofrivillig ensamhet. Han märker att hon inte orkar säga mycket mer.

10

Johan Fredrik tycker att Gudrun tar med sig ut i glömskan och okändheten ett stort stycke av hans liv som bara kan formuleras genom henne. Han söker hitta ord, nya ord, som kan stilla ett blodflöde och bilda sårskorpa och ärr. Samtidigt hör han deras förståndiga lågmälda röster – som talade de om några andra med besvärliga problem.

När han tänker på hur han ibland, då Gudrun är borta, använder hennes nattlinne som kudde, är det någon som kramar en tvättsvamp av självömkan över honom och han känner tårar längs kinderna.

Allt håller på att överge honom: blickar, gester, sambands-tecken. Som då publiken en efter en dröjande lämnar biograf-lokalen sedan filmremsan gått av.

En del av mig hatar den del av mig som älskar dig, tänker han.

På väggen hänger två kolorerade stick ur Cries of London, nu allt svårare att urskilja. De köpte dem i skumrasket under Charing Cross-viadukten. Det var deras första år i London. De gick så tätt omslingrade att boklådemannen log åt dem. Den ena hette Do you want any matches? och den andra A new love song only a ha'penny apiece.

Ett djur kryper ihop inom honom och vet inte om det ska ta ett språng eller fly.

Den morgonen innan Gudrun börjat tala har han justerat brevvågen och fyllt i gamla spikhål i väggen med zinkvitt. På baksidan av ett foto av Lena som nioåring har han klistrat ett av hennes första brev: ''Hej pappa. Hur mår du. Jag mår bra. Jag mådde illa. Jag kräktes hela natten. Hoppas du inte kräks. Från Lena.''

– Vad tänker du på? frågar Gudrun.

Han har aldrig tyckt om den frågan, och han förmår inte svara.

Han känner med förfäran att han och Gudrun kanske aldrig mer ska ta på varandra, inte på det sätt som får huden att bli hungrig.

Det han tänker är detta: Du kommer att få det som du vill. Men är det verkligen så du vill ha det?

De äter ingenting. När han går på toaletten ute i hallen, hör han röster från trappan. Någon har ett badkar som läcker, en annan en undulat som just har dött.

Hur länge har Gudrun väntat med att säga detta? Kanske håller alla på att vänta ut varann med sin tystnad så att någon ska tvingas bryta den först, och vad man än säger är det att försäga sig. Man går omkring med det oerhörda inom sig, men till slut måste man tala om vad man känner och bevisa att man finns till.

Ska han skölja över henne med förbannelser och utbrott och ska hon då urskilja mer av honom? Hur vill hon ha det? Han vill inte ha det. Han kan tänka sig att lossa den gröna roddbåten – "endast för livräddning" – vid Rödbotorgets kajtrappa och driva ut på Stockholms ström, i den riktning virvlarna tar honom. Vatten och himmel – slumpen får avgöra. Synen kommer honom att skaka till av ett inre skratt. Den milda undergången. Den drunknandes häpna vanmakt.

Men Gudrun kommer inte att se honom. Hon ser bara dörren genom vilken han går ut. Kan han rå för det hela, kan hon?

För resten har hon somnat i den vita korgstolen. Han hostar och hon vaknar inte. Natten trycker mot rutorna. Han har dagsgammal skäggstubb och en huvudvärk som är hon. Han reser sig upp, själv mycket trött, stannar pendeln i golvklockan som sätter i halsen och harsklar sig innan den ska till att slå.

Sen lyfter han försiktigt Gudrun, lägger henne på trasmattan och sträcker ut sig intill henne. Hon har gjort sitt. Han har ena armen runt henne och han kunde bita henne i halsen så hon vaknar skrikande som ett djur. Konstigt nog sover hon så lugnt som hade hon anförtrott honom något dyrbart.

Han knäpper upp den näst översta knappen i hennes fröskals-ljusa skjorta; mer vågar han inte. Hon är för långt borta. En droppe saliv i ena mungipan: kvinna, människa.

Mellan hennes bröst har han legat, han har känt hennes huvud i sin armhåla. Hennes underläpp så mycket rakare än hennes överläpp, näsborrarna gör en cirkel, öronen en aning bakåtställda. Tydligheter.

Snart påskafton. Mot taket skenet från kyrkogårdens lyktor. Han är utlämnad åt sig själv. Långa stunder tänker han på ingenting. Ingen ringer. Inga skolbarn utomhus, ingen trafik. Måsar letar mask mellan gravarna.

I gryningen kommer tidningsbudet. På himlen, synlig från golvnivå, en och annan stjärna, oinfattad, och en bräcklig mån-skära över Mariaberget. Ute på stan, gissar han, pågår något annat: där rånas en bank, får en sopbil motorstopp, förtonar en orgelkonsert, tömmer en flicka centralstimulerande medel i sitt armveck.

Gudrun domnad i hans armar på kvällens golv. Längtans stämpel utplånad mellan hennes ögon. Hon vill vakna till en annan värld som inte luktar honom. Han är en död räv i hennes landskap: kroppen måste forslas bort eller träden huggas ner, det första är lättare.

Han drömmer där han ligger på trasmattan och vaknar av att han drömmer, och detta är drömmen:

Vakna, sa Gudrun. Du drömmer bara. Jag är ju här. Hon kom in till honom och lovade att han drömde. Hennes ord väckte honom. Men då han slog upp ögonen, fann han att hon var borta.

Den drömmen skrämmer honom. I verkligheten ligger Johan Fredrik Victorin i det stora hörnrummet vid Parmmätargatan med en okänd kvinna på sin arm. Han anar mörklagda områden som han aldrig kommer åt, och lyste han på dem blev det kanske som i sagan: han skulle se spår av vilddjurspäls och fågelfjädrar på hennes sovande kropp.

Hennes ansikte är oskyldigt och öppet i sömnen, och han

viskar med en frikostighet som är hans medicin mot självömkans plågor:

– Jag ska inte neka dig något, du har fritt avtåg. Inte ens min saknad ska du behöva bära med dig.

Somnar gör han inte. Han befinner sig på ett övergångsställe, på väg till arbetet, men kommer sig aldrig för med att korsa. Trafiken är för tät, han ser sig om åt alla håll.

Han vet inte om också detta är en dröm.

11

Johan Fredrik har lärt sig att hårt arbete och omfattande säll-skapsliv lindrar sorg och hindrar tankar. Han kastar sig ut i bägge.

Klockan åtta på morgonen äter han frukost på Grand Hotels veranda med Maltas utrikesminister. Denne vägrar vara med i den europeiska gemenskap som skjuter iväg kommunikations-satelliter från Franska Guyana.

– Ge ut miljoner på celesta fyrverkerier, rena galenskapen, kommenterar han och tänder en chokladfärgad cigarrett med sötaktig doft. Kyparen drar misstänksamt in röken.

– Hur är det möjligt att äta ansjovis och rökt ren på morgo-nen? frågar ministern, blek under skäggstubben.

Han vill exportera trehundra barnflickor, det är kvinnoöver-skott på ön. I Sverige behövs mer kvinnor och barn, har han hört. Johan Fredrik antyder att en negativ reaktion bleve följden om de alls på allvar förde fram saken. Då tar ministern upp en flaska plommonkonjak och ger till kabinettssekreteraren:

– Tjugo år gammal! Så stark att den kan riva skalet av ett ägg. Ta den till er ansjovis.

Enligt UD:s instruktioner i cirkuläret om mottagande av gåvor i tjänsten är detta en produkt med nära anknytning till givarens fosterland. Internationell sedvänja kräver att han inte avvisar den. Johan Fredrik tackar.

På Operabaren vid lunchdags talar man om vad som timat: C har skjutit sig genom huvudet sedan hans fru gått ifrån honom med en man om vilken det endast är bekant att han många år vunnit seglingen Gotland runt. Strand Hotel och kvarteret Pro-serpina vid Österlånggatan är till salu. T har köpt en liten Magritte på Sothebys för att undgå förmögenhetsskatt. Ts adoptivson har gjort inbrott hemma hos sin rektor.

Enbart bekanta emellan händer en massa varje dag. En känd författare som ger ut en roman årligen om brevbärare och diskuskastare lyssnar utan märkbart intresse till detta högtstående skvaller.

– Jag har skrivit mitt kapitel för dagen, säger den flitige giganten. Därför for jag hit ner för en stunds avkoppling.

– Inget ont i det, menar Johan Fredrik bistert. Att överanstränga sig vore dumt i ditt fall.

En kvinnlig bankdirektör från andra sidan Kungsträdgården – kamrat till Gudrun på Handels – fortsätter ett samtal med honom, fast han inte kan erinra sig hur det börjat:

– Du minns väl honom? Han hade en Alfa Romeo som aldrig startade. Han trodde han var homosexuell tills han träffade Dagny.

– Dagny Svanberg? undrar Johan Fredrik misstroget.

– Ja visst. Och hans mor svimmade, hon trodde Dagny var ett mansnamn precis som Torgny.

– Ja, jag kommer ihåg. Länge sen jag såg honom. Konstig typ.

– Men det är ju honom jag håller ihop med, ropar hon förnärmat. Du måste träffa honom. Han har förändrat sig en hel del. Nya intryck. Vi ska gå på benhuset i Ulriksdal och höra föredrag om hur man identifierar lik på brottsplatsen. Tappade hårstrån, molekyler i nagelbanden och sånt. Vill du med?

– Nej tack, jag ska vidare.

Och vidare måste han. Han har aldrig fattat att också hon har hunnit skiljas. Hon brukade tala om sin man som vore han en lättsam figur i en TV-följetong, en av de serier där man gärna kan missa ett och annat avsnitt. Nu har hon bytt kanal.

Johan Fredrik berättar om Gudrun för sin sekreterare. Alice har varit förlovad med en officer i FN-bataljonen på Cypern. Denne hade efter framgångsrika växlingsaffärer knutits till det privata näringslivet och brutit förbindelsen.

Sen ser han Gudrun för sig på samma trasmatta där han lämnade henne, men nu är det sexton år sen och hon gör mödragymnastik. Man ska inte kämpa emot värkarna när de kommer, upplyser hon honom. Man ska låta dem skölja igenom sig som en stor våg. Det gäller att inte göra motstånd.

Och smärtan sköljer igenom honom som en våg.

När hans separation blir känd – och han finner inget skäl att dölja den – visar det sig att människor omkring honom lever dramatiskt och vanvettigt, i klorna på omvälvande känslor. Med ens anförtros han erfarenheter som har dolts för honom så länge man trodde att han själv befann sig i harmoni och trygghet. Han förklarar för Alice:

– Om människor handskades med sina arbetsuppgifter och kolleger som med sitt privatliv, skulle samhället störtas i kaos.

– Jag har gått ifrån min hustru, säger Fredrik Hasselquist på handelsavdelningen.

– Och det berättar du först nu!

– Hellre det än leva kärlekslöst, fortsätter Hasselquist bittert men stolt. Jag satte inte fram vatten till hunden, när bytte jag lakan sist? Hon slösade en massa ilska på mig fast hon inte orkade med så mycket annat.

– Jag fann henne hård, mumlar Johan Fredrik. Jag förstod nog aldrig din smak.

– Det säger du nu! Tidigare var du diskret som fan.

– Ska man ingripa i sina vänners liv? Somliga begär ju inte mer än vad de fått. Jag har mist en massa vänner bara för att de gifte sig med omöjliga människor som man inte kan umgås med.

– Nu har hon känslor så det förslår. Hon förföljer mig med sitt hat. Hon inbillar barnen hiskliga saker. Gudskelov går de inte på det.

– Ingen annan inblandad?

– Inte vad jag vet. Jag går inte för någon annans skull, jag går för hennes skull.

Å dessa samtal, förtroliga, alltför talrika! Alla verkar på väg ut ur sina kojor: myror som har förlorat sin stig, bin som inte hittar sin kupa. Cellförändringar, inflammation i balansnerven. Livslängden. Vad skulle man skylla på?

Kosta vad det ville måste han skriva färdigt talet han började på under påsken då Gudrun avbröt honom. Hur kan neutraliteten framstå som en moralisk kraft och inte förväxlas med feghet, overksamhetskramp? Hur håller man sig svävande och i balans mellan alla makter, både onda och goda?

Denna oberoende politiska livsföring i en värld där det mesta hänger ihop och även de alliansfria har sitt paradoxala förbund är lika svår att sammanfatta som en människa. Någon formel är inte lönt att sätta den på. En viss dunkelhet i begreppsanalysen medger flexibilitet.

Men han har svårt att få något uträttat. Han vaknar med en sten över ansiktet och ett strykjärn mot mellangärdet. Han stavar texten på filmjölkspaketet: sjötermer, knep och knop och knåp. Han är fjättrad av en torr förtvivlan. Hans yrkesträning har lärt honom att fortsätta varje samtal som om inget hänt. En gråtande diplomat är otänkbar.

Lugnet är en barlast inom honom, som en dröm om att dö. Det han fruktar är likgiltigheten, distansen, också den en form av yrkesskada. Enbart med sorg kan han fylla den tomhet som har uppstått i honom. Han tycker sig kyssa Gudrun i full vetskap om att hon stumt blickar över hans axel under tiden.

Människosjälen – filosoferar han – är en sjö: alger och gyttja, skylande fjolårsvass, främmande fåglar som häckar, här och där några skimrande fiskar snabba och pigga. Långt ute härskar vattendöden med en vacker genomskinlig klarhet som får en att skåda tvärs igenom ingenting.

Efter en dag på UD går han ut i vårkvällens oro, ut i det jordmörka stadslandskapet, och känner en rastlöshet i själva huden. Det är som om han inte mer kunde beordra sitt eget liv, det är andras egendom och de rör vid honom. Sig själv kan han inte beröra.

När man inte vet vad som pågår i en, spanar man efter tecken omkring sig: en bortskruvad dörrskylt, en sprucken sten, ett slaktat paraply i källartrappan... Något som har blivit utsatt, förödmjukat, omformat som han själv just under påskdagarna.

Han betraktar juvelerarbutikernas guldringar, redo att ingraveras med de älskandes initialer. Livslång kärlek: svår att bryta som guldet, lätt att smälta.

I terrorns Nordirland – läser han i tidningen – rapporteras få mentala störningar, psykiatrin går tomhänt. Människornas vardagsrädsla som de inte vill erkänna tas i anspråk på dagsljusplanet. Demonerna som hukar i det undermedvetnas hålor drivs upp och måste mötas i envig i gathörnen. Folk går omkring permanent sinnesrubbade utan att det märks på grund av att hela omgivningen är ur led.

I Stockholm ser han ansikten sammanbitna och grå av leda, jäktade mödrar som smäller till sina barn i snabbköpskön, religiösa extatiker och drogade överfallsmän. Det är lätt att kalla samman en eländets vaktparad som med sprutor och trumpeter tågar mot något välfärdsministerium.

Ändå förblir Stockholm en idyll som inte lägger märke till vad som har hänt honom: skolbarn övar körsång för öppna fönster, det dånar av hammarslag när arbetare monterar verandan utanför ett musikkafé på Birger Jarlsgatan, och årets första glasskiosker lyfts på plats av lastbilskranar.

Budbilarna far kors och tvärs, eftersom postväsendet har svikit och brev inom staden tar lika lång tid som till Amerika. ''Kör gärna om! Forskningen behöver din kropp,'' står det på en dekal i en bakruta. Men budbilarna är snabbare än ambulanserna.

Själv rör han sig sakta. Kärleken är en sjuk fågel inom honom. Den sitter och vaggar på hans revben. Gudrun vill lämna honom – likt en ström som återvänder till sitt eget lopp efter att en tid ha vattnat hans dalgång. Han tänker på hela städer som i antiken fick flyttas för att en jordbävning hade torrlagt hamnen. Han tycker sig inte ens orka lyfta en tegelsten.

Om något ändrar sig mellan oss, kommer jag att tala om det. Han minns att Gudrun har sagt det, för länge sedan, lika sakligt som hon noterade en nedgång i timmerpriset eller en höjning av brevportot. Han tog orden som självklara. Nu försöker han se

179

själva hennes ärlighet som en akt av kärlek. Men han vet att han lurar sig. Det är inte hon som har fört honom bakom ljuset.

Hennes uppror har en styrka som förvånar honom, särskilt som hennes förevändning är trötthet, leda, frånvaro. Har han låtit sig förblindas av sin kärlek till henne – på det där hängivna sättet som anses utmärka kvinnor mer än män? Har han varit för servil eller självupptagen, för utplånande eller för dominerande? Han vet rakt inte.

Livet är en skrift i sanden, men just henne och honom har en kraft hållit samman. Något som inte bara är borgerligt ansvar, uppoffring och hänsyn, inte blott en tillfällighet i tiden och rummet. Och nu är den kraften borta.

Utanför Udda Ting och Boutique Raja ser han två fula storvuxna ungdomar kyssa varann envist och ändå motvilligt; hon vill ha kvar cigarretten i munnen i det längsta för att hinna dra ett bloss innan bussen kommer och de måste skiljas. De trevar över byltiga rockar för att kunna gripa något hos varann. Han känner en ömhet för trollens fumliga försök, de är hans egna, allt går kanske på ett ut.

12

De fortsätter att tala, även om Gudrun anser sig ha sagt sitt. Han vädjar:

– Låt oss vänta, se tiden an, ta upp det om nån månad...

Men nej, hon har bråttom, hon nystar honom ur sig. Det som kunde ha räckt till en livlina blir bara en snörstump hon lägger undan i ett köksskåp.

Johan Fredrik märker förskräckt hur hennes stämningsläge drar honom med sig i stället för att egga till motstånd. Hon slocknar inför hans blickar som när en osynlig biografmaskinist drar ner reläerna och ljuset dämpas.

Så har det alltid varit. När fadern någon gång spred en hjärtlighet genom våningen, kunde han, Johan Fredrik, bli upplivad och glömma att glädjen var tillfällig. Då Gudrun kom honom till mötes som hon gjorde genom åren, med ett stadigt sken ur sina gråblå ögon, kände han hur den mörka tamburen lystes upp.

Hon urskiljer något hoppfullt i hans ansikte, och då blundar hon i smärta, hennes svaga leende är en sjuklings, hon känner sig tvungen att frysa ner hans ömhet och krympa den hedniska livsvilja han har kvar:

– Jag måste göra det här. Att känna sig så älskad som jag, det är som att gå med en ryggsäck full av sten. Jag stapplar när jag vill springa. Jag har ingen aning om vad jag egentligen orkar.

I samma ögonblick som han tänker slå henne håller han sig med samma kraft tillbaka. Han vill skydda henne från just den skada som utgår från honom själv. Han blir rädd att låta undslippa sig sådant som kan ge dem bägge skäl att tycka illa om varandra.

Han går ut i badrummet och spolar kallt vatten över handlederna som om han hade feber. Han får inte störa hennes arbete med sig själv. Inte vara för närgången. Men vad hjälper avstånd och finkänslighet när kärlekens grundvatten har sinat? Vad har de gjort med de år de haft ihop? Hur ska de undgå att förminskas och förtorka?

De sätter ner orden ett och ett, med lätta smällar likt schackpjäser.

– Du väntade dig inte det här, säger Gudrun. Du är så oskyldig.

– Hur då?

– Du förutser aldrig någonting på det personliga planet hur mycket du än gör det på det utrikespolitiska.

Ibland tröttnar de på orden, de står ett ögonblick och håller om varandra, tätt slutna, som om ingenting behövde förändras ifall de var alldeles orörliga. Och han inbillar sig att de fortfarande är nav och kärna i varandras liv.

Ändå är de uppgivna inför något som är större än de själva. Åtrå, ömhet och förvåning har varit hans kärleks nyckelord. Men någon nyckel äger han inte. Mycket hos Gudrun kommer han inte åt, han forskar inte ens efter det, han har bara tyckt sig förunderligt hemmastadd.

Och en mörk och ofrivillig gemenskap finns i kropparnas möte. Men kanske kände hon ej detta. Hennes erotiska eld brann lågt som ett ledljus i en hotellkorridor; dock har det räckt för att han skulle hitta vägen ut och in.

Tidigt har de varit överens om att äktenskapet inte är okränkbar bundenhet till varandra, ingen livsmaskin det gäller att få att fungera till varje pris. Som i vänskapen borde det kunna råda en intimitet utan ritualer, en tillit utan bekännelser. Ett äktenskap som kräver för mycket slutar med att begära sin egen upplösning.

– Jag trodde vi kunde älska varann så djupt att inget som hände oss kunde ta oss ifrån varann, säger Johan Fredrik.

– Man måste känna den man älskar. Jag vet inte vem du är och inte vad du vill med mig.

– Du går därför att du inte ser mig som jag är, klagar han.

– Jag vill åtminstone se mig själv. Du skymmer sikten.

Det finns alltså för mycket av honom. Han pratar och tar upp plats; Gudrun är tystlåtnare, hon är försiktig, har ont om tid. Det är sällan han får ner henne på golvet, sprattlande av lusta. Men hon kan lägga benet över hans höft och sova mot honom i nio timmars orörlig trygghet.

– Du går därför att det finns en annan, försöker han på nytt. Och jag är inte värdig den sanningen. I Uppsala grubblar du på om avkastningen på en viss areal motiverar ett höjt arrende. Men jag är en odikbar träskmark. Jag är inget utvecklingsbart projekt för dig.

Medlidsamt och förvånat rycker hon på axlarna åt hans utbrott. Och han blir tyst.

Ibland tycker han det låter som om de växlar hövlighetsfraser, ibland som om de spelade varandras terapeuter. Han inser, stötvis och för var gång med samma smärta, att det är början till ett avsked som bör göras kort för att inte surna i bitterhet och hat. Han känner sig falla utför en trappa och varje trappsteg gör lika ont.

Det finns inga som är skapade för varandra, men genom varandra jagar de något bortom sig själva. Nu måste de skifta revir. Ibland är det nödvändigt en eller flera gånger i livet, ibland aldrig.

13

Johan Fredrik vandrar i staden. Han meddelar Alice att han har några externa uppdrag vilkas art hon anar sig till men aldrig kommenterar. Han har funderat på att flyga ner till Scheveningen eller Lago di Como, där han har bekanta med gott om gästrum. Att gå Kungsholmen runt, säger han sig, kan dock vara lika exotiskt och ge samma perspektiv på hans belägenhet.

I ett antikvariatfönster vid Hantverkargatan får han syn på en karta över Kungsholmen och en annan över Afrika från den tid då dess kustlinjer och flodmynningar var kända men inte det inres sjöar och högplatåer. Han stirrar länge på de två öarna, med sina olika skalor lika stora på papperet, och undrar om han borde äga någon av dem.

Men Kungsholmen skulle han lämna. Gudrun ska överta våningen. Hon pratar om att packa och bryta upp, men han vet att hon avskyr de praktiska handgreppen, hon hatar sina kläder när hon står med dem i handen och tycker att inget passar, hon vill blunda då hon öppnar sina lådor.

Bättre då att allt får vara som det är – med undantag av honom själv som på egna ben kan förpassa sig utom synhåll.

Överallt, till och med i skuggan av Garnisonssjukhuset och i de forna arbetarkvarteren kring Fridhemsplan, hittar han nya konstgallerier. Vem har reda på att de finns, vilka tyder deras namn: La Fontaine, Ars Visa, Edition Cupido... Är de förlustbolag eller täckadresser för någon förbjuden verksamhet? Ett halvår senare ersätts de förmodligen av en shop för återbruksleksaker, ett solarium med zonterapi, en motivationskonsult.

Det finns så mycket som ligger i tiden att det svindlar för hans blick. Inom något kvarter av Hantverkargatan – frånsett bio Manhattan och en mjölkbutik minns han det som ödsligt i sin barndom – säljs marsvin, kilotunga hängsmycken från Turkiet, fjädrande instrument för bodybuilding, rustik keramik från Portugal, klargul honung från Tredje världens mest drabbade områden, gravurnor av plåt och dyraste metall, uniformer för taxichaufförer...

De stora varuhusens tid är förbi, reflekterar han, allt har återgått till en medeltida liten skala. Men hyrorna måste vara höga, därav de ständiga bytena av specialitet och inriktning. Och vem köper på impuls ett nygjort paraplyställ av gjutjärn, ett tre meters bråckband eller en grå papegoja från ekvatorn som ropar...

Vad ropar den? Han sticker ner huvudet i källartrappan till zooaffären i hörnet av Polhemsgatan och riktar sig direkt till burfågeln:

– Goddag! Talar du? Goddag goddag!

Men djuret som han finner mycket vackert blinkar bara, vänder sig bort och släpper något smuligt från sin gren av knotig plast. Innehavarinnan kommer rusande.

– Femhundra kronor. Friskt exemplar. Lever mycket länge.

– Femhundra för en fågel som inte kan tala!

– Det kommer, det kommer, försäkrar hon. Gradvis. Den har Afrikas årsrytm i blodet. Jag har för mig att den bara talar i regnperioden.

Papegojan verkar oberörd av meningsutbytet. Den sitter så stilla att den knappt unnar dem sin andning.

När Johan Fredrik har gått några kvarter upp mot Kronobergsparken, känner han regndropparna. De faller i stora vita handfat som står utställda på trottoaren utanför en rörledningsfirma. Stenarna på den judiska kyrkogården mörknar av väta. Han undrar om den grå fågeln har börjat tala nere i sin källare.

Han tar sin tillflykt till ett kafé på Inedalsgatan, så undanskymt att han inser att han aldrig har varit i trakten förut. Det står en kaffebryggare i ett hörn, småfranska med ost och kanelbullar ligger under en plasthuv. Emellanåt visar sig en kvinna och går åter ut till radioprogrammet i pentryt.

Han känner sig egendomligt ledig och griper en tidning för att se vad som händer ute på stan. Det är ingen ände på evenemangen; halva befolkningen förefaller sysselsatt med teater, musik, konst och dans. De aktiva måste vara fler än de passiva åskådarna till allt detta, tänker han och undrar hur det går ihop.

Även utanför kyrkorna predikas det i alla de ämnen. Livet och döden heter övergripande nog ett föredrag på ett nyinrättat hälsocentrum vid Fjällgatan. På Café Pan på Götgatan talar någon om att möta sin skugga: reinkarnationen som arbetsidé. I Medborgarhuset diskuterar Teosofiska Samfundet om när onda ting drabbar goda människor, med kaffe till självkostnad efteråt.

Scientologikyrkan på Kammakargatan utreder vad som styr människans känslor och beteende – kan han skicka dit Gudrun för att få en förklaring? Och på ABF-huset i kvarteret intill påvisar en politiker att nedrustningen är både ett hopp och en möjlighet. På Kulturhuset, bottenplanet, följs showen Muggskräck av en paneldebatt om kärleksbaciller.

Dagligen inträffar i Stockholm saker han aldrig har kunnat drömma om för ett par decennier sedan. Hundratals kollektiv är beredda att ta hand om honom.

Han kommer ner till Barnhusviken och följer strandstigen längs båtsällskap och pontonbryggor mot koloniträdgårdarna mitt emot Karlberg. Aprilluften är så lätt och tunn att den faller handlöst mellan olövade trädstammar. Utanför en av gatukontorets verkstäder ligger en hög nymålade gröna skyltar med Nysått och Beträd ej gräsmattan. Men gräset som ska skyddas molar ännu bara som en lätt öppningsvärk inuti fröet och jorden är nedtrampat brun och låter föga ana.

Mellan stugtaken löper trånga passager, syrensnår tränger ut över uppluckrade rabatter där stockrosor och dahlior ska blomma. Han kliver ner för några trappsteg och ut på resterna av en klappbrygga. Där sätter han sig, nere på Stockholms grundnivå.

En gråtrut, spräcklig ettårsunge, håller honom under uppsikt. Nedanför strandlinjen skymtar multnade pålar. I den stilla kanalen speglas de knotiga pilarna, och genom lindars och lönnars kronor långt nere i vattnet drar ett flyttfågelssträck norrut. Det följer uråldriga färdvägar över stadens tak, men han ser bara hur fåglarna försvinner där nere i djupet.

Han tycker att han själv är en fågel ytterst på en bräcklig trädgren, och han måste ideligen röra vingarna för att inte knäcka grenen med sin tyngd. Men flyga därifrån förmår han inte. Och sådant är livet på jorden, när han närmare betänker saken.

Nej, man kan inte hålla fast någon, inte fängsla någon, säger han till gråtruten. Man kan skapa minnen åt varann. I övrigt är det mesta en orättvis kemi.

En kvast av kajor flyr från ett träd till ett annat. Mellan några röllekors bruna skelett från förra året kravlar en jordhumla, säkert ute i förtid. Den rätar till sina gula tvärband men finner ingen anledning att lyfta.

Borde han ringa departementet, ifall något har förevarit? Han ser mappar som sväller, register som fullbordas – allt medan det glesnar mellan de personliga mötena. Ju fler uppgifter, desto färre håg komster.

Här på klappbryggan råder en stiltje fjärran det upprörda världshavet. Han vill fatta vad han har varit med om innan det blåser upp på nytt.

När han får syn på en telefonkiosk borta i ett gathörn, kommer han på att han inte befinner sig långt ifrån en av sina äldsta och underligaste vänner, Gustaf Wallin, mannen med det sjätte sinnet, minigolfens Einstein. Men telefonen är avklippt, han går in på bilverkstaden intill.

– Håller man på att krossa dig under en stångjärnshammare? frågar Gustaf.

– Jag står i Hagströms garage. De sätter på sommardäck med någon sorts maskinpistol.

– Du är i knipa, det hörs. Fungerar inte UD:s växel?

– I korthet är det så här, säger Johan Fredrik. Och han berättar.

Vännen är ledig och mer än så. När Johan Fredrik anländer till tornet vid S:t Eriksplan, har Gustaf besökt delikatessaffären vid Torsgatan och inhandlat forellrom, tunna kalla revbensspjäll, gorgonzola och kiwifrukter. Han har genever och en Chablis Premier Cru från Charles de Gaulles flygplats.

– Det kunde inte vara bättre, berömmer Johan Fredrik tacksamt.

– Inget behöver tillagas. Vi kan koncentrera oss på själen. Jag mediterar numera tjugo minuter varje morgon, så jag vet vad det är fråga om. Jag tittar på den där sömmen i mattan.

– Den som håller på att gå upp?

– Ja. Inte ens det får störa en. Jag låter mig fyllas till brädden av handlingslöshet.

– Jag hade tur som hittade dig så här utan varsel, säger Johan Fredrik.

– Jag har stängt av telefonen så vi får vara i fred. Annars har jag kontorstid dygnet runt. När jag vill vara absolut ensam med någon, går vi till Lindqvists konditori-restaurang på Odengatan. Dit kommer ingen gourmetisk betygsättare i första taget.

Av Gustaf kan han vänta sig vad som helst. Han träffade honom i början av 60-talet på Kårhuset, där skalden Erik Blomberg sökte omvända honom till en kämpande marxism. Gustaf tog aldrig någon examen. Kort innan han skulle tentera i vittnespsykologi, förklarade han att han behövde en längre semester. Han köpte kappsäck av äkta läder och biljett till Paris och var borta en tid. Då han återkom, hade han lagt åt sidan de abstrakta tänkesätten: inga fler universitet. Och så få vittnen som möjligt.

Gustaf är en av de enstaka tidiga vänner som Johan Fredrik inte har förlorat ur sikte. Han är uppfinnare och patentinnehavare av en minigolfanläggning, den krökta banan, som lätt kan byggas in i lägenheter.

I ungdomen har han haft sysslor av det slag amerikanska författare räknar upp på sina romanomslag: biträde på en biljardsalong, modell för ridkläder, syrgaspumpare åt en dykande arkeolog, tidningsbud om morgnarna, expedit i en damskoaffär, sällskapsman till en förlamad bryggare...

Nu har han konsultfirma som privatdetektiv, medan minigolfen tillverkas på licens i Småland, och han anlitas av Säpo för särskilt kontrakterade uppgifter. Han har avslöjat en och annan industrispion, incidenter som fått diplomatiska men aldrig publika följder.

Om vissa inslag i sin tillvaro är han förtegen också inför Johan Fredrik, om annat berättar han yvigt, allt medan han vädjar till vännen att hejda honom så att han inte ska förråda statshemligheter eller namn på gifta damer.

Uppe i Gustafs torn känner sig Johan Fredrik märkvärdig till mods. Han ser ut över ett kopparskurat Stockholm, med nya takplåtar glänsande som vattenspeglar. Aprilvinden sopar genom piskställningar, TV-antenner och ventiler.

Tornet är åttkantigt, består av tre etager, ett rum i varje. Mellanrummet är inrett i rött som en av hjärtats kammare; där finns säng och badrum. Det översta rummet är tältformat, i dess mitt står en pelare av inifrån upplyst plexiglas och där inne döljs bar och skivspelare. Utanför fönstren löper en bred och vågrät plåtskoning med en låg reling mot avgrunden; där lägger Gustaf ut solbrädor om sommaren.

Längst ner är köket. Det är inte alltid Gustaf orkar springa ner efter en glömd gaffel, då äter han med fingrarna. Men nu håller han hög fart, växlar en och annan replik med Johan Fredrik, medan han störtar upp och ner med tallrikar, glas och maträtter och skriker:

– Lugn! Vi kommer snart till kärnfrågan.

Från köket leder en dörr ut till husets vind som han också har lagt beslag på. Där har han experimentvisningar av sina banor, ibland med självlysande bollar i halvmörkret.

Han älskar det teatraliska och arrangerade: ärebetygelser och ceremonier, ordenssällskap, tryckta visor till måltider, serenader i gryningen och annat som brukar kallas studentikost. Och med Oscar II:s sinne för dekorum förvarar han bakom raden av uppslagsverk små pornografiska volymer med litografier som föreställer tillspetsat akrobatiska kroppar i osannolika ställningar.

På samma sätt håller han sig själv gömd bakom sina uppdrag och styr ut sig med skiftande etiketter och täckmantlar. Bland vännerna förekommer det att han lägger av sig privatdetektivens osynliga kappa och träder fram som författare till två dystra manuskript om västerlandets undergång: Apokalypsens ryttare och Stängningsdags.

Men dessa alster är bara avigsidan av hans handlingsiver, uppkast ur de avgrunder han blickat ner i då han har umgåtts med inköparna av sina uppfinningar eller de skurkar han satts att jaga.

Gustaf har en kortare tid varit gift med en frånskild dam som han betecknar som hypersensibel. Då de var förlovade och han bodde hos sin ogifta syster som var kassörska i Wermlandsbanken, ringde hon på nätterna och undrade vem han tänkte på.

Det gick upp för honom att hon inte någon längre tid skulle vilja bo i ett torn ovanför en av Stockholms vildare trafikkaruseller, hon ville inte rusa i trapporna till baren och passera ett illrött sovrum på vägen.

Under bröllopsmiddagen där svärfadern höll tal om staters obeständighet och släkters sammanhållning (en åsikt som stred mot Gustafs) hade brudgummen funnit skäl att avlägsna sig en stund. Och detta, anförtror han Johan Fredrik, ledde till ett underbart samlag mot en vägg med en servitris som mången gång hade passat upp honom på Den Gyldene Freden.

Hur det gick till fattade han inte riktigt, det behövdes bara en blick, ett konspirerande leende, och bägge begrep vad klockan var slagen. Upphetsningen låg i det nedriga och hädiska i tidpunkten. Han hade haft en entusiastisk och upprörande förnimmelse av att de hade förstått varandra fullkomligt: exakt hur mycket och hur litet detta betydde och hur det inte fick såra bruden som han trodde sig älska men på något besynnerligt vis hade avskrivit.

Gustaf Wallin talar oavbrutet. Fem gånger för han vinglaset

till läpparna endast för att lägga till en parentes eller ett utrop. Till slut säger han:

– Jag babblar för mycket. En gammal ovana. Jag skulle förströ dig, men du har ju annat på hjärtat.

– Jag blir inte uttråkad så lätt, säger Johan Fredrik. Och du har hittills inte snuddat vid sånt som fyller mig med leda: korsord, kortspel, framtidsromaner och biljettpriserna på Finlandsbåtarna.

– Hobbies är inte din starka sida. Arbetet är det viktigaste för dig, det har jag förstått.

– Det tror de väl fortfarande på UD, hoppas jag. Men det är inte sant.

Därmed är de inne på huvudsaken, och Gustaf rynkar pannan som sökte han minnas föregående natts excesser. Hans ögon sitter tätt, gråblå och snabba utan att han rör på huvudet i onödan. Han är kraftigt byggd, i raka linjer som en kub.

– Du tar det för lugnt, menar Gustaf. Du borde tjuta som en fabriksskorsten. Åtminstone kunde du ställa till med en scen hos verksläkaren.

– Jag blir svartsjuk när jag tänker på att Gudrun snart dyker upp i en ny legering och jag bara fortsätter att vara samma person. Jag kan få för mig att jag har förspillt mitt liv på en ovärdig och jag hör ju hur barnsligt högmodigt det låter. Jag skulle vilja få henne att inse sin begränsning och sina skyldigheter mot mig och bli den som jag en gång fann vacker och god. Men jag vet att det där är rena galenskapen. Jag är ingen utvald. Vad är det för märkvärdigt med mig? Jag är bara ön som fågeln Gudrun råkade landa på.

– Först ska du pysa ur dig din vrede. Ansvarsmedvetna medborgare som du har det jobbigt. Hur många börjar inte med att stå med två tomma händer på egna ben och slutar med blödande tolvfingertarm och famnen full av styrelseuppdrag?

– Och din fru? Vart tog hon vägen när hon inte ville springa i trapporna?

– Först hade hon en älskare och honom kramade jag om och

kysste på mun. Inte för att jag var tacksam mot honom men jag måste ju få veta hur det kändes för henne. Bara för att hon drogs starkare till honom än till mig blev jag mer besatt av honom än av henne.

– Du har gjort det lätt för dig.

– Sen gifte hon om sig med ett före detta matematiskt underbarn som vunnit en tiotusenkronorsfråga i TV. Hon sysslar med indianers rättigheter och har en stor fläta på ryggen. Du skulle inte känna igen henne. Det är nu jag hade bort träffa henne.

– En skilsmässa är en amputation, säger Johan Fredrik. Man överlever, men det finns mindre kvar av en.

– För mig var det som att få en klumpfot uträtad. Det gjorde ont, men jag lärde mig att gå.

– Man får en lätt knuff, fortsätter Johan Fredrik. Så ligger man där i vågskvalpet och det är för högt till kajkanten.

– Självömkan klär dig inte, säger Gustaf Wallin. Stockholm är en vattenstad. Jag föll själv en gång, man får räkna med det.

Han berättar att han stod vid Stadsgården och såg ett lastfartyg lossa. Han lade inte märke till en lyftkran bakom sig. Den forslade kohudar genom luften. Plötsligt fick han en mjuk men ändå kraftig stöt i ryggen och slungades ut i Saltsjön. Han hamnade djupt, staden dansade uppochnervänd i luften, så kom han upp och spottade sörja och propellervatten.

Lyftkransskötaren uppifrån sin höjd dirigerade kohudarna till honom och han såg dem sänkas helt nära, bli tunga av vattnet, och så klamrade han sig fast vid dem. Som på en flygande matta seglade han in över land och sattes ner på kajen. Han signalerade till maskinisten där uppe som vinkade tillbaka, för han ville inte avbryta jobbet och klättra ner. Genomblöt gick Gustaf hem. Det var en ganska varm dag, byxorna torkade och blev stela, skorna kippade som grodor.

– Jag längtade efter en toddy och såg till att jag fick en, slutar han.

– Talade vi inte om kärlek? återtar Johan Fredrik ihärdigt. Jag vill inte knuffas i sjön. Jag vill inte ha makt över någon heller.

193

Jag hör en massa om hävdelse och underkastelse, det stämmer kanske på andra. Jag vill känna lidelse och lust, helst bägge, och detta jämt, varenda dag. Inga döda punkter, de hotar mig på alla håll ändå. Fattar du?

Gustafs erfarenhet är den motsatta. De kvinnor han har fått som vänner för livet är dem han bara har legat med en eller annan gång – av syskonlik gemenskap eller nyfiken främlingskänsla. Just därför att ingen blev förälskad blev de odramatiskt hemmastadda hos varandra. De har inga krav men är outtalat lojala. Om något allvarligt inträffar, finns de till hands. Kärleken däremot är en återvändsgränd.

– Jag ser skilsmässor, svek, dubbelspel, säger Johan Fredrik. På UD... Den sköra normaliteten nedbruten till livsfarligt glassplitter.

– Frigjordhet finns inte i vår tid eller i någon annan.

Gustaf känner män på sextio år som har doppat handen i flottyrgrytan eller dunkat huvudet blodigt mot en badrumsdörr då de trott sig se frun flirta med någon annan. Han känner duktiga yrkeskvinnor som borde ha varit trygga i sina arbeten, men en sökte begå självmord medan dottern var hemma och en annan hämtade förgäves tröst i regeln att förlupen man återvänder efter arton månader.

Själv har Gustaf i förfäran och vanmakt halvt gett upp. Kärleken är inte så svår att hitta som svår att hantera och förvara. En svamp så vacker i mossan, säger Gustaf, men vad ska man göra: den mörknar och blir oformlig. Torka den, förvälla den, äta den rå?

Han har korkat upp ännu en butelj Chablis. Stockholm försvinner allt längre ner i kvällsdiset. Johan Fredrik sjunker bakåt i sin fåtölj.

– Nu ska du höra min gottköpsfilosofi, gratis, säger Gustaf. Jag tar arvodet direkt från försäkringskassan. Du tycker inte att du har klarat upp det här, du som brukar reda ut det mesta. Du är förvirrad och letar efter orsaker. Men tro inte att du kan reparera och peta ihop fragmenten av det som Gudrun slagit sönder. Det är inte bra att bli ihopklistrad så där fint som hos en porslinslagare. Det är i skarvarna det händer något nytt. Det är när summorna inte går jämnt ut som man kan börja leva i någorlunda oordning. Ta till dig demonerna runt omkring dig, låt dem sippra igenom dig, ge dig hän åt det ologiska och huvudlösa i att leva!

– Gorgonzolan är ovanligt bra, säger Johan Fredrik undvikande. Men inte med vittvin...

– Jag tar genast fram en Pomerol från samma flygplats. En sak till: Du behöver inte förstå någonting, inte ens din mor eller din fru. Du behöver inte.

– Jag utgår ifrån att Gudrun vet vad hon gör. Men jag vill också veta det.

– Jag gissar, säger Gustaf, att det är något hos Gudrun du inte har sett, hennes ambitioner, girighet, lust att krossa något, vad vet jag? Något du artigt har blundat för. Du har draperat dig med henne och skyddat dig med henne. Du har aldrig anat en avgrundsande i henne, du har aldrig velat snudda vid det våldsamma i henne... Du har gjort henne till det som passade dig. Det leende fotot på ditt skrivbord... Ja, jag fabulerar bara utifrån egna erfarenheter.

– Jag vet inte om jag tror på allt vad du säger. Men jag lyssnar på dig ändå.

Gustaf Wallin bugar sig försmädligt. Trots sin handfasta lekamen flyger han snabbt som en vattenspindel över tillvarons ytor. Minsta paus, tänker Johan Fredrik – och han skulle trampa igenom och sugas ner i de svarta djup han alltid har skytt.

Ständig kryss, oavlåtlig rörelse, snedsprång satta i system: därav uppstår ett glitter kring honom. Och med den farten slipper han möta blicken från de stilla ansikten som iakttar honom.

– Vill du kanske höra om ett fall som vi har behandlat med största diskretion?

– Vi? frågar Johan Fredrik.

– Jag säger vi som är vi.

– Jaha.

– Han har förmodligen flytt till Schweiz. Men varför?

– Vem han?

– Fotografen vi var uppe hos för ett halvår sen. I den där mörka ateljén vid Kungstensgatan.

– Mörka? Mörkrummet var mörkt, annars var det ljust. Vi kom från Wasahof. Du hade ett ärende till honom. Han skulle fotografera din minigolf underifrån, i gräsgrönt ljus.

– Och du ville ta reda på om han kunde göra några UD-interiörer till en broschyr för allmänheten.

– Det kan du glömma. Vi fick inga pengar.

– Minns du hans träd i genomskärning med alla årsringar? Han sålde bilden till en bank som skrev räntan på årsringarna. Det blir mer och mer pengar, var budskapet. Trädet ser så stabilt ut på affischen, det kommer aldrig att ruttna inifrån som ekar gör.

– Fotografen försvann, säger du?

– Jag skickade brev till honom, det bör ha anlänt samma dag som han stack. Polisen såg avsändaren och frågade vad jag visste. Jag visste så lite att polisen klart trodde jag hade ett finger med i spelet.

– Vilket spel?

– Det får jag väl reda på så småningom. Man vet aldrig vad man är insyltad i. Vid det här laget hade han varit borta en månad. Av posten att döma. Inte minsta meddelande till någon.

– Två års ferier, säger Johan Fredrik.

– Vadå?

– Jules Verne. En älsklingsbok. Var brukar han bo i Schweiz?

– Bo? Fan vet. Jo, för resten: på Zum Storchen i Zürich, det har jag hört honom säga.

– Där ser du. Och vet du nån riktigt bra restaurang i Zürich?

– Zum Saffran är inte så dum, på kajen mitt emot.

– Aha! Polisen hade rätt. Du är inblandad.

– Klart jag har varit i Schweiz. Men med honom har jag mest varit här omkring: på Frida och Marilyn, La Belle Epoque och

Rönnerdahl.

– Har du nån ledtråd?

– Han ville fotografera en bov. Sånt gör man på Rådhustrappan, då håller boven för ansiktet och det var den gesten han ville åt, den skulle han sälja med texten: "Har du något att dölja? Banken hjälper dig." Ungefär, fast inte riktigt så. Annan vinkling. Och den förste som kom ut var rådman Byström och då han höjde kameran för att göra sig beredd, så höll rådman för ansiktet och såg förnärmad ut och då knäppte han. Ingen visste vem han var, utom Byström och några till, och bilden hann gå ut och bli affisch. Byström anmälde honom för NO och JK. Det blev en fråga om personlig integritet, rätten till privatliv på allmän plats.

– Varför vet ingen något om hans eget privatliv?

– Han har levt som ungkarl på senare tid. Hans fru gav sig av med ett geni som började sälja ett nytt mineralvatten. Han lanserade det i hälsokostbutikerna och nådde därifrån ut till de stora kedjorna. Vattenledningsvatten med zinkvitt och järnfilspån säger somliga, men han fick en läkare att skriva sin namnteckning på etiketten mot en promille i provision och folkhälsan är visst under kontroll. Läkaren är förstås i Schweiz.

– Och fotografen?

– Han tog det hårt – inte frun utan den andres framgång. Kan inte förlåta honom. Han har inte tagit många nya jobb. Jag vet inte hur han har dragit sig fram på senare tid.

– Ett tag, säger Johan Fredrik, kunde man inte slå upp en veckotidning utan att se något av hans foton. Tänk på den där bilden av en chokladkaka i närgången genomskärning. Såg snarare ut som en moderkaka i mikroskop.

– Försäljningen sjönk. Han levde farligt. Konstnärskapets risker.

– Nå, han är väl inte typen som kastar sig ut från en bro eller flyr till Sydamerika.

– Snarare Schweiz. Bankkonto och bergsbestigningar kan vara bra mot depression. Vi vill inte efterlysa ännu. Har du nån tänkbar kanal via UD?

– Knappast. Men varför berättar du det här?

– Det är ett av mina uppdrag. Det handlar om en människa som du råkar ha träffat. Det är inte bara Gudrun som har försvunnit, om man ska uttrycka det så. Det händer saker överallt. Du är inte ensam om ett enda dugg, ifall det är till nån tröst.

De dricker först rödvin och sedan det nya mineralvattnet som Gustaf har tagit hem i stora mängder i avsikt att studera de medicinska effekterna.

– Detta om fotografen sagt i all diskretion, påminner Gustaf.

– Herregud, säger Johan Fredrik, inte ens det jag själv upplever kan jag berätta om. Inte nu. Inte ens för Gudrun – hon är ju utom hörhåll.

– Jag förstår att jag bara har fått höra bitar. Men när det verkligen gäller kan man berätta allt. Då går livet före tystnadsplikten.

– Du hade faktiskt kunnat drunkna i Stadsgården. Du klamrade dig fast, du hamnade på torra land. Det var något konkret och ofrånkomligt. Sånt kan man tala om.

– Jag pratar om allt som faller mig in, säger Gustaf Wallin. Men jag kan också vara tyst som muren, det är det konstiga.

– Jag vet. Därför kom jag hit.

Och till slut bekänner han för denne vän som är så olik honom själv:

– Du förstår, kärleken är min verklighet. Men just nu får den mig att känna mig så overklig.

Han kan uttrycka sig på det viset därför att han vet att Gustaf inte bryr sig om hur orden faller.

14

Tjänsteplikten kallar honom likt en tröttsam släkting, men han gör motstånd och delegerar; dessutom är det fredag eftermiddag.

Han har ingen att skylla på när det går dåligt, ingen att vara tacksam mot när det går bra. Gudomlige trollkarl, välsigna oss på nytt med din stav! Men hans bön stiger inte högre än sothönans snärp nerifrån strömmen.

Han kunde lära sig att dela Gudrun med en annan, tänker han, men hon vill inte att någon enda ska få en minsta del. Och om hon småningom möter en annan man, kommer hon att säga: Så klart att jag aldrig älskade Johan Fredrik, jag visste ju inte vad kärlek var. Och ändå har hon vetat.

Han dansar med nakna fotsulor på hennes glasvassa horisontlinje. Han kan inte fatta hur det som för honom är ett äventyr för henne är en värkande snedbelastning. Hos Gudrun har han ställt in en del av sitt bagage i tillvaron; man kan inte släpa på allting ensam; men nu har hon låst om sig, det är en massa han inte kan få tillbaka.

Han känner en saknad som efter en död. Ändå kan han när som helst möta henne i staden, de bor än en kort tid tillsammans, och de kommer att träffas framöver: de är ju vänner. Men de underjordiska gångar som har lett till henne är spärrade nu.

Han ser Gudruns ansikte i personer som inte liknar henne särskilt – som om en halv blick, en rörelse i en mungipa kunde förena människor och smälta ihop deras identiteter.

Han tänker på sitt liv som ett stycke fanér, mörknat av ålder och upplevelser men plant och slätt. Och så kommer en hyvel slintande med bladet felinställt, den gör djupa hack, den skrapar sönder den jämna ytan. Ett annat slags liv är där, knutigt, smärtsamt, oförutsett.

Han har tagit bilen och stannat långt ute på Söder Mälarstrand. Vid kajen ligger en skuta med en gul plasthink svängande från bogsprötet. Ombord är ett ungt par med ett barn, en tredje man, kanske ett kollektiv. De är klädda i luvor och täckjackor och måste ha bott där hela vintern. Hur länge skulle hinken hänga kvar? När skulle också denna lilla församling bryta upp ur stillheten under Västerbron?

Johan Fredrik Victorin fortsätter till fots ut på Långholmen och följer strandstigen västerut. Jollar, ekor, en gammal sliten mälartrettia är förtöjda vid pontonbryggor, ibland med en lina knuten kring en trädrot i strandbrinken. Mitt emot ligger de nya punkthusen på Reimers holme, men här kliver han över resterna av en husgrund, kanske en verkstad som betjänat fängelset.

Han passerar ett par villor i dämpad snickarglädje, klungor av björnfloka, ormbunkar i bergsskrevorna, ett lager fältsten och slaggklumpar. Ute på udden ett eldsken, några uteliggare kring en brasa, alla rätt gamla. En av dem klyver vedkubbar och har en schäfer som nosar på Johan Fredrik.

— Hur är läget?

— Javars. Och med dig? svarar han.

— Får duga.

Men en annan av karlarna ryter åt honom:

— Vagåruåblängerpå?

— Lugnarej Adolf. Det är inte din mark.

— Inte ännu, nej.

De har en koja också, flaskor, plåtlådor, oljetyg. Är de AMS-arbetare som röjer åt kommunen eller några som har landsatts här sen de gjort myteri på en mälarångare? Johan Fredrik inser att för honom är Långholmen lika okänd som Kreml.

Han vänder i en känsla av att vad som helst kan ske; kanske dröjer några interner från den nedlagda straffanstalten trofast kvar på ön.

Det är i båtskrapningstid. Han har en kollega — en av de statssekreterare han äter lunch med varje måndag — som har en motorbåt på vinterförvaring. Han vet att den heter Ebba, därför upptäcker han den snart på området nära en av broarna. Den är uppdragen än, men någon har rivit av presenningarna och tyngderna som håller dessa på plats. Ett kapell är spänt över sittbrunnen. Det är en klinkbyggd furubåt från 30-talet.

Johan Fredrik sneglar åt alla håll. Försiktigt men med snabba rörelser klättrar han upp så att också en tjuvtittare ska förstå att han är ägaren. Båten vacklar betänkligt på sina stöttor. Han viker undan en bit av kapellet och sätter sig på durken.

En man i nedstänkt overall passerar med två överklassiga vinthundar i koppel. Då håller sig Johan Fredrik stilla så de inte ska få upp vittring på honom. Han läser en bruksanvisning om hur man fernissar och undviker bubblor. Det är inte värt att han försöker hjälpa sin vän statssekreteraren.

Han befinner sig i höjd med pilarna som sträcker sig ut i Pålsundet och han ser in i första våningen till husen på Reimers holme. Över den gulrappade mur som en gång var del av fängelset har någon skrivit: Nigger go home. Mot en bergvägg lutar ett pingpongbord, mögligt och mossgrönt. Det stiger en metallisk lukt från den kalla vattenytan. Gräsänder navigerar nedanför en skylt om Ankring förbjuden.

Han känner sig sällsamt ensam. Han är inbrottstjuv, snyltgäst, inkräktare. På toften ligger räknesticka och pärmar, linjal och ritblock, streck som inte säger honom något. Kollegan håller kanske på att rita en ny båt, och när den blir klar, kommer han att svika sin gamla trogna skorv med långdraget fördäck, signalhorn av mässing och en ventil som ser ut som ett framåtriktat periskop. Det är så det går till.

En tidning som ligger i ruffen är från förra söndagen, då var åtminstone någon där. Han läser om ett par som höggs ned av en knivman på trottoaren utanför Adolf Fredriks kyrka den lördagskvällen. De blev svårt skadade i magen och hjärttrakten av detta svartsjukedåd.

Människor fäster sig för mycket vid varann, tänker han. De tar varann på blodigt allvar. Varför kan vi inte låta varann vara i fred? Och det slår honom att det faktiskt är detta han sysslar med i sitt yrke.

I fickan finner han konceptet till ett anförande. Han tyder orden, men de förefaller honom sakna innebörd:

"Diplomatins roll för kontakterna och samarbetet mellan stormaktsblocken har ökat. Sluten eller öppen diplomati? Ett lands diplomati blir framgångsrik när den vinner förtroende i andra länder. Det måste alltid finnas ett mått av sekretess i kontakterna mellan staterna. Samtidigt har vi mycket att vinna på att inte hemlighålla material i onödan."

Luften blir gråare, kyligare, och strömmar rakt in i honom. Ljuden tystnar från staden och gubbarna på udden. Självömkan klibbar vid honom. Han hemsöks av en enslig förtvivlan, en spets borrar sig in i honom och han kryper ihop som ett foster.

Är världens knapptryckare och generaler människor som inte bryr sig om hur det går med någonting? En mamma dog ifrån dem då de var små, en pappa piskade i dem hut som blev hat; något har gjort dem obotligt förorättade.

Han gräver fram sin penis för att se om någonting hos honom fortfarande lever. En praktisk person har rekommenderat onani om man höll på att somna vid ratten och inte har tid att vila ut i en parkeringsficka. Det ger koncentration och ökat blodtryck. Men lika litet som hans lem verkar fängsla Gudrun kan den pigga upp honom själv. Den skiljer sig från hans ansikte genom att den kan släta ut sina rynkor såsom han inte förmår ens om han blåser upp kinderna. Mer lyckas han inte få ut av den.

Därefter granskar han sina händer. Skinn nöts bort, naglar växer ut, knotighet, leverfläckar. Tiden skrapar och skurar. Han minns de maskiner som en invandrad städare brukar dra genom sjukhuskorridorerna för att få linoleumgolven att skina. In i hörnen når de aldrig. Där staplas dagarna, bakterierna, immuniteten.

Det prasslar och krafsar inuti båten. Möss har bosatt sig där. Det känns tryggt. Stopp, förmanar han sig. Jag beter mig som om Lena inte fanns, som om inte Alice, Gustaf, vännerna...

Det finns många. Han är inte utkastad, inte fredlös eller lyst i bann.

En fest han har tackat ja till har i detta ögonblick redan börjat. Han tar bilen och korsar Västerbron bort mot ett gammalt bryggeri på Kungsholmen. Det ska rivas; därför får konstnärer hyra billiga ateljéer av staden, tills de med ens ställs på bar backe.

Han kommer upp på en vind, med smutsstrimmade takfönster för norrljuset, rappade väggar, en rödmönjad branddörr, tunnor från bryggeriets tid, flisiga trägolv som har lappats med cement och bjälkar som förstärkts med plåtskoningar.

Vid en vask sköljer en kvinna glas och tallrikar. Han känner henne inte, men hon är den första han ser, så han hälsar på henne. Hon är konstamanuens från universitetet, med kortklippt brun lugg och trubbig näsa, mörkblå ribbade strumpbyxor, en vit och rödrandig utanpåskjorta som liknar en gammaldags kökshandduk. Hennes hand är våt av diskandet, hon ursäktar sig och skakar den så han får ännu några droppar på sig.

Hon heter Mona Livijn och berättar att hon har skrivit en uppsats om en av konstnärerna som är här, en man som vill placera sig i början av världen, före konsthistorien, samtida med grottmålarna. Han fann det omöjligt att återge verkligheten, omöjligt att ens veta när en bild var färdig. Konst var den blindaste av speglar. Inga dolda budskap, ingen stolt komplikation. Enda meningen med att skapa var den erfarenhet som uppstod under själva arbetet.

I hans tavlor tror man sig skymta fragment från en portal, en skugga, någons ben eller huvud. Men själv vägrar han att uttala sig om vad det är. Det är anlopp, inledningar, motsatsen till deadlines, slutstycken, fullbordanden. Man ska stå inför hans verk som inför en meteorit från yttre rymden och brännas, isas, men aldrig sluta dem i sin famn och viska igenkännande: vi är gjorda av samma materia.

Detta berättar Mona Livijn på Johan Fredriks frågor, och sedan pekar hon mot en annan del av ateljén som egentligen är ett enda stort rum, brutet av takstolarna:

– De håller till där inne.

Johan Fredrik passerar skrymmande föremål som döljs bakom vita skynken. Värden på stället möter honom med ett glas rödvin i handen. Hans skulpturer pryder några nybyggda svenska ambassader, hans visioner står i samklang med tiden, och denna kväll firar han både ett operakontrakt som scenograf och att han till stadens fritidsförvaltning har levererat Megaliterna på Liljeholmen, några granitblock med mycken järnhalt som med syrors hjälp blivit rostiga.

Först tänkte skulptören simulera en tyngd och arbeta i lättmetall med tomhet inuti. Sedan anskaffade han för dryga kostnader dessa bumlingar som i brist på druider har lyfts på plats av kranar. De verkar samtala med varandra utan att komma ur fläcken, de sänder subtila signaler av mineraliska ångor mellan sig så att spänningar uppstår och åskådarna känner sig lätt elektrifierade.

Så tolkades i varje fall detta monumentalverk, och samma sak gäller festen: signaler, trevanden, rörelser i sidled. Samtalen handlar om galleriers provisioner, nyupptäckta talanger, intrigörerna som har nästlat sig in i Konstnärernas Riksorganisation – bara namnet en osmaklig paradox – och därifrån bemannat alla slags nämnder.

Skulptören själv är inte formad med Guds yttersta fingerspetsar: hans ansikte är grovt tillyxat, och i hans sätt att förflytta sig mellan gästerna ligger något på en gång lantligt tryggt och nästan brutalt – som om han sparade krafterna till ett nappatag med sina motsträviga materier.

Hans flickvän för kvällen är annorlunda, går i polkarandigt, blonderad och shinglad, en glad 20-talsmodell från en andrahandsbutik. Hon kramar och kysser Johan Fredrik välkommen, fast de aldrig har setts förut. En konstnär vid namn Nordlund har han däremot träffat, och denne dunkar rätt vad det är på en plåtbalja och skriker:

– Hör på allihopa, inga tal, men ett väldigt hurrarop för

mästaren till Megaliterna på Liljeholmen, det är han förtjänt av!

Man hurrar. Diskussionerna kommer igång på allvar. Det har getts ut en stor bok om Jesu genitalia i konsten genom seklerna, den handlar också om tabugränser och kristendomens behov av okränkta onjutande kvinnor som jungfru Maria. Någon i sällskapet har till altartavlan i en nyuppförd kyrka tänkt framställa en korsfäst med erektion under ländklädet, eftersom stänk av säd påstås vara en döende mans ofrivilliga bön till eftervärlden om att få överleva i annan form.

– Då föds alrunan på galgbacken och dras kvidande ur jorden vid fullmåne, inskjuter Mona Livijn pedagogiskt.

Därvid tappar hon ett glas från brickan hon bär omkring.

– Jag plockar upp, säger Johan Fredrik och kommer fram till henne. Du kan skära dig.

– Inte mer än du. Jag såg för resten vad du skrev i Studenten. Vi får den på universitetet. Jag kände igen dig när du kom.

Hon ser själv ut som en student: ändå finns det enstaka vita hårstrån i hennes lugg.

– Jag jobbar i motlut, säger Nordlund till honom. Jag har inte fått igenom en enda idé på två år. Jag vägrar att kompromissa.

– Han bara klagar, menar hans fru. Och äter. Jag jobbar tolv timmar om dygnet på sjukhus, mest på natten. Jag kompromissar varenda minut för hans skull, medan han låter bli för konstens.

– Nej, för din skull, älskling. Ska jag ta uppdrag från storindustrin och annonsbyråerna? Vill du det?

– Nej. Jag vill att du tar över mitt jobb. Det kan vem som helst sköta.

En gång har han gjort ett collage med en tusenlapp klistrad för att upphäva dess förföriska roll av betalningsmedel. En åskådare missuppfattade hans filosofi och lossade på sedeln, varefter tavlan måste säljas för nedsatt pris. Sedan dess har han skytt påtagligt gestaltande motiv.

I flera år har han sysslat med en serie nedslående svarta tavlor, Toten-Insel 1–11. Det galleri som ställde ut sviten blev därav så mörklagt att besökare hejdade sig utanför i tro att det slagit igen för säsongen.

Johan Fredrik hälsar därefter på den som Mona skrivit uppsats om, en medelålders man med grått skägg och barnarosiga kinder. Han har börjat dekorera en tunnelbanehall i en förort, tio meter under jorden. Det passar honom eftersom han är en grottmänniska. Han ser så berusat uppsluppen ut som ville han avvärja varje djuplodande samtal, och snart är han borta.

Johan Fredrik tar sallad med valnötter, oliver och grekisk fårost ur genomskinliga plastskålar och fyller på vittvin som inte längre är kallt men ändå torrt.

– Så du är hemmaposterad än, säger ett borgarråd som företräder stadens behov av konst och fritid. Har du aldrig tänkt på andra kontinenter. Tredje världen?

– Det har inte blivit av.

– 'Lämna detta Europa där de aldrig tröttnar på att prata om Människan och ändå mördar människor var de än hittar dem!'

– Vem har sagt det?

– Fanon, påstår borgarrådet stolt.

– Han har kanske rätt. Andra kulturer beter sig som vi utan att tala om Människan, det är oneklingen en skillnad. Ja, det är möjligt att jag borde ge mig av.

– Man skulle nog göra det, säger borgarrådet och tittar efter den polkarandiga.

– På något sätt, instämmer Johan Fredrik.

Därefter går borgarrådet för att slippa dras in i utsvävningar som kan fresta honom till oförsiktiga ekonomiska löften.

Förr – tänker Johan Fredrik – hade lärda män på golvet i sitt arbetsrum en jordglob och en himmelsglob. Det fanns planscher som visade Historien och andra som föreställde Utopin. Det fanns en gränsvärld och en gränslös värld.

Och han vet med ens att det inte är erfarenheterna som definierar honom utan hur han upplever sina möjligheter. Men just nu förefaller de inskränkta.

Han går fram till bordet med flaskorna. Någon börjar berätta:

– Den enda gång jag såg en kungsfiskare...

En annan säger:

– Hur vi möttes? Det var på Solna möbler. Vi skulle titta på en soffa. Inte åt varann, det var det komplicerade...

En kvinna frågar en kvinna:

– Hade du också en farsa som stack?

– Diskar du nu igen? säger Johan Fredrik till Mona Livijn.

– Jag tycker det är roligt med vatten. Kan du någon dikt utantill får du gärna läsa högt.

– Varje statskonstens bekymmer och tvivel löses bäst vid en frukost på Wivel, skanderar han. Sånt vi säger på jobbet. W H Auden är det enda jag minns:

The glacier knocks in the cupboard,
The desert sighs in the bed,
And the crack in the tea-cup opens
A lane to the land of the dead.

– Kusligt. Det behövs bara en spricka i porslinet. Det är sant. Det räcker med en spark, ett skratt.

Hon tystnar.

– Varför är du inte med de andra gästerna?

– Jag är hemmastadd här. De har inte tillräckligt med tallrikar och glas i huset. Jag gillar att göra nytta.

Konstpedagogik är hennes ämne. Få andra att förstå hur en kullersten blir något annat då den rycks loss ur rullstensåsen och isoleras på en plattform. Hur man kan särskilja ett föremål och upphöja det.

– Andra förklarar det bättre. Jag älskar att se hur saker blir till, hur en idé växer fram. Man gör det bäst om man står modell själv.

– Så det har du gjort?

– Ja, vid skynket där i hörnet. För en figur som hette Tintomara.

– Den androgyna drömmen. Jag har alltid undrat hur hon såg ut naken.

– Inte som jag. Jag reducerades i etapper, hade till slut nästan inget ansikte, mycket små bröst, kantig pojkkropp. Men skötet var öppet som inför en födsel.

– Tintomara kan inte föda. Hon är det mest omoderliga...

– Ja, hon blir aldrig vuxen.

– Var detta du?

– Det var jag och inte jag. Formen tog hand om mig. Ingen kunde känna igen mig. Modellen är ju bara en riktningsvisare.

Johan Fredrik betraktar henne. Han har tänkt det ofta: man kan vara en annan till kvällen, man vet inte vad som kan hända – beskedet om cancer, ögons möte. En puls dunkar som en tatueringsnål i hans tinningar.

– Jag har köpt en sak av honom, säger han. Ett röse i miniatyr. Mot isostasin kallar han det.

– Vad betyder det?

– En geologisk term. Av isostasin följer att om ett parti av jordskorpan belastas, till exempel av en inlandsis, sjunker jordskorpan in i sitt underlag. Det är fråga om förskjutningar som gör att gamla strandlinjer byts mot nya.

– Så här står du och gömmer dig som vanligt, avbryter en bullrande stämma.

Det är en kollega, en av de talrika i departementet som skriver. Han har polisonger som två tistelbollar vid vardera örat i det vädermärkta ansiktet. Han vill se ut som en godsägare som kommit in från en blåsig slätt på tillfälligt besök i huvudstaden. Något blänker på hans kavajslag: en rotarynål eller ett sardinfjäll.

– Jag kopplar av bland dessa fria människor, upplyser han. Jag har just lagt sista handen vid årets deckare, Poetisk rättvisa.

Hans böcker har som alibi en del kulturhistorisk rekvisita, dock aldrig tyngande, som baksidan försäkrar.

Hans sambo medför hembakt limpa på keso och fänkål. Johan Fredrik aktar sig att breda smör på den, eftersom den då skulle falla i tusen smulor. Hon liknar däremot ingen godsägarfru. Hon tassar omkring i sandaletter snörda långt upp på vristen, hennes nytvättade blonda hår slänger i takt med hennes repliker och hon har tagit på sig tre broderade underkjolar av olika längd och ovantill ett avklippt viktorianskt nattlinne. Hon ser ut som om hon har rymt mitt i natten från ett flickinternat med allt som inte den barska gymnastiklärarinnan har låst in.

Det visar sig att hon leder tjugopoängskurser i kulturkommunikation på universitetet. Har man gått på dem kan man bli anställd hos kulturförvaltningen i någon kommun och kämpa för att förvandla järnvägsstationen till amatörteaterlokal.

– Ju fler parabolantenner, desto mer behov av hembygdscentrerade manifestationer, säger hon. Vi som jobbar med den lokala kulturbiten måste anlägga moteld mot videovåld och transnationella storserier.

Hon glor misstroget på Johan Fredrik som om han genom sin befattning företrädde de senare.

På väggen hänger en affisch med en mexikansk lantarbetare med höjd hacka. Arbetaren ser bitter och upprorisk ut som om han helst ville klyva skallen på det skrivande kanslirådet som muntert oberörd har satt sig nedanför honom med sin fårost.

Johan Fredrik tittar sig om efter Mona, då han får ett slag i ryggen och vänder sig om i tro att det är en man som fullbordar sin bodybuilding. Men det är en kvinna med breda axlar och basröst med vilken hon frågar:

– Är det du som heter Torsten?

Han känner vagt igen henne och till slut plockar han ur sitt inre arkiv fram att hon har varit gift med fotografen som Gustaf Wallin spanade efter. Hon har varit jockey, numera bildhuggare också hon; hästarnas länder har format hennes vader och deras tömmar gett henne osedvanlig styrka.

– Är din man med?

Hon pekar då på mineralvattensfabrikanten som skiljer sig från de andra genom att bära en kavajkostym under vilken han har en T-shirt med namnet Buster Keaton på. Värden ser hennes gest och säger:

– Jag är glad att han också kunde komma. Han har köpt en skulptur av mig. Vattenlek. Den ska stå vid fabriksingången.

– Jag heter inte Torsten, påminner han kvinnan med basröst. Jag heter Johan Fredrik.

– Då tog jag miste.

– Men du har varit gift med en fotograf.

– Ja.

– Han är borta.

– Han har väl något långväga uppdrag.

– Har han inte hört av sig?

– Nej, gudskelov.

– Det är vad du har att säga?

– Inte ett dugg mer. Ska vi dansa?

Ty ett lakan fastspikat vid en bjälke döljer inte bara ett par av gästerna i en lätt omfamning utan också en bandspelare. Milda dröjande pianotoner: Scott Joplin. Och Johan Fredrik grips av hennes armar som sluter sig om hans skulderblad och för honom runt på en mycket liten yta.

– Han var faktiskt fotograf rätt igenom, säger hon. Om du förstår. Något annat företog han sig inte, med mig eller någon annan. Han var som gjord för att ta vara på sig själv. Jag skulle inte oroas för hans skull.

Hon trycker in hans revben med ett stallvant grepp och släpper honom sedan. Mona kommer släpande på en fem liters kaffebryggare.

– Vart tog du vägen?

– Du tycker kanske att de pratar dumheter de här konstnärerna, säger hon. Men jag beundrar flera av dem. De gör bra saker, dessemellan fyller de ut tiden så här. De väntar på att vi ska gå.

– Ska vi gå för deras skull?

– Ja, säger hon kort.

– Det vore fint med lite frisk luft, föreslår han belevat och rör henne lätt vid axeln.

– Låt oss fara till min båt i Traneberg, säger hon lågt. Och ligga med varann. Det är ju det vi vill.

– Ja, svarar han. Jag tror det. Så du har också en båt?

– Också?

– Jag råkade hamna i en väns båt på Långholmen tidigare idag.

– I samma syfte?

– Nej.

– Det är den tiden på året, säger hon. Båtarnas tid.

De tar hans bil. Han leker med hennes fingrar medan han kör.

– Nej, jag tycker inte de säger dumheter. Inte bara och inte mer än jag själv. Men när många människor samlas hinner jag bara se skönheten hos någon enstaka. Jag vet att man förställer sig på parties. Det finns en hemlig skrift i varje människa, den kommer fram om man skrapar på henne. Men jag orkar bara försöka läsa en skrift i taget. Därför såg jag dig och du gjorde de andra otydliga, de blev fäktande åtbörder mest, fast jag vet ju att de är vädjande och sårade, högfärdiga och barnsliga.

– Nu har du försvarat dig ordentligt, säger Mona Livijn och kniper om hans långfinger.

– Jag avundas konstnärer, säger Johan Fredrik. All deras tid är fritid och de använder den inte till att fara på charterresor.

– Jag har sett dem, svarar Mona. De har ingen tid utom när de jobbar och resten är leda, nervositet, berusning. Friheten begagnar de till att binda sig hårdare än någon av oss. Se på Nordlund! Hans Toten-Insel blir bara svartare. Sluta för Guds skull, vill man säga till honom och kritiken har gjort det, vi vill inte ha mer. Men han frågar inte efter oss. Fria konstnärer! Jag har aldrig sett så lite frihet.

De ställer bilen nedanför Tranebergsbrons västra fäste och går den sista biten, hon lite på snedden som om hon satte skuldran mot blåsten eller var beredd att stöta emot en stängd dörr. Hon tittar på honom som väntade hon ett besked eller en uppmuntran.

Han trycker henne mot sig utan att veta vad han ska säga. De verkar så inriktade på en enda sak att det inte finns något att resonera om. De kysser varandra mot gallret med Förbjudet-skyltarna, hennes tungspets hård och utforskande mot hans

211

tänder och mungipor.

Måsarna singlar som tysta flygblad genom natten. Och staden, vanligen så full med fastighetsmäklare, visitkortstryckerier och naprapatiska kroppsinstitut, är stilla som en stor och övergiven park.

Nere på Tranebergsstrand låser Mona upp en port krönt med taggtråd. Några lyktor lyser över de båtar som hunnit sjösättas. Vassruggarna frasar. De hoppar ombord på en gammaldags kosterbåt som heter Tananarive. Den är gjord för högsjö och övernattningar. Rorkulten sover, surrad i mittläge. Det luktar frätt tågvirke.

Han tänder en fotogenkamin. Han märker att han har fickan full med nycklar och mynt som delvis håller hans lem i styr. Han tycker han har två blickar: den ena betraktar scenen besinningsfullt utifrån, den andra är suddig av oansvarig lust. Den ena drar upp gränser, den andra överskrider dem. Den ena har verklighetens snara i pupillen, den andra drömmens omätliga öskar.

I Monas pannlugg tycker han sig se en mycket liten arbetshäst med hovarna dolda i halm. Kring hennes tinningar stramar huden.

Ett tidvatten av glädje och rädsla. Lusten att gå precis på gränsen till en upptäckt men slippa göra den. Allt är ett halvvägs mellan dem.

Det är kallt och vårfuktigt, men kaminen värmer. Ett par stora fällar finns ombord. I en snäcka i ruffen ligger en kritig tvålbit som bär refflade spår av muständer. Mona tar av sig den långa utanpåskjortan och den tunna behån; han börjar själv klä av sig.

En bultande främling i honom vill hoppa på henne utan krus. Nu, tänker han, nu när vi knappt känner varann. Snart kommer vi att ana eller veta så mycket om varann. Då inleds en långvarigare procedur.

Hon sitter mitt emot honom med överkroppen bar och händerna på låren och tittar ner på den ljusblå durken mellan sina

212

knän. De är som två kamrater, vända mot något annat, inte mot varandra.

– Är du rädd? frågar han.

– Inte för dig. Rädd att bli olycklig bara. Inte just nu. Utan jämt, och du?

Han lutar sig fram mot henne, blundar och tänker länge efter. Hon för sin bröstvårta, sval som en kattnos, mot hans ögonlock.

– Jag är mest rädd för att något som lever i mig kan sluta att vilja leva, säger han.

Hennes ansikte skört och stelt, halvt i mörker. Mellan dem bara en handsbredds avstånd.

– Dina armveck ler, säger han, men dina knän är tungsinta. Jag skulle inte vilja ha något av dig som bara jag önskar, inte du.

– Jag har lockat dig ända hit. Du får om du vill.

Hennes sätt att säga det på kommer honom att svara:

– Du vill egentligen inte. I så fall vill inte jag heller.

– Det känns lite dumt, säger hon. Bara för att jag har ett sånt fint gömställe. Men man behöver inte uppleva allt med sin kropp.

Hon ler en smula skuldmedvetet, medan bröstvårtorna lägger sig till ro i tanke att de är i kamratligt sällskap. Han skymtar linningen på hennes vita trosor innan hon drar åt skärpet som hon lossat på. Det är något välbekant som han har sett oräkneliga gånger, inte längre något eggande. Hon är förvandlad av sin hjälplöshet, av något hon inte räknade med.

– Prilligt, säger hon. Jag vet inte varför. Jag vill gråta. Vad som helst får mig att gråta numer. En död igelkott, en trasig pojkskjorta, en barnvagn. Skratta och gråta, men mest gråta. Jag skulle vilja vara alldeles sorglös.

Men hon gråter inte. Hon tar på sig skjortan men knäpper den inte och han förstår varför hon inte gör det.

– Vi är visst totalt förvirrade, säger han.

Hon nickar och föreslår med en värdinnegest:

– Det finns spickeskinka ombord, så salt att den håller till sommaren, och öl. Vill du jag ska plocka fram något?

– Jag vill inget ha, säger han. Men jag ångrar inte att vi är här. Jag är glad.

Det råder en frihet i nattens instängdhet. Han tycker att Anna, hans döda syster som bara finns som en virvel i hans blod, klappar till honom inifrån. En okänd älskare i honom vänder sig åt annat håll. Han känner att han har mycken lust och en mängd kärlek som han bär inom sig likt en hemlig last.

– Johan Fredrik, jag säger så mycket dumt. Jag tycker jag jämt tar någon annans plats, hemma, på universitetet, på en fest...

De sitter mitt emot varandra. Taklampan i ruffen slocknar, batteriet är slut. Då hittar hon en ficklampa. Den kan lysa ömsevis på dem, den ena är i mörker och ser på den som blinkar i skenet. Hennes korta lugg blänker till. Hennes ögon är vidöppna. Hon släcker.

Deras knän snuddar, han böjer sig fram och tar hennes händer. Med henne har han velat göra något vilt och uppslukande som de skulle glömma i dagsljuset efteråt. Men det är för sent. Känslan att de är åtkomliga för varandra ökar varsamheten. Det avstånd som krävs för att blundande ligga med varandra en gång och aldrig mer har krympt. Och de drömmande lagstridiga impulserna likaså.

När ögonen har vant sig vid mörkret, skymtar de varandra. De är i varandras förvar och ändå vet de att allt de vill ha finns någon annanstans.

– Jag har starka drömmar, säger Mona som för att uppmuntra honom. Jag är tretti år. Vi hinner kanske ifatt varann en natt.

Träden omkring båthamnen förefaller honom med ens verkligare än hon. De är svarta nu och ska snart lövas, skatorna har redan ordnat bon i dem. Men så anar han att hon känner detsamma om träden, och då blir hon verklig igen.

– OK, säger hon med ett leende som är på en gång ömt och bestämt. Inte nu. Inte du.

Hennes ögonbryn är som mörka tistelfjun. Det finns något ironiskt och medvetet i hennes blick som är nytt. Först har de båda varit en smula berusade, inställda på något som hade sitt bestämda ändamål och knappast existerade därför att denna enda natt drog en gräns kring njutningen. Sedan har hon verkat sorgsen över att situation och känsla inte stämde överens. Nu är hon vaken och i kontroll.

När de stiger i land, fladdrar en vit särk av månsken över båten Tananarives däck. Hon låser grinden till hamnen och han kysser henne och vet att det oavslutade ska få honom att minnas den kvällen för alltid.

En gles väv sträcks hållbar mellan dem, obelastad av förväntningar och föreskrifter. En hare gör en slinga mellan husen. Hon bor i ett kvarter från 30-talet nära Tranebergs gård.

– Jag tycker egentligen inte om människor som är försiktiga, säger hon. Jag vill förföra och förföras.

– Vi är djärva som lät bli, säger han.

– Jag hoppas det. Det är något fel med mig. Jag har aldrig klarat en långvarig lycka. Bara ett ögonblick i sänder.

Han svarar inte utan trycker handen hårdare mot hennes höft. De kysser varandra länge som om de förstod varandra.

– Följ inte med längre, ber hon urskuldande. Jag har man och barn där uppe. Jag är gift. I någon mån.

Han hämtar bilen och kör sakta över bron. Himlen är av tunnaste emalj på vårgryningens östsida. Allt verkar gripbart och ändå avlägset. Några flyktiga minuter i en segelbåtshamn. Märka pulsen slå i en annan människas armveck och halsgrop. Besvärjelser, besjälningar. Dock: inte där, inte då.

Hos Mona ett skälvande återsken av Gudruns kropp. Det är nog för att locka honom som provisorium och nog för att avvärja. Ty det hade varit illa om han släckt sin vrede i Monas sköte och lika illa om hon bara sett hans glada medgörlighet och inte skrapat fram något under dess yta. De borde ha mötts i full ömsesidig lust, inte iförda sinnenas gångkläder, inte för att hämnas någon eller för att jaga något ouppklarat som ingen av dem kunde få syn på hos den andra.

Till Gudrun har han sagt: Det är aldrig för sent för någonting.

Man kan mista åtrån till någon och den kan komma tillbaka efter tio år, han har hört om sådant. Man inbillar sig man är redo att lämna någon och det är bara en omväg man gör, en mörk hägring i gräset som tar en åter till utgångspunkten.

Men Gudrun menade det var för sent för dem såsom det kunde vara för sent att få barn och för sent att springa hundra meter på tio sekunder. Och när man är död, är det för sent att dö.

Då han svänger upp på höjden ovanför Kungsholms kyrka, hör han ett godståg skramla över järnvägsbron och det strömmar dimma ur rälsen. Skrattmåsarna väsnas över Klara sjö.

Han stiger in i hallen vid Parmmätargatan och ser på kläderna att Lena har återvänt från lägret. Säkert vet hon allt.

III

Kompletterande underlag

1

Mycket händer på en gång.

Du måste börja på ny sida, säger man på UD:s personalavdelning och ger Johan Fredrik Victorin en lista på ansedda mäklare. Under tiden tar han in på hotell Diplomat där departementet har rabatt. Frukosten i tesalongen är förträfflig. Från rummet ser han ut över Strandvägen bort mot Katarina kyrka. Solen sjunker över Berns.

Ett veckoslut tillbringar han på Skytteholm, en gammal herrgård på Ekerö där Konsum har kurser och där han en gång har hållit föredrag om stabiliteten i norra Europa. På lördagar och söndagar är där så gott som tomt: en äldre ombudsman och ett förälskat par delar mälargös, slottsstek och blåbärspaj. I salongen står en kakelugn i rinnande gult, på hyllorna utgallrade volymer från något stadsbibliotek: Romain Rolland och Ragnar Holmström.

Johan Fredrik går i markerna och ser rådjursspillning under granarna. En kil av tranor röjer väg för molnen, staren hoppar i fuktiga plogfåror. Himlen är grynblek, men på jorden råder vårens brunfärger. De ljusa biffkorna har landat som moln på betesängen. En runsten berättar om någon som man efterlyst förgäves. Han anar vattnet som rinner i dolda fåror, nedanför den tunna tjälen.

I biblioteket, medan ombudsmannen ser på TV i matsalen och det unga paret går upp på sitt rum, läser han en Wodehouse: "Halva världen vet inte hur de övriga tre fjärdedelarna har det." Sedan börjar han med Naipaul som han har tagit med sig hit, och där är ett stycke som hejdar honom:

"Det finns kanske några få delar av världen – döda länder eller trygga och passerade – där människor kan vårda sig om det förflutna och tänka sig att deras efterkommande ska ärva möbler och porslin. Sådant kan man kanske göra i Sverige; eller i någon lantlig provins i Frankrike full av halvidioter i slott, någon söndervittrande indisk palatsstad eller någon död kolonistad i något hopplöst sydamerikanskt land. På alla andra ställen befinner sig människorna i rörelse, världen är i rörelse och det förflutna kan bara ge smärta."

Johan Fredrik frågar sig själv hur länge han ska vistas i en värld som inte tillåter honom att glömma något. Och sedan? Man minns ej den smärta som gått över, man kan inte kalla den tillbaka. Han tänker på hur han någon gång för länge sedan hade undrat om Gudrun älskade honom lika mycket som han henne. Nu behövde han inte fråga.

Ja, allt är i rörelse, annars hade han gärna stannat längre på den tysta gården där flaggstångslinan gnisslar i sömnen och mälarfjärden ännu är svart och segelfri.

Men på måndagen bryts stämningen av en kurs i salesmanship, och dessutom har Gustaf Wallin med ens en bostad åt honom. Gustaf har fler kontakter än UD: det är någon som har farit till Zimbabwe för att hjälpa dess riksbank med bokföringen. För en kortare tid får Johan Fredrik hyra i andra hand tre rum och minimalt kök vid Tyskbagargatan nära Nybrogatan. Ett lugnt kvarter på Östermalm, en adress som hans mor godkänner.

På Kungsholmen har han lämnat piano, skidorna på vinden, de aldrig använda långfärdsskridskorna, tavlor han sällan såg på. Han tycker sig behöva föga och sakna litet: böckerna och kostymerna förefaller lika tråkiga.

Han vill ha det glest omkring sig och köper hellre nytt. Men det nya är gammalt också det, ty han har inget emot att gå i de sterbhusaffärer som växt fram i stadsdelen. Han hittar en nedsutten länstol där andras ensamheter förenas med hans egen i clownaktigt broderskap. Han köper handdukar och örngott i en butik som heter Förr i tiden: doftande linne som kräver blåa band och kallmangel.

Han slår upp dagens datum nittio år tidigare i en almanacka som hans mormor har fört, en tunn och sträng kvinna med ett vitt fruset långfinger som hon knackade med som en hammare. "Vindlös dag med molnfri himmel." Nästan aldrig några längre anteckningar.

Men det räcker för att han ska förnimma att tiden har sin gång på många plan, varav väderleken är ett av de viktigaste, och han är glad att han har tagit med sig bunten av röda kalendrar. Där pågår ett parallellt liv som skiftar mellan mulet och sol.

Han ser på sin egen klocka som är repad i glaset. Schejken av Oman som han följt ut till Arlanda gav honom nyligen en Rolex i guld. När han redovisade gåvan för UD:s protokollchef, sa denne:

– Detta har aldrig hänt förut. Du följer lagen och det komplicerar saken.

Jurister sammanträdde, fann ämnet svårhanterligt och blev irriterade över Johan Fredriks ärlighet. Att ge bort klockan lät sig inte göras, det fanns ingen sådan bestämmelse. Till slut upptäckte man en paragraf enligt vilken man kunde auktionera bort klockan i likhet med hittegods och sådant som tillfallit Allmänna arvsfonden. Beloppet på några tusen skänktes till Amnesty. Schejkens gåva hade kostat departementet sex hela arbetstimmar.

Våningen vid Tyskbagargatan ligger fyra trappor upp, köket vetter mot en gård där det finns klippor kvar från de ursprungliga dynamitsprängda bergen som en gång i sina skrevor hyst hemlösa invandrare till storstaden. Han klarar sig. Det går ingen nöd på mig, försäkrar han Alice och andra som undrar. Absolut inte. Jag är inte tappad bakom en vagn.

Vad trodde de – att han hörde till en hjälplös generation, att han var som pappa Teodor? Han kan pressa byxor och sköta en tvättmaskin och laga allehanda rätter. Paret som for till Zimbabwe har magasinerat möblerna men lämnat kvar en del praktiska maskiner.

Dessutom har han skjortskräddare i huset intill, ett bageri,

221

en av stadens bästa fiskaffärer, banker, ja inom två kvarter finns praktiskt taget allting. Vill man ha mat hemskickad, ringer han till fru Jonsson i fiskaffären som också har kött och grönsaker, och hon får portkoden och ställer en kasse utanför dörren. En studentska från Prag, politisk flykting, städar åt honom var fjortonde dag, för svarta pengar som han lägger på ett bord. När han kommer hem är hon borta, de ses sällan, men han känner henne från Parmmätargatan där hon har samma rutin.

Han har inget emot att sova ensam, men ibland kan ett musikstycke, något han läser eller ser i TV väcka lättköpta känslor. Han förjagar dem: en högre statstjänsteman bör undvika sentimentalitet. Han vill undgå det sjaskiga och triviala, frågespalter och terapeuter, slippa vara en bland tusen.

Ibland känner han sig yngre än förr, med mycket framför sig, ibland vill han lämna sin post och begära förflyttning till utlandet. Ungkarlsståndet för honom tillbaka till tiden före Gudrun då han bodde i ett rum och kök vid Surbrunnsgatan, nära en finsk filadelfiakyrka och en varubelåning, en grönsakskällare och en mynt- och frimärkshandel med skylten "fickur, även trasiga, köpes". En del av staden han inte kände.

Och en flicka som hette Birgitta fanns då några månader i hans liv. Hon letade rätt på bilder och skrev rent excerpter för en ny upplaga av ett stort uppslagsverk. En dag då hon skulle låna en bok av honom och de letade i samma hylla sträckte han sig över hennes rygg och hon steg inte artigt åt sidan. I stället tryckte hon sig lätt mot hans bröst och mage. En kyskhetens revirgräns genombröts, en nästan omärklig förskjutning startade ett skred.

Så började det, och de låg tjugo eller trettio gånger med varandra utan att fråga vad det innebar, och sedan var det egentligen för sent. Han fick aldrig de rätta orden över sina läppar, hon tycktes inte behöva några, fast hon en gång påstod att hon såg något i honom som kanske inte ens han själv såg.

Han släppte in henne genom dörren, hon kröp ner i sängen, tog hans kropp men lämnade inget efter sig, inte ett märke, inte ett hårstrå. Hon gjorde te eller kaffe åt dem och satte undan allting som om han hade en fru som inget finge märka.

Men han hade ingen, han hade inte ens henne. Vad ville hon med hans liv? Ty han kom att känna sig alltmer som en invaderad kontinent som bara krympte. Han ville göra motstånd men blev allt svagare för det, och hon fanns där, ideligen.

Han hade inget emot en älskarinna, men han hade nog tänkt sig att det skulle vara någon som skrattade och talade, inte dessa läppar som öppnade sig för honom, förde honom in i sig, tunga och lem, släppte ut honom och slöt sig för honom.

– Tack snälla du, inget besvär, jag klarar mig själv. Och vill du bli av med mig, så säg bara till.

Det var en av de få saker hon sa. Han kom sig inte för. Han ville bli av med henne men först efter långa samtal. De hade för mycket outsagt, men ord hade hon nog av under dagen i sitt jobb. Hon visste mycket, det anade han, men knappast om honom, för hon verkade likgiltig för den han var och för vad han gjorde. Ändå var det väl sant att hon såg något i honom som han inte visste om och som hon tuggade i sig som hälsokost.

Från en cookshop i närheten fyller Johan Fredrik köket med det nödvändigaste, vitt, hållbart. Kastruller, tallrikar, bestick har han med sig, men han köper en oval panna och en blinipanna, för boveteplättar är han bra på, ihop med rom och sur grädde eller tranbär och citron. Vitlökspress och rivjärn, korkskruv och potatisskalare. Ett udda sortiment. Det finns krogar i vart kvarter här omkring, butiker med färdiglagad mat, italienska bagerier. Han bor i ett Stockholm där det är lättare att vara ensam än på flera decennier.

I den nya våningen har Gudrun inte varit. Dessa väggar har inte sett dem ihop. Men Gustaf Wallin kommer upp med visky och gin från någon av sina flygplatser. Alice har med sig en azalea och förmanar honom att dränka den i diskhon under natten. Han serverar henne skinka bräserad i vittvin med rosmarin och hon är imponerad, det är första gången de äter middag hemma och på tu man hand.

Statsministern har fått hans nya telefonnummer, säger hon, ifall han får för sig att rådgöra om en taktisk ambassadörspost åt någon oppositionspolitiker som samtliga partier vill ha bort från Stockholm. Hon är oroad över att Bergvall som hon vet är homosexuell kan bli placerad i ett östland dit UD av outtalad princip inte sänder anställda som kan råka ut för utpressning.

– Personalchefen måste ju veta, menar Johan Fredrik. Det finns en tilltalande barnslig omognad hos homosexuella som gör att de har lust att tala om sanningen, den om sig själva, för världen. Hela sanningen – det är ju just vad barn befalls yppa.

Alice visar honom den senaste upplagan av säkerhetsråd till UD:s utsända:

Om du joggar gör det inte vid samma tid varje dag och variera vägen. – På hållplatser uppehåll dig i närheten av andra passagerare. – Kvinnor bör inte ensamma åka hiss med obekanta män. – Blir du tilltalad på gatan och ej kan dra dig undan, se vederbörande i ansiktet och undvik att verka skrämd.

– Man har inte velat specificera länder, säger Alice. Instruktionen gäller globalt.

– Det här är något nytt, säger Johan Fredrik. Inte sen 1500-talet har diplomatyrket varit lika osäkert. Immuniteten har släppt. Vi tas som gisslan, vi utsätts för hotelser, brevbomber, mord. Bara här i stan betalas miljontals kronor årligen för att skydda diplomaterna. På varenda mottagning står säkerhetsmän i dörren och bakom buskarna, tyvärr känner man igen dem på solglasögonen när det regnar och på regnrocken när det är sol.

Vid efterrätten meddelar han sin sekreterare:

– Jag ska för resten börja springa själv.

– Har du talat med verksläkaren?

– Jag tänkte nöja mig med sträckan Waldemarsudde– Thielska galleriet med kaffe på bägge ställena.

– Det kallas målbestämd förflyttning.

– Vet du vad Gustaf Wallin beskyller mig för?

– Jag känner honom knappast.

– Han säger jag är ett omisstänksamt offer för övertygelsen

om att medelklassen bär upp ett kulturarv.

– Kulturen är medelålders kvinnor utan barn som jag, svarar Alice. Vi är med i stödföreningar och läser månadens bok, vi sitter i Nationalmuseums trappa och hör på musik tills vi ramlar ner i entrén, för vi har jobbat hela dagen.

Gudruns mor ringer och klagar över tidens seder och förebrår därmed sin dotter som om det skulle göra henne populärare i hans öron. Äktenskap är eviga, och bara Gud har att göra med vad som pågår inuti dem eller vid sidan om.

Johan Fredrik lyssnar tolerant men ändå irriterad. Hon lägger sig i saker men iakttar ibland en oförlåtlig distans: allting vid fel tillfällen. Hon vill undvika att bli engagerad och upphetsad; sådant skapar stress. Hon har lagt på en fernissa som håller känslorna i schack. Hon bor i Uppsala och spelar var fredagskväll bridge med en sedan trettio år pensionerad överbefälhavare.

Johan Fredrik besöker enligt rutinen modern vid Johannes kyrka och berättar hur han varit hos landshövdingen på middag. Det tycker hon om att höra. Men han skildrar inte hur han korsat Ladugårdsgärde den första maj då vänsterpartiet kommunisterna kom tågande i oordnade grupper. Han har glömt vad de demonstrerade emot – förutom arbetslöshet och annat självklart – men han hade sugits in bland de glada unga människorna, mest familjer med små barn ridande på axlarna; ballonger och clowner, lokala visor från Huddinge och Täby; alltihop så varmhjärtat och idylliskt och fjärran stormaktskonflikterna att han velat gråta.

Småningom samlar Johan Fredrik ihop några personer som oroas för hans ensamhet och bjuder dem till housewarming: en arbetslivsforskare, en professor i näringsfysiologi, en fotograf som tagit nakenbilder för veckopressen som ett led i sin frigörelseprocess på 60-talet men numera jobbar åt skaderoteln på ett försäkringsbolag.

De medför vinflaskor som flyttgröt utom professorn som överbringar en liter sjuttioprocentig tjänstesprit. Han föreslår

Johan Fredrik att förvandla den till olika sorters kryddat brännvin för att balansera oväntade sinneskast och hormonella störtskurar.

Utan saknad ser han dem gå. I trappan säger de att Johan Fredrik verkade ju pigg trots allt, och konstig fru som så där utan anledning... man vet inte vad man ska tro... aldrig får man veta hur det egentligen är...

Från fönstret iakttar han dem när de försvinner i majnatten, bort mot Karlavägens allé. Ett grått sken vilar över gatorna som om vintern dröjde kvar. På himlen över Gärdet har reguljärtrafiken upphört, men ett ensamt charterplan följer rutten söderifrån mot Arlanda.

Johan Fredrik vaknar med bultande hjärta och en rädsla som är svårförklarlig. Hur ska dagen sluta? Han ligger i nervös morgonfeber och undrar hur många steg det är till duschen; är det någon mening att gå upp?

På många år har han inte tänkt överdrivet mycket på sig själv. Han har varit lätt till sinnes och i all tysthet inbillat sig att livet stått på hans sida. Men nu tog det på sig mössan och smög sin väg, en krokig gubbe som avlägsnade sig med det glada och starka i honom. Kvar är en fossil som kapslas in av tiden.

Under moraliserande anrop leder han sig själv vid örat fram till frukost och tidning. Nu då världen mer än vanligt sladdar mot kaos och därför behöver hans hjälp som diplomat, hur mikroskopisk den än är, då rotar och bökar han i sin egen lera, fast han borde utrusta helt andra räddningsexpeditioner...

2

Det bästa under hans första tid på Tyskbagargatan är att Lena kommer dit för att bo in våningen åt honom. Hon medför vita gardiner från Parmmätargatan och sätter upp dem i sovrummet mot gården där hon tänker vara.

– Du tog med dig för lite, säger hon och packar upp en resväska.

Om Gudrun talar de mindre än väntat.

– Mamma är som vanligt, menar Lena som inte tar någons parti. Du vet hur duktig hon är. Man behöver inte ängslas för henne.

Han förvånas över hur mycket hon begriper. Mer än hälften av hennes klasskamrater har föräldrar som är skilda.

– Om mamma inte älskar dig, ska ni inte bo ihop, jag skulle aldrig göra det.

Han förstår att de inte är självklara för henne, de är människor som andra. Hon är kanske brådmogen för sina sexton år, hon har gått i skola några terminer i New York och Genève.

– Jag kunde inte behålla Gudrun, förklarar hàn.

Men han ångrar uttrycket. Det lät som om han haft ett barn i magen eller en motsträvig fisk i handen. Man har varann bara till låns, men han hade inte vetat när lånetiden gick ut. Det vet man ju sällan. Dumt nog.

– Hon ville ha sin frihet, säger Lena. Det sa hon till mig. Det var väl nåt hon kände.

Lena bakar bröd åt dem. Hon stänker degen med en sprayflaska, så att skorpan ska bli knaprig. Medan längden gräddas, står hon och hänger på honom, i stum och drömmande tillgivenhet.

Lenas liv är inte mitt, tänker han. Han kan följa henne ett par år till, sen ska hon gå sin egen väg utan att fråga, och de enda råd hon ska minnas är de som gavs i förbigående, förklädda till något annat.

När Gudrun väntade henne, hade han känt sig underligt splittrad i sin glädje. Hans samhällsplikt – som han då kallade den – stod i vägen, och med en del av sig själv hade han velat vara fri, dvs barnlös. Kanske var det en dold svartsjuka, kanske ville han själv bli lika omhuldad. Han visste att oidipuskomplexet var ett påhitt. Det är inte sönerna som avundas fäderna deras tillgång till modern, det är fäderna som undermedvetet missunnar sina barn att komma i första rummet.

När Lena föddes, hade han ängslats för hur världen skulle te sig för henne. Skulle hon överleva, skulle världen? Gudrun hade sagt: Det ska nog gå bra. Och det hade det väl gjort, ty nu, sexton år senare, fanns hon där och tillvaron utan henne vore omöjlig att tänka sig.

Han föreslog den gången att hennes andra namn skulle vara Amanda. Det lät för tokigt, invände Gudrun, hon skulle bli retad för det. Han fann sig i det, men han nämnde aldrig varför han tänkt på det. I efterhand kändes det som ett svek att han aldrig hade berättat om en annan Amanda som kanske inte heller varit glad för sitt namn.

Han minns Lena som grön mätarlarv i krypdräkt, han står stilla vid spjälsängen bara för att höra henne andas. Mängder av år inslagna i det där sovande paketet, hennes hjälplöshet stark som ek. När hon var vaken låg hon på rygg och viftade med händerna som om hon kastade ut ett nät i det hav varifrån hon anlänt och drog iland fynd som ingen fick se.

Men inget fick locka henne tillbaka till detta hav, han bevakade henne. Han kunde ta med henne i sängen likt en bok och ligga och titta på henne och hitta nya skiftningar som om han bläddrade framåt i henne. Varje känsla gav henne ett nytt ansikte, leda och vrede, list och ledsnad, hunger och nyfikenhet, mättnadens leende och glupskhetens.

Hennes ettårsskratt var så snabba och uppskattande att de knöt honom till henne i livslång förälskelse. Men hon skrattade av kärlek utan av renaste förnöjelse att vara till. Vad hon tyckte om honom, det kunde hon ännu inte säga. Kanske bekymrade hon sig för hans framtid. Hon hade sitt eget program från början, och inifrån sin egen verklighet tittade hon ut på hans beteenden.

Det kom en tid då hon frågade vad varje mygga hette och då hon skrev bokstäver på hans rygg som han skulle gissa. De låg i hennes säng, hon tryckte sig mot väggen för att ge honom plats så han skulle stanna kvar.

Vill du se när jag kissar? Vill du se när jag bäddar? Han hörde hennes rop på uppmärksamhet och kom springande och beundrade allt hon gjorde. Men när han visade sig i TV började hon gråta. Hon trodde han var instängd och ville släppa ut honom.

Den barndom han velat ge henne – en frihet från mardrömmar, från tankar på gaskamrar och oförklarlig ondska – var omöjlig i tortyrens tid. När hon var nio år ville hon ha dörren öppen från sitt rum till föräldrarnas. ÖDHN var hennes formel sen långt tillbaka: öppen dörr hela natten.

Och när de låg och viskade var hennes hörsel en gasells: Ni talar om mig, vad säger ni, vem hade det så svårt, varför har de flyttat ifrån varann? Förklaringarna kastades mellan sängarna, allt fick hon veta och höra. Ofta hade hon hemska drömsyner och kom rusande och trängde sig ner som ett svärd mellan Johan Fredrik och Gudrun. Och när föräldrarna kysste varann, sa hon: Jag vill också vara med.

En fredag efter skolan gör Lena och hennes far en utflykt med bilen. De picknickar i en backe med gullvivor och de första hundlokorna, en rödstjärt och en svartvit flugsnappare. Lena går balansgång på några stenar som är del av en fornborg. Sedan sjunker hon ner bland ormbunkarna.

– Det är så fint här. Man kan ligga och titta genom gräset och det är som en skog med stammar och grenar och blad.

Världen är mild och klar – inte en grumlig TV-ruta där man kan vrida fram en starkare färg över bilderna av de döda barnen i Libanon. Men på hemvägen är motorvägen spärrad av polis, en bil ligger upp och ned, en långtradare står på tvären över mittfältet. Följande dag läser de i tidningen om en kvinna, förmodligen ett självmord: hon valde att korsa körbanan och krossas mot lastbilen. Det var så det var. Omöjligt att hålla något på avstånd, omöjligt att försvinna i prästkrageängen. Ändå fanns den.

När Johan Fredrik ser Lenas ögon – granit i regn – bävar han. Var har hon kommit ifrån? Hur hade det varit att aldrig ha hört hennes ljusa röst, aldrig ha mött hennes underligt medfödda vänlighet? Hennes smala nacke får något att smälta i honom. Barn är underverk; mer var inte att säga och få brydde sig om att säga det.

Nu är hon sexton och han kan inte hjälpa henne så länge till, annat än indirekt, utan att hon märker det. Men åt honom har hon under sitt liv öppnat stängda rum, och han i sin tur har sökt lära henne att inte skylla sina besvikelser på andra.

Han minns att psykologen Jean Piaget har sagt: "Det är inte det att små barn inte kan tala; de prövar många språk tills de hittar ett som deras föräldrar kan förstå."

Och bakom Lenas ansikte ser han hennes tidigare ansikten, och han hör språket som formas efter föräldrarnas vårdade tal men snart får en undervegetation av uttryck som bara används då vuxna inte hör på. Han ser en karavan av Lenor, de passerar, stannar aldrig, bara han själv står färglös och platt, stel i knäna, krokig under sin vanmakt inför tidens flyktighet.

– Jag tycker inte om Emma längre, klagar Lena. Hon ska vara bäst i allt och ändå fuskar hon och man kan inte skvallra och jag får sämre betyg för att jag inte fuskar. Men förra året ville jag att Emma skulle sova över hos mig varenda lördag.

Han går på föräldramöte i hennes klassrum, modernt och ljust, med fantasifulla teckningar om hur man levde på bronsåldern. Inget som på hans tid. Fröken får veta att han och Gudrun har separerat, hon beklagar med måtta, ty det visar sig att hon själv gjort likadant.

– Många är så konstiga, säger Lena. De luras. De säger vad

som helst.

– Det är marigt, instämmer han med lätt skuldkänsla. Hur tycker du man ska vara då?

Hon tänker efter:

– Ärlig och vänlig, helst bådadera, men det är förstås jobbigt att kombinera.

– Det skadar inte att försöka, säger han trött.

– Jag har tänkt på en sak som är svår att veta, säger Lena. Mamma kanske älskar dig mer än du henne, annars skulle hon inte våga vara sån mot dig.

Hon talar som ur en djup personlig erfarenhet.

– Lena, svarar Johan Fredrik. Jag försöker att inte vara sentimental eller efterklok och att inte ångra mig. Det är jobbigt nog ändå. Jag vet inte om jag vill ha några förklaringar.

– Kom så går vi ut och tar en pizza, föreslår hon i lätt ton. Det där stället som har så bra chokladmousse, nere på Nybrogatan...

Men mest är de hemma. Hon går till Tyskbagargatan och läser läxor och väntar på honom. Hon är prydlig. Tandkräm och hårstrån i handfatet, dammtussar i hörnen, ett kvarglömt skivfodral på soffan attackerar hon. Snabbt målar hon köksskåp och fönsterbräder, sätter gräslök i en kruka och en knippa dill i vatten, placerar vita krokus i en skål med sandjord som inte ska vattnas. Hon gräddar tunna havrespån och böjer dem över dammsugarens metallstång.

Han häpnar över det ordnande och ordningsamma hos henne: idel manövrar för att låta skönhet och disciplin träda i kaos ställe.

När han tvättat håret kommer hon fram och snusar i det och berättar att hon hittat en telefonkatalog från året innan hon föddes. Där stod Johan Fredriks namn och adress och hon existerade inte, ägget fanns men inte spermien. Och det fanns inga sjusiffriga nummer i Stockholm då, och folk var uppradade efter titlar.

De spelar bluffstopp och kasino för gamla tiders skull, Händel

231

och Purcell, lite Jimi Hendrix, och hon lägger sig och lämnar en lapp som han hittar på kudden: Väck mig när du vaknar. Kramar.

Han ser henne sova med ena benet rakt och fotvalvet mot knät och fylls av en ömhet som livnärs av hennes andedräkt. Hon är fortfarande en nyskapelse i världen. Han förnimmer hur han har hållit i henne genom åren: enkla handgrepp som kan kännas gåtfullt genomträngande likt tanken på att människan är Guds lemmar.

Och han önskar hon finge leva så att ingen och inget tar tid ifrån henne. Jobbet, barnet, mannen, vad det nu kan bli – allt borde kunna ge tid tillbaka. Intervaller unnar han henne, längtan och väntan ibland, inget nonstop av nöjen, plikter, händelser. Timmar för att hinna se tillbaka och minnas det som var roligt och märkvärdigt, gröna dagar och överraskande upptäckter, men också sparkarna och nypen som inte går att undvika.

Måtte hon få ett sinne för handlingars och beteendens motsägelsefullhet utan att det gör henne splittrad! Måtte hon slippa det dåliga samvetet som tycks vara vår tids konfirmationsgåva: att inte arbeta nog, göra tillräckligt för familjen, inte älska nog och leka nog. Man står i en korseld mellan nödvändighet och möjlighet. Med fantasi och djärvhet kan man låta dem byta plats.

På det viset tänker Johan Fredrik Victorin på sin sovande dotter och hennes framtida kvinnoliv.

Det äter frukost: yoghurt med farinsocker i glasskålar, och Lena filosoferar:

– Ingen borde kräva att en soldat dör för hans skull. Om det finns något som är värt att dö för, ska jag vara redo att göra det själv, inte bara betala skatt till försvaret. När staten begär att man ska göra något, måste man fråga sig om man vill göra det i sitt privata liv och av egen vilja. Jag tycker staten liknar en maskin. Det talas om konsumenter, producenter, annonsörer, arbetslösa, väljare... De är statistiska grupper som staten använder sig av. Vänskap, medkänsla och kärlek hör till privatlivet. Men de borde ju styra hela samhället. Och ens samvete borde tala om för en vad man ska göra, inte något institut.

– Det är svårt att känna vänskap för så många, säger Johan Fredrik. Det är mängden som gynnar byråkratin. Då hamnar de mänskliga känslorna lätt i den lilla privata sfären. Och så får vi offentliga apparater, konstlade språk, anonym makt, opersonliga system, politiska slagord. Men det finns mycket som inte kan ordnas upp, mycket som ligger utanför vår kompetens. Det är det som byråkrater har svårast att fatta. Jag vet det för jag är själv en av dem.

– Jag tycker man känner inuti hur man bör göra, säger Lena. För det mesta i alla fall. Då vill man inte råka ut för att staten befaller en att göra motsatsen.

– Det händer inte i Sverige så ofta som i många andra länder.

När Lena springer sin väg för att hinna till T-banan, plockar han undan i köket. Kanske kommer han för sent till UD, men det bekymrar honom inte. Han tänker för övrigt gå hela vägen, inte alltför fort. Ett trots bänder i honom, han känner trycket mot fotsulorna när sängen i hans pojkrum på Riddargatan började bli för kort.

På den rödrutiga duken från Trolltyg ser han saltströaren av vitt porslin med sitt nästan omärkliga Intourist-emblem. Den får stå kvar bredvid skålen med grov svartpeppar och den torra strandmalörten han plockat i Skåne och som nu börjar likna en grå hårtova.

Saltkaret stoppade han i fickan en dag på Parmmätargatan utan att säga något till Gudrun. Han ville inte verka sentimental. Han gnider med tummen över guldbokstäverna. Den ryms nästan i hans slutna hand och det var så han hade förpassat den ut ur Astorias lunchmatsal den där morgonen för nitton år sen, då han besökte Leningrad som ledare för en svensk studentdelegation.

Några studentkårspampar, ett par flickor från slaviska institutionen, en konststuderande som specialiserat sig på ryska ikoner. Ett tiotal ungdomar i tjugo-tjugofemårsåldern. De sovjetiska tolkarna var söta och pigga och kom snart på kamratlig fot med sina kollegor från andra sidan Vänskapens Hav. De föreslog en danskrog efter baletten, en lokal som visade sig höra till kårhuset.

Johan Fredrik hade just fått reda på att han antagits till UD:s aspirantkurs till hösten och kände ett behov av att visa sig diplomatiskt försiktig. Med viss tvekan mottog han den krullhåriga Veras diskreta invit till foxtrot medan han kastade oroliga blickar på sin alltmer oregerliga och snart öppet berusade flock.

Någonstans hade Gudrun funnits hela tiden, men han hade inte lagt märke till henne förrän det var dags att bryta upp och återvända till hotellet. Det var då han kände sig borttappad, okunnig om riktningen genom staden, och ingen talade svenska, var fanns guiderna? Han såg att åtminstone en av svenskarna verkade nykter och ansvarsfull.

Och han skyndade mot hennes ögons stadiga fyrsken, han hade ett behov att hitta någon som talade samma språk och förstod att det inte var alldeles ofarligt. Han tänkte aldrig på att bjuda upp henne till en sista dans, bara på att de alla skulle komma helskinnade tillbaka och på att tolkarna inte borde få pumpa dem på vad det nu kunde vara de visste om Sverige som inte dessa klipska ungdomar sedan länge haft reda på.

Men alla var för glada och upprymda, några fortsatte hem till en poet som kanske var dissident, ingen visste så noga, och andra hade fått biljett till sista akten på Rosenkavaljeren. Gudrun Göransson ville hem. Hon hade karta och hittade. Han tog hennes arm i ett stadigt grepp, de gick med lika långa steg. Ett kallt vårregn blötte ner dem.

Det var den första i raden av långa stadsvandringar, i London, Bonn, Haag, New York... Men det visste de inte om. Han kände samhörighet och en oförklarlig glädje. Han var inte förälskad, lekte inte förförare, men han återfick en livlighet och en skrattlust som den rakryggade och lyssnande flickan vid hans sida kunde tolka som intresse.

Vid det långa frukostbordet dagen därpå räknade han dem.

Jo, de hade dykt upp alla. Somliga bleka och rödögda, men de ryska följeslagarna såg lika okuvligt utsövda och nymålade ut. Han tittade efter Gudrun och när hon kom reste han sig upp och sköt ut stolen på andra sidan, så att de hamnade mitt emot varandra och en smula avskilt från de övriga.

Han minns knappast vad de talade om. Det närliggande: gårdagens kalabalik, toaletten utan lock och duschen utan stril, uniformernas mångfald, de svensk-sovjetiska handelsförbindelserna, för hon gick redan då på Handelshögskolan.

Men något måste ha skett mellan dem, eller inuti honom, ty det fick honom att tillgripa Intourists egendom och behålla den som en pant.

3

Johan Fredrik går och letar efter tecken. Var började springorna, osäkerheten, frihetslängtan?

Vad hade Gudrun för sig som han inte visste om? Hur mycket hade han svikit henne utan att tillmäta det någon vikt? Det mesta låg gömt i en gråzon han inte förmådde genomskåda. Men plötsligt dras en ridå undan och han tycker sig se en flik sanning, en skymt av förklaring.

Det var i Haag, de åren då han var förste sekreterare vid ambassaden. Lena gick i engelska skolan, Gudrun hade tagit tjänstledigt på ett år. Det var alltid dessa tidsgränser: ett års tjänstledighet, tre år i New York, några månaders sommarlov. Men hade det inte bidragit till att hålla kärleken vid liv? Inga sövande långtidskontrakt. Ständiga uppbrott, till och från, och kärleken elastisk nog att leva på brev och telefonsamtal för att sen belönas med närvaro och sammanboende.

Var var han? I Haag. Han hade suttit i förhandlingar om knarktrafiken mellan Holland och Sverige och övriga nordiska länder. Gudrun hade inbjudits till ett seminarium om nya uppgifter för universiteten i Europa, ett typiskt Unesco-evenemang. Just den dagen hade han bett henne komma hem till lunch på ambassaden av någon anledning och svängde förbi med bilen för att hämta henne.

Han går genom de gråbleka korridorerna på universitetet och öppnar försiktigt dörren till ett sammanträdesrum, och han ser en flock diskuterande och gestikulerande personer. Gudrun har något skrattlystet, barnsligt över sig, hon är röd om kinderna och berättar något med ovanlig livlighet. Alla vänder sig mot dörren där han står och det far ett moln av besvikelse över Gudruns ansikte. Han har anlänt som den stumme budbäraren från en annan värld. Seså. Nu är det dags. Plikten kallar.

Han har inte glömt det. Bara stuvat undan det i skåpet för sådant han trodde sig ha gömt så noggrant som om det aldrig hade förevarit.

En morgon på Tyskbagargatan drömmer han om Gudruns bröst. De är avskilda från kroppen, men i drömmen är det inget ovanligt eller hemskt utan bara som det ska vara. Han har fått dem i gåva och tittar på dem och de ser tillbaka på honom med rosenfärgade ögon. Försiktigt kysser han dem. Då blundar de. Och han vaknar.

I den dagdröm som följer är han noga med att återge dem deras knottrighet och fuktighet, deras kyssvillighet och minierektion. Sömnens surrealism får vika för den vakna kroppens längtan. Gnider de sig mot nattlinne och överlakan just nu eller gnuggas de av grov frotté i badrummet? Han får lust att sträcka ut handen efter telefonen och säga: Gudrun, vad är det här för dumheter! Sätt dig i en taxi. Kom hit. Jag vill ligga med dig.

Men han gör det inte. I stället minns han Bloomingdales på Manhattan där Gudrun provar ett lager blusar. Han och Lena trampar runt utanför på en grön heltäckningsmatta och börjar bli varma och uttråkade. Lena är elva – det är ju inte länge sen, herregud vad har hänt sen dess? Hon tyckte Gudrun klädde sig "urlöjligt" eller "tantigt". Därför ville Gudrun ideligen ha smakråd av henne, men nu var Lena utled på alltsammans och sa: "Gå in du, pappa!" och knuffade in honom i den trånga provhytten.

Den där sitter väl bra, sa han och tog lätt över ljusgröna sidenaxlar med en liten glidande axelstyvnad som han fann märklig, men det var modernt. Sen fortsatte han att undersöka plaggets passform tills han blev stående bakom henne med händerna runt hennes bröst och deras ögon möttes i spegeln och hans lem stötte otåligt pannan mot allt tyg som hindrade den. "Vad har ni för er? Kommer ni inte snart?" ropade Lena och väckte dem ur spegeltrancen.

Det där var alldeles nyss, mumlar Johan Fredrik och tumlar

upp ur sängen och sätter på tevattnet. Jag måste hindra mig från att börja tala högt för mig själv, säger han högt för sig själv och hämtar tidningarna. Jag måste sluta att tycka synd om mig.

Lena går i slitna sandaler, hennes kjol är skrynklig av naturen och fransig i fållen.

– Vi åker ner till NK. Nu köper vi något åt dig, bestämmer Johan Fredrik.

Hon tvekar, hon är i en period då hon inget behöver, det nötta och blekta är en dygd.

– OK. Bryggargatan då.

Där är en affär i ett gammaldags kvarter, med begagnade kläder och kläder som är nya men urtvättade och slokhattar som också flickor bär. Hon får vad hon pekar på, det är inte mycket.

Han påminner henne om en sommar då hon blötte ner sina sandaler så ofta att de lossnade i fogarna. Han hittade en skoaffär i den lilla badorten, en expedit knäföll för henne och mätte hennes nakna fot och rörde vid hennes häl. Men hon ville inte ha de vita med en tunn rem över vristen, bara de ljusblå från Italien, och de fanns inte i hennes storlek. Tomhänta och, för hennes del, barfota gick de ut, hon bar sina gamla sandaler i handen och klistrade själv ihop dem, och till hösten växte hon ur dem. Det var egentligen ingenting alls som hände, men han minns det såsom man minns en doft, en smekning.

De står i tunnelbanevagnen och håller händerna kring samma stång. Hon har uppkavlade jeans och bruna stövlar med nervikta kanter. Byxorna ska vara femton centimeter smala, ärmarna ska rullas upp tre gånger. Hon ler, ett av sina många leenden. Det kommer för honom att varje steg han tar utan henne är ett slags svek, inte mot henne så mycket som mot honom själv.

För det mesta är hon öppen och kamratlig, talar om menssmärtor och underställer honom matteläxor hon inte kan klara. En skygghet är borta men också en dotterlighet. Han lagar middag åt henne, köper purjolök och färsk brysselkål i saluhallen, torkade aprikoser och fuktiga australiska russin. Han själv tar en besk därtill – även den av vegetariskt ursprung finner han sig föranlåten att betona.

När han sätter den frusna äppelkakan på högsta ugnsvärme, svartnar den ovanpå och förblir isig inuti. Han skalar bort ett lager äpple och prövar på nytt. Han är för otålig.

Han minns hur han i Jardin des Plantes, ett gammaldags zoo där man kunde komma djuren nära, letade efter hårstrån från apor, ozelotkatter och zebror för att av dessa göra en akvarellpensel åt henne.

Lena i sin tur påminner om en gång då hon var tolv år och Gudrun var på resa mellan akademiegendomarna. Han väntades hem klockan sex och hon hade lagat fin middag och tänt många ljus och så kom han klockan åtta och hon hade spelat skitgubbe med sig själv och ändå hållit sig glad och han hade sagt att sånt tålamod var sällsynt numera, han förtjänade det inte men han skulle aldrig glömma det, och så hade de ätit bredvid varann i stället för mittemot bara för att få sitta väldigt tätt.

– Vet du vad de sa i klassen? ropar Lena. Att Ville är min pojkvän. Jag har ingen, jag vill inte ha någon.

Hon skrattar, problemet är inget problem. Märklig människa, tänker han. Hemma i världen. Var har hon det ifrån? Hon berättar hur hon låg på använda lakan hemma hos Gudruns föräldrar i Uppsala, det kändes otäckt, och om hur hon sprutat vispgrädde på semlor åtta timmar om dagen under sin arbetslivsorientering på ett stort bageri. Hon spelar en gammal Elvisskiva, skriver av ett recept och studerar sitt horoskop:

– Jag är en oxe som borde gifta sig med en jungfru.

De pratar om äktenskapsannonserna: hur de åtrådda egenskaperna växlar med åren. Naturälskande, promenerande, reslysten, meditativ, musikalisk, sinnlig, romantisk. Törnar av livet men ändå försiktig framtidstro. Motsägelser gör idealet trovärdigare. Bilder av hur människor ville vara eller rentav trodde sig vara?

– Pappa, har inte du någon älskarinna?
– Du är underbart taktlös som vanligt.
– Så förtjust du låter!

Han lindar armarna kring hennes smala kropp och säger:

– Jag älskar dig Lena, kom ihåg det.

Han vill ha sagt det innan någon annan säger det med andra tonfall och avsikter. Hon kysser honom på hakan, lätt och snabbt.

Sen är det han som frågar om hon har legat med någon pojke.

– Nej, så kär har jag inte varit. Och det är inte inne just nu. Förstaringarna har nästan slutat med det. Men man kan ha en kompis och sova hela natten tillsammans.

– Utan att något händer?

– Så klart. Det är det du aldrig kan fatta för att du är så dum.

Ja, han var dum och hade heller aldrig inbillat sig annat än att Lena visste allt, sedan urminnes tid, om pessarer, vaginalskum, sädesdödande cremer, kondomer och om de piller med dagar och veckor utanpå asken som både han och Gudrun har varnat för.

– Varför är det jämt så mycket bråk om kärlek? utbrister hon. Folk blir sjuka av kärlek. Vansinniga för livet. Det är hemskt. Det kan inte vara värt det.

– Det enda viktiga är att den finns. Den kan vara förtätad som när ett sken passerar genom ett brännglas eller den kan spridas över många som när solen faller in genom ett stort fönster och ljusa strimmor glider ut som trasmattor över golvet. Bara den finns. . .

Men han är osäker på om Lena lyssnar på hans utgjutelser. Hon ser på honom, prövande men tillitsfullt. Hon har alltid kunnat välja bland meddelanden och signaler, hon tar vad hon behöver, inget onödigt kommer henne vid. Hon blir aldrig en foglig vaxdocka i någons hand.

En sak hon ivrigt undervisar honom om är slöjorna och molnen som svävar mellan stjärnorna. De är inte bara is utan korn av kol och organiska molekyler av stärkelse och cellulosa, kanske bakterier och kemiska rester efter mikroorganismer. Vatten och organiska ämnen kan cirkulera i miljoner år och byggas upp till mikroorganismer som i sin tur framställer biokemiska substanser. Chansen att livsfunktionen ska ha uppkommit genom slumpmässiga kombinationer på jorden är oändligt liten. I stället kan livet ha anlänt som mikroorganismer, landat med kometsplitter som passerat rymdlaboratorierna.

Lena har läst artiklar av Fred Hoyle och Francis Crick. En olöst gåta är varför alla organismer på jorden använder samma genetiska kod. Intelligenta varelser på en annan planet i ett solsystem mycket äldre än vårt – bara i vintergatan finns någon miljon stjärnor med lämpliga planeter – kan ha sänt i väg laddningar med mikroorganismer i rymdfarkoster hellre än att själva dra ut på ljusårslånga färder. De visste vilka nytillkomna planeter som kunde ge livet en chans. När mikroorganismerna damp ner i urhavet, började livet på jorden.

Lena berättar, det för henne långt bort från Kungsholmen och Tyskbagargatan, från Gudrun och Johan Fredrik. Hennes bröst är så små att de knappt lyfter skjortblusen. Triangeln mellan hennes nyckelben är sandig av fräknar.

Kärleken är en askes, tänker Johan Fredrik. Den utesluter mycket annat. Lena är en partikel av ljus i hans hjärta och en dansande molekyl i kunskapens interstellära rymd.

4

En sen eftermiddag på sitt stora ämbetsrum, då bara telexpersonal, jourhavande och vakten dröjer kvar i huset, får Johan Fredrik Victorin ett infall som säkert har att göra med den ensamhet han känner av och till under denna period i sitt liv. Han är inte utom sig, men han tycker att han lever utanför sig själv.

På direkttelefonen slår han sitt födelsenummer, sex siffror. Efter några signaler svarar en kvinnoröst.

– Hallå, det är Kerstin.

– Vilken Kerstin? är allt han säger.

– Kerstin på Ingemarsgatan. Jag hade just kopplat ifrån min telefonsvarare.

Han tänker att så kunde man kalla en katt hos Pelle Svanslös, men inte en människa, om hon inte är en damfrisering, en modesalong eller boutique. Och var ligger Ingemarsgatan?

– Hallå, är du kvar? Vet du inte vem du ringer till?

– Nej.

– Har du inte fått mitt nummer i tidningen?

– Nej.

– Jag står inte i katalogen. Hur gjorde du?

– Jag slog mitt födelsenummer.

Nu hör han att hon gapskrattar.

– Som att ringa till sig själv! säger hon. Fast du slipper ju upptagettonen.

– Förlåt mig!

– Du är nog inte riktigt klok.

Vid sitt förnäma skrivbord från Gustaf III:s tid noterar Johan Fredrik uttalandet med tillfredsställelse.

– Man vet väl inte hur man är, svarar han undfallande.

– Till mig kommer folk som i hög grad vet hur det är. Sen är de rädda, förbannade, ensamma till på köpet.

– Hur menar du?

– Ja, några är väl inte kloka. Som du.

– Tack. Det var en slump att jag slog det här numret. En slump lika stor som min födelsedag. Det var därför jag sa förlåt.

– Det behöver du inte säga. Jag är van vid det mesta.

– Och vad är det egentligen du gör?

– Har jag inte sagt det? Kom hit får du se.

– Vart?

– Ingemarsgatan 8.

– När då?

– När du vill.

Han förstår inget men ger sig genast iväg, med födelsenumret som riktningsvisare. I det privata behöver orationella beslut inte få så svåra verkningar som i politiken.

Han ställer bilen vid Vanadislunden. Under träden promenerar ett par gamla damer med sina hundar. Halv sex klämtar det från Stefanskyrkans låga torn. Den otillgängliga vattenreservoaren på sitt berg liknar ett fängelse i mörkt tegel; någon har föreslagit att den ska byggas om till moské.

Ingemarsgatan slutar i en brant av grå havsklippor upp mot vattenborgen och dess signalmaster. Det är en del av staden han sällan besöker. Övre Roslagsgatan är en vändplats för bussar och livsöden.

Ett strängt tegelhus, mitt emot nr 8 och intill trappan upp mot Vanadislunden, bär namnet Planeringshemmet Vilan med ordet Salve målat mellan slingor som liknar hebreiska. Porten är låst, gardiner täcker fönstren.

Så går han in i nummer 8. På dörrarna sitter visitkort och pappersremsor med svag bläckskrift som visar att omsättningen är stor bland hyresgästerna. "Kerstin Olsson – Sensorisk terapi. 3 tr." står det i trappuppgången.

Där är hon: ljusbruna ögon, fräknar vid näsroten, kraftiga armar, kortare än han själv. Hon granskar honom snabbt men omsorgsfullt.

– Galningen med födelsenumret! Jag blev faktiskt nyfiken. Kom in, du ser inte så farlig ut.

Hon frågar inte vad han heter; han nämner det inte. Hennes inställning till yrket är saklig:

– Det finns terapeuter, familjerådgivare, psykiater, sjukgymnaster. En massa människor som är till för att pigga upp. Jag tar i folk, det brukar räcka. Men ingen tar i mig om jag inte vill det. Jag har en taxa. Jag måste försörja mig. Och direkta sexuella tjänster gör jag inte. För det mesta. Ifall du undrar.

Han undrar. Hon tillfogar:

– Jag vet inte hur det är med dig. Till mig kommer mest folk som har det jävligt. Tråkigt nog.

– Jag kan kanske inte påstå att jag har det jävligt, svarar han. Men något fel är det.

– Kunde tänka mig det.

Hon tittar på honom noga – som en doktor. Sen öppnar hon ett fönster och rensar ogräs ur sin krasselåda som i rostiga krampor hänger nedanför plåten.

– I vanliga fall har jag bråttom. Men jag fick lust att se vad du var för en. Efter en sån där telefonpåringning börjar man undra.

Hon följer hans blick mot någonting som hänger på väggen.

– Sex sammansydda rävskinn. Det var en som betalade med dem. Jag borde sälja dem. Vill du ha kaffe?

Han går efter henne ut i köket där det kokar i en kastrull. "Kasten bort allt Edert bekymmer på Herren" står det broderat i rött på en bonad intill skafferiet.

– Den hade jag med mig hemifrån.

– Från Norrland? gissar han.

– Västergötland, säger hon kort.

De sitter tigande vid köksbordet. Tvärs över gården ser han en kvinna vid ett fönster. Kerstin vet att det är en pensionerad sufflös, hon förfärdigar tomtar och dockor till församlingsbasaren i Johannes.

– Jag tror inte hon ser oss. Hon tittar på något annat.

– Behandla mig med din sensoriska terapi!

– OK. Duscha och klä av dig och lägg dig på britsen där inne.

Det är ett rum så brunmurrigt att han anar en hyrestant i andra änden av våningen, en lukt av ärtsoppa och vidbränd välling, förbjudet med karlar på rummet. Glasskivan på nattduksbordet är spräckt, men korkmattan är nyfernissad, de höga värmeelementen nymålade. Gardinerna är beige med rutmönster: han minns en laxativchoklad från barndomen.

Först ligger han på magen, sedan på ryggen. Fingertopparnas beröring under en timme till ett pris motsvarande en flaska verkligt god Bordeaux. Och varför inte: yttre som inre smekning.

– Slappna av och bre ut dig som om du ville soltorka. Somna om du vill. Kom om du vill. Jag hjälper dig inte med det, det är en princip.

– Du gör det inte lätt för mig.

– Massage kan vara skönt ändå.

Hon håller ett ögonblick hans ansikte mellan sina händer men inte för att kyssa det, inte av ömhet, utan för att mjuka upp hans kindmuskler och käkdelar. Hennes fingrar är förfarna och får hans kropp att känna sig än sinnrikt sammanfogad än som om varje lem och del vore ett område för sig.

Han tycker att hans kropp är en kvarleva eller ett lån från någon annan som hon behandlar med sval aktning och enligt givna föreskrifter. Hon lyfter lätt på hans armar och ben, hon handskas med honom som då man vädrar och brer ut ett bolstervar i förmiddagssolen.

Där ligger han, en klumpig mänsklig form, och inuti i honom tickar och göms sådant som hör ihop med hans tjänande liv: uppdrag, befallningar, lydnad, skrifter att ta del av. Men av hans ansvar och värdighet återstår i denna stund ett bylte av hud, sladdrigt och fragilt.

Han sträcks ut som på en balsamerares bord. Han hör Kerstins dämpade andetag medan han blundar. Vätskorna förflyttas i hans kropp som när man sakta lutar på ett kärl. Saliven stiger i munhålan och han måste ideligen svälja. Kring knäskålarna fladdrar elektriska fjärilar och svaga voltslag sprider sig uppför insidan av låren. Hans lem rör sig fram och åter som om den drömde något oroande.

Ljuden som når honom är kanske ekon av andra ljud: barnröster utifrån parken, en fönsterhakes gnissel, steg i trappan; och samtidigt existerar dessa företeelser på miltals avstånd. Signaler och strålar strömmar in i honom. Hon skriver på hans mage snabba tecken, japanska eller egyptiska.

– Nej, nu måste vi se på klockan, avbryter hon hans tidlöshet. Tycker du det är lika avkopplande som squash?

Han tittar med möda upp, skymtar på väggen diplomet från Axelssons institut och ett foto av Kerstin, från något årtionde tillbaka, i angorajumper och kjol. Köpta i en småstads Grand Bazar? Han gissar att hon nu är trettio eller lite mer.

Han är naken, hon är klädd. Men känner man inte varandra är nakenheten bara en anonym dräkt. Och åtrår man varann på djupet, blottar man något mer än sin kropp när man första gången klär av sig för varandra.

Så föredrar han att tänka då han reser sig från britsen. Han är ett objekt, han utsätter sig för passiv njutning. Så bör det nog inte vara. Men efter alla samtal med Gudrun är detta vederkvickelse och vila, i ett främmande rum, med en kvinna som verkar på en gång obekant och välvillig, oengagerad och lojal.

Har han en fri vilja? undrar han när han kommer ut i duggregnet. Han ser Roslagsgatan som genom ett gammaldags rinnande fiskaffärsfönster. Förverkligar han en pubertetsfantasi? Nåja, om så vore... Några ger sig hän åt det råa ruset, rasande bilkörning på landsvägarna, kedjerökning, tyngdlyftning tills hjärtat brister, struntprat, sällskapsdans, finlandsresor fram och åter...

Ursäkter finns, men behövs de? Han är en hygglig medborgare, har varken tjänstepistol eller tjänstebil, pissar inte i hisstrummor, ringer inte upp fiender, rapar och lägger på luren. Han stjäl inte kollegernas ytterrockar i korridoren för att sedan pantsätta dem.

Ett par dagar senare besöker han Kerstin på nytt, och sedan återkommer han regelbundet under några veckor. På köksbordet är ofta en tidning uppslagen: sidan med reseannonser, återstående biljetter för halva priset till Las Palmas, Rhodos och Agadir. Och längre bort: Barbados, Sri Lanka...

Hennes besparingar går till resor. Hon har annars inga stora behov. Hon har varit expedit och arbetat som biträde på ett sjukhus, innan hon tog en kurs i massage. I övrigt litar hon på sin intuition. Så mycket får han fram, men hon är inte särskilt talför.

– Jag kunde starta ett solarium. Men det gör alla. Eller gå tillbaka till sjukhuset. Men jag gillar att bestämma över min tid. Få sova på morgonen tills jag vaknar av mig själv.

Han tittar på henne: någon förnedrad träl är hon inte. Hon har färg på kinderna, och sina starka händer hanterar hon som en pianist när de spelar på hans rygg. Hennes yttre verkar skonat. Vilken inre åverkan kan ha drabbat henne? Vilka avtryck har andra människor lämnat på henne?

Han undrar om hon lever i en förödelse och förnekar den hon kunde ha varit och fortfarande kan bli. Men han vill inte fråga, ty han uppskattar den anonymitet som sveper dem båda i en osynlighetskappa.

Ointegrerad i hennes tillvaro – det är det byråkratiska ordet för vad han är. Han låter Kerstin fogas till en gåtfull sfär i en rätt okänd del av Stockholm som han kan besöka utan att den finns med i vad han annars gör.

Och han intalar sig att hans skrupler är onödiga. Att knåda och smeka kroppar är knappast sedelärande eller intellektuellt givande utan snarare enformigt och torftigt. Ändå måste många finna sig i långt mer mekaniska rutiner. Miljoner dödar för sitt levebröd, medan hon väcker kroppar till liv, även om inte själen hinner med i uppståndelsen.

– Är du aldrig rädd? frågar han.

– Jag har lärt mig att läsa ansikten och lyssna på tonfall. De första sekunderna är ansträngande: då har jag ännu chansen att be dem gå, säga att jag är upptagen och har andra hos mig.

– Blir de aldrig våldsamma?

– Det har hänt ett par gånger bara. Här i nattdukslådan har jag en snabbverkande spruta som en väninna tagit med från sjukhuset. Men nakna människor slåss inte gärna. Ibland döljer de hur besvikna de blir. De väntar sig något de inte kan få. Några vill ha en sjuksköterska. Några vill nästa gång till en kvinna som är yngre och vackrare och som de får ligga med, det kan betyda mycket för självkänslan.

– Även om de måste betala för det?

– Det hör till. I deras ögon är det en del av hennes värde. De är vana att betala för varenda upplevelse.

De dricker kaffe i hennes kök, för hon väntar ingen; det är ett par lugna timmar mellan lunchrast och middagstid. I Vanadislunden blommar de röda hagtornsträden. Juni drar över Stockholms hustak, varm och klar, fuktar svarta takplåtar med dagg, blottar en nöthårsmatta kvarglömd på en piskställning mellan två skorstenar.

Johan Fredrik tänker på hus i Stockholm: Parmmätargatans sängkammare, Tyskbagargatans två rum mot gatan, detta stuccoprydda utrymme vid Ingemarsgatan, där någons trenchoat kunde ha hängt kvar på en krok sedan andra världskriget.

Solen har lyst in här för trettio år sen, ungefär då Kerstin föddes, därefter följde ett annat ljus allt eftersom träden växte på gården och rutorna blev dammiga och målarfärgsfläckade. Väggarna döljer och skyddar. Förrättningar pågår, om dagen, om natten. Oförnuft och hjärtats tumult. Blickar som skrämmer, ord som bönfaller...

Han tänker också på tillfällen då han med knepighet och list ordnat så att han kommit att sitta nära en kvinna som vållat honom sinnesrörelse eller obestämt eggat honom. Uppskakad och försiktig kretsar han kring henne, omärkligt utforskande för att ana sig till om hon bjuder lycka, hot eller besvikelse.

Och han minns den besatthet som grep honom inför flickan

249

på det gula pensionatet; han undrar var hon finns och hur mycket hennes ansikte har förändrats och om hon har blivit arkeolog som hon ville.

Hos Kerstin ges inget av denna sinnenas och känslornas kurragömmalek. Här klär han av sig och lägger sig till rätta, och hon träder i tjänst, oantastlig och oangriplig. Det är en okomplicerad relation, avskärmad och tillsluten med klisterremsor. Utan förpliktelser är den och därför tillfälligt befriande. Gudrun, Lena, Alice, också Mona Livijn hör till en annan värld av förväntningar och balanser, av trevande repliker och överväganden med långsiktiga följder.

I den ömhet och vällust som Kerstin portionerar ut finns inget löfte om fortsättning, framför allt ingen ömsesidighet: det hon ger honom tillåts han inte ge tillbaka, ens om han vill.

Han gillar att han inte behöver tycka om henne. Han betalar hellre. Från sin brits kan han se ut mot en himmel impregnerad med grått. Och långt borta, längre bort än kylskåpets trygga surrande, ett tunt ljud som om någon spelade på ett sågblad.

Hon står bakom hans huvud och drar hela hans kropp upp mot sig, i kraftiga svep som får honom att förnimma sammanhangen mellan sin skrangliga lekamens skilda delar. När han tittar upp en sekund, är hennes blick orörligt fästad vid hans panna.

Ibland är han nära sömn och håglöshet, men han vill inte att hennes fingertoppar ska söva, hellre att de far som en vådeld över hans ordnings yta och håller honom kvar i det sinnliga överflödet.

Kerstin snuddar aldrig vid hans kön, ljumskarna är yttersta gränsen; hennes gäcksamma beröring framkallar solljus i huden. Han vilar under det vita taket, utan oro, utan moral. Blodet vandrar i honom, men det urverk som hålls igång av tankar och känslor tycks ha stannat. När hans lem viftar ur sig några droppar, säger hon bara skämtsamt:

– Hoppsan! Lite gräddmjölk är bra för huden.

Han finner inget underligt i att hon bevittnar hans kropps

privata skälvningar, han är opersonligt närvarande, och hans köttsliga drömmar har tagit säte i någon som egentligen inte är han själv.

Han kysser hastigt hennes hand. Dess värme har överrumplat honom och fått honom att känna ett stegrat liv eller ökad ro – något som inte hör ihop med hans verkliga jag, det han är bekant med.

– Har du någon som du tycker om?

Det är en dag då Kerstin har mörka ringar under de ljusbruna ögonen. Hon är undvikande:

– Jag tycker om många. Det är roligt med folk. Också med en del av dem som kommer hit. Jag har lärt mig att inte vänta mig särskilt mycket.

– Du måste ha sett många olika människor.

– Ja. Men det är bara ibland jag får reda på något om dem. Jag har inte råd att lyssna på alla. Härom veckan var det en från Polen, en jude. Han var bonde. Så dum var jag att jag tänkte: omöjligt med en jude som är bonde. Ändå visste jag att Israel är fullt av jordbrukare. Jag tänker snart åka dit.

– Du har rest mer än jag.

– Har jag?

Ty han har inget sagt om sitt arbete. Det är inte av säkerhetsskäl han är förtegen utan han fruktar att hans kravlösa vällust ska påverkas av informationer om vem han anses vara. Och det som andra skulle se som en liderlig excess, ifall de blev underrättade om hans sejourer på Ingemarsgatan 8, är för honom en paus i tillvaron, nästan en frid.

Kanske eggar honom själva situationen med dess blandning av förbjudet och trivialt, själviskt och påvert. Inget möte med kabinettssekreteraren i USA:s eller Sovjets utrikesdepartement – i och för sig något högst eftertraktat – kan locka honom mer än en seans med Kerstin.

Är han då erotoman, en borgare på avvägar – eller en romantiker som då han skymtar hennes tättsittande, nästan cirkelrunda bröst under blusen drömmer om frukost på en veranda, med

251

rutig duk och varma bröd?

När han tar adjö av henne, inbillar han sig att de båda, alla olikheter till trots, hör till ett bekymrat njutningstörstande släkte, kortvarigt närvarande på en mörk jord.

I Vanadislunden står en svag regnbåge på kant mellan vattenborgens antenner och ett osynligt fäste högre upp på himlen. Trottoarerna är fläckiga av ljus. Han möter en punkare med håret styvt av frisyrgelé och lila band målade över panna och kinder; det är som en uppenbarelse från en stamfest i Kamerun.

Han får ett infall och köper ett par skor åt Kerstin, foträta, sådana som ska hålla i åratal. När han återvänder på avtalad tid – ty han vill ej stöta ihop med hennes övriga kunder – verkar hon glad över gesten, fast hon kanske hade velat ha ett par smalare.

– Va festligt att du kom dig för? Inte hade jag väntat mig det.

– Vad väntade du dig?

– Att du inte slåss och vill köra skottkärra med mig. Inget annat. Det fattar du väl?

Så har de kommit varandra lite närmare, med och mot sin vilja. Mellan dem finns inget halvdant och skevt, inga bedyranden, inga överbyggnader för att ge deras bekantskap en kontur eller en avsikt. Medan hennes varma lena fingrar uppmärksamt glider över hans kropp, är hon sannolikt långt borta i sina tankar.

Hon får hans hud att leva i sin egen vänliga upphetsning, utan själens medverkan. Det är som när han har suttit med någon och de sakta och försiktigt lekt med varandras fingrar, vandrat över handflator, ådror och knogar, om och om igen, i mörkret, tills ögonen vänjer sig vid ljuset och de börjar urskilja varann.

Han är inte säker på om han enbart vill vara blundande kropp eller om han vill få syn på henne. Till slut frågar hon själv oväntat:

– Sysslar du med något du verkligen vill göra?

– Varför undrar du?

– För att nästan alla jag träffar vill något annat. Särskilt de som har lyckats. Alla verkar missnöjda. Jaså, verkställande direktör, var det inte mer? Känns det inte starkare att bli världsberömd?

– Jag vet inte riktigt vad jag vill vara eller vem, svarar han. Jag tycker egentligen mest om onyttigheter. Som att titta på gamla kartor, spela boccia, odla luktärter, sitta på kafé. Jag vill inte tjäna pengar, jag vill ha pengar. Och till slut vill jag bli huvudperson i en film som görs efter min död om mitt trivsamma liv i en rastlös och orolig tid.

– Vad heter den filmen? frågar hon som om den redan gick på biograferna.

– Ymparens kontrakt.

– Varför det?

– Det talar jag inte om. Det får någon annan lista ut.

Hon tiger och finner sig i det. Hon ser på honom milt och sakligt. Kanske håller hon fast vid att han är galen fastän ofarlig.

På väggen i matvrån som går i ett med köket hänger fotografier – Neapel med sitt Etna, Skagen med sina fiskare högstövlade i dynerna, Egypten med sin vittrande sfinx. Allt påminner om Kerstins lust att vara någon annanstans än här.

Och han förstår det. Från fönstret ser han sophämtarna knyta ihop ett svart emballage med mjölkkartonger, godispapper, avlagda herrkläder, och han hör dem stöna och svära på turkiska.

– Det kom hit en man som var tankeläsare, säger hon. Vad tänkte jag på? På Medelhavet, sa han. Det var sant. På resan till Kreta. Jag blev rädd. Sluta och läs i mig utan ligg ner och blunda, sa jag.

Från Chez Albert, en delikatessbod i kvarteret intill, där det står säckar med ris och kaffebönor bakom disken, köper han en krabbburk, svarta övermogna oliver, färsk fänkål och mineralvatten. Kerstin blir överraskad.

– Varför gör du det här för mig? Och jag som ändå måste ta betalt. . .

– Jag tycker det är trevligt att passa upp dig, svarar han. Du är inte van vid det, det märks.

Hon har en stor kastrull och en panna, och kombinationen

fänkål och krabba har ingen av dem ätit förut. Och hon kysser honom för första gången, till tack, moderligt, med halvöppen mun, kanske med vaknande begär, han vet inte.

– Nej, säger hon, nej!

Som om det vore något oanständigt de är i färd med, något som ska föra dem bortom nakenhet och praktiska transaktioner mellan två nästan okända människor.

– Jag är inte så lätthunsad, säger hon som svar på en fråga han inte har ställt.

Hon ler med en sorts motvillig, tillbakahållen ömhet som gör Johan Fredrik nedstämd. Han vet att han har brutit mot en rad oskrivna stadgar.

– Jag försummar visst min praktik, mumlar hon. Men strunt i det!

– Är du mycket trött?

– Hit kommer folk som vill ha det skönt på stubben och sen är det över. De öppnar gylfen redan i farstun. Men jag säger ifrån. Ändå skulle jag tjäna tiodubbelt med toppmassage: minst tre kunder i timmen, trettio på en dag.

– Det skulle bli mer än den högsta generaldirektörslönen, räknar Johan Fredrik ut.

– Men det är jobbigare än du tror. Ibland känner jag mig så urgröpt på kvällen att jag sitter och suger på tårna för att bli avrundad och hel.

Till slut börjar hon berätta om sin bakgrund. Hennes farfar var postiljon eller lantbrevbärare mellan Vara och Grästorp och bodde i en stuga med torvtak; i torven växte styvmorsviol. Pappan hade snickerirörelse och drack. Han slog henne med vispen eller en träsked i huvudet och på stjärten. Utan fattbar orsak. Hon grubblade jämt på vad som skulle få honom att slå henne härnäst. Familjen hade ärvt ett piano, men när Kerstin spelade greps fadern av vrede och dängde hysteriskt på tangenterna och sen på hennes krökta rygg. Och så sålde de pianot. Hon gissade det var för att han höll på att gå omkull, och med honom hans firma.

– Farsan var jobbare. Han ville bli något mer men det gick inte. Han hade en mindervärdeskänsla som fick honom att skrika och slåss. Han kunde sitta på ett ölfik och dunka med näven i bordet och vråla något om skatterna. Solidaritet begrep han sig inte på. Det var bara att kämpa sig fram, ensam.

– Du är också ensam, säger Johan Fredrik.

– Ja. Jag har klarat mig utan välgörare. Jag vill inte ha någon.

Han ger henne få upplysningar tillbaka och hon ber inte om det. Hon frågar aldrig vem han är; diskretion hör till yrket. En gång säger hon med ett ordval som förvånar honom:

– Du är allt en överklassare du, fast du inte har vargpäls. Och jag är väl på väg upp i mellanskiktet.

Mycket hon berättar är fragment. Röra ner senap i bruna bönorna så de ska bli mustigare middagsmat. Få socker till gröten på söndan. Hälla upp surt bärvin ur damejeannen på kvällen. Cykla till dansbanan med trasigt lyse och skumgummikuddar i behån.

– Jämt var det tillsägelser. Knulla – det gjorde hundar och det var inte fint. Om en flicka fick smak på det kunde hon inte låta bli, det var som kedjerökning. Männen kunde förstås inte låta bli från början. Rika familjer var olyckliga, brukade morsan trösta. Men jag var olycklig ändå.

Hon hade velat bli teckningslärarinna, hon gillade att rita kläder och figurer, men hon fick aldrig gå på aftonskola, det var ingen som tyckte det var något riktigt jobb.

– Där satt vi med vår hemska mat, saltströmming, kallops, flugorna samlades kring resterna, mamma var så slarvig. Jag mådde ofta illa. Pappa åt sent på jobbet, han tyckte det var för dåligt hemma. Tjejerna jag kände ville gifta sig fortast möjligt och fylla hela Varaslätten med barn och göra matsäck åt sina killar, sticka jumprar, vänta på matbussen, tugga vitaminkapslar, läsa recept på mazarintårta och recept på hur man bantar genom att äta mer. Och när de tröttnade, tog de jobb på textilfabriken eller glassfabriken eller silon eller Domus.

När faderns firma gick i konkurs, lämnade han en lapp på

255

köksbänken att de kunde titta efter honom på vinden. Kerstin fann den, hon var sjutton år. Han ville straffa dem för att de bevittnat hans nederlag. Kerstins bror som var äldre tog sin fästmö och emigrerade till Australien. De klarade sig hyggligt och modern följde efter. Så var hon ensam kvar.

– Pappa hängde framför ett skåp som var fullt med muslort. Det kom ljus från en trasig takglugg. Jag kände mest igen honom på kläderna. Mamma hade suttit och stoppat hans strumpor kvällen innan, varenda en. Jag minns det bra också för att det var dan före mors dag.

– Jag drömde om farsan, fortsätter Kerstin. Jag dödade honom som en hämnd för att han hade dödat sig själv. Om du stannat kvar och ordnat ett jobb åt mig, hade jag kunnat hjälpa dig ut ur det här, säger jag till honom i drömmen. Men han brydde sig bara om sig själv. Mig slog han.

– Det var fegt.

– Det finns så få starka män. Lutar man sig mot någon faller man igenom.

Då frågar han henne på nytt om hon har någon att tycka om. Men hon skakar på huvudet med en grimas.

– Jag är rädd för att bli kär. När det hänt har det inte varit roligt. Det fanns en man, han uppvaktade mig våldsamt, jag gav efter, jag var smickrad. Och sen var det min tur att känna mig oönskad och fördömd. Jag väntade på att han skulle ringa. Gick jag på bio tänkte jag att telefonen ringde hemma och det var han och jag greps av panik. Jag vågade inte söka upp honom. Jag kunde inte sova och inte tänka på något annat, det var hemskt. Jag smög efter honom och tog fotografier av honom bakifrån för att ha något minne av honom. Men i affären sa de att filmen var för gammal för att framkallas.

Så ser hon på honom med en blick som han finner fruktansvärt öppen – som om hon djupt ångrar varje ord hon har sagt och ändå anar att de hör ihop någonstans långt borta, i en barndom som de har glömt och där förfäders, släkters och vänners liv blir en del av hans eget liv i både övre och nedre skiktet.

Hon sluter ögonen och säger åt honom att gå, snabbt; hon väntar någon, någon annan.

5

Plötslig junivärme. Flickor med tillfälligt sommarjobb går i baddräkt och vattnar Humlegårdens rabatter. Utanför en garnbod på Roslagsgatan har ägarinnan flyttat ut på trottoaren och en ung man sitter intill henne på de varma gatstenarna. Vid varje konditori står vita plaststolar i avgaserna; man leker Paris.

Självförakt kan dra igenom Johan Fredrik Victorin. Utnyttjar han Kerstin som en bekvämlighetsinrättning? Våldgästar han henne och drar in henne i ett experiment hon aldrig själv kan delta i? Hjälper hon honom att skjuta upp ett avgörande eller ett försök att fatta vad som har hänt honom?

Men när han ser staden så ny och dyrkansvärd i det underliga vita juniljuset som gör gatlyktorna överflödiga, önskar han sentimentalt att de bleve någorlunda lyckliga, var och en på sitt håll. Och om några år ska de kanske växla ett ögonkast i kön utanför en pressbyråkiosk. Hennes blick ska meddela att hon minns hur han såg ut naken och barnslig och trött och han kommer inte att bli generad utan glad för att någon vet.

Livet är oberäkneligt som man själv; kan man gå igenom det utan att tillfoga andra skador, så mycket bättre. Så fladdrar hans tankar, medan Kerstins förfarna händer flyger som en väverskas över hans kropp.

Han tittar upp i stuckaturen som berättar att här en gång har varit en småborgerlig våning med brysselmatta, kanske en palm och en sirad ekbuffé med en bordssurtut där de slipade karafferna för olja och vinäger klirrat vid husfaderns tunga steg. Men nu är denna lägenhet ett tillfälligt näste, ett vindskydd i skuggan under vattenborgen där man inte vill dröja länge – och så måste det också vara för Kerstin.

Han blundar under hennes lokala stimulering. Syner, påminnelser, oroliga fantasier fyller hans lätta dvala.

Hans far räcker fram den kolröksdoftande spindelskivlingen och förkunnar: Icke ätlig. Fastrarna kommer efter i tunga sidenkläder och luktar protestantisk söndag.

Det är dags för bröllopet i Vaksala, Gudruns raka nacke, gästerna på kyrktrappan som bin på ett fluster. Vigselintyget utfärdas av en bläckfisk i kvarteret Atlantis, den använder ett eget alfabet i sepia.

Sedan middag på ett stort hotell. I matsalen uppträder folkdansare med vattenblanka ansikten. Zodiakens bilder slingrar längs taklisten. Amoriner i gips omringar de stora lampornas fästen. I trädgården fyrverkeri; från flaggstångens kula lyfter fågel Fenix i grönt och rött.

Ett ilsnabbt minne av januaris tysta skridskois, han och en flicka, skuggor tunna som sekundvisare. Portgångens lampa surrar två minuter. Han hinner inte, han når henne aldrig. Doftlöst allt, sinnenas starr. Bytet har för länge sen förskansat sig.

Tiden flyter fram, likt Ob och Jenisej. Ett språk tickar, ingen fångar upp det. Hårt pressad blir i korsordet brikett, en för mycket bigami. Livrädda behöver ej betyda rädda för livet och likgiltighet ger ej lika giltighet.

Han vaknar och önskar att han från denna underjord kunde regissera sitt liv som då man för en magnet under bordduken och salt- och pepparkaren byter plats.

Han tänker: Allt finns. Drejskivans ljud kan framkallas på nytt, Carusos sång och Garbos skratt. Det som uppfinns är föreningar, nya kombinationer.

Köttet lossnar från antilopens skalle, det kan inte sättas dit igen och när rasen är utplånad reser den sig inte ur den jord som nu grönskar av dess ben och muskelsubstans. Det blir något annat, det återkommer inte. Vi blir aska och jord, vi blir lövträd och vasstrån och blandas till det murbruk som fäster stenarna samman i nya städer.

Men det vi har tagit isär kan vi inte åter foga ihop. Fragile! Ömtåligt! Hanteras varsamt!

Han ser upp, genomspolad och mild; han lever på hennes händers nåd. Måste upptäcka vad jag håller på med, tänker han.

Så säger han med klar och bestämd röst:

– Kerstin, ta av dig. Det får kosta vad det vill, du har ditt jobb att sköta. Men nu måste jag få se dig. Det är nödvändigt. Tänk på att ditt telefonnummer är mitt födelsenummer!

Till hans förvåning ser hon på honom hastigt frågande, i neutralt samförstånd. Så drar hon klänningen över huvudet med korta rörelser nära kroppen som vore hon van att klä av sig i trånga rum med lågt i tak.

– OK, viskar hon. Det är lika bra du får se mig som jag är. Du kan behöva det. Jag förstår det.

Hennes nakenhet är som en arbetsrock. Han vet inte vad som finns under den. Han älskar henne inte; därför kommer han aldrig att få veta. Hon har en svag rand efter trosorna och en blånad vid höften.

– Tvättmaskinen, förklarar hon när hon märker att han tittar.

Han stryker med handryggen över hennes lätt välvda, solariumbruna mage. Nedanför är ett skogsbryn, och han föreställer sig att det vaktar en liten cistern med rinnande vatten. Jag smeker mina föregångare, tänker han.

Men sen trycker hon handen mot hans bröstben som hade hans hjärta stannat och det gällde att få honom att andas. Men det känns inte som om hon vill stöta bort honom.

– Ja, så här ser jag ut, säger hon med en suck.

När han ber henne att sära på benen gör hon det. Han stryker upp hennes rufsiga mörka hår över venusberget, men hennes blygdläppar öppnar sig inte och han sprider dem försiktigt. Mellan dem syns en fuktighet som när man kliver på björnmossa och vatten pressas fram.

Då tar hon för första gången hans lem i handen och stryker den tills säden hamnar på hans mage och hennes fingrar.

– Var det bra? Var det vad du ville? frågar hon men inte så opersonligt käckt som vanligt.

Ibland gömmer sig själen längst in i kroppen. Så tittar den fram likt ugglan ur sitt hål i trädstammen för att se vad som försiggår på kroppsytan. Den iakttar en kropp som tveklös och obändig kastar sig ut i sinnesrus som själen aldrig skulle tillåta om den finge ingripa och inte bara titta på.

Johan Fredrik känner en belåten matthet i alla lemmar. Han är närvarande i njutningen, men befinner sig ändå på annan plats, icke anträffbar. Han småler mot Kerstin i ett slags vemod: Närmare kommer vi inte, varandras insidor når vi inte, därför är det meningslöst att ligga samman på allvar.

Men hennes likgiltighet för honom känns inte förödmjukande utan alldeles naturlig.

Han förblir stilla och förstår att det han vill är att se deras kroppar som snälla maskiner. Hennes klitoris och hans darrande penis, hennes bröst och hans lår finns där synliga utan att någon känsla förbinder dem.

Det som sker mellan dem är något som kan isoleras från allting annat och fungera utan minsta hjälp inifrån, åtminstone ett kort tag, och till och med vällusten kan vara helt maskinell. Det gör honom glad. Han ser på Kerstin med en välvilja som är utan skam.

Ty han tycker sig ha bevisat för sig själv något som han vet är barnsligt självklart: allt som förmår röra vid honom med hetta och allvar kommer från insidan. Och kroppen är mest en tallrik att servera det på.

Han hör Kerstin tvätta sig i badrummet. Han känner sig tacksam. Han hoppas hon ska begära flera hundra kronor för vad hon har gjort. Han kan inte hitta på något annat sätt att löna henne. Hon brukar föra sina räkenskaper i köket och har ett skåp med jalusidörrar där hon har ett kassaskrin.

Hon tillhör servicesektorn liksom han själv. Osäker på vad hon vill med sitt liv kommer hon att lämna Ingemarsgatan 8 och bli en helt annan Kerstin Olsson på ett hotell på Kreta.

Det är enda gången han ser Kerstin naken. Han ber henne aldrig om det mer.

6

En tid senare tar han som vanligt bussen från UD till Ingemarsgatan. Koltrasten har slutat sjunga i Vanadislunden. Fiskaffären har ställt ut en hink med dillkronor på trottoaren. En dagmåne står ovanför församlingshemmet vid Frejgatan.

Han dras till denna trakt dit lumpbodar och antikhandlare har flytt från det rivna Klara. Auktionsgods och sterbhus, källare och skidor, kopparkärl, redskap som verkar avsedda för inbrott. Förmodligen tjuvgömmor lika udda som föremålen: en byst av en idrottshjälte från Olympiska spelen 1912, ett timglas, ett rödmålat tunnband...

Vid Roslagsgatan får han syn på en skylt i samklang med tiden: Skomakeri Snabbnycklar Kemtvätt. Ett par ungdomar klarar av alltsammans i en liten lokal som en gång varit vedkällare.

Medan han nalkas tänker han på Kerstin med tillgivenhet. Hon är hans roliga halvtimma. Men verklig kärlek är tidsödande. Den kräver arbete, känsla, drömmar och samtal för att inte svalna till vad som anses vara det lyckliga äktenskapets samstämdhet: två kugghjul som snurrar ljudlöst mot varandra.

Under Kerstins skolade händer undrar Johan Fredrik Victorin om inte kärleken, snarare än diplomatin, är hans egentliga uppdrag i världen: spänning och avspänning i annan fördelning. Han intalar sig detta utan högmod, tvärtom med en butter resignation inför smärtan och lyckan: det pågår, börjar om, det dröjer kvar som minne och dröm.

De sitter i Kerstins matvrå mot gården. Hon häller upp hett kaffe ur en kastrull. Han har försäkrat henne att hennes pratsamhet, hennes återblick på sitt liv, anspråkslös som den var, hos honom är i gott förvar.

Hon har nickat med rynkad panna, som bad hon honom att tolerera en oväntad svaghet. Och med en axelryckning verkar hon påminna honom om att hon ändå bara har låtit honom se utanverk.

De tittar ut mot den höga brandmuren. Rappningen lossnar som hudflagor, därunder skymtar tegel. Av regn och kyla har ett mönster bildats likt kilskrift, det är vackert fast det kanske uttrycker något vulgärt och obscent för den invigde.

Längre bort, över ett gårdshus, syns taket på Johannes folkskola och nedersta delen av den dystra vattenborgen. Det är underligt att tänka sig att om den sprang läck skulle en flodvåg skölja ner utefter Vanadislundens nordbranter och dåna mot den gråkorniga fasaden till Ingemarsgatan 8.

Kerstin sätter på radion. Efter en notis om ett brittiskt flottbesök meddelar Stockholmsnytt att Wilhelm Knutson, kallad Afrika-Knutson, har avlidit i en ålder av nära 98 år.

Johan Fredrik rycker till och för fingret mot läpparna. Han var glömd av de flesta, säger hallåkvinnan, men hade för några år sen förekommit i ett underhållningsprogram i radio.

Så spelar man upp ett avsnitt:

"Jag kartlade Memeflodens lopp och Kamerunbergets nordsida där Manns källa ligger på omkring 7500 fot över havet... Jag upptäckte Dübenfallen som fick namn efter min vän Gustaf von Düben... Mina samlingar spreds till svenska museer, mina egendomar i Kamerun konfiskerades av tyska staten, sedan av engelska kronan... Jag fick vasatrissan, det var väl enda erkänslan, men gud vet när jag ska bära den, jag är ju aldrig med på några tillställningar..."

En klar gammelmansstämma. Johan Fredrik känner igen den. Han minns våningen vid Norrtullsgatan, bara något tiotal kvarter från Kerstin och Ingemarsgatan, där han sitter. Hans morfars bror, men han har inte sett honom sedan han var tolv år. Det är ofattbart när de ändå långa tider har bott i samma stad. Men Johan Fredriks föräldrar låtsades som om den ovanlige släktingen inte existerade. Utom under ett par dagar då de for till

264

Malmö.

Ett ögonblick förnimmer han lukten från radion han gömde sig bakom när han lyssnade till svårbegripliga uppläsningar och samtal, han minns splittret av is på trottoaren utanför bryggeriet och farbror Wilhelms berättelser vid frukosten.

Han fylls av en obestämd önskan att mycket fortfarande ska vara gåtfullt och ouppklarat och ändå möjligt att formulera såsom Wilhelm Knutson gjorde i sina anföranden för Naturvetenskapliga Sällskapet.

– Var det nån du kände? säger Kerstin.

– En släkting till mig, Wilhelm Knutson. Jag har inte tänkt på honom på länge. Jag borde ha gjort det. Jag har liksom gömt undan honom i en byrålåda – ungefär som man sparar något viktigt till senare då man fått undan småjobb och skitsaker.

– Och så hann du inte.

– Jag hatar tiden, utbrister han. Det är kanske därför jag gillar att vara här. Utanför min vanliga tid.

– Men inte utanför min, säger Kerstin. Vill du ha mera kaffe? Hon i radion sa att han kom från Sjöryd nära Vänersborg.

– Ja?

– Min farfar var ju lantbrevbärare i närheten. Och hans far som jag aldrig har träffat var missionär i Afrika. Han hade ett ställe som hette Kongo. Jag minns det för det var ett underligt namn. Och det låg nära Sjöryd, tror jag.

– Du har nog rätt, säger Johan Fredrik. Det var honom Wilhelm talade om. Han berättade om människor som hade lockat honom till Afrika. Underligt sammanträffande.

– Inte värre än födelsenumret.

Han tänker på att han aldrig har sagt henne vad han heter.

– Jag ville hellre bli ingenting än hårfrisörska i Vara och gifta mig med grannpojken som körde pensionärsbuss till Mårbacka och drog västgötahistorier i högtalaren.

Hon sitter och syr i en knapp i sin regnkappa, medan de talar. Han blir förvånad över denna husliga scen, fast han har varit med om den förut.

– Din släkting gav sig av han också, säger hon. Och jag kom till slut med möda iväg.

Din pappa slog dig, tänker han. Men du är inte ursinnigt bitter, du har inte drabbats av självförnekelse, du håller ihop. Och nu gurglar du dig med Vademecum för att inte bli förkyld när du ska fara till Kreta.

– En sak vill jag inte tänka på, säger Kerstin, det är hur någonting kunde ha blivit. Då skulle jag må verkligen illa.

– Jag måste ta reda på när begravningen är, säger Johan Fredrik. Dit ska jag åtminstone inte komma för sent.

Han kysser henne på munnen då han går. Det är andra gången han gör det och sista gången han ser henne.

IV

Testamentet

1

Under dödsannonsen står: Hillevi Jonsson Vännerna. Johan Fredrik och hans mor, de enda släktingarna, har inte kontaktats. Han har aldrig haft någon del i Wilhelm Knutsons liv. Som barn hade han velat men samtidigt fruktat att dras in i en krets som föräldrarna betraktade som förbjuden och skrämmande. Och för att slippa känna sig kluven har han försökt glömma den gamle.

Dagen före begravningen besöker Johan Fredrik Hillevi. För första gången sedan han var tolv år stiger han in i våningen vid Norrtullsgatan. Han känner genast igen trotjänarinnan, fast hon är tunnare och böjdare. Hon visar besökaren in i ett förflutet som han minns men sällan tänker på: natten då Naturvetenskapliga Sällskapet hade sammankomst och hans egna föräldrar dansade på Kramer i Malmö.

Dekoren finns kvar, lagrad i tiden. Han ser solen speglas i bokskåpets glasfönster innan ett moln skymmer och får titlarna att träda fram. En jordglob står ovanpå; oceanerna har blekts i ljuset över bryggerikvarteren och blivit vitstrimmiga som fiskbukar.

Inga pallar längre framför fåtöljerna, inga gångmattor löper över trådslitna afghanmattor från dörr till dörr. Men han märker åter svikten i golven som vilar på dålig trossbotten: filodendron darrar då man passerar och det skramlar från lådan i skänken där Hillevi har silverbesticken inlåsta.

– Grosshandlarn talade ibland om herr Victorin...
– Säg Johan Fredrik, för all del!
– Tack. Han tyckte nog det var synd ni inte fick träffas.
– Det hade varit så lätt.
– Men han var väl tveksam. Han höll sig till sina gamla

vänner.

– Jag trodde inte mina ögon när jag såg dödsannonsen. 98 år! Och pigg, säger Hillevi?

Jo, hans död var lätt. Han hade varit inne på sjukhus men fått komma hem igen.

– 'Släck ljuset efter sig!' sa han till mig sista kvällen. Ett par timmar senare hörde jag honom flåsa. Jag gick in utan att knacka, men då sov han lugnt.

Men senare på natten verkade han glömma att andas. Det var som om döden gav honom en sista hjälp mun mot mun och hans anda blåste ut i rummet och hans ande ut ur tiden.

Hillevi berättar med trofast religiösa vändningar och fortsätter:

– Igår var det min födelsedag, 85 år kan Johan Fredrik tänka. Vi firade den alltid med att grosshandlarn bjöd mig på frukost och då brukade han säga: 'Hillevi trodde förstås inte att jag kunde laga i ordning något. Men jag skötte mitt eget hushåll i unga år.' Nu är det slut. Jag har levt tio år över medellivslängden. Det påminde mig klockarn i Gustaf Vasa om.

– Så Hillevi rullar lotter åt församlingen än?

– Ja, det har liksom blivit min syssla. Klockarn var här och hälsade på. Grosshandlarn gick aldrig i kyrkan, inte fru Knutson heller. Men jag gör det.

– Det är ju nära och bra, säger Johan Fredrik.

– Det är det andra också. Att en söker och söker även om en inget hittar.

Så sitter hon där, försjunken i sig själv, och Johan Fredrik känner sig förlägen. Det är onaturligt att han bara besökte Wilhelm Knutson en gång. Vad hade han för undermedveten spärr?

– Kom aldrig Wilhelm på idén att kontakta mig?

– Nej, han väntade väl snarare på att...

Hon nickar mot porträttet på pianot. I hörnet intill står ett brädspel med tärningar och bägare. Hon följer Johan Fredriks blick.

– Föredrag, sexa, ett parti bräde, det var ordningen när Naturvetenskapliga Sällskapet möttes. Alltid detsamma.

Med ens urskiljer han att hon gråter, ljudlöst, som om tanken på detta fastställda mönster blir för mycket. Johan Fredrik minns att hon var den första vuxna människa han sett gråta: det var när hon önskade Wilhelm all den framgång han aldrig fick.

– Och papegojan, det var väl länge sen...?

– Den levde tio år efter Johan Fredriks besök.

Han härmar den: Kommeru Kammeru... Hillevi småler. Hennes ögon är vänligt grå, åldrat vattniga. Men papegojans ögon var små stingande kommatecken, där den spejade mot säkerhetskedjan i hallen.

– Och den vulkaniska stenen, finns den kvar? Den med inkapslad hetluft?

Hillevi tar fram den. Men den har krympt. Och den är inte varmare än mycket annat.

Johan Fredrik känner sig underlig till mods. Han är både en kabinettssekreterare som kommit långt ifrån och en tolvårs pojke som jämt varit här. Han tycker sig skymta något förebrående i den gamla hushållerskans blick, han har svikit och glömt, hon har haft bekymmer för hans skull. Hon sätter fram de tunna kaffekopparna från Sjöryd, en hemgift i en tidigare generation. De sitter på stolar som har de vita sommaröverdragen på.

– Det lönar sig inte att gråta. Man har inget för det, säger Hillevi.

När Johan Fredrik frågar, berättar hon att hon kommer från en by utanför Bollnäs, hon har syskonbarn i bygden. Hos Knutsons fick hon arbete då hon var tjugo. Hon stannade och kom att hjälpa till med lite av varje. Det var ofta ont om pengar. Kolonialvarulagret som han på senare decennier hade ihop med vännen och importören Nordberg lönade sig sällan.

– Vi levde på havregrynsgröt, fiskbullar, blodpudding. Grosshandlarn tänkte inte mycket på det.

Hillevi själv är mager; hon vistas nära sina ben, hon har så litet att förlora.

– Han hade en vana. Efter middag skulle inte kaffet komma på en gång utan först en liten besk. Något som rensade, sa han. Sen kaffet, långsamt...

Hon ser vädjande på Johan Fredrik: han måste fortsätta något hos Wilhelm Knutson, inte allt, men någonstans måste han haka på, hon anger inte var.

Hon säger ingenting utom med sin blick.

– Han skulle ha varit ute i ett par år, grosshandlarn. Han ville bort från Sjöryd och Vänersborg. Men han kom inte hem på många de år. Han skrev mycket om den tiden då inte fru Knutson var med. Men han hade svårt att minnas allt.

– Eller berätta allt?

– Ja, han klagade över det. Han höll ju föredrag i NS. Men han sa att orden liksom inte ville fastna på papperet.

– Och varför for Amanda aldrig efter honom? De kände ju varann, de var förlovade.

– Febrarna, svarar Hillevi. Olika slags febrar. Det fanns ingen bot.

– Eller tyckte hon att hennes man behövde vara ensam om Kamerunberget? Eller var det han som ville det?

På sådana förmodanden kan Hillevi inte svara. Han tittar över kaffekoppen på ett 1700-talstryck från en tysk landsortsstad, med en stillhet så stor att skuggorna har stannat kvar på trottoaren sedan två människor passerat varandra. Så slår bordsstudsaren från Wilson & Son i Southampton, och han får syn på en oljemålning.

– Vad föreställer den där tavlan?

– Det är visst ett motiv från Karlsudd ute vid Vaxholm.

– Någon anknytning till familjen?

– Det tror jag inte. Kanske något med Amanda... Nej, det känner jag inte till.

Hillevi ser tveksam ut, söker i hans ansikte, som om det vore han som borde svara.

– Han hade inte många vänner?

– Det var Sällskapet. Ibland, efter fru Knutsons död, besökte han en väninna som var konstnär. Hon hade en ateljé i Klara, hon är också död.

Johan Fredrik Victorin tänker:

Mellan gipsbladen kring taklampans fäste rör sig osynliga moln av dammpartiklar. Upplösning pågår, en förskingring av verklighet. Utanför, på den rymliga kvartersgården, står ett par almar som växt upp under det halvsekel Knutsons bott här: mellan dem är en piskställning. Deras gröna kronor når upp i jämnhöjd med våningen.

Och ovanför dem öppnar sig rymden mot en ljusare gård. Där vandrar Knutson nu, med en karta av Per Dusén, där allting äntligen stämmer på millimetern. Så vill han tro att det är.

– Så här sa grosshandlarn till mig: 'Du är en obildad människa, Hillevi, och jag är en själsvåldig, men vi har alltid förstått varann.' Han kände nog att han skulle gå bort, för han sa till mig: 'Håll reda på sig nu. Ingen har någonsin klagat på dig. Du har varit en i vår familj. Kom ihåg det!'

Hon visar dödsrunor över Afrika-Knutson. De nämner kortfattat koloniseringen av berget och hans samlingar i svenska museer. Men där finns inga personliga ord av någon som känt honom. Återigen grips Johan Fredrik av oro och dåligt samvete. Glömsk och tanklös har han hållit sig undan i alla dessa år. Inte minsta trofasthet har han visat utan följt sin familj i spåren: avstånd och tystnad.

Och detta utan ond avsikt, i en oklar föreställning om att besöket hos Wilhelm och Amanda var en enstaka händelse som inte skulle komma att upprepas. Han har betraktat dem som enstöringar i sin krets. Det föresvävade honom inte att Wilhelm av ren släktkänsla kunde ha velat söka hans sällskap.

– Finns det mycket papper kvar efter Wilhelm?

Hillevi ler oförstående:

– Papper? Det finns för mycket, om jag så får säga. Vad ska vi göra av alltihop?

– En del kunde jag ju titta på.

– Det är visst meningen det enligt vad grosshandlarn själv sa.

273

– Så han tänkte ändå på mig?

– Ja.

Och utan ceremoni, till Johan Fredriks häpnad, lämnar Hillevi Jonsson över ett kuvert, på vilket står: "Att öppnas av min anförvant Johan Fredrik Victorin."

Det är ett slags testamente. Grannen en trappa ner har bevittnat underskriften. En passus gäller Hillevi:

"Våningen skall disponeras av Hillevi Jonsson så länge hon lever. Jag har avsatt medel därtill; vår familjeadvokat är införstådd med detta. Vid hennes död får du som närmaste släkting på min sida överta bostadsrätten och förfara med den efter gottfinnande."

Johan Fredrik låter blicken fara över våningen sedan han läst dessa rader högt. Hillevi vet om dem och tillfogar nästan ursäktande:

– Jag har varit sjuk. Jag är riktigt förvånad att jag lever.

Ett avsnitt i testamentet förordnar att Wilhelms aska efter kremering ska spridas i naturen – "såvitt inte mina kvarlevor kan jordas vid kanten av Manns källa". Men hur många vet var Manns källa ligger, påpekar Hillevi, eller om den ens har samma namn idag. Egendomligt – tänker Johan Fredrik – att Wilhelm, efter en livstid i samma säng som Amanda, inte såsom stoft vill utvälja henne framför annan jordisk materia.

Slutligen läser han tyst för sig själv medan Hillevi dukar ut och trafikbruset tränger in från Norrtullsgatan, ett annorlunda ljud dessa år då bilar saktar ner inför asfaltsvalkarna i körbanan och tar sats igen:

"Långt bortifrån når min röst fram till dig, jag är van vid det. Din unge barnlöse anförvant och namne för hundra år sedan har jag ofta tänkt på. Jag har levt fyra gånger längre men har inte fullbordat mycket mer. Kanske kan du i hans namn likväl som i mitt föra till slut något som jag har inlett men inte förmått avrunda.

Du får ärva mina papper, de som finns tillgängliga och de som jag har lagt och förlagt jag vet inte längre var. Jag skulle önska att

274

du gjorde en ansträngning att få mina memoarer utgivna, jag har inte lyckats själv, ty de experter som läst dem har inte funnit dem nog intressanta.

Förvisso är de fragmentariska. Mycket återstår som inte är nedtecknat eller endast finns i form av brev och notiser på skilda ställen. Jag hade gärna velat hitta någon som bättre kunde formulera mina minnen åt mig. Jag har haft tillräckligt besvär med att leva dem.

Som tjänsteman i UD kommer du också att finna intressant att dessa papper speglar ett avsnitt, visserligen obetydligt, i våra utrikes relationer.

Pengar får du inga, ty det jag har skall räcka till att låta Hillevi bo här den tid hon har kvar, och med detta är hon införstådd.

Av mina vänner är de allra flesta gamla eller döda, någon nära släkt äger jag inte, och Amanda och andra som jag har älskat har gått mig i förväg.

Om dig vet jag bara att du har vistats utomlands en del, du har varit på rörlig fot. Åtminstone däri liknar du mig och det får vara nog.''

– Det finns mer papper, påminner Hillevi. Jag ska samla ihop dem till mottagningen efter begravningen.

Johan Fredrik nickar. Han förstår hur hon underordnar sig våningen. Hon är kvar som den ende ombord, hon följer fastlagd kurs, dammar försiktigt ormhalsfågeln på matsalsskänken, kliver sedan upp på en stege och ställer ett par toddykannor med tennlock i de höga serveringsrumsskåpen.

Och han gissar att hos Wilhelm Knutson finns någonting som är lika strapatsrikt att nå som festporslinet från Rosenthal där uppe på de översta hyllorna.

Johan Fredrik försöker skärpa blicken för att inte skåda in i idel blindfönster. För honom är hela våningen ett nyckelhål mot ett Afrika som inte längre finns. Han ser guvernören von Puttkamer luta sig över kartor på krigsministeriet i Berlin, han hör internationella hotelser utslungas mot denne enskilde svensk som heter Wilhelm Knutson från handelsbolaget Knutson &

Waldau och som ideligen blir föremål för ödets skickelser och slag.

Och han minns sina föräldrars underliga bitterhet. Modern: "Egentligen kan man inte ha med dem att göra." Fadern: "En vacker dag får du veta mera. Vi trodde ju inte han skulle göra så här".

Fortfarande anar han inte vad det var. Penninglån, processer... Den barnlöses arv som försnillades i Afrika... Han förmår inte fråga Hillevi. I stället undrar han:

– Kommer Hillevi att få det långsamt nu?

– Jag kan tänka mig att ta en inackordering. Men våningen är inte byggd så. Inget rum ligger ostört, alla hänger ihop. Jag har min folkpension och en liten livränta från herrskapet. Så det får bli som det är. Jag vill inte ändra på något. De finns kvar här inne.

Han ser henne bland de slipade karafferna i rött och grönt, 78-varvsskivorna, jultidningarna med sina konstplanscher som sparats från 30- och 40-talen. För henne finns inga andra än dessa två, Wilhelm och Amanda, grosshandlarns.

– Hur var han klädd på senare tid? frågar Johan Fredrik.

Om våren bar han en tunn grå överrock med breda slag, om vintern päls med persiankrage. Han hade galoscher eller kraftiga kängor, i vanliga skor gick han bara ut om sommaren. Han tog dagliga promenader, han hade ju alltid vandrat.

Han som sett vulkanens mörka öga på ekvatorn sökte sig till den dystra vattenborgen på Vanadislundens krön. Han slog sig ner på en bänk vid några hagtornsträd, sällan syntes någon människa så högt över staden. Han hade Roslagstulls epidemisjukhus på berget mitt emot; där vårdades offer för de tropiska sjukdomar han var förtrogen med.

Vem minns honom nu, Afrika-Knutson?

För kvinnan som sopade trottoaren utanför fiskkällaren på Surbrunnsgatan var han grosshandlare Knutson. För skolpojkarna på väg till Norra Real var han en gubbe som man kunde kasta snöboll på från en port eller cykla så nära att han kände styr-

276

stången snudda och tog ett steg in mot husväggen. För den låghalte pensionär som hade tobaksaffär i kvarteret var han välbekant som gamle Knutson som köpte Hamiltons blandning. På banken vid Odenplan kände man hans namnteckning och krävde aldrig legitimation. En gång hade han – berättar Hillevi – gått in på ölkaféet Tranan och beställt en lager av en rund kvinna som sett välvilligt förvånad ut: en herre som måste ha varit på väg till Metropol nere i hörnet men av ren utmattning hämtat sig här en stund.

När Johan Fredrik kommer ut på Norrtullsgatan, tittar han upp på det gamla huset med dess obestämda puts: ockra, terrakotta, smutsorange. Det ser ut som om det vill säga något bakom sin munkavle av murbruk.

2

Några få människor i kapellet, prästens opersonliga stämma, den svarta hinken med mull. Kistan vit och smalare än britsen i en tredje klass sovvagn. Ingen står längst fram som närmast sörjande. De som sitter på de främre bänkarna nickar osäkert åt varann.

Johan Fredrik känner igen Kristian Lutander från Naturvetenskapliga Sällskapet, hans ögon blå som vore de infärgade och håret vattenkammat på gamla herrars vis. Han företräder Vännerna och stiger fram till katafalken:

– Universum började med att något enstaka föll sönder i mångfald. Förtätad tid läckte ut i rymden. Nu sipprar vår käre broder Wilhelm tillbaka. Åt oss överlåter han att bli hans eftervärld och bevara hans minne. Han berättade gärna om Manns källa, det friska vattnet vid trädgränsen på Kamerunberget, där han vistades i sin ungdom. Och om vulkankäglan med vit snö och svarta lavabranter: ljus och mörker... Afrikas oberäkneliga bultande hjärta...

Här kommer Lutander av sig, hans kinder blir röda som tegelstenar. Också Johan Fredrik känner sig underligt upphetsad. Knäna darrar, han nyper i halsskinnet över adamsäpplet som han gör då han är ängslig eller osäker. Så stämmer man upp psalmen, det är mest prästen som sjunger:

> En dag skall ock känslan och modet
> De domnade benen uppliva,
> Och värmen och spelande blodet
> De stannade pulsarna driva.

Johan Fredrik får tårar i ögonen, men sedan öppnar sig världen och han är sorglös och storsint. Han lutar sig lugnt tillbaka i bänken, UD utplånas som en suddig skrift, ingen handläggning verkar längre nödvändig. Det är som att kasta av sig en tunn vinterrock och vandra ut i ljumma vindar. Han tycker sig skyddad mot allt ont som kan inträffa.

Wilhelm har tagit farväl utan att ha fört sina processer till slut. Inne i Johan Fredrik börjar en ny process.

På natten har han drömt om Wilhelm, de var i biblioteket på Norrtullsgatan, och han kände mycket starkt att Wilhelm var något på spåren som undgått honom, Johan Fredrik. Men Wilhelm teg, och med en nästan omärklig rörelse steg han in i bokhyllan där den var som mest oordnad och böcker blandades med notblad bundna i gröna pappärmar. Röken från hans pipa strömmade efter honom som ett milt tidvatten. Men till detta rum mellan innervägg och yttervägg kunde Johan Fredrik inte följa honom. Han blev ensam kvar bland föremålen.

De borde ha blivit vänner. I stället hade han skapat ett tomrum kring sin morfars bror. Nu först skulle han hålla utkik efter honom. Hans andedräkt måste dröja mellan boksidorna, hans kvävemolekyler dansa än kring bröderna i NS.

För Johan Fredrik är Wilhelm en gåta. Att förundra sig över dess existens är kanske början till dess lösning. Nu förenas han med kretsloppet, och i samma ögonblick försvinner måhända på en annan planet i universum en kopia av honom, någon som också har upptäckt ett vattenfall i de tropiska bergen. Eller kanske finns det en värld där Wilhelm har återfått sina egendomar och vunnit sina processer.

Tvärs över gången sitter en kvinna, några år yngre än Johan Fredrik, och ser på honom stilla och ihärdigt. Han gissar att hon är dotter, eller rentav barnbarn, till någon i NS. Han vänder bort blicken, men när han åter tittar åt hennes håll, ser hon fortfarande på honom, och deras blickar vilar i varandra, allvarligt och länge.

Ingen av dem öppnar psalmboken medan sången pågår. Hennes ansikte är inte av det slag han vanligen fäster sig vid. Hennes blick är utan förbehåll och åstadkommer en darrning inom honom, av lust att få veta vem hon är och höra henne tala.

Han märker inte vad prästen säger. Han känner sig omsluten av sin nyfikenhet. Men varför bry sig om hennes närvaro? De är inte många i kapellet, och människor numera är lätta att fråga ut.

Hennes mun är stilla, till slut lyfter hon handen till hälften, bevekande eller för att avvärja ett hot. Något annat sker för att jag vill att det ska ske. Något annat sker bara av sig självt. Så sällan de sammanfaller! Knutson i sin smala kista utan återvändo. Han själv i sin bänk utan återvändo? Hennes blick, häpen, spörjande, tankfull, inte gäckande eller munter. Han vill blunda men kan inte.

Wilhelm, gamle grosshandlare, välgörare, upptäckare, hjälp mig! tänker han. Vem är hon? Vad som än händer kommer jag inte att glömma henne. Men detta är ett tillfälle jag inte vågar gripa. Hon är här med något jag inte vill ha, hon vill väcka en längtan efter det omöjliga, och det är jag inte färdig för.

Han yrar. Hon har ju inte sagt ett ord. Men deras ögon förblir låsta i varandra. Någon kastar bort nyckeln och de är kvar i varann som om det nu vore alltför beräknande att vända bort blicken.

Han får lust att säga henne något han aldrig har sagt till någon: Som om du vore min för länge sen förlorade syster... Han menar det i känslan, men det är något annat han vill ha fram som han bara vågar säga på detta sätt. Men också det är att gå alldeles för långt.

Nu sjunger man biskop Brasks psalm:
Såsom månens nya dagar
Tändes, växer, fyller sig,
Åter skiftesvis avtager
Och försvinner slutelig,
Alltså är ock all vår handel
En ostadig växelvandel...

Han har ett vagt minne av att ha mött henne förut. Han prövar miljöer, dofter inne i huvudet. På ett konstgalleri i Gamla Stan där hon gett honom sista katalogen: Ta den, jag behöver den inte. Men han är osäker. Han inbillar sig saker och han kan inte nå henne över mittgången, det virvlar en osynlig flod över golvstenarna mellan dem, det vore en överträdelse att korsa den.

Förfärad undran inför det mörka och ofrivilliga. En svekfull överrumpling. Föresatser, bortschasade som fåglar. Det är inte likt honom, vem tror hon att han är? Men enbart till henne kan han säga det.

Hennes blick lämnar honom bara korta stunder. Den har inget av lek och flirt, är varken blyg eller ironisk. De ser på varann som om de har fått syn på något mycket ovanligt. Fruktan och begär växer samtidigt.

Det är som om de stode på tå ytterst på en brygga. De dansar mot varann som frökapslar i sommarvinden, medan Wilhelm Knutson vilar under ringblommor och ljung.

3

Efter kremeringen är det mottagning på Norrtullsgatan. Där är fruktimportören Nordberg och Hillevis kusin, med tårfyllda ögon och undrande blick. Där är en äldre man som ser vilsen ut: han var Knutsons biträde i kolonialvarulagret som börjat med en tidig bananlast under kriget och som huserat i en källare vid Malmskillnadsgatan. Och där är grannen i huset som har bevittnat testamentet.

De skålar i madeira, Hillevi säger välkomna och Kristian Lutander tar upp tråden där han tappade den i kapellet:

— Berömmelsens börda behövde han aldrig bära. Han blev ingen ansedd naturforskare, grundade inget handelshus, blev inte ens som många nu för tiden ryktbar för ett otuktigt leverne. Jag kan gråta av vanmakt när jag tänker på hur Wilhelm, så vänlig och gästfri mot oss i Sällskapet, så full av beundransvärda kunskaper, aldrig blev erkänd efter förtjänst, aldrig uppskattad av de många. Hans ursprungliga gestalt, den vi tyckte oss skåda klar, kommer att döljas under lager av glömska. Jag har en gnagande misstanke att de oförrätter som drabbade honom i livet kommer att fortsätta efter döden. Men jag skulle vilja ålägga dig, Johan Fredrik Victorin, att föra fram hans avsikter och bedrifter i ljuset. Du kan motverka den känsla som griper mig: att Wilhelm oåterkalleligt är på väg bort också från de få som anade vem han var.

Wilhelm hittade en form för sin tillvaro, tänker Johan Fredrik. Kamerun, processen, NS, våningen... Han drog upp stränga gränser, ty utan hinder ingen lycka. Men hade han samtidigt, på gott och ont, utestängt de verkligt pådrivande krafterna — förälskelsen, den kommersiella lystnaden, den patriotiska storslagenheten som i Puttkamers fall förmäldes med egoism och rashögfärd? Hade han själv...?

Imperier måste starta någonstans. Men här upphör ett som aldrig blev av, här inne hos Uppfinningarnas Bok och Den döende Balder och fuktfläckade bruna kuvert som staplats på en hylla och dubbeldörrar som en gång har öppnat en springa på glänt mot en obegriplig sammankomst.

Kristian Lutander pekar på ett foto av Wilhelm Knutson:

– Där har vi vår hjälte. En man som sökte göra Sverige till den vänligaste av kolonialmakter. Ska vi vara glada för att han misslyckades trots allt?

Han får ett hostanfall som blåser bort dammet från några eterneller.

– Jag saknar vännen Forslund, fortsätter Lutander. Han talade aldrig om sig själv, klokt nog, man minns honom ändå: ateist, lärd, med gott omdöme...

Han betraktar Johan Fredrik muntert granskande som ville han säga: Berätta nu inget om dig själv! Jag vet det redan.

– Jag hade tillfälle att dricka kaffe med Wilhelm bara för tre veckor sen, fortsätter Lutander. Det är jag glad för nu. Men jag har svårt att tänka mig att han inte längre är bland oss.

Johan Fredrik har inte svårt för det, han stirrar ner i mattan och känner en sorg som han inte har väntat sig och en uppbrotts-längtan. Ut och iväg till en flod och ett berg innan det alldeles mörknar på jorden! Knutsons gener i honom tickar ett hemligt budskap som tidigare dämpats av fader Teodors försiktiga kalkyler.

Kristian Lutander är svartklädd och har en rak hållning. Det är den siste svensk jag kommer att se med löskrage, tänker Johan Fredrik.

– Kaffe och smörkringlor är inte bra för gamla herrars magar. Och det är sent på eftermiddagen. Kan inte Hillevi ta fram en sillbit och en sup? Annars vet jag var det står.

Så vänder han sig mot Johan Fredrik:

– Och kunde inte du med ditt inflytande göra något av de papper som Wilhelm har lämnat efter sig?

– Ja, svarar han, det är ju möjligt att en sån volym skulle väcka intresse hos en bredare publik än den trånga kretsen av afrikanister och diplomater.

Han står intill den repade snedklaffen med dess lätt svängda ben, oputsade mässingsbeslag och breda lådor: där förvaras dokumenten som Knutson tog fram vid Sällskapets sammankomster. Och ovanpå ligger sigill och en fin tumstock och en gradskiva av järn.

– Han trodde på under, Wilhelm, säger Lutander, ivrig att porträttera vännen för arvtagaren och enda släktingen. Han drevs av en oförklarlig instinkt att söka rättvisa för sin process, fast den vad jag kan förstå formellt hade avslutats. Puttkamers vålnad förföljde honom. Han levde alltid i Afrikas omedelbara grannskap också när han promenerade här i Vasastan. Han hade sin bataljon med vässade blyertspennor. Och visste du att Amanda skrev rent hans klagoskrifter, hon hade en fin piktur, men hon kunde också skriva på maskin. Hon var märkvärdigare än hon såg ut, det var nog mycket hon dolde. Vi i NS kom aldrig att riktigt lära känna henne, hon delade inte våra intressen.

Då kommer sydfruktsimportören Nordberg fram till dem. Han har mest suttit stilla i ett hörn, också han har blivit gammal och har svårt att gå.

– Amanda? Ja, de stod varandra mycket nära. Å andra sidan hade de i sin ungdom länge levt ifrån varann. Och till slut: vem lär man känna bäst, den man ser någon gång eller den man hållit ihop med länge? Frågar du mig, säger jag att somliga blir bara okändare med åren.

Därmed tömmer han glaset med sötvin och tar en kryddskorpa.

– Jag minns tårtorna från krigsåren, fortsätter han, vänd mot Hillevi. Vitlöddriga av allt kemiskt som ersatte grädden. En gång smugglade ni in smör och grädde från Sjöryd, vi hade fest i NS, duvbröst i smördeg, jag vet inte allt...

– Och jag minns en utflykt med NS sommaren 39, inflikar Lutander. Vi seglade till Vaxholm och frukosterade på hotellet,

285

strömming och brännvin. Så vände vi tillbaka mot Stockholm och ankrade vid Fjäderholmarna. Där låg värdshuset med sina upplysta glasverandor. Det blev kräftor och renat hela natten. Vi hissade segel till slut och passerade Blockhusudden i en knops gryningsvind, men vi tyckte däcket rörde sig i styv kultje. Hela nästa dag drack vi kärnmjölk mot kopparslagarna och när jag gick ut för att få en nypa frisk luft såg jag på löpsedlarna att Hitler tågat in i Polen och andra världskriget brutit ut. Värdshuset revs i en hast, militären mörklade holmarna, vi kom aldrig dit igen.

Lektor Kristian Lutander är lång men böjd, hans minnen börjar bli blankslitna, dagarna samlas på hög, medicinalväxterna från Gotland torkar. Han sitter hemma för det mesta, änkling, en hemsamarit kommer och städar. Men nu sätter han envishetens fot i dörren:

– På Danviken vill jag inte hamna. Jag lägger på säkerhetskedjan om de kommer för att hämta mig. Nej, hellre går jag ut på Sergels torg och blir ihjälslagen.

Och lagerbiträdet instämmer: också han låter sig hellre klubbas ner på öppen gata. Men Hillevis kusin som redan bor på ett hem för gamla på Söder tiger med sin åsikt.

Det ringer på dörren, Johan Fredrik hör Hillevi dra det tunga draperiet åt sidan, och så kommer hon in, kvinnan från kapellet. Nu ler hon igenkännande mot honom, men hälsar först på de äldre. Hon skulle hämta ett barn på vägen, därför är hon sen. Hon är klädd i mörkgrå vid kjol, vit blus, en ljusgrå väst: diskret medkänsla snarare än sorg. När han hör hennes namn blir han inte förvånad. Det är som om han har vetat det i förväg: Ellen Mörk.

– Känner vi varann? frågar han. Jag tyckte. . .
– Nej. Men jag vet vem du är.
– Vet du?
– Nåja, jag menar, vad du heter, vad du gör.
– Jag blev förvirrad. Jag tyckte jag kände igen dig. Eller någon annan i dig.

286

Hon har det ovanliga ansikte man kan fästa sig vid när något museum ställer ut fotografier av kvinnor från slutet av 1800-talet: korta, en aning glesa tänder, rakt mörkbrunt hår, så slät under ögonen som om hon aldrig gråtit eller ens kisat mot solen.

– Vi har mötts tidigare. Mycket hastigt.

– Jag minns det inte. Underligt.

– På en konferens – var annars? Jag satt nära dörren. Jag var tvungen att gå. Jag hade ett sjukt barn hemma.

– När?

– För fyra fem år sen. Det gällde Gustaf Adolfs torgs utseende inför den slutliga planeringen av nedre Klara. Jag var konsult åt stadsbyggnadskontoret då. Jag sysslade med att sätta färg på byggnader.

– Så det är ditt fel att UD är så ockrabrunt?

– Jag hade velat ha det lejongult. Det är min favoritfärg.

– Lejongult? Nu är bara en avlägsen likhet kvar. Det har blivit för mörkt och varmt.

En skugga faller in över filen av rum. Molnen skockar sig över Hamburgerbryggeriet, solen fördrivs från höjderna runt Brunnsviken. Blåsvarta bankar tornar upp sig, det mörknar under vita stucktak. Plötsligt ett oväntat sken över Norrtullsgatan: ett åskväder i sommarns slutskede får rutorna att skallra i Vasastan. En avskedssalut från Kamerunberget, menar Lutander. Kraftfullare än någon serafimerringning.

Så passerar åskan – likt vagnshjul över kullersten i en gammal film, där husraderna i själva verket drar förbi och vagnen står stilla.

Hillevi öppnar ett fönster, och luften är mild med ens, det finns en domning i den när vinden har mojnat. Koltrasten flyger upp från gården där den livnär sig av häggens blanksvarta bär.

Hon som heter Ellen Mörk byter ämne:

– Wilhelm Knutson måste ha skrivit till dig. Jag har sett en kopia. Om möjligheten att regeringen officiellt kunde stödja hans krav på att en del av Kamerunberget skulle tillhöra honom och helst Sverige.

Johan Fredrik dröjer med att svara:

– När du säger det... För femton år sen kanske. Jag fick ett brev. Jag var på väg utomlands. Jag skyllde ifrån mig, det var inte mitt bord. En omöjlig fråga. Jag sände det vidare till rättsavdelningen och glömde saken. Det är för att du påminner mig som jag minns det. Men hur visste du?

– Genom en väninna till Knutson, Olga Törner. Hon är också död.

– Vem var hon?

– Hon var konstnär. Hade ateljé i Klara.

– Hillevi nämnde henne. Jag har fått överta en del papper.

– Jag med.

– Från Wilhelm.

– Från Olga.

– Så märkvärdigt!

– Det kommer att bli svårt, säger hon och drar handen över pannan.

– Svårt?

– Du kunde kanske hjälpa mig... börjar hon.

– Med vad?

– Vi får tala om det en annan gång.

Det hakar han sig fast vid. Det finns en annan gång.

Åter ser hon på honom, oförställt, utan vare sig tvekan eller lust. De nästan omärkliga fräknarna ger hennes ansikte en barnslig stillhet.

Han tänker sammanbitet, med en sorgsen tyngd över hjärtat: Nu börjar det om igen. Men kanske inte; hoppas inte. Ett brott som snedläks? En bestående hälta? Svårt att bjuda motstånd, svårt att ge efter.

Nu minns Nordberg när Wilhelm berättade om den grå nunnefågeln som började dagen med ljuvaste sopransång men mot kvällen blev hes som en kaja, med ett enda skrik som varnade: Gå din väg! Gå din väg! Det kunde förebåda blixtar, jordskred, omvälvningar.

– Vem är Ellen Mörk? frågar Johan Fredrik och följer efter

Hillevi ut i serveringsgången.

– Jag tror hon var vän till Olga Törner som grosshandlarn brukade träffa. Jag känner henne inte. Det här är annars knappast någon plats att stifta nya bekantskaper på. Vi är gamla. Georg Waldau, kompanjonen, är död. Hans fru dog före honom, hon var spiritist. Barn hade de inte heller.

Han bläddrar i ett tyskt verk om Kamerun. Där är planscher med gula fåglar vilkas svarta stjärtfjädrar hänger ner i marginalen.

Svenskarne i Kamerun står det under ett foto: några män med mustasch, magra, långärmade skjortor, vita tyghjälmar. Deras byxor är skynkliga. De ser ut som om de har slitit hårt. Wilhelm Knutson är en av dem, det syns, fast inga namn är utsatta.

Johan Fredrik anar motsägelser och oklarheter i Wilhelms liv. De eggar hans känsla, vilseleder hans tankar. Processerna hörde han talas om redan då han var tolv år: advokater i tre länder, hundratusen och mer i kostnader. Ett par miljoner var Knutsons skadeståndskrav gentemot tyskarna. "Mig är världen skyldig en del."

– Han gav inte upp, säger Kristian Lutander som om han tänkt på samma sak. Ett domstolsutslag måste kunna omprövas. Det finns inget givet slut. Testamenten permuteras ofta, så varför inte utslag i en process?

Och Johan Fredrik erinrar sig hur föreståndaren för ett visst privat museum i Stockholm skulle vara både filosofie doktor, kvinna och leva i celibat. Nu hade testamentet ändrats så att bara två av villkoren behövde uppfyllas.

Men det var just det oförenliga som Knutson var ute efter: en medgörlig Puttkamer, ett King's Council som ställde sig på Sveriges sida och inte på Storbritanniens, en kautschuksort som kom upptäckaren till godo – sådant som på ytan verkade skäligt men i grunden var omöjligt.

Lutander förklarar lågt för Johan Fredrik:

– En del av hans aska ville han skulle sändas i ett kuvert till hövdingen i Mapanja för att strös över den mark han älskade,

289

bland människor han kände sig hemma hos. Men vi sa det är inte brukligt att skicka aska ens som rekommenderat brev, det skulle tas för ett mystiskt mineralprov eller narkotika. Och en afrikan förstår inte såna tilltag. Där jordar man den hädangångne på gårdsplan framför hyddan eller i skogsbrynet så att hans ande ska röra sig hemvant inom släkten och via barden, dansarna och trädens sus komma med ett eller annat råd. Jaha, då fick det bli här, bara ingen grav med smidesjärn och namn i faksimil och ingen tårpil som vred sina händer.

Johan Fredrik ser sig oroligt om efter Ellen Mörk. Då står hon i tamburen och tar adjö av Hillevi. Han vill ge henne något. Men det enda han hittar är en biljett från en offentlig våg som på baksidan har en sentens för att avleda den vägdes tankar på den dystra sifferangivelsen: "Ni är mångsidigt begåvad men har inte funnit någon utväg för era talanger."

Ellen ler hastigt och säger med en röst som han inte vet om den är varm eller neutral:

— Hej då! Jag hinner inte stanna längre.

Småningom kommer Hillevi in med sillassiett och höga klirrande snapsglas. Hon ser bedrövad ut. Ändå tror hon sig vila i sin Skapares hand.

Men Johan Fredrik som inte kan tänka sig en annan Gud än en förtörnad, eller en som är oskyldigt grym och döv för människohjärtats innersta önskan, han känner sig fylld av febril verksamhet, av något besinningslöst som han önskar avvärja och ändå bära med sig för evigt. Han skakar som en karaff med vatten i korridoren på ett snälltåg.

Är det för att han har haft döden för ögonen och psalmen i öronen — En dag skall ock känslan och modet de domnade benen... — som hans pulsar driver honom mot en ny början eller ett nytt avtag?

Hillevi bär ut glas och fat, och nu ser hon belåten ut: så här gick det till förr.

— Om det var ont om pengar, fick det aldrig märkas när NS möttes, viskar hon till Johan Fredrik.

– Och Ellen Mörk, säger han i förbigående, var kan hon bo?
– Inte vet jag.

Han inser att han inte vill förlora henne, hon får inte försvinna ut i mörkret; då blir hon en fix idé. Att möta henne på nytt vore bästa sättet att komma ifrån henne och bli fri. Han vill försåtligt närma sig henne med en lampa och lysa på henne så starkt och nära att allt hos henne skulle tyckas honom genomskådat, överblickat, förut upplevt, helt och hållet bekant.

Han vill intala sig att smärtan han erfar när hon går – som vore han redan övergiven och bedragen – är välkänd mark som han har trampat förr och att både förväntan och förväntans lön är något han är alltför förtrogen med.

Måste han låta sig svepas bort av en tung och häftig känsla och så med tiden tvingas medge att hon är honom främmande, att deras ord med ens kommer att klinga som fraser i sällskapslivet? Ta dig samman: hellre en nyttig sorg än en sprängande glädje, hellre avståndets klåda än de djupa sår som följer av beroende och svek. Tillskriv henne inte det du saknar eller, än värre, det du redan har inom dig. Annektera inte en koloni som redan har sin frihet.

Händerna blundar sig fram. Men han skakar på huvudet åt sig själv. En stilla brunblek dager i våningen. Den lilla gruppen av besökare är på en gång vilsen och hemmastadd. Lutander börjar tala om att beställa färdtjänst hem.

Johan Fredrik fantiserar om att rusta för en annan färd, med ränsel och kondenserad mjölk, med kartor och mätinstrument, om den så gick rakt åt skogen. Eller åt graven varifrån Wilhelm Knutson har gett honom ett slags uppdrag.

Ty han genomsyras av förtvivlan: pianot ger ingen ton, orden silar genom honom som i ett durkslag, Gudrun har lämnat honom, UD reser sig som en dyster skola han tvingas gå igenom för andra gången, som i drömmen. Och Ellen Mörk försvinner till en annan gång ingen vet när.

Någon köttslig åtrå bränner honom inte, fast han känner en fingrarnas och slemhinnornas förvarning. Det han vill ge henne

291

är sina minnen, sitt vetande, den kantiga sanning som har solkats av svek och lättja och försvunnit i tillvarons golvspringor.

Men kanske vet hon redan vad han vet och mycket mer än det.

Först av allt skulle han vilja gottgöra sin likgiltighet mot Wilhelm. Mer än någon annan handling han har begått eller avstått ifrån känns den som otrohet, och ingenting har han vunnit på det. Genom det okända arvet, genom papperen han har tilldelats, tycker han sig halvt godkänd av släktingen men ovärdig. Han räcker inte till, han sträcker ut sig åt flera håll, huden brister, sinnena svider tills de domnar.

Den höga gamla radion som Johan Fredrik gömde sig bakom står kvar i hörnet, fast Wilhelm skaffade sig en transistor. När han ser den, känner han också damastdukens styvhet och mangelvecken som äventyrar glasens balans, och han förnimmer i hela kroppen hur det var den gång han sändes hit på en förvaring som blev en upptäcktsfärd.

Ett ögonblick tycks honom världen mättad, fylld till randen med en oklarhet som han måste treva sig igenom i väntan på nya dagar, höstklara, lätta.

När han blir ensam i biblioteket, drar han ut lådorna i snedklaffen. I den första hittar han ett pass som har gått ut ett par decennier tidigare, försäkringsbrev, kontobesked från banken, räkningar från ett kolonialvarulager i Frihamnen: inköp av bananer femtio kg en gros, apelsiner, ananas från krigets lejdbåtstransporter.

I den andra lådan ligger en färjbiljett Trelleborg-Sassnitz, en ståltråd som kan ha hållit en champagnekork på plats, en gulnad frackfluga, en psalmbok med en pressad styvmorsviol som bokmärke, en maggördel till en cigarr med ett negeransikte.

Någon reda urskiljer han inte. Har Wilhelm med avsikt lämnat kuvert, ark, lösrivna sidor här och var för att Johan Fredrik ska hitta dem och tyda dem endast om han har tillräcklig vilja, lust och uthållighet?

Kanske såg Wilhelm ingen ordning i sitt liv, ingen kronologi,

292

utan lämnade åt Johan Fredrik att skönja ett mönster.

– Jag hörde att Kristian Lutander talade om tekistan. Finns den kvar?

Hillevi tar fram den. Den är i gulmålad plåt, med hörnbeslag i koppar, och har rymt tio kilo teblad. Johan Fredrik minns den.

– Där finns grosshandlarns handritade karta och Per Duséns karta. Den är Johan Fredriks, säger Hillevi, och han undrar varför hon inte har erbjudit honom den tidigare.

När han tycker att han dröjt länge nog bland papperen, tittar han efter Hillevi i köket. Där står brickor vid diskhon, och där är två träspadar med räfflade ytor, mörka av fett; med dem har hon rullat sina vackra smörkulor.

Så hittar han henne i hennes rum, hon sover i sin korgstol med rutig dyna. Hon är tunn, hennes ansikte trumpet och förstämt. Det är som om livets ljus fladdrade allt lägre i henne. Johan Fredrik står handfallen.

– Hillevi, jag måste gå nu.

Då rör hon sig, hennes blick är stel av obekantskap.

– Det är bara jag. Johan Fredrik.

Men han sänker rösten i mummel, ty han märker att hon känner igen honom. Dagen har varit mödosam, omställningen för stor. Nu är hon sig själv igen. Men i hennes utvakade ögon brinner sorgen, han gissar hon vill gå till Amanda och Wilhelm. Det är döden som griper henne om livet.

Han står stilla och ser väckarklockan på vaxduken. Ingen ber henne längre stiga upp till dagens sysslor, men hon kommer att låta den ringa ändå, för vad ska folk säga om hon ligger och drar sig mitt på förmiddan? Folk och folk... det är alltid så... och ändå har de ju levt så tillbakadraget att ingen haft någon insyn.

Han märker att hon har svårt att komma ur stolen. Tiden pressar hennes axlar, tynger henne som en värk. Hon är avlutat färglös, hennes kropp tuktad och beskuren.

– Kan jag hjälpa Hillevi med något?

– Å nej då, inte behövs det.

Tillsammans går de genom den trånga korridoren med sina

höga skåp.

Det var Gustaf Kolthoff, konservatorn, Biologiska museets grundare, som rådde Wilhelm Knutson att fara till Calabarkusten och Kamerun, säger Hillevi. Vem råder mig? undrar Johan Fredrik tyst.

En saknad efter Wilhelm väller upp i honom, det är för sent nu, hans minnen är få, han har ingen att fråga. Med en längtan som är alldeles vettlös vill han nå in i historiens hemliga gömställen, in till det söndriga och glänsande som var Wilhelm Knutsons exotiska liv.

Det är så mycket som har hänt, och det är som om Hillevi inte vill avslöja något i onödan för att inte tappa sin milda behärskning. Sorgdräkt har hon på. Gråtmild verkar hon inte vara, men en jämmer bryter fram, när de närmar sig avskedet i hallen:

– Jag tycker inte om att han gick och dog.

En gammal kvinnas hjälplösa beroende. Hon famlar över ansiktet som ville hon stryka bort omgivningen. Hennes ögon ett fladdrande ljus. Hennes händer darrar lätt som skrev hon med liten fågelstil sin namnteckning.

– Vet Johan Fredrik vad han sa en gång?

– Nej.

– 'Hillevi vet ju var hon har mig. Så var inte ängslig, jag ska alltid finnas.'

– Sa han så?

– Det är kanske inget att bry sig om. Men det är därför jag stannar i den stora våningen. De är kvar här, båda två.

4

Sju på morgonen och egendomligt kallt: första veckan i september, tät grönska men tunnare luft. Trafikbruset hörs från den breddade Nynäsvägen. Lastbilar och bussar vänder tillbaka från Gotland. Tunnelbanan tar människor in till kontoren i centrum. Mellan stenmuren och rälsen är ett ingenmansland, tjugo meter brett, med Grävbolagets röda arbetsvagn försiktigt dold.

De är i minneslunden med särskilt tillstånd från kyrkogårdsförvaltningen, Johan Fredrik, Hillevi, Kristian Lutander. En svartklädd vaktmästare bär en kanna med Knutsons aska. Han önskar dem god morgon och tillägger:

– Det är inte många som utnyttjar förmånen. Människor tycker inte om att försvinna så här.

Ur skorstenen på kullen intill stiger gul krematorierök, sveper förbi dem och bort över de nya industribyggnaderna längs T-banan. Johan Fredrik ser ut över området och dess höga tallstammar och växlande kupering.

Bakom honom, under stenar med fastställda mått, ligger knotor och höftben, bäckenskålar, käkar och bröstkorgar. De häver sig inte längre såsom jorden kunde göra på Kamerunberget, i vrede och längtan, i otålig förbidan på förändring och uppror. Kyrkogården är trygg mark, där bara i Allhelgonatid ljusen fladdrar likt uppsträckta händer som vädjar till de levande ur sin mörka natt.

Vaktmästaren lunkar runt och sprider vad man kan tro vara gurk- eller melonfrön. I gräset står ännu gulmåra och baldersbrå, klöver och femfingerört. Mannen vars namn de inte har uppfattat går mellan träden sakta som om han sådde. Själva håller de sig stilla, en iakttagande grupp.

De ser honom inne i den svenska skogen med fuktmörk tallbark, blåbärsris och lingon. Liljekonvaljens frukter lyser apelsin-röt giftiga, och dess blad är tunna som spindelnät. Knöliga kantareller gömmer sig intill stenar, fjällig taggsvamp och bleka vaxskivlingar faller sönder i mossan, och i tunna cirklar innanför varandra samlas några dropplika, grågenomskinliga svampar inte större än ekollonets hätta.

Morgonen hämtar andan. Ingen fågelsång. Bara en pärlemor-fjäril svävar förbi som en påminnelse om ett föredrag i Natur-vetenskapliga Sällskapet.

Tysta bevittnar de en ritual så vardaglig som trädgårdsskötsel. En köldrysning drar igenom Hillevi och fortplantar sig i hans hand som stöder lätt om hennes armbåge.

Snart ska de återvända i Johan Fredriks bil in till stan, han tänker sätta av Kristian Lutander vid dennes port och följa Hillevi upp till hennes tomma våning.

Sprida askan så här – tänker Johan Fredrik – är att förhindra färden till de dödas rike dit man bör anlända samlad, helst balsamerad, försedd med packning och proviant. Ju mer ut-spridd, desto mindre sannolikt att man uppfångas av Den andra världen.

Det som varit liv sjunker i myllan, medan dagen lyfter. Också Wilhelms grosshandlarmustascher är med i det som faller och virvlar och kommer till vila. Vad blir det av allting? Han vet inte besked. Ingen begär det av honom.

Denna ritual äger rum enligt testators önskan. Knutson ville blåsas bort med vinden och strös över marken för att hamna både här och där, inte längre sammanhållen till kropp och skelett. Ingenting skulle kunna fogas ihop på nytt, inget av det som var han skulle ges form och närvaro ens av en urnas hölje.

Varför? måste Johan Fredrik fråga sig. Ville han visa att det vore fåfängt att ligga med sin hustru under gräset, en eländig spegling av en jordisk vana, och detta särskilt som han visste att få, om ens någon, brydde sig om var han befann sig efter sin död – barnlös som han var.

Besvära er inte med att söka efter mig, tycks han ha velat säga.

Nu finns jag ingenstans, jag svarar inte på någon efterlysning. Farväl och ha det bra så länge ni hänger någorlunda ihop till kropp och själ.

Nu lägger sig stoftflagorna i gräset för att gödsla det under vintern. Något fastnar i daggen på grässtråna. Vaktmästaren från förvaltningen skakar eftertänksamt sin kanna som om han hade glömt något i den.

Det bränner i Johan Fredriks fingertoppar, han känner elektriska impulser kring knäskålarna. Att se askan spridas ger honom en försmak av hans eget sönderfall. Han står i tur, inte än men snart. Vilka skulle då låta anteckna sig som vittnen eller bara närvara som åskådare och skulle någon känna ömhet och vördnad snarare än fruktan och tillkämpad likgiltighet?

Längre bort på Skogskyrkogården minns planslipade hällar hur inlandsisen lämnat dem barskrapade. Överallt i naturen förvaras underrättelser om det förflutna liksom gravstenarna vägleder in i det som blivit historia. Wilhelm Knutsons sista lättblåsande partiklar strandar på enstaka höga ormbunkar som har funnits sedan kambrium och silur. Säkert har han på Kamerunberget brutit samma slags växter för att fläkta sig fri från insekter.

På fliken av ett ormbunksblad vilar ett ögonblick fragment av ett handlovsben som blivit en enkel förbränningsprodukt – det som återstår av ett människolivs fyrverkeri, slutet på en skapelseprocess.

Men i de torra kornen finns minnets molekyler kvar. Nu böjer sig i vinden strån och blad som åt Knutson minns vad denne velat glömma.

En frostskärpa i kvällsvinden. Jordaxeln lutar betänkligt mot en annan årstid. Dagern är blekgrå, rymden spänd som en presenning. I Humlegården tittar Johan Fredrik på en cirkel av bläcksvamp i förfall.

Han besöker sin mor vid Johannes kyrka. Han minns en myt: den som äter sin moders hjärta ska förstå fåglarnas språk. Han ser på den gamla damen som har blivit piggare, mindre undergiven med åren. Men att hon ska uppenbara något för honom tror han inte, varken död eller levande.

Han bläddrar i hennes Almanack för alla, han har sett de röda banden genom åren, och varje datum som passerats har hon korsat över som något man äntligen har blivit kvitt utan att ha förolyckats. Han lägger märke till att hon slutat med det.

– Du räknar inte dagarna längre.

– Varför skulle jag det? Det finns inte många kvar.

Men hon har till hans förvåning skaffat sig nya aktiviteter och nya åsikter. Hon är med i en läsecirkel där man träffas och talar om det lästa. Hon går på kurs i bandvävning i Drottninghuset. Hon rör sig med begrepp som barnomsorg och höger och vänster hjärnhalva.

– Förr sände man in sin korsordslösning till en gatuadress, nu är det alltid ett postboxnummer, klagar hon. Varför ska de ändra på allt!

– Det mesta förändras och inte alltid till det sämre, menar Johan Fredrik.

Ideligen får han påminna sig om att ge henne riktiga ord, inte bara markera närvaro som en tickande ståklocka.

På uppmaning av en förening hon är med i har hon bjudit en afrikansk studentska på middag och gått med henne på Skansen, i en förnimmelse av att svarta människor och djur har något gemensamt. Om denna flicka vet hon vad hon har för lån och bidrag, vad hon tycker om mat, hygien och umgängesvanor i Sverige, och hon verkar göra sonen ansvarig för att det är som det är i landet.

När folk svär i TV och säger han i stället för honom i radio, ringer hon programledningen och påpekar detta. Får hon dåligt gensvar, fortsätter hon till Johan Fredrik eller hans sekreterare med sina klagomål. Han märker att hon har fått ett oväntat tillskott av energi och en fragmentarisk kunskap om yttervärlden som gör henne upprörd.

– Du borde se till att Gudrun kommer tillbaka. Vad än orsaken är. Varför går så många äktenskap sönder? Det är inte rätt mot Lena!

Han svarar att man kanske helst vill skiljas från sig själv och så tvingas man nöja sig med det näst bästa. Och Lena är mycket stark och självständig.

– Du vet nog inte så mycket om det där, säger modern skarpt.

Han häpnar. Ty tidigare föreföll allt hon sa och gjorde som något sedan länge inövat och igenkännligt; sufflör behövdes inte. Men nu urskiljer han ett nytt tonfall.

När han äter lunch med Gudrun på Kungsholmen, upprepar han moderns fråga för henne.

– Man kan bryta upp för att man vill ha sitt liv i fred, inte sammanlänkat med någon annans. Men det kan ingen förstå. Passionen tror man sig begripa och applådera. Men behovet att vara för sig själv finner man ofattbart.

– Hellre än mig ingen alls! Det är klart det är förolämpande.

– Jag vill inte ha en kärlek med förbehåll, säger Gudrun. Jag vill inte förställa mig för dig. Jag vill du ska se mig som jag är eller har blivit. Jag vill utvecklas, inte krympas.

Johan Fredrik tänker: Jag har sovit i dina armar i åratal och inte vetat vad som har rört sig i ditt huvud. Vad som fängslat dig och fått dig att darra och rodna är något jag inte känner till.

300

Den stadiga, kloka, balanserade Gudrun har dock jämrat och ropat i hans famn av en vällust som skrämt henne, ty den ruskade henne som en storm, den var en främling som egentligen inte kom henne vid och som hon ändå måste ta emot. Vidöppen, gästfri, blöt som efter ett sommarregn, med läpparna nafsande mot hans hals och ett knä uppe i hans armhåla låg hon där, flämtande:

– Så här har jag aldrig gjort förr.
– Inte jag heller.
– Inte du? Och jag som trodde...

Och de förenades åter, han grenslade hennemed nedåtriktad lem som bände hennes hinnor upp mot blygdbenets kant, hon tog över och red honom tills sängen skrek av förfäran och de rullade ner på golvet. Och de vågade inte gå ut i köket eller in i badrummet av rädsla för att förtrollningen skulle brytas, detta osannolika och upprörande som härjade i deras kroppar och som inte fick ebba ut.

Men tidvattnet strömmade tillbaka, de låg utmattade kvar på en strand. Något blev kvar som var större än de själva och alldeles annorlunda: Lena.

Att älska – inbillar han sig – är att aldrig hitta fram till slutlig kunskap om varandra. Men nu tycker Gudrun att det inte finns något mer att veta. Medan hon förblir gåtfull känner han sig outforskad. Något han har velat säga henne blev aldrig sagt. Han hade ju livet på sig, brukade han tänka. Och nu är ögonblicket förbi.

Hon har låtit honom inse att han inte är huvudpersonen i hennes liv. Och till bakgrund vill hon inte ha honom. Han har inte ens varit hennes språngbräda för att nå någon annan. Det är nedslående. Ty att ingen står emellan dem gör avståndet större.

Hennes vänligt kyliga min upprör honom. I hennes ögon halveras gång på gång hans värde likt radioaktiva ämnen i sitt sönderfall. Han tycker hennes knäveck är värda en resa; de inger honom lust. Men hans hand ligger förlamad på lunchbordet.

– Du har en stark vilja, säger han. Också din trötthet på mig är en viljeakt.

– En känsla av djup meningslöshet kan komma över mig, svarar Gudrun. Och jag vill inte blanda in någon annan i den, allra minst dig.

– Är det verkligen ingen jag känner? undrar han på nytt. Hon tittar på honom länge, nästan frånvarande.

– Nej. Och när du frågar så, är du heller ingen jag känner.

Hur ska jag uthärda din likgiltighet utan att hata dig? tänker han. Han betraktar henne med rädsla, för hon är i stånd till att såra honom mer än han väntat. Och han vet att rädslans granne är hatet.

Samtidigt minns han hur det är att tvåla in hennes rygg eller kyssa henne god natt, ibland hastigt, ibland så att de djupnar in i varann. Han längtar efter hennes fötter under filten, där nere fanns en självklar gemenskap. Han vet hur hon kan jämra sig lätt i sömnen och ljudet av hennes nyckel i ytterdörren, snabbare, precisare än Lenas. Och denna kunskap är en form av kärlek.

Men hon önskar att han inte visste så mycket. Hon vill ha en privat sektor som ingen känner till.

Liknöjdhet är svårare att gömma än glädje och hat. Han kommer ihåg hur de skrattade de första åren, hur de sprang genom stan den natt då vänstertrafiken upphörde och spårvagnarna for till sina ändhållplatser och stannade där. Det klingade från rälsar som snart skulle grävas upp ur gatsten och asfalt. De strövade genom centrum, fram och tillbaka över broarna, inga privatbilar var ute. Han hade en grå bredbrättad hatt för enda gången i sitt liv, han tyckte inte den passade honom så han lämnade den på ett tomt bord utanför Bäckahästen för att markera upptaget.

– Försök inte inbilla mig att jag är ditt slutmål i livet, säger Gudrun.

Vem vill vara någons slutmål? Victorins familjegrav står det faktiskt på en sten på Norra kyrkogården. Inget mer. Bara förvaltningens dator vet hur många som famnar varandra under den stränga graniten.

– Jag har aldrig velat ha dig som ett lugnande medel, påstår Gudrun. Hellre får du ge mig frossa. Erotik som avkoppling är inget för mig.

– Var får du allt ifrån? Du känner träsmak bara du tittar på mig.

Så går de på med varandra och han grips av sorg och önskar sig återfödd någon annanstans. Han betraktar rummen vid Parmmätargatan som vore han en fönstertittare. Västersolen lyser in över rådhustaket två kvarter därifrån. Men i hörnen ligger ålderstigna dammnystan.

Inget sårar honom mer än då Gudruns klara kloka blick kantas av lätt kyla. Han är rädd att förlora henne som han inte äger. Och förlora sig själv. Ska han våga ge sig hän igen, ska han rammas i mörkret? I nöd och lust tills livet skiljer er åt, borde han ha sagt, prästen i Vaksala.

Johan Fredrik hetsar upp sig, känner hur orättvisan och själens egocentricitet missbildar. En vacker dag ringer du upp och gråter i telefonen och då... är han på väg att utbrista, men hejdar sig: Sitt i båten! Andas djupt! Det odödliga hos dig är inte beroende av någon annan.

Han märker hur den som har de starkaste känslorna är i underläge. Gudrun avskyr list och förställning, men hennes rättframhet är kantig, rentav grym. Är det för att hon vill ge honom en chans att själv ta avstånd från henne, att fatta ett av de negativa beslut han är så dålig på? Eller försöker hon bli vuxen på egen hand, oavhängig? Har de varit för barnsliga tillsammans?

Hon har aktat sig för att låta deras kärlek omfatta allt och försökt hålla barn och yrke och vänner utanför. Hon har inte velat bli beroende av en enda ljuskälla.

Han har känt värmen hos henne, men också något oberört och oberörbart. Kanske en brist på omedelbarhet, men den uppvägs av att hon saknar självömkan, självmedlidande, i en grad som han finner ovanlig och uppskattar.

– När alltsammans är över, säger Gudrun plötsligt, då ska vi ha roligt igen.

Och så håller de om varandra, snällt och ljumt som gamla släktingar. Han prövar ett nattligt smeknamn men finner det löjligt som en lösnäsa. Kan kroppar avmagnetiseras lika snabbt som båtkölar?

En amerikaklocka som hon har ärvt fördelar tystnaden. Det är lite sot på insidan av glaset. Solen har holkat ur de röda prickarna i köksgardinen. Den del som ligger i skugga är hel. Lena är i skolan. På hallbordet ser han en rostig scoutdolk som han har gett henne. Var redo står det på slidan.

Han går långsamt och tungt utför trapporna. Ända ner i porten rids han av ett barnsligt hopp att Gudrun ska öppna dörren som bär hans namn och ropa honom tillbaka.

6

Alice Nordin fyller år. Det är egentligen bara sekreterarna som firas på UD; de betraktas som barn i behov av muntrationer. Johan Fredrik har skaffat en prinsesstårta som föreställer norra halvklotet, den gröna delen av jorden. Den har pudrad kalott och enstaka kratrar som formats av det inre trycket i kartongen. En flätad marsipansnodd markerar Greenwichmeridianen.

– Gratulerar! säger han och omfamnar henne. Lev länge, överge oss inte! Det är en förmån att vi ibland oss har åtminstone en karaktär som jag vill beteckna som helgjuten. Ifall du ursäktar att jag uttrycker mig metallurgiskt.

Alice sträcker med ovan värdinnegest fram brödfatet som delade hon ut medaljer. Hon är fortfarande en flicka, hon ler stort, tar långa kliv, bryr sig inte om hur hon tar sig ut. Dagen innan har jugoslaverna haft party för en handelsdelegation i sitt hus i Lärkstaden. Johan Fredrik skickade dit Alice som ställföreträdare, han visste att hon var välkommen.

– Jag råkade in i ett så upphetsande samtal, berättar Alice, att jag stoppade en bit renkött rullat kring frusen pepparrotsgrädde i handväskan. Jag trodde det var cigarettändaren. Vad förvånad jag blev när jag kom hem!

– Vem åt upp tändaren? frågar expeditionschefen och meddelar att han fått gräsfrön att gro på melittapapper, kanske ett uppslag i ekologidebatten.

– På tal om upphetsning, inflikar departementsrådet Tandberg, var jag hos en god vän som kom hem från Afrika. Han släckte i vardagsrummet efter middagen på nigeriansk pepparsoppa och visade de mest upprörande bilder av manlig och kvinnlig omskärelse. De må vara unika, men jag tyckte inte om det. Inte till konjaken.

Den sista biten av prinsesstårtan tillfaller assistenten Maria Lyth som kommer ner från våningen ovanpå, rödblommig och med håret stramande kring en kritvit mittbena. I lunchrummet talar hon varannan dag om Alexandra Kollontay, varannan dag om Anais Nin. På det viset hävdar hon omväxlande kvinnans rätt till frihet och kärlek och till arbete och bundenhet, rätten att vara sig själv och rätten att vara utom sig i denna onaturliga värld.

Ett kansliråd på handelsavdelningen informerar om slutakten i ett ömtåligt ärende. Svintarmar får i Sverige användas för korvstoppning utom sista biten av ändtarmen. En driftig skåning har samlat ihop mängder av vad han i sin skrivelse kallar slutmuskelfragment, fryst dem och funnit en importör i Spanien. Där stoppas de till korta korvar om vilka turisterna säger: Typiskt att vi aldrig får sånt i Sverige.

– Skiten passerar hela vägen. Vad säger att början är renare än finalen? Det fattar spanjorerna. Och vi tror ju hur som helst att korvskinnen är av plast.

– Hur länge har ni legat på ärendet? undrar Johan Fredrik.

– Fyra månader. Jag lät Bånge titta på det. Med tanke på precedensfall.

– Å, den arme Bånge! skriker polchefen. Först sattes han på att göra listor på de ambassadörer som ännu inte fått orreforsvaser och eskilstunaknivar och på dem som hade mest parkeringsförseelser. Sen skickades han till Europarådet för att markera artig närvaro. Och nu detta. Alltihop för att det blev för mycket slivovits under åren i Belgrad.

– Inget förtal av de frånvarande, undanber sig Johan Fredrik. Jag måste nämligen gå.

Han har inte hunnit sjunka ner i sin skrivstol förrän en ung och sträng departementssekreterare träder in och redogör för ett utlämningsärende som man fruktar måste upp i regeringen. Han är så energisk, prydlig och seriös att Johan Fredrik känner sig förvandlad till en tio års pojke. Han hör hur hans röst blir ödmjuk, medan han letar efter ett tonfall av auktoritär kamratlighet:

– Herregud, gosse, egentligen är det ju bara du som kan klara upp det här. Du har min välsignelse.

Sedan kommer ambassadören från Paris för att diskutera dagordningen vid den franske utrikesministerns besök:

Gemensamma marknadens utvidgning till Spanien och Portugal och Sveriges mer utsatta läge därvidlag, Frankrikes skeptiska hållning till en nordisk kärnvapenfri zon samt undertecknandet av det svensk-franska dubbelbeskattningsavtalet.

Så följer samtal med en direktör från Västerås om högteknologi och teknikembargot. Slutligen inträder Internationella valutafondens chef i London tillsammans med Enok Hafström vid handelsavdelningen. Enok motsvarar inte sin namne i Bibeln, han som utan spår försvann in i Gud, utan är en av de synligaste unga männen i Stockholms city.

Inom en kvart – tänker Johan Fredrik dystert – kommer han att ha uttalat ord som ambitionsnivå, framförhållning, målformulering, åtgärdspaket. Det stämmer.

– Det behövs verkligen hängivna människor som du, säger Johan Fredrik till Enok. Och kanske ett gammaldags vinsttänkande som omväxling...

Han får höra en del om arbetstillfällen, mediabrus och en tvärvetenskaplig bit som bör infogas i ett vidare sammanhang. Han kväver en gäspning så häftig att tårarna sprutar ur ögonen. Den andre hejdar sig.

– Mår du bra?

– Ursäkta mig. Jag kom att tänka på något jag glömt.

– Du har väl inte börjat röka? Stan Jones i IMF sa just...

Dagen är långt liden. Han måste småningom bli klar med en uppsats, Det neutrala engagemanget. Den ska översättas till engelska för Foreign Affairs. Alliansfrihet låter blodlöst och avvisande: som att skynda förbi någon som ligger nedslagen på gatan. Vad andra har för sig angår oss inte; vi ställer oss utanför. Våra förpliktelser, vår list och kamp går ut på att inte dras in. Johan Fredrik vill visa att det är en nidbild.

"Vi tar inte ställning mot den ena eller den andra parten i en konflikt, skriver han. Men vår neutralitet är ingen åsiktsneutralitet. Vi tar ställning för människorna, för dem som utsätts för terror, hunger och förtryck. Därför förklarar vi oss beredda att hjälpa dessa människor. Därför uttrycker vi vårt fördömande av alla slags handlingar som kan öka folkets bördor och bidra till en skärpning av redan befintliga motsättningar."

Han läser upp ett koncept för rättschefen Kihlstedt.

– Med detta vill du egentligen ha sagt... inflikar denne.

Ty till allt som är skrivet söker Kihlstedt hitta en synonym, först då blir det verkligt. Han måste stuva om det i en annan sås, innan han sväljer det. Johan Fredrik finner det prövande att ideligen få höra:

– Med detta har du säkert velat uttrycka att ...

Det är också nyttigt. Kihlstedt gräver ur det sagda fram betydelser som skrivaren i sin omedvetenhet har försummat. Johan Fredrik inser att bakom varje utsaga finns en mångordigare kopia och varje historia har en innebörd som kan tolkas på flera sätt – beroende på om man är jurist, forskare, kvinna, invandrare, berusad...

Samtidigt misstänker Johan Fredrik att hans vän rättschefen i sitt behov av alternativa förslag avslöjar sin önskan att få höra och veta något helt annat och att han dessutom är rädd för allt som sätts på papper och därmed blir ännu en explikation av ömtåliga begrepp som man måste ta hänsyn till.

Kihlstedt passar på att överlämna en skrivelse i en havsrättsfråga som avdelningsdirektör Jenny Jeger i Naturvårdsverket har utrett. Hon ska till en konferens i Caracas och vill kunna säga att hon har regeringen bakom sig. Han minns henne från en föredragning i de ekologiska spörsmål som skulle tas upp under en följande FN-session, en kvinna som hade talat med sådan ledighet att han fick lust att träffa henne privat och höra henne tveka om hur hon skulle fullborda satserna.

Han lägger några handlingar i internpostlådan. Åtskilliga brev besvarar sig själva bara man låter dem ligga. En del inlägg från allmänheten riktas till utrikesministern och har formen av utbrott: "Sverige, en gång en av världens stora sjöfartsnationer, består i dag av en samling blötdjur som inte vågar doppa tårna i vattnet av rädsla att bli förkylda."

Andra brev från medborgarna fördömer skäggiga advokater som försvarar invandrarnas rätt att söva landet i ett haschrus och aldrig ägnar en tanke åt svenskar med bondeblod i ådrorna, strävsamt folk som inte får något över utan tvingas leva på osund italiensk mjölmat.

Han ser Alice vid den elektriska skrivmaskinen, i rutig kjol och vit blus, alltid prydligare än personal på högre lönenivå. Ett vattenglas mot den torra luften. En grön ormbunke ovanpå pärmhyllan.

När besökare träder in i hans rum, döljer han automatiskt de papper han har framför sig på skrivbordet. Han lägger dem med baksidan upp så slipper han bekymra sig om de långsynta personer som skickligt kan ta del av tjänsteutlåtanden och hemliga inlagor. Eller också samlar han ihop dem som ett kortspel och det är omöjligt att gissa sig till kungen och esset. Dessa mekaniska försiktighetsmått får honom att känna sig slug och lojal.

– Kommer den där indiske epikern som köpt sig ambassadörs namn, ropar han till Alice, så underrätta honom om min frånvaro. Säg att jag har somnat i Vishnus armar. Och att klockorna i Jakob sjunger därför att en kabinettssekreterare är död.

– Jag lovar. Det har gått bra förut. Och han vill inte tala med en kvinna, så jag slipper honom också.

Johan Fredrik lever i ett ombonat korsdrag; få kan vara mer privilegierade. Han sträcker på benen, förvånad över den tur han har haft. Hur har det blivit så? Kanske för att han så starkt har önskat det. Han har inte hamnat här av en slump utan han planerade det, det är här han velat vara, utrikes fastän hemma, på ett internationellt område mitt i Stockholm, utan risk för utlokalisering. Här kan han sila bort mycket av det som inte roar honom i Sverige och ersätta det med utländska tungomål, stämningar och problem.

Johan Fredrik Victorin är ett bra namn i UD-sammanhang – det fick han tidigt veta. Ett ämbetsmannanamn med adlig underton, med en klang som hade han arbetat här i generationer. Han har lärt sig att länder är lika känsliga som människor: med sin prestige, längtan, stolthet, fördomar och krav.

Det handlar om relationer, och det är kanske därför han har blivit diplomat. För att få syssla med staternas passioner som kräver lika många samtal och än mer liv och blod än individernas.

Diplomati är lidelse och stärkkrage, konvenansens sockertång och en fäktning med semikolon. Han tycker sig delta i en dialog som förs någonstans mellan tillkämpat lugn och uppgivenhet, mellan överenskommen lexikografisk exakthet och ordlös vanmakt.

Det gäller att tolka de stora makternas hostningar, att tyda svettdropparnas hotfulla glitter i gudarnas panna, märka spänningen i ett block innan lavinen börjar rulla. Och detta arbete pågår på osäker grundval likt en nattorientering där man trevar sig fram från ett tecken till ett annat med flämtande ficklampa.

Forskare, uppfinnare – tänker han – letar efter de lagar som de vet existerar oberoende av människan. Men själv uppehåller han sig vid de krafter som råder inom och mellan människorna, det är dessa som leder till gränsöverskridanden, bataljer, krig. Här krävs varligt handlag, smidighet och uthållighet, lindans och buktaleri.

Inom matematiken och musiken finns en frihet som är okänd för honom. Diplomatin binder honom till varje handlings ursprung och tänkbara orsak. Den kretsar kring gränsmarkeringar: hit men inte längre, ty där hotar våld, kaos, olydnad mot ingångna traktater. Vi har hittat en form, ljugit och prövat oss fram till den, och syftet är att hålla destruktion, förtryck och barbarisk fåfänga borta.

Om vikten av balans och måtta, av en fast hållning till alliansfrihetens försvar har han föreläst, och kanske tillämpar han i sitt umgänge liknande ideal.

När Gudrun sa en gång att han var anonym och oåtkomlig, blev han förvånad. Han ser sig snarare som öppen, godtrogen, välvillig i överkant. Men det var något hos honom som inte stämde, menade Gudrun. Där stannade hennes analys. Det kan vara skäl till att hon lämnat honom. Hon får honom inte att gå ihop, och hon är inte nog intresserad av att foga samman honom till en fattbar gestalt. Det svårgenomträngliga hos honom fängslar henne inte mer än en skog risig av sly: hon tar hellre en omväg.

Kunskap oroar. Det är inte vad du vill veta utan vad du föredrar att inte veta. Och det jag vill veta är inte vad du säger utan vad du låter bli att säga. Kanske är ens personliga historia huvudsakligen andras skapelse, tänker han. Kanske har man själv inte så mycket med den att göra.

Ändå tycker han att han har en biografi mellan raderna i sina rapporter och en annan i de smekningar, skratt och måltider han delat. Han önskar då att hans kropp kunde sluta sig kring ett enda ljud och en enda stavelse.

Kunskap framkallar nya bilder. Johan Fredrik läser Thomas Pakenham om hur engelsmännen kväste ett uppror på Irland 1796: "På åkrar i träda kunde man se var rebellerna låg begravda, ty sädeskorn som de haft i fickorna grodde och sköt upp över marken."

Han ser framför sig dessa glesa strån en brun februaridag på slätten öster om Galway. Benen andas långt nere i jorden. Sakta likt en landhöjning häver de sig närmare himlen. Livet känns som en tillfällig erfarenhet i dödens och det blinda växandets landskap. Men smulorna i fickan vittnar.

Gudruns avsked, Knutsons bortgång... Han frossar i sitt vemod. Det smakar äckligt sött och sticker till ögonblicket innan det smälter. Han blundar vid sitt skrivbord, värmer händerna under byxlinningen, upphör nästan att andas. Essän om neutraliteten är ofullbordad. Uppbrottslust och hemlängtan skaver i honom, drar honom med sina trådar åt olika håll.

Överraska henne med en grillad hummer, ett sammanbrott, ett kärleksbrev? Men han känner sig inte som någon överlämnare, han är själv överlämnad och de stora gesterna får andra stå för.

Var gjorde han fel? Vid vilken sten vek han av och hamnade på ensamstigen?

Likgiltighetens grundvatten sipprar in i springorna. Kittet håller inte. Tillvaron söndersmulad likt de svalbon man om hösten hittar vid villans sockel.

Han sitter på en gustaviansk stol, han ser in i en jättelik spegel i vars fläckar han anar Reuterholms konturer, han deltar i ett spel för frimurare. Han har ingen livssyn som han kan sammanfatta. Bara fragment; isflak på mörka vatten.

Enligt statskalendern är han kabinettssekreterare. Men han är det bara när andra påstår det: då svarar han ja som till sitt eget namn på skoluppropen. Det är lätt att tro sig vara en annan, förutsatt att man tror sig vara någon alls.

Den som älskar en ändrar sig en dag; så är det över. Fast man själv är densamme är man i hennes ögon en annan, hon har ökat avståndet lika enkelt som när man vänder kikaren bakfram.

Har han kommit så högt i samhället av någon särskild förtjänst? Det liknar ett finskt gästspel på Dramaten. Det varar ett par dagar, recensenterna skriver långt och insiktsfullt, fast de inte kan språket. De vet vad pjäsen handlar om. Det vet han också. Men han inbillar sig att den kunde handla om något annat. Det borde den göra. Mycket nöje, säger han till sig själv, mycket nöje!

Han blir kvar på UD över kvällen. Molnen ovan operan bådar ett oväder som aldrig bryter ut. På den gamla tyska legationen har ställningarna rivits och kvarteret Ostindiafararen träder fram i oväntad skönhet. Tidningarnas tankfulla vardagssidor – som förr kallades kvinnosidor – är fulla med råd om självförverkligande. Också på UD annonseras en terapeutisk cirkel: Känn dig själv. Inte: lär känna några andra.

Ska man då tillbringa livet med att titta efter sig själv? undrar han. Och hur ska man veta ifall man förverkligar den man från början var eller den man var avsedd att bli? Tänk om man slutar som en alternativrörelse?

"Det smärtsamma behovet att leva får inte bli en vana", yttrade en melankoliker på UD en sen afton då emiren av Oman avlägsnat sig för att på väg till Grand Hotel titta in på Chat Noir såsom österländska potentater har för sed.

Johan Fredrik anar vad det innebär: bevara sin nyfikenhet även till priset att mista en kontinuitet. Det som gör att man känner sig leva är inte detsamma som att man tycker sig ha levt då man blickar tillbaka över några decennier. För det senare krävs handlingar, insatser, befattningar, resultat som kan speglas i andras ögon. För det förra: hud, sinnen, väderlek, ett nätverk av förnimmelser, essenser och ögonblick som bara man själv kan värdera.

Han far hem till sina rum på Tyskbagargatan. En flicka spelar tvärflöjt från ett öppet fönster. Plötsligt känns det som om livets goda krafter samlas i några spröda toner och finner en väg ut ur det bedövande bruset av våld och trivialitet. Röster och fotsteg från trottoaren kommer honom inte vid, ändå når de honom.

Han sträcker ut sig på sängen utan att klä av sig.

7

Johan Fredrik blandar Assam med svart Kina: det är hans morgonte. Den biologiska klockan tickar. Till kvällen kommer Lena: han köper tångkrabbor, kiwifrukter, pulver att vispa till chokladpudding i fiskaffären nere i hörnet. Han tänker på vad han kan berätta för henne då hon frågar vad han varit med om.

En föreställning på Drottningholmsteatern med en japansk delegation, en båtfärd genom Hammarby slussar med den mexikanske oljeministern, en lunch i Koppartälten i Haga med finske polchefen: sensommarens ritualer. Han har träffat bankfolk i Fersenska palatset och bulgariske ambassadören på Blå gåsen.

Han har haft en briefing med utrikesredaktörerna på Victoria, ett vänskapligt utbyte av vanligtvis identiska informationer. Ingenting var off the record, allt fick citeras men inte tillskrivas bestämd person. Det var ett sätt att motverka läckor och skvaller. En av journalisterna hade visat honom ett pinsamt tryckfel: "Kondomen, världens största rovfågel..." De hade skrattat, men han gissade att Lena inte skulle vara lika road.

Han kunde berätta för henne om en roman där en dotter i ideologisk fanatism förråder sin far för polisen. Hur mycket återstår sedan av ens tillit till någon enda? Ska hon försäkra att hon aldrig tänker förråda honom, är det vad han vill? Bäst att vara så offentlig som möjligt. Ändå finns ett hemligt rum hos alla.

När Lena väl är där, pratar de mest om annat. De drar sig tillbaka till gamla tider – som när han lärde henne cykla och sprang allt han orkade med pekfingret på hennes sadel, hon så beroende av hans snabbhet och lätta beröring, tills han blev lämnad efter, triumferande. Man behöver inte hålla i varann jämt.

– Jag är så glad jag inte är som Nina i min klass.

– Hur då?

– Som inte vågar be om en räksmörgås utan ägg, hon måste pilla bort det själv.

Lena säger ifrån, hon är inte rädd av sig. Hon kan vara ensam, hon kan också ta hand om folk, hon vågar säga hur mycket hon längtar efter honom och undra om han gjorde det samtidigt, nämligen under teckningslektionen klockan tio.

Hennes huvudsakliga olydnad i hans ögon är att växa för fort. Ibland är hon så huslig, duktig, vuxen att det skär i honom. Han trycker henne intill sig och hon lägger huvudet mot hans axel och suckar – som en båt kluckar intill sin brygga.

Han känner att hon är ett barn och han minns hennes fötter när hon var mycket liten, de hade åkervindors lätta rosa färg, men nu har hon nästan lika stora skor som han och springer terräng och går med tung ryggsäck.

– Här står det att man kan rädda ett etiopiskt barn från svält för priset av ett enda skott i ett granatgevär, säger Lena. Och geväret kostar elvatusen, det kan rädda tjugo barn. Du måste göra något åt det där med vapnen, du måste, du måste!

Hon talar till det svenska samhällets neutralitetsvakt. Har han blivit mer än neutral: alliansfri ända in i själen? Han vill inte göra henne besviken, inte cynisk och misstrogen. Han skulle vilja uppfostra henne som om hennes framtid skulle utspelas i den bästa och inte den sämsta av tänkbara världar.

Bli inte hårdhudad, vill han viska till henne. Grov hud spricker, det svider än värre i såren.

Men då sover hon redan, fridfullt som ett barn – som det så felaktigt brukar heta. Ty hon vänder sig i bädden och orerar på ett obegripligt språk. Han kallar det för Lenas nattchiffer.

På morgonen sitter han på badkarskanten och tänker skriva ett brev till Ellen Mörk och fråga vad hon menade – med vad? Han har förgäves letat efter henne i telefonkatalogen. Bor hon utanför stan? Det finns många Mörk. Han grubblar på samband och slump. Om jag inte hade suttit hos Kerstin och hört på radion om Wilhelms död... Om jag inte gått på begravningen...

Han tycker han lever i en virvel – som när höstlöv byter plats med varann på marken, som när knotten yr under alarna vid stranden. Hans drömmar är lika pregnanta och otillförlitliga som arkitektritningar. Han vaknar med tomt huvud och känner sig inspärrad i sig själv. Han vandrar mellan tillstånd som mellan rastgårdarna i samma fängelse. Han stiger ut på den grunda balkongen mot Nybrogatan: en sådan man kastar vissna granar från i januari, om natten, eftersom det är förbjudet. Och han tycker sig höra skrattet från en avlägsen julgransplundring: de döda finns kvar, minnena som spindelväv bakom tavlorna.

I lunchrummet nämner han Wilhelm Knutsons namn för arkivchefen von Blom som svarar:

– Jag såg notisen i tidningen. Då kom jag ihåg honom, en envis herre som dök upp, med promenadkäpp, och ville se några dokument. Han hade haft en brevväxling med någon här för decennier sen om jordinnehav i Kamerun. Besvärlig process. Verkade inte vilja gå med på att det hela var överspelat.

Vet Ellen Mörk något om Knutson som han själv inte vet? Han ser henne framför sig, hon blir själv ett dokument som han stämplar: "Hemligt. Ingen delgivning." När han skriver till henne, darrar fingrarna som håller om pennan som en gång då han brutit ett handlovsben. Han ger upp.

Vänta och se, säger han sig. Men då blir han inte kvitt henne. Han vill inte se henne naken, han vill henne egentligen ingenting – utom att hon ska tala till honom, förklara det som hennes ögon meddelade. Han vet inte hurdan hon är. Just nu består hon bara av hans okunskap om henne.

Somliga människor är som fläderkulor, tänker han. Man måste gnida dem hårt för att de ska avge värme och börja gnistra. Annars är de stumma och livlösa. Är han sådan? Vad har Gudrun tagit med sig av honom då hon gick? Lena finns dock, och möjligheten att möta Ellen Mörk och komma underfund med

317

vem hon är.

Han lever i en förklarande tidsålder. På UD förklarar han för andra vad det är frågan om eller någon förklarar för honom vad den ena nationen eller den andra egentligen avser, hur lockbetet och kroken döljer sig i texten. Hustrur förklarar sig själva för sina män, läkare för patienter, älskande för varandra och mången ensam och bestört människa förklarar något viktigt för sin hund.

Men han bär på en förnimmelse som han inte alls kan förklara. Den gör honom än tung som sögs han ner i jorden, än fylls han med hetluft och vill stiga över marken.

Vissa dagar känner han sig nyckfull, svärmisk, hänryckt, andra är han viljestark, logisk, beräknande. Då är hjärnan en förbränningsmotor, kroppen en domkraft. Sedan följer det vilda bruset i nätet, motsägelsefulla drömmar, en brånad som drar fram som en vindsröjare bland allt allmängods.

Han tänker på kvinnor han mött, Gerda långt borta, Filippa, Kari... Den tysta Birgitta satt på honom en gång och vred sig åt sidan för att inte skymma månen som steg över hustaken i Vasastaden; hon blundade aldrig. Han framkallar dem – som fjärran hammarslag mot mellangärdet, händer blanka av smekningar, öar av hetta på hans kropp.

Lustans försprång mot kärlekens eftertankar. Fjärilens lidelsefulla fladder inuti den heta lyktan. Känslorna kastar skuggor, förblivande. De bildar spår och banor. Detektiven går där med sitt ströpulver men hittar aldrig spårens fötter, skuggans kropp.

Brännpunkter, växtpunkter... Vad finns inom mig som jag inte vågar se? Det finns en balans som håller honom på den sträckta livslinan: han tar sitt ämbete på allvar men inte tillräckligt för att få magsår. Han tar kärleken på allvar men inte nog för att försaka den.

Men den går att undvika. Han har hört varningssignalen, lätt att förväxla med Faran över, lätt att ta för en teknisk övning första måndagen i var månad. Hans inbillning att ha mött Ellen Mörk förr – den stämde. Uppstår kärleken som ett minne av

318

någon som plötsligt har kommit tillbaka?

Jag vill inte uppfinna dig för mina syften, viskar han till henne som inte finns.

8

Alice Nordin märker att något har hänt, det påverkar arbetet; han är känsligare för atmosfärer.

Hon sorterar posten och lägger på hans bord: tidningar till vänster, lagom för att skymma sikten mot utrikesministerns dörr, därefter rapporter och delgivningar, sedan originalskrivelserna. Stenciler från Israels ambassad, broschyrer från italienska turistbyrån och västtyska handelsministeriet, Singapore Investment News och Australia Today går av någon anledning direkt till containern med returpapper.

Johan Fredrik stöder armbågarna mot några feta Sunday Times och betraktar arbetsfältet med mer tolerans än verksamhetslust. Rubrikerna talar om ett måttlöst dödande. I Guatemala är det som på Columbus tid: indianer binds ihop och soldaterna häller bensin över dem och sätter eld på dem, de hinner inte skrika ty syret tar slut, byborna ser dem rycka till och dö. Och i Pakistan läggs människor i fängelsekorridorer vilka en dammsugare tömmer på luft, de kvävs eller grips av dödlig ångest innan de räddas. Andra pressas mot jordgolvet och träcylindrar rullas över dem så att deras bäcken och bröstkorg krossas. I Afghanistan plockar barnen upp vackra leksaker som fallit från himlen, och de exploderar i ansiktet på dem. I det ena landet efter det andra pågår denna mardröm, länder som Sverige har diplomatiska förbindelser med.

De onda människorna finns, han ser spår av dem dagligen. Ändå kan han inte med ryggmärgen fatta att de härjar där ute, sambandslösa, taggigt småleende, beslutna att hämnas för att de har fötts. Han får veta för mycket, han lyckas inte hålla sig undan. Han borde ha varit en avsatt präst på landet, någon som läste gnostiker, studerade spindlars liv och putsade sin stjärnkikare.

Revolutioner tror han inte mycket på, då hade han aldrig blivit kabinettssekreterare. Civilisationen är en tunn hinna som långsamt bildas genom seklarna. Vid minsta stöt kan den brista och barbariet strömma in.

Han avundas det tålamod han iakttar hos sina engelska kollegor: De spelar golf, läser de tidlösa trädgårdsspalterna i söndagstidningarna, de sitter vid en flod och metar och låter årstiderna komma och gå. Det största hotet mot deras liv är att något ska bli annorlunda nästa år.

Det finns en värld där krusbär mognar och kvinnor bakar stora bröd och ingen begriper ord som neutralitet, ömsesidig avskräckning, terrorbalans, de som i många år bidragit till hans uppehälle. Dit längtar han ofta: till en frist i historien, en glipa mellan epokerna, en klingande stillhet. Och vinden över mjuka kaveldun starkare än maktens pansarplåt.

– Alice, hör du mig? ropar han.

Hon kommer in.

– Jag är trött. Som efter en lång simtur. Jag börjar bli gammal.

– Somliga blir bara yngre med åren, tröstar Alice utan att verka räkna in sig själv.

– Jag skulle behöva resa någonstans. Inte i tjänsten. Inte direkt. Det finns luckor att fylla i.

Hon ser frågande ut, naturligt nog. Vad vill han, vad menar han? När ett flygplan skakar, vet man att det är en turbulens och man kniper hårdare i glaset och sluter ögonen som hos tandläkaren. Men när jorden darrar under en, känner man sig helt utlämnad eftersom man inte kan rädda sig upp i luften. All trygghet rinner ner i de sprickor som strax ska öppna sig. Det enda man kan göra är att hålla sig gående, och det snabbt, för att inte falla.

– Alice, har man börjat gräva en tunnelbana under UD också?

– Nej, man spränger sig fram under Riksplan mitt emot. Se

på gardinsnöret! Det rör sig från sju till fyra varje dag.

Eftersom Johan Fredrik ska föreställa en fri människa, beslutar han sig för att ta en semestervecka i England. Men först går han hem till Gustaf Wallin i dennes tornvåning.

Vännen har anrättat en tjäder från Observatoriegatans Fågel & Vilt, han har gravat en makrill, skaffat ostkaka från Norrland och hjortronsylt. Han berättar om gruvsjöar, värdshus, spaningsuppdrag i form av angenäma utflykter, tills Johan Fredrik känner sig som en prenumerant på Turistföreningens årsskrift.

Dessutom har Gustaf besökt Norra kyrkogården, halkat och slagit av en framtand mot sin fars gravsten.

– Med detta har du lagt din barndom bakom dig, föreslår Johan Fredrik. Du har ju alltid haft ett betänkligt förhållande till din uppväxt.

– Den var på gott och ont, svarar Gustaf tolerant.

Hans berättelser om sin hårda och fattiga barndom brukar fylla Johan Fredrik med en lätt och förarglig avund: det sällsynta att få färskt bröd, den rena skurlukten vid julen, den långa skolvägen i snö och hagel och vristerna blödande av skaren. Allt så djävligt och så underbart.

– Jag mötte en grafolog som sa jag borde skriva med vänster hand, nämner Gustaf för honom.

– Inte skriver du så illa!

– Vänstra handen skulle kanske uttrycka något som högra handen var för hämmad till. Jag vågade aldrig pröva. Man vet inte vad man kan få läsa.

Så talar Johan Fredrik om Gudrun och om sin uppsats om det neutrala engagementet, skrivandet går sakta, anpassningen likaså, han är en bogserbåt som tuggar sig genom isen.

Han föreställer sig Gustafs själ som en topografisk stadsbild. Där finns nedgångar till vatten, T-banor och schakt, utsiktstorn och öppna platser. Det är ingen flack stad, men han hittar där, han tar sig fram genom gränderna ut på boulevarderna, det finns en överensstämmelse mellan yttre och inre. Dock behöver han problem, en intrig, ett invecklat samhälle för att bli på det klara med sin natur.

– Har fotografen kommit tillbaka?

– Nej, varför skulle han det? Men jag har inte släppt honom.
Han oroar sig inte, det är som det ska. Ty det Gustaf är mest
rädd för är det reglemente som tillvaron tycks finna sig i: solen
går var morgon upp i fast förväntan att man ska följa dess
exempel, en mekanisk dygnsrytm gör levandet till rutin. Gustaf
är ett ohörsamt barn som ideligen måste kallas till ordningen.
Fotografen är hans bortsprungna lydnad.

Vid tjädern berättar Gustaf Wallin en episod ur sin levnad:

– Jag skulle åka från Malmö till Nässjö, men det var fullt på
tåget. Jag bad att få följa med i godsvagnen. Konduktören sa
först nej men veknade när han förstod att vi gjort lumpen ihop.
Jag betalade fullt pris. Godsfinkan var halvmörk. Snart såg jag
ett par ögon glimma. En katt trodde jag. Så urskilde jag en bur.
Jag närmade mig. En kall hand grep mig och höll mig fast. Tåget
gungade. Varelsen stönade och gav till ett skrik. Var det en
sinnesjuk, var jag i 1800-talet?

– Mina ögon vande sig vid mörkret och jag såg vad jag såg: en
schimpans. På väg till ett zoo förvisso – fast den inte kunde
besvara ens den artigaste fråga. Den blottade tänderna och drog
mig till sig, men då jag såg den i ögonen släppte den mig och
stirrade allvarligt tillbaka, nästan bedjande om jag vågar tillskri-
va den såna känslor. Den hade något på hjärtat.

– Tåget stannade inte ens i Eslöv. Efter en stund började
apan skrika, gällt som ett barn. Den ville säkert inte hamna i ett
zoo. Kanske kom den från Ugandas skogar...

– Eller från Kamerunberget, föreslår Johan Fredrik lågmält.
Och var på väg till Skansens aphus.

– Allt var tänkbart. Det var också möjligt att fördröja dess
öde. Skulle jag öppna portarna och vräka ut den i smålandssko-
garna? Men också om buren krossades och den blev fri, hade
kylan övermannat den. Då vi stannade i Alvesta, knuffade jag
med svårighet ner buren på perrongen. Det var kvällsmörkt.
Apan var dödstyst, en oförskräckt medbrottsling. Först när tåget

324

satte igång hörde jag apliknande skrik – men de kom inte från schimpansen utan från ett stadsbud som djuret gripit i armen och vägrade släppa.

– På Nässjö central öppnades godsfinkans dörrar utifrån. Jag hostade till. "Där inne är schimpansen" hörde jag en röst. "Den är visst förkyld. Bäst vi är försiktiga". "Tänk om den bländas och blir förbannad. Vi borde kasta ett mörkt tyg över buren." Dra något gammalt över er själva och låt mig vara! sa jag. De ropade till. "Djuret har en väktare!" Jag sa: Jag har utvecklats från schimpans till människa på sträckan Malmö–Nässjö, det är mer än vad Darwin kunde förutse. "För Guds skull, karl, var är apan?" "Ring till Alvesta Central. Han sköter nog växelstället där." Därefter gav jag mig skyndsamt av. Jag har inte hört av dem, de inte av mig. Det är som med fotografen. Andra paralleller att förtiga.

– Gustaf, var det en av de där aporna som spelar schack?

– Det var för mörkt för det. Han åt nån sorts frukost, som en dödsdömd, och så höll han för ögonen.

– Han ville inte se dig. Det blev för mycket. Märkvärdigare var det inte.

– Eller också gillade han mig. Han ville vi skulle äta tillsammans. Jag höll god min så länge vi var ute på banan. Men jag kunde inget göra.

– När jag ser en någorlunda klok apa tänker jag att det kanske är jag i en tidigare inkarnation.

– Och den kloka apan tänker att där är jag själv i en senare gestaltning. Måtte det dröja!

– Gustaf, är du frisk och kry?

– Pigg som ett nötskal.

– Du verkar besatt av den där apan.

– Jag har satt en ära i att muntra upp dig. Knappast olagligt, eller hur? Men hur jag än bär mig åt har du nån invändning. Hur ska jag kunna göra någon av oss rättvisa?

– Herrejesus, om jag mötte en schimpans mellan Eslöv och Nässjö, tror jag nästan jag skulle hålla tyst om det.

– Jag står inte i nån särskild relation till apan. Jag ville bara ge dig en bild ur livet.

– En ren dokumentation?

– Ibland är du alldeles för ivrig att tro mig. Men ibland kan du inte låta bli och då ska du verkligen lita på vartenda dugg jag berättar.

– Apropå dokument, säger Johan Fredrik, så har jag talat med dig om Wilhelm Knutson. Och nu känner jag en lust, eller en skyldighet, att skaffa en sorts upprättelse åt honom, hans visioner, hans liv i Kamerunbergets tjänst.

– En levnadsteckning?

– Jag vet inte. Än så länge ser jag mest luckorna i hans biografi. Man kan känna igen en människa på det man inte vet om henne. Om du förstår?

– Far du till Kamerun?

– Till Quantock hills i Somerset, England.

– Berg som berg.

– Jag har börjat bläddra i Knutsons papper. Jag tänker nalkas honom från slutet eller mitten. I Somerset bor den siste guvernören över Kamerun. Han övervakade den del av landet som sköttes av engelsmännen efter 1918, Knutsons trakter. Han är åttio år. Jag missade Knutson, det ska inte upprepas.

Dagen efter vaknar Johan Fredrik med brus i öronen och den känsla av overklighet som följer av rödvin, konjak och drömmar om salamandrar och andra kvinnliga former.

Att se sig i spegeln är ansträngande nog, blodkärlen i ögonvitorna har vidgats, han påminner om en gnagare, och självömkan följer honom likt en lurvig fårhund som stöter honom i knävecken. Kall dusch och yoghurt och en rask stadsvandring ger honom kraft att försöka likna sig själv.

På tjänsterummet ringer han stadsbyggnadskontoret. Har Ellen Mörk fortfarande något uppdrag där? Han får veta att hon är anställd men för närvarande befinner sig på semester i Italien.

Han påminner sig att hon hämtade hem ett barn på väg från begravningen. Nämnde hon någon man? Är hon ute på en lycklig familjeresa? Han känner sig som en voyeur utanför ett blindfönster.

Tre veckor blir hon borta, säger en sekreterare. Och fastän hon låter meddelsam, finns det frågor han bara törs ställa till sig själv.

V

Förberedelser

1

Johan Fredrik Victorin anländer till Heathrow inkognito. Han avstår från att besöka kollegerna i Foreign Office, ty han vet vad det innebär: hövlig information, utbyte av tankar om läget på Nordkalotten, kort analys av sovjetiska uttalanden om Sverige och Finland. Och så en lunch på Connaught, Savage eller Garricks eller en drink på vinbaren vid Jermyn Street, där hans motpart i förbigående kan växla hälsningar med någon berömd regissör eller TV-kommentator.

I stället ringer Johan Fredrik till Gudrun från flygplatsens halvöppna bås. De nya pundmynten rasslar och byts mot tid. Gudrun låter opersonlig. De talar om Lena, flickan som inte liknar någon av dem och inte vill göra det heller.

Genom åren har han ringt till Uppsala universitet från Ankara, Bangkok, Helsingfors... Gudrun lät långt borta ibland, sorgsen, nedslagen eller bara neutral. "Öppen kanal?" hojtade han. Hon sa: "Naturligtvis." Det var kodorden. Men svarade hon inte för snabbt? Kanske hade kanalen känts öppnare om hon medgett att den var tillfälligt blockerad, litet uppslammad, en smula otydlig.

Det måste finnas öppna kanaler, hör han sig säga på en föreläsning hemma vid Gustaf Adolfs torg. Och han avser då mellan utlandsmyndigheterna och UD, basen. Inga konventioner i ordalydelser eller hämningar i språkbruk ska behöva hindra att man meddelar vad man tror vara väsentligt och av intresse.

"Nej, jag har inget särskilt att berätta," kunde Gudrun säga. "Säg något, du!"

Trodde hon att universitetets tjugotusen hektar odlad jord och det dubbla i skog inte längre angick honom? Skulle Lenas tandställning eller franskbetyg ha upphört att vara del av hans liv? Var Mellanöstern-krisen något som borde belasta telefon-linjen mellan två äkta makar, när det fanns bättre sammandrag i dagstidningen?

Det hände då att han sa till Gudrun: "Vad jag längtar hem!" Mer som en besvärjelse som skulle väcka en verklig längtan i honom.

Men nu står han rådvill på Heathrow med den utländska telefonluren tryckt mot örat och kommer inte på mycket att säga.

– Jag vill lyssna direkt mot ditt öra i stället, mumlar han.

– Å, där inne är bara grått ludd idag, suckar Gudrun. Vi ska ha kvällssammanträde och Lena sover över hos en klasskamrat.

Vem då, vill han veta. Men efternamnet säger honom ingenting. Är de trevliga? Javisst – vad tror du? Hon har bråttom, hennes dagar är som alltid fyllda av praktiska göromål.

Långt efter att hon lagt på blir han stående med bakelitluren i handen, en snäcka vars invånare torkat. Först när en rödhårig flicka bultar på dörren erinrar han sig att han är i England och på semester.

Han hyr på flygplatsen en klargrön Ford Siesta där allt sitter tvärtom. När han griper efter växeln, håller han på att öppna dörren och ramla ut. Då han ska dra åt handbromsen, får han tag i en spak som fäller sätet bakåt.

Men snart färdas han i mittfilen på M4 och är vid dagens slut i grevskapet Somerset. I England har han varit förr, många gång-er: han tycker sig känna denna värld av fuktsvällda orgel-tangenter, kastrerade katter, pilkastning i mörkret, otrohet bak-om höga valnötsskåp.

Dock tar han inte fram sina hågkomster i ljuset och putsar dem, ty han är inriktad på Wilhelm Knutson och Kamerun, detta som är laddat av framtid och av ett ansvar förankrat i en del av det förflutna som han har alltför få minnen från.

Han har beställt logi på ett värdshus av bästa sort; en avsutten överste – tidigare i kolonial tjänst i Kenya – driver det med sin hustru i en by på en sluttning av Quantock hills. Han kommer

332

dit lagom till middagen med kall avocadosoppa, stekt anka, hallonmaräng. Nuits Saint-Georges i karaffen, till desserten ett glas Anjouvin.

Stubben från ett päronträd knäpper och sprätter i brasan. De andra gästerna är några äldre par och en familj med barn som ännu inte börjat skolan.

Höstens gula fallfruktsljus över sydvästra England följs av oktobers mörker som stiger ur Bristol Channel. Johan Fredriks kammare har fönster i vindskupa, en inramad lackviol, solblekta blad på tapeten som i månskenet blir alldeles vita. Han urskiljer bromslyktorna från en bil nere i dalen och stjärnornas lätta kroppar i rörelse genom det nattliga diset.

Han ligger och tittar i taket och tycker sig se sekreterarfågeln, hans namnes teckning från Afrika, som hängde på sovrumsväggen vid Riddargatan. Nu finns den hos modern, han ska ta reda på den. Fågeln hade en vass näbb och smala ben; den sprang så fort som vore den praktikant hos en sträng kontorschef.

Han vistas tvåhundra meter över havet och undrar om han kan höra det storma. Han saknar känsla för stora vatten. På en strand förmår han sällan sluta ögonen och vila utan brukar kasta sten på vågorna i en lust att hämnas.

Vinden sopar löven i drivor upp mot häckar och trädgårdsmurar. Sommaren är över. Gudrun är borta, kanske också Ellen Mörk – hon som inte ens har kommit. Det dyrbara ögonblick då man tror sig kunna fånga allt och rymma allt är förbi, smärtan återstår, och därefter börjar sannolikt en ny tid då även smärtan ska verka avlägsen.

Han vaknar i citronklar gryning. Några måsar har blåst in från det avlägsna havet. Han har satt sig före att vandra någon mil per dag. Han har en karta, Ordnance Survey Map, över de tillgängliga stigar som slingrar över kullarna och följer åsryggen. Hela Quantock, två mil långt och ingenstans bredare än att man skymtar en by, markeras på kartan som AONB, Area of Outstanding Natural Beauty.

Han är på välkänd mark. Adressen till den siste guvernören

över Brittiska Kamerun har han fått via Foreign Office. I en skola i Somerset tillbragte han några juniveckor då han var femton år och skulle förbättra sin engelska: han var med om terminsslutet i ett pojkinternat. Guvernören och skolan befinner sig i var sin ände av Quantock. Men han har inte bråttom att möta en ny människa eller återse en gammal boplats.

Vid lunchtid är han framme vid Will's Neck, fyrahundra meter över havet, den högsta av kullarna. Han rör sig ekorrsnabbt till en början, vilar på en stätta eller mur, går ryckvis och häftigt som på hemvägen från skolan förr: omvägarna är det spännande. Han vill hoppa hellre än skrida men blir snart trött av oberäkneliga rörelser.

Quantocks toppar är en böljande hed med ärttörne, blåbärsris och ormbunkar. Träden är knotiga hagtorn, låga järnekar, en enstaka tall. Mot havet urholkas sluttningarna av grova fåror, med en ström längst nere, och sidorna täcks av rododendron, fingerborgsblommor, fräkenväxter. I leran kring en damm ser han spår av hjorthovar.

Järnåldersläger kröner några av kullarna. Kummel, där förhistoriska människor begravde sina döda, ligger utströdda i ljungen: melankoliska stenar som siktar mot något väderstreck, och under dem slitna yxor, skärvor och splitter från dem som levat och jagat här.

Johan Fredrik hittar en övergiven utgrävning. Det är som om en jättes hand har tagit en näve jord ur marken. Ormbunkarna lutar sig nyfiket fram som sörjande mot en grav. En ek är till hälften kluven av blixten, men barken har läkt ihop, saven funnit vägar att stiga, den grönskar upptill fast den har svartnat kring rötterna.

Han äter en ploughman's lunch med lök, ost och bröd i Charlinch, där the village green är grönare än England själv, med smala stigar i diagonaler och skyltar på gräsmattan: No Organized Games. Det känns långt borta från rubrikerna, men de som sitter intill diskuterar fackföreningarnas makt, elransoneringen, våldet i Nordirland.

Det är en by av fårfarmare och ensamma pensionärer som dricker gin i väntan på att barnbarnen ska komma på besök. På puben förbereds en bridgeafton, barägarens hustru berättar att hon brukar fara till bingon i närmaste småstad. Johan Fredrik ser ett barns trehjuling på köksgolvet bakom disken, en uppstoppad räv, en ofullbordad akvarell. Innanför pipranka och kaprifol som slingrar längs stuprör och vattenledningar finns människor som växer och åldras utan att han vet något om vad de tänker. Men han lyssnar till samtalen:

– I förtroende, bara mellan oss, tvivlar jag på att det nya narkomancentret får byggnadstillstånd. Opinionen mot det växer. I kväll målar man plakat hemma hos diakonen.

– Mrs Pickleford borde vara med i kyrkoherdens kommitté. Hennes namn väger tungt. Och hon är faster till vår lokala parlamentsledamot, det får vi inte glömma.

– Det avgör saken.

Den högt belägna kyrkogården i Charlinch vetter söderut mot ängar, sädesfält och andra kyrktorn. En portal flätad av järneksgrenar leder ut över åkrarna. Idegranar skuggar gravarna; i en av dem vilar en sjöman från Drakes världsomsegling. Och någon mil därifrån bodde en gång Elizabeth Sydenham, förlovad med Drake. När han inte hörde av sig från de stora haven, beslöt hon att gifta sig med en påtagligare man från orten. På väg till bröllop i kyrkan ändrade hon åsikt, när en kanonkula, avfyrad tvärs över världen, föll ner vid hennes fötter. En tid senare stod Drake själv där och de gifte sig. Hans kanonkula, en meteorit, finns kvar i Combe Sydenham, till varning för de otåliga och tröst åt de länge väntande.

Inne i kyrkan råder en god källardoft. Det står färska gladiolus på altaret. En kvinna med ett stilla smalt ansikte reser sig ur en bänk och går fram till ett epitafium. En sekund tänker Johan Fredrik på Ellen Mörk. Han ser henne i kapellet på Skogskyrkogården, på andra sidan en mittgång. Har hon förebådats av en bild inom honom? Var deras möte en dagdröm om det som ännu inte har ägt rum?

I en broschyr finner han att här i Charlinch förkunnade på 1800-talet kyrkoherden Henry James Prince för en övertygad menighet att han var den återuppståndne Messias. Han grundade en religiös gemenskap kallad Agapemone eller Kärlekens boning. I hans trädgård står ett kraftfullt fikonträd som han planterade till Herrens ära. Det har stora, ännu gröna blad som kan dölja mycket mer än det nödvändigaste. Kring dess grå stam dansade hans anhängare och prisade Somersets frälsare.

Johan Fredrik läser plaketterna över döda kyrkoherdar och tänker på hur de vandrade under almarna långt innan dessa blev sjuka och hur de lyssnade till församlingsbornas berättelser om barnens difteri, männens otrohet, lärarinnans vägran att delta i byns liv.

När han kommer ut igen, böjer han sig ner och dricker ur kyrkogårdspumpen. En kvinna i täckjacka krattar gångarna och iakttar honom vänligt.

– Är ni här för första gången?

De kommer i samspråk. Hon är klädd i blått därför att det höjer tankarna. Hon är gift med en krigsveteran utan ben, han sitter hemma och ser på TV, men så länge hon finns och har starka armar ska han slippa långvården. Johan Fredrik märker att hon är yngre än hon ser ut.

– Har ni några barn som tittar till er? frågar han.

– Nej. Jessica, vår dotter, dödades i ett bombanfall under kriget. Var hos sin mormor, låg och sov i trädgården. Ett splitter tvärs igenom barnvagnen.

Hon torkar sig i ögat.

– Hon var där för att klara sig, inte för att dödas.

– Så förfärligt, mumlar han.

– Ja. Ibland är jag mer ledsen än jag kan säga. Man ska inte tala om sånt här, men jag gör det med er för ni är turist, ni hör inte till trakten.

Två vita fjärilar fladdrar förbi. Han tar de spröda toppbladen på en vildmynta och smular mellan fingrarna. Den har slagit rot i en skreva på kalkstensmuren. Så får han syn på en sten över en sjuåring: "En mindre hemma, en mer i himlen." Monumentet över pojkarna som blivit kvar i första världskrigets skyttegravar bär texten: "Gud allena vet." En räcka namn, alla mellan arton och tjugotvå, inte ens åldern för en UD-aspirant.

Gravvårdarna lutar åt olika håll som för att snegla förbi varann i trängseln och skymta resedan, som doftar av sensommarens liv, och den mossiga muren, där åkervindornas trattar fångar upp gulsparvarnas och stenskvättornas sång. Här ligger människor som stupat och förolyckats, knäckts av blixten och svepts bort av pesten. Avfall har de blivit. Deras namn är dock kvar; deras odödlighet hänger på att inskriptionen ristats tillräckligt djupt. Men Wilhelm Knutson finns ingenstans utom i Johan Fredriks tankar, i Hillevis och Kristian Lutanders.

Det du äger är vad du inte äger... Den du är är vad du inte är... Så ungefär ekar i honom T S Eliot som skrev om kyrkogården i East Coker inte långt därifrån. "A life-time burning... old stones undeciphered..." De öppna fälten och de låga svalorna nere i dalen. Popplarnas rad längs en väg. Korna flockar sig samman och stirrar oavvänt åt samma håll.

– Den mannen där och hans dotter... ser ni? pekar kvinnan. Han sköt henne och sedan sig själv. Hans fru hade gått ifrån honom. Han trodde inte att dottern skulle klara sig utan honom. Det skrev han i brevet. Men han hade en annan dotter också. Hon har flyttat. Det var hon som fann dem.

– Hon måste undra om han tänkt döda henne också. Hon kan aldrig vara säker på vad hennes far ville med henne.

Plötsligt upptäcker han själv ett namn han känner igen. Årtalet stämmer. De är lika gamla, han och pojken som satt bredvid honom de tre veckorna i internatet, terminens sista.

– Vet ni hur han dog? frågar han kvinnan som skrattar till.

– Av skam påstår folk. Han hade en kolfirma, den största i Somerset. Den gick i konkurs. Han blev alldeles utblottad. Det sas att han förolämpat underleverantörerna. Han var häftig av sig.

Johan Fredrik ser honom framför sig, fräknig, med de rödhårigas tunna känsliga hud, snaggat hår. Han brukade ta fram en näsduk och gnida besticken av grå metall, alltid lätt oljiga. Han ställde pinsamma frågor om befruktning till biologilärarinnan. "Har du inte sett hur det går till på landet?" avvärjde hon. "Fröken, mina föräldrar bor i stan. Gör de som hästarna?"

Han minns hur Nigel kom tillbaka från en veckända hemma och satt på sängkanten och bultade på knäna: "Underbart! På lördag ska jag träffa henne igen!" Han var den ende som hunnit bli förälskad. Nigel berättade det när de cyklade i månsken, så nära vägkanten att fuktigt gräs strök mot benen på dem.

"England är inte mycket att ha. Inte skulle jag komma tillbaka om jag var du. Så om vi inte ses mer har du min välsignelse." "Jag vill inte ha din välsignelse," hade Johan Fredrik svarat. De hade stått utanför den lilla mataffären vid torget, sen hade han som var svensk tagit bussen till Taunton, tåget till London och Svenska Lloyd till Göteborg. Och skolan och kamraterna blev mycket riktigt något han inte skulle återse – förrän nu.

Senare den eftermiddagen är han framme vid skolan, tidigare än beräknat. Han liftar sista sträckan med ägaren till en handelsträdgård.

– Ett enda James Grieve-träd kan ge tvåhundra kilo, upplyser mannen. Äpplena måste vara minst fem centimeter, annars får man inte sälja dem. Skolbarnen brukar plocka vinbär och krusbär, lagom tills de slutar för sommaren. De kan tjäna upp till hundra kronor om dan. Det räcker till en läderfotboll.

Skolhuset i mörkt tegel och med skiffertak ligger närmare byn än han minns. Den rödmålade trädörren i muren är kvar och matsalen med ett burspråk för lärarna och de femton skorstenarna, en för varje öppen spis. Genom ett fönster ser han att de bruna sammanfogade pulpeterna har ersatts med nya. Parken har huggits ut och näckrosdammen skymtar i dess ände, där häckade en kungsfiskare den sommaren; nu råder höstens tystnad.

Aisholt – namnet kommer av de askskogar där saxarna en gång slog sig ned. Friskt vatten rinner genom byn, man kan se strömstaren fiska från en sten. Bytorget lutar, fyra vägar möts i ojämna vinklar. Fiskbilen tutar för att bjuda befolkningen på kolja, vitling eller sjötunga. Hos Village Grocer säljs det mesta förutom mat: minikjolar för flickor, strumpor, leksaker, paraplyer, The Tatler eller Ellery Queen Magazine.

Post Office ligger intill, och på dess anslagstavla läser Johan Fredrik om kurser i bokbinderi och yoga. I Gardeners Society tävlar man om bästa fotot av medlem med barn och blommor; en jury med kyrkoherden i spetsen fäller sitt avgörande vid ett knytkalas i Village Hall.

Puben Saracen's Head har speglar etsade med bryggeriers namn, vinylblå golv, rödskärmade lampor och viktorianska ryttare på rävjakt längs väggarna. Dit fick han inte gå när han var femton, men nu tar han en öl vid den höga disken. En tyst handelsresande bläddrar i en fakturapärm. Johan Fredrik har tid att försöka minnas hur det var.

De sov sju pojkar i varje sal. Var och en hade en mugg med sitt namn på en klisterremsa, dessa stod i rad vid tvättstället. Den som låg i britsen ovanpå honom släppte sig, den som låg närmast intill stönade i mardrömmar. Några läste med ficklampa under täcket. Tidtabellerna var regelbundnare än verben. Visslingar, klockor, gonggonger kallade till ordningen.

En gång då han var febrig tog han en kanna vatten och smög upp på vinden och lade sig att sova intill den kopparglänsande cisternen. Han vaknade och förstod inte var han var. Han kom för sent till frukosten på gröt och äggröra. Till husvakten sa han att han hade gått i sömnen.

Klassen hade utflykt, med filtklädd plunta vid bältet, smörgåsar med ansjoviskräm och sylt. Gymnastikläraren fäktade med en alpstav och banade väg genom hagtorn och gultörne. Han betraktade Somerset som Englands hjärta. I fjärran inleddes utrymningen av imperiet: Indien med den otacksamme Nehru, Cypern med terroristen Grivas och i Egypten en annan taktlös överste som hette Nasser.

Johan Fredrik har rätt svaga hågkomster av de här veckorna.

Det hände inget som rörde upp hans känslor. Han hade inget att vänta på utom enstaka brev hemifrån och vykort från ett par klasskamrater på deras sommarställen. Han tyckte inte särskilt om pojkar, han längtade efter en flicka, någon sorts. Och han gillade inte lärarna som med ett lätt slag i katederlocket reste sig och gick då klockan ringde: "That's all for now, boys!"

Fraserna han lärde sig ekar i honom än: "If I were you I shouldn't go out in this weather." "Sorry, I am not with you." Nej, vem var med honom, hos honom? Ingen han visste något närmare om.

Ändå var han hemma hos en kamrat som bodde i närheten, med en mamma i stort blommigt förkläde: "Lunch will be ready in an hour. Why don't you boys run out and work up an appetite." De sprang ut på ängar där smörblommorna stod höga, de passerade ett kricketfält och hamnade i ett lerdike. De var svettiga och smutsiga då de kom tillbaka till skinkpaj och kokta rovor. Efteråt spelade de domino och pojken utbrast: "Wretched buisness!" Om det gällde spelet, framtiden, skolan eller något annat – det minns inte Johan Fredrik.

Kamraten hette Nigel, rödhårig, fräknig, numera död.

I bokskogen en bit uppför kullen byggde de hyddor och grävde ut grottor under trädrötterna. Man hörde till en koja, en grupp, utan att man fattade varför, man blev antagen här och utesluten där. Man förbereddes för livet, det man ännu inte deltog i. Lärarna inpräntade att inget skedde för sin egen skull, allt hade att göra med de roller man skulle spela som vuxen.

I skogen gjorde de upp eld, helst med pinnar eller brännglas på scouters vis. Över elden värmde de burkar med bakade bönor och skalade tomater. Röka var lika förbjudet som att fuska och onanera. Health & Hygiene hette en tidskrift som gav vissa insikter om kvinnokroppens byggnad och ändå var tillåten; den hade de med sig.

En jägare upptäckte dem och ropade ut dem ur hyddan: "Nu gossar ska ni få känna hur en kråka luktar i armhålan!" Skytten tog den döda fågeln och pressade det mjuka dunet under vingen mot Johan Fredriks näsa. Något torrt och sött, som en sand-strand med sopor, men kittlingen var underlig: han ville gripa fågeln i motvillig ömhet, men hörde bara skyttens skratt. Alla luktade på den, ingen vågade stå utanför. Det var ett prov – men för vad?

2

Kyrkan på sin kulle övervakar de rödoxiderade fälten kring Aisholt och sluttningarna täckta med trift och ormbunkar. Där driver fåren i glesa hjordar med sina obegripliga tatueringar i lila. Han går in i kyrkan och känner genast igen sig: långskeppets kraftiga valv, korsets armar målade över syddörren, fattigkistan tillverkad av en ekstam. En bukett astrar står intill bibeln på predikstolen, och på altaret höga riddarsporrar. Hymnböckerna ligger på sin hylla vid ingången, och där är de tunna gråslitna kuddarna för knäfall vid bön. Men nytt är anslaget i vapenhuset: Bed för tredje världens svältande folk och för offren vid översvämningarna i Bangladesh!

Kyrkan restaureras. I det innersta valvet har målningar tagits fram, men de första människorna i paradiset håller på att tappa taget. Ett lövtunt fragment ligger som en hudflaga på kalkstensgolvet. Kanske det blå i Evas öga.

Ur sakristian kommer prästen med en ostruken kaftan över armen.

– Det är möjligt det finns mycket mer under putsen, säger han och betraktar nyfiket främlingen. Väggarna ströks vita för hundra år sen.

– Man borde knacka fram det.

– Jag vet det är på modet. Men vad hittar man? Djävlar och helgon. Det kan bli för mycket för en liten kyrka som den här. Och ni själv?

Johan Fredrik nämner skolan där han har gått samt årtalet.

– Det var då vi hade en stor utgrävning här på kyrkans mark. Jag var något slags uppsyningsman den sommaren. Några obetydliga fynd blev kvar hos mig. Vill ni se dem?

De går över vägen till prästbostället, ett hus i tegel med stall och kuskbostad. Vid grinden står en bänk, halvcirkelformad, under en ceder; den har donerats av förre kyrkoherden. I vardagsrummet är en öppen spis i golvnivå, ett lågt mörkbonat bord, en soffa med trasigt överdragstyg, en kista med en bunke eterneller.

– Jag var fältpräst i Royal Air Force under kriget, berättar prästen som heter Collins. Jag bad för dem som flög ut. Familjerna kom ner till basen vid Southampton när deras söner inte återvände. Vi föll på knä och bad. Vad kunde jag göra? Det var en hård tid. Varför skulle just vi rädda Europa från djävulen och inte svenskarna?

– Vi är inget gudligt folk. Och vi var imperielösa, säger Johan Fredrik.

– En av de äldsta familjerna här är Halvorsens. Norrmän. Den gamle drack förfärligt. Stammar från Harald Blåtand sägs det: akvavit i generna.

Collins har ett runt huvud och stora ursäktande ögon. Han serverar ett glas cider av egen tillverkning. Det är förmodligen ont om besökare i byn. Turister far till London, Cornwall, sjöarna.

– När jag var liten varnades vi här i Somerset för allt hemskt som skulle drabba en om man satte sin fot i London. Bankirer, hetärer, simpla mördare... Syndens lön var att man fick sluta sina dagar som syfilitisk skosnöreförsäljare i stället för att odla sockerärter på dessa vackra kullar.

– Och nu?

– De gamla går i kyrkan, de unga samlar rabattkuponger på bensinstationerna och följer efter något popband på turné genom landskapet och blir borta.

Collins pekar på en ask som håller på att växa in i huset. Dess rötter lyfter prästgårdens knut, dess grenar skuggar, bladen hopas i takrännorna.

– Naturen tar över. Men jag nänns inte ingripa.

– Så länge det inte regnar in...

– Jag är nästan självförsörjande. Endiver, broccoli, äpplen,

344

sparris, potatis... Jag har så det räcker. Min fru klarar det mesta. Vi har en pojke från internatet som sommarhjälp. Församlingen är liten. Det bor några pensionerade arméofficerare här, de fredligaste man kan tänka sig. De blir förtjusta om ni berömmer deras stenpartier. Jaha, där har vi min fru.

Hon är smal och brunbränd, med fasta gråblå ögon och ett flickleende helt utan inställsamhet. Hon kunde vara hans dotter. Prästen måste ha märkt Johan Fredriks förvåning.

– Jag blev änkling för några år sedan. Joan är min andra hustru.

Han nämner det blygsamt som för att betona att hennes ungdom inte är hans förtjänst, snarare en smärtsam bekräftelse på alltings upprepning.

– Joan leder en kurs i akvarellmålning i Village Hall. Det här är ju inte precis världens mittpunkt.

– Några verkligt originella begåvningar har knappast dragits till den här trakten, tillägger Joan och skrattar. Det känns besvärande att vi i kyrkan måste stå för hela andligheten.

– Inte ens Coleridge tilläts bosätta sig här för sin fru, berättar prästen. Hon tyckte det var för långt bort från allting. Det fick bli Nether Stowey nere vid landsvägen, inom gångavstånd från Wordsworth.

– Och det ni skulle visa mig? påminner Johan Fredrik.

I en låda med glaslock – en sådan man brukar förvara fjärilar i – har prästen skärvor, krukfragment, spjutspetsar från utgrävningen. Där är en brosch från romartiden: ärgig tunn metall inramar ett kvinnohuvud och bröst skurna i täljsten. En individ eller en fruktbarhetsgudinna? De vet inte. Den hittades samma år som Johan Fredrik gick på internatet utanför byn. Han tar upp smycket och låter det vila i handen. Hans hjärta bultar när han ser på detta ansikte i miniatyr.

– Jag har en begäran, säger Johan Fredrik efter en stund med stadig röst. Den är så stor att det är lika bra jag framför den direkt.

– Vid min ålder har man upphört att bli förvånad. I Guds

namn, alltså!

Collins tycks med filosofiskt lugn ställa in sig på något oundvikligt.

– Det är en påflugen bön och säkert fåfäng. Ni får naturligtvis avvisa den.

– Ni skjuter upp er önskan genom att inte nämna den.

– Jag tänjer ut tiden för att hålla besvikelsen borta.

Och han känner verkligen på en gång ett lugn och en smärta som när ett sår går upp.

– Är det broschen ni tänker på?

– Ja. Jag skulle vilja köpa den av er.

– Varför?

– Jag tycker om kvinnans ansikte. Som minne, som...

– Det är så nött.

– Det är från en tid då ungdom och skönhet inte var identiska. Hennes ålder är ovidkommande.

– Det är ju ingen dyrbar sten och metall.

– Hon ser gåtfull och en aning triumferande ut. Vänder man henne mot ljuset, blir hon bräckligare, orörlig, nästan trött.

– Som de flesta, säger den unga fru Collins.

– Förlåt att jag blir så upphetsad! Det har att göra med det bottenlösa i vardagen, man vaskar fram något där nyss ingenting har funnits. Ett ansikte som så många.. Ändå fullt av motsägelser.

– Kanske fanns den här broschen i en massa exemplar, fortsätter Johan Fredrik. Och möttes av okänslighet, likgiltighet. Men mig påverkar den som en kemisk substans. Jag skulle vilja ge er något annat och liknande, om ni bara kunde skiljas från den.

– Ni är helt enkelt en fetischdyrkare, menar kyrkoherden. Det hade jag inte väntat.

– Du kan gärna inte ha väntat dig någonting, säger hans fru. Ni träffades vad jag vet inne i kyrkan alldeles nyss.

– Den där broschen öppnar en lönndörr i mig. Om ni förstår, vädjar Johan Fredrik.

346

– Jag tror det, svarar hon. Jag grips av den känslan när jag hittar en sällsynt växt och undersöker det fina bladverket och vet att den är okänd, nästan okänd.

Hon tar fram en stor svart pärm, där ligger pressade växter uppsatta på herbarieblad. Hon bläddrar fram tistlar och vita blåklockor, den blå färgen försvinner, men det röda och lila hos några orkidéer som blommar på kalkstensmark dröjer kvar. Hon breder ut dem på golvet.

– De här växterna... jag är så fäst vid dem. I get carried away.

– Ni har inte plockat dem alla själv?

– Min far började. Han hette Milton Bradley, lärare i Taunton.

– Bradley? Fanns det inte en bland lärarna på internatet...

– Jo, hans syster var lärarinna i biologi. Ni skymtade henne kanske. Hon är pensionerad. Och skolan har blivit tekniskt gymnasium med tonvikt på jordbruk, pojkinternat fortfarande, men man tar emot flickor som bor hemma här i trakten.

– Er faster alltså! Vi tyckte hon var pryd.

– Hon var inte precis progressiv. Försökte dölja livets hemligheter mer än avslöja dem. Det var hennes läggning. Hennes pappa, min farfar, var alkoholist, han hade en flaska visky stående i klockfodralet, på ena sidan så att inte lodet skulle krossa den ifall man glömde dra upp urverket. Och det kunde hon aldrig erkänna. Hon sa han experimenterade, forskade efter något.

– Anden i flaskan, sammanfattar Collins förstående. Vanlig syssla.

Johan Fredrik tycker plötsligt att detta som han hör och är med om har hänt för länge sen. Och framtiden känner han inte, den är en förbjuden beröring, den lovar ingen förnyelse, den lovar inte ens att finnas till.

Han tänker på vandringen han gjort mellan förvildade äppelträd och björnbär som börjat svälla av morgondaggen. Varje ögonblick dyrbart, men nu mister han dem, ett efter ett. De drar igenom honom som när ett eko av ett eko ljuder i en trappuppgång. Och det håller på att bli höst på allvar.

– Och broschen? påminner han.

– Täljsten och järn, säger kyrkoherden, den har väl inget annat värde än det man ger den. Lokalt material förstås. Ni tycks verkligen uppskatta den.

– Ja, jag har redan börjat sakna den.

– Ta den som ett minne av att vi träffades så här av en nyck.

– Jag blir så glad, vet ni. Jag har varit påflugen. Men jag tänker inte be om ursäkt för det. Jag kunde inte hålla mig tillbaka.

Han tar emot broschen. Ansiktet förefaller honom energiskt, ändå flyktigt som om ett växande ännu pågår efter alla dessa år i jorden. Det är kanske en form av kärlek som får honom att i detta kvinnoansikte urskilja så många nyanser och skiftningar. Och han tänker att han har glömt brösten som är små och neutrala; men de finns där. Det är trettio år sen hon grävdes fram av en tillfällighet och lika lång tid sedan han själv bodde utanför denna by i Somerset, England.

Med tummen smeker han lekfullt ansiktet och han känner sig avspänd, mild, andaktsfull, i oväntad samklang med prästparet och byn. När han går, upptäcker han ovanför kyrkan, högst uppe på den steniga kullen en knotig lågvuxen ek. Den verkar leva på ingenting, men den famnas av ljus. I Aisholt samlas redan skuggorna kring the village green.

Han gömmer broschen i fickan. Den vilar hudvarm mot hans lår. Han äger något han inte längre är rädd att förlora. Ett kvinnoporträtt, en avgudabild, en inbillning, en bit av hans eget jag – vad det än är bereder det honom tröst och välbehag. Som när Nigel i sovsalen dunkade nävarna mot knäna i ett jubel som lät som en klagan: det var så mycket på en gång, en utvidgning av honom själv som lusten och ömheten åstadkom, en fångenskap eller instängdhet som blev en följd av samma begär.

Detta ansikte som någon har täljt fram med den tunnaste knivspets var från början bara en skuggning i stenen. Så blev det någon, många någon för olika blickar. Under hans ögon förvandlas hennes drag till någon han åtrår, men i ett annorlunda ljus vore hon en annan, på en annan ort vid en annan tid.

Ty detta har han lärt sig: alla är utbytbara och ingen vill vara det, alla är utkast, skisser, som överlämnats till en främling att fullända.

Ingen kommer färdig och förverkligad till ett möte, och någon kontroll över detta plågsamma, tillfälliga och njutningsrika skeende har man inte.

Men man kan låta fantasin sudda ut vad nyfikenheten har fyllt i, så att bilden förblir ofullbordad, en förlaga bara eller ett koncept, vars slutförande skulle betyda kärlekens upphällning.

Hans hemfärd är snabb. Minehead-Bridgewater-bussen nr 215 tar honom åter till utgångspunkten. På värdshuset har översteparet middagen klar sedan länge, men de klagar inte på hans sena ankomst. Det blir potted shrimps, fasan, citronsoppa med snöägg. Priviligierad är han, inte på grund av egen förtjänst utan av en vilsen slump som han är lycklig att slippa råda över.

.

3

Quantocks rygg böjer sig som en jätteödlas svanskotor. I förhistoriska skogar längs kusten strövade mammutarna. Vid lågvatten blottas ibland en gulnad bete som då överlämnas till det lokala museet. Det berättar översten på värdshuset, medan morgonens flöde av ljus rinner uppför denna rygg av kalksten och ljung.

Under klar himmel och i mild sydostlig vind försvinner det grå ur stenen och husen får en lyster av guld och tenn, skiftande mellan timmarna på dygnet. Fåglar svävar över de blekgröna fälten – beckasiner, den svarta engelska kråkan – och Johan Fredrik tycker han är på gränsen till att förstå det oerhörda.

Då hör han skräckfylld sång från trädgården. En spräcklig katt tittar på en taltrast. Fågeln flyger upp men störtar, katten hoppar fram och smäller till den med tassen, inte mer, och ställer sig åter och betraktar den. Den brer ut vingarna, skadad bortom räddning. Katten tar den varsamt i munnen. Då talar den: en hes vädjan, en sista inandning.

Det är för sent att ingripa. Johan Fredrik stövlar in i köket och berättar. Överstinnan är förströdd och kommer strax in på tillvaron i Kenya under den gamla goda tiden:

– Inga skatter, billigt tjänstefolk, färsk frukt varenda morgon. Jag förstår egentligen inte varför vi gav upp det.

Vi – det är England, på samma gång man själv och en främmande kropp. Hon försvinner in i sitt rymliga skafferi, där vattenledningen gurglar ihåligt.

Det är papperen i Knutsons gula teburk som har fört Johan Fredrik till Quantock hills. Att hans gamla skola ligger i närheten är en slump. I Kamerun var Wilhelms egendom trettiotretusen hektar, den togs av tyskarna under förevändning att marken inte var tillräckligt uppodlad och kontraktet mellan hövdingen av Mapanja och Knutson juridiskt oklart. Engelsmännen konfiskerade området efter första världskriget och sålde det på auktion.

Ett kort av senare datum som Johan Fredrik hittat i teburken tyder på att Wilhelm vid åtminstone ett tillfälle har hört sig för om han finge köpa en symbolisk domän på berget. Svaret kom på ett brevkort från 10 Lindfield Gardens i Hampstead: "Dear Sir, Re Cameroons and in reply to your letter: no property in this area is for sale. Yours truly, Frank Hart."

Vem Hart var – advokat eller tjänsteman i kolonialministeriet, fast han skrev från en privat adress – vet inte Johan Fredrik. Han går omkring i byn där han bor sen några dagar och undrar om han är på fel spår, eller på något spår alls. I själva verket har han ju bara tagit ut en semestervecka såsom allt oftare sker då det mörknar i Sverige.

I Post Office Stores säljer postmästarens fru hemgjord kola, frön, tidningar, tandkräm och tamponger. I taket hänger en glaslampa, på golvet ligger en terrier: båda fungerar ännu med flämtande ljus och ljud. Love-in-a-mist heter en fröpåse. Passande nog har den ingen bild, men det är kanske för att alla känner till den. "Blommor juni-juli". Han skakar påsen och lyssnar till de torra fröna som gömmer så mycken livsenergi.

Han går in i antikboden. Den är full med saker som har vridits ur händerna på det förflutna och blivit kraftlös dekor: en flätad barnkorg som klätts i plåt och gjorts till blomsterbord, en avlutad byrå med nya handtag, ett tvättställ i blommigt porslin på ett bräckligt järnstativ, jakthorn och värmekrus av glänsande mässing som kunde hänga på väggen till någon ny restaurang.

Han köper ett dominospel: varje bricka består av en tunn skiva elfenben fastnitad i mitten på en bricka av ebenholts. Asken är en gammal myntask med två öppningar för kopparoch silvermynt. Den påminner om Nigels ask, kanske är det samma spel, samma djävla elände som Nigel skrek om, men kvinnan i boden vill inte säga var hon har fått det ifrån.

Hon har operan Don Giovanni på band: Stengästen ryter, medan hon likgiltigt bläddrar i Taunton Gazette. Hennes utseende är alltför påkostat för trakten. Hon verkar vänta på Den store uppköparen, han som övertar rörelsen och låter henne ingå.

Barn i mörka skoljackor åker rullskridskor utanför. Också här på dessa gröna kullar finns det barn och de måste ha kommit till på något sätt. Han har svårt att tänka sig att kvinnor under sina kjolar och jeans döljer dessa märkvärdiga springor, de sitter på dem, de glömmer väl bort dem som oftast, och ibland vattnas de hemlighetsfullt. Att män är män och kvinnor kvinnor kan han egentligen inte begripa, all statistik till trots, var och en är sig själv, och först när de blottar sina gåtfulla skatter medger han att de finns där, precis som de anatomiska planschverken försäkrar.

Byn består av låga kamgarnsgrå fasader med fyrkantiga släta tegelpannor som följer takstolarna likt smidig hud. De finare husen är uppförda i röd sandsten från närbelägna brott. Ett av dem pryds med en handskriven skylt: "Detta ställe hemsöks av en dam som spelar på spinett. Instrumentet må beses. Tio pence. Endast sommartid."

Johan Fredrik besöker The Elizabethan Tearoom, byns enda näringsställe utom puben och värdshuset. Mellan ett och två serveras en lunchrätt bestående av kaninsadel – bleka skivor som doftar medicin – i en sås på basilika och krossad aprikos. Etablissemanget drivs av två systrar, den ena lång och med pageklippt hår, den andra satt och hjulbent: härskarinna och servitris. De växlar hälsningar:

– Lovely morning!
– Nice weather!
– Beautiful day!

Den tjocka meddelar allt hon tänker göra: nu ska jag gå efter vattnet, jag kommer strax med kaffet, jag serverar potatisen före morötterna... Det är en lång monolog som utfärdade hon order åt sina händer.

Terummet vetter mot en trädgård med förvildad rabarber,

kärs och cikoria, krusbär och bigarråer och små textade plakat på grov papp: färska ägg, färsk potatis, färsk spenat och sallad. Ty systrarna har alltför få besökare som dröjer vid en måltid, men vandringsfolk passerar och kan tänkas handla för sina aktiviteter i det fria och även ortsbor kompletterar här för att slippa trängas i Bridgewaters snabbköp.

Johan Fredrik ser ut över en bäck som gräver sig ner mellan runda stenar och lämnar en del av bädden torr. Den rinner småningom ut i havet som känns fjärran, fast det kan skönjas nu då sikten är god mellan hagtorn och blågrå rökar. En helikopter flyger till synes planlöst över kustremsan, och unga vråkar höjer sig i omärkliga uppströmmar.

Johan Fredrik tycker att också han rör sig mellan tidsskikten som mellan olika luftlager. Skolan är ett suddigt minne som tätnar till svag plåga, Wilhelm Knutsons förflutna skälver i honom som en ovan turbulens. Där är Lenas liv som han skulle vilja måla i Vermeers klara oförstörbara färger; där är den närliggande tiden med Gudrun, en otid som hotar att göra hans verklighet overklig. Hoppen mellan dessa tidsnivåer är hans egna, ingen kan följa honom hela vägen, och han kan inte slå följe med någon.

"Jag får god mat. Jag har det så bra." Han kommer ihåg de falska korten som judarna tvingades skriva för att lugna sina familjer när de kom till sin bestämmelseort: förintelsen. Det händer att sådana meddelanden fortfarande skrivs; Det hör till hans yrke att söka urskilja förledande information, budskap som alla vill tro på fast de utfärdats under hot.

Det tänker han medan han sitter uppflugen på kyrkogårdsmuren och plattar till en gul sedum och får en jordfläck på sina grå vandringsbyxor. Han skriver ett kort till Lena. Det han säger – om utsikter, teställen, sin gamla skola – är inte falskt men glest. Mellan orden bultar en oro han inte vill ge ord, en längtan tillbaka till en kärlekens stilla ordning som Gudrun har spräckt med sitt uppbrott.

Kulspetspennan verkar opålitlig. Skriften liknar något framskrapat. En gång har det funnits ett annat meddelande, tänker han, men detta är vad som återstår.

För att kärleken ska upphöra måste man glömma både smärtan och lusten. Livet åstadkommer glömska lättare än död. Vävnader läks. Man inbillar sig att man har blivit någon annan för att snabbare bli kvitt den figur som man så obegripligt och olönsamt har älskat. Man kastar av sitt gamla jag likt en rock som nötts ut, ty då slipper man fråga vad man själv haft för roll i detta spel.

Ett bevis för att han håller på att lägga Gudrun på avstånd är att hans intresse för det hon sysslar med är på väg att upphöra. Han tänker inte ofta på Uppsala universitets aktieportfölj på trehundra miljoner, på akademitorpen och de trogna arrendatorernas jubileumstallrikar.

Måste han då sudda ut henne såsom man gör med livet före födelsen? Han krymper sin rädsla, han river bort rappningen på sitt hus, och under murbruket kommer timret fram, med fragment av rödfärg som täckts över för länge sen, illa drevat är det men stabilt. Kärleken är inget förutbestämt. Dess livslängd garanteras inte med fiberhaltig kost.

En låga har hoppat mellan honom och Gudrun, yr som ett barn. Nu är den stilla, syns knappast, värmer ej. Kanske älskar han henne inte. Kanske älskar han bara att älska henne. Om det är samma sak vet han inte. Han värjer sin rätt att stå med ryggen mot väggen för att dölja hudens tecken.

Fjorton grader, öppen vindjacka, karta i innerfickan: han ger sig ut på dagens vandring. Han stannar vid en stätta och nickar åt en ensam björnbärsplockare med skärmmössa över pannan. Han ser kungsljusen resa sig ur solvarma kalkstensskrevor och vädden stå blekviolett över gulmåran. Sen får han syn på liljekonvaljernas röda bär, han kunde ta en handfull, så skulle han ligga där på mossan, benen böjda i kramp, småningom stelnad till en rot, en kropp ovärdig naturen och föga gåtfull. Farväl till alltihop!

Något håller på att ske med hans minnen: människor tar sig in i hans liv, blir dess byggstenar, finns där som ett svidande sår eller en bultande glädje, innan de förenar sig med andra människor eller med jorden själv.

Han plockar upp den märkvärdiga broschen ur fickan, men plötsligt ser han inget särskilt i kvinnans ansikte. En rädsla drar igenom honom att inte längre förnimma lukten av regnvåt hagmark, inte orka tyda århundradens ristningar på Quantocks hällar, inte förmå rädda detta fynd till nytt liv. Önskan: att avväpna sorgen utan att göra sig hård, att få åtrå på nytt. . .

Denna eftermiddag går han åtta kilometer, vägen skakar av sig gårdarna, blir rakare och brantare ju högre han når. När han är framme vid Goathurst är byn som ett annex till berget och hedkumlen. En gata av låga hus i gräddgult och sandstensrosa, med sänkta ögonlock till vindsfönster, mossiga skiffertak, fattighus från Georg III:s tid, en gammal skola som blivit bostad åt en arkitekt, och Halswell House med orangeri och butlerns stuga, numera i laga förfall, ty familjen Tynte är utslocknad och dess benknotor anropar förgäves livet om en fortsättning nerifrån de spanska kastanjeträdens rötter. Inne i kyrkan begråts sir Nicholas Halswell och hans hustru av nio barn som knäböjer i marmor kring sarkofagen, och i parken driver melankolins skuggor mellan små tempel tillägnade Druiderna, Robin Hood och Kärleken.

Gravarna vetter mot väster och västvinden från havet har halvt utplånat årtalen, namnen, hänvisningarna till bibelställen om synd och nåd. Grenarnas skuggor fladdrar över gångarna: en ständig rörelse sopar jorden med långa penseldrag, än sakta, än ivrigt, som följde den underjordiska magnetströmmar.

På puben där Johan Fredrik dricker ljust öl är det två gamla män som spelar skat. En av dem har en son som jobbar på ett oljeraffinaderi i Kuwait och tjänar stora pengar. Sonen vet hur folk ska hanteras, och är det något han är fin på så är det att skriva reseräkningar så arbetsgivarn hans kippar efter andan.

— Och du bara sitter här, påpekar hans kamrat för att få slut på familjeskrytet.

– Jag har varit så långt söderut som till Isle of Wight och det räckte.

En stilla by. Löv från lönn och alm har börjat skyla marken. Genom ett fönster ser Johan Fredrik en kvinna som står i köket och stryker sin vita kjol. Hon för armen fram och åter, hennes skulderblad skymtar under blustyget. Han har sett den synen förr. Han har strukit kläder själv. Han blir inte på det klara med vad som upprör honom så.

Vad pågår annars bakom halvfördragna gardiner? Otroheter: lantmätaren och arkitektens fru? Någon anrättar en fem kilos lax, någon stoppar upp en fasan med sönderslitna kärleksbrev. Folk som tidigare haft kakaofarm i Ghana eller teplantage på Jamaica har dragit sig tillbaka hit, med en ashantistol och en voodoodocka under vapenskölden från ett college. Här begrundar de på distans nationaliseringens faror för världshandeln.

Och bönderna målar baggens mage i purpur så det märks på tackans rygg när hon har betäckts. De har rundare, rödbrusigare ansikten än längre österut och en vänligare dialekt. Skulle de kunna förmås att vakta ett fångläger lika lätt som får? undrar Johan Fredrik. Finner de sig i att andra bestämmer vad som är sanning och lögn, orättvisa och rättfärdighet? Eller överför de sin ringa betydelse i samhället till sina personliga liv och avhänder sig ansvaret för sitt öde?

En pojke kammar håret innan han går att öva med gosskören. Hans mor slänger diskvattnet på hönorna bakom huset, och hans syster böjer sig över en text med ojämna marginaler, kanske Wordsworths Intimations of immortality, där det finns en antydan om att Somersets ängar är så sköna att de omärkligt måste glida över i ett himmelskt imperium. Fadern som pendlar två mil om dagen till och från vattenverket i Bridgewater har dröjt kvar på puben där han diskuterar splittringen inom labour och den döende liberalismen.

Så tänker sig Johan Fredrik att det är, medan han passerar och fortsätter ut på Quantocks rygg med dess urblekta höstblomster som inte ryms i hans vokabulär. Fåren stirrar efter honom som vore han någon de känner. Lärkträd, ett övergivet stenbrott, azaleor som med åren växt till knotiga buskar. En lång rad bokar längs åsens rand, förvridna av vindarna, medeltida, med rötter som krokiga fingrar. Han vilar hopkrupen under dem och tuggar på en stensöta. Det luktar mossa och svamp, med en friskhet i förmultningen som förebådar vinter och kyla.

Åter blir han försenad, men får lift med en mjölkbil hem till sitt huvudkvarter. Han hör på vädret och fotbollsresultaten i TV, sedan följer en film om Centralamerika: dödsskvadroner och förgiftade brunnar, bomber som apteras under broar, koka-insmugglare som flyger egna jetplan mellan Bolivia och Guatemala.

Han vet att världen är som han ser den och dessutom något annat: en obestämd mångfald. Han har upptäckt en aning av den, genom förflyttningarna inom utrikesförvaltningen, genom resor, genom människor som för det mesta har varit kvinnor. Han har inte behövt betala med umbäranden, lidanden, svält. Han hör till den ringa del av mänskligheten som sitter på World Trade Center, 104:e våningens restaurang, och tittar ner på Frihetsgudinnan, tullens spaningshelikopter och invandrarnas baracker på Ellis Island. Men filmerna har han sett: Bergen-Belsen, Warszawas förintelse, Vietnam och Pol Pot. Ondskan är det som blir kvar sen det syresatta blodet passerat hjärtat. Avfallsprodukten.

Ändå är det i den verkligheten han arbetar och har utkomst och position. Han försöker handskas med den som en servitris med kökets alla attiraljer, han sätter fram och dukar ut, vet var allt ska stå och vad allting heter, han kan både jonglera och skrida värdigt som en biskop. Och någon som inte bara är han själv tycks bestämma hans beteende.

Denna kväll består middagen av potatissoppa, kokt torsk med äggsås, charlotte russe. För säkerhets skull har han med sig en roman från värdshusets bokhylla: H E Bates' A moment in time. På hans bord står en vas med kärleksört, Sedum telephium. En ful växt, men med tjocka saftiga blad som skydd mot långvarig torka.

Han tvättar skjorta och kalsonger på rummet, blickar ut över den brun- och vitfläckiga kalkjorden och märker en hemlig kyla i oktober. Han ser spadarna hänga på var sin krok mot väggen till trädgårdsskjulet. På himlen månen som en halväten skorpa. I lyktskenet på gårdsplanen avtecknas fläder och hagtorn mot den vita ladan: svart, finförgrenat och sprött. Han fylls med ömhet och bävan inför åsynen: ådernät, bladverk.

Så tar han fram en promemoria upprättad inom UD långt före hans egen tid. Han har hittat kopian i Knutsons teburk och läser sammanfattningen:

"UD underhandlade om och bevakade under åren 1919–1922 genom Svenska Ministern i London Herr Knutsons krav. I september 1919 erhölls svar att Engelska Regeringen ansåg att Tyska Guvernementet haft rättighet att indraga Herr Knutsons koncessioner. Härtill svarade Herr Knutson genom Svenska UD att hans krav ej vore av koncessionell art, utan att klara, godkända äganderättshandlingar förelåge och att de senare enligt den internationella lagen om fastighetsförvärv respekterades av alla civiliserade staters regeringar.

I augusti 1921 meddelade Engelska Regeringen Svenska Ministern i London 'att det sätt på vilket Herr Knutson förvärvat de områden, som han nu gör anspråk på, icke kan hava något inflytande på den åsikt, som Engelska Regeringen har vunnit i saken.'

I oktober 1922 erhöll Herr Knutson underrättelsen att Engelska Regeringen utlyst offentlig auktion i London på en del områden inom Kamerunkolonien, bland vilka även Herr Knutsons befunno sig. Svenska Ministern i London lät i god tid protestera mot försäljningen av dessa områden, men trots detta ägde auktionen rum och de förutvarande s k tyska ägarna fingo senare övertaga eller köpa områdena i fråga.

England är sedan 22/6 1922 mandatärmakt för Norra Kamerun och torde såsom sådan ej haft myndighet att utan vidare avvisa Herr Knutsons krav, vilka stödjas av Svenska Ministern i

London, och ännu mindre att till försäljning utlysa egendom som tillhör en neutral makts undersåte.

Vilka möjligheter Herr Knutson har att pröva sin sak vid högre rätt är ännu oklart. Att Svenska UD ånyo och på formella grunder med Engelska Regeringen kunde förhandla om Herr Knutsons afrikanska markförvärv förefaller för stunden mindre sannolikt."

4

När bara en dag återstår tar Johan Fredrik sig före att söka upp guvernören. Han har anmält sin visit, men på ungefärligt klockslag för att markera att han kommer i förbigående och inte i angeläget ärende. Sir Stephen och Lady Thompson är en del av landskapet och dess minnesmärken, själv är han på semester. Så vill han se det.

På grinden står Eden Close.

– Förre ägarens namn, urskuldar sig guvernören som är omkring åttio år, klädd i blå pullover, rutig kavaj och grå byxor. Han har en rostbrun mustasch med mycket vitt i. Rynkorna i ögonvrån tyder på att han länge kikat i solljus på sina underlydande.

Hans hustru böjer på huvudet i den låga dörröppningen och går före gästen in i matsalen där hon dukat fram te. Hon är späd, rödblommig och spetsnäst, iförd en lagad vadderad jacka över en mörkblå ylledräkt. Hon kommer från växthuset med persikor och vindruvor i en plastskål.

De slår sig ner kring ett bord alltför brett för att faten med scones och muffins ska kunna räckas tvärs över den gula duken. Den stora tekannan placeras framför lady Thompson som försvinner bakom den. Johan Fredrik tycker sig konversera en kanna som andas tungt genom pipen. I en porslinstunna står en magnolia, den börjar dofta först sent på eftermiddagen, får han veta. Guvernören äter med god aptit; både cornish pie och clotted cream verkar tidigt ha fått en fristad under hans haka.

– Det här är en pensionärsbygd som ni säkert har märkt, förklarar sir Stephen. Några unga lejon söker sig inte hit. Här går alla med identitetsbrickor om halsen. De är rädda att få hjärtslag eller bli bortrövade. Jag räknar med att bli igenkänd, åtminstone inom några mils omkrets.

Han spelar tennis två gånger i veckan på en bana som han bilar till, medförande en packe gurksmörgåsar.

– Men sen är du bra trött, påminner hans hustru med eftertryck.

Och hon ger Johan Fredrik en blick som får honom att vända sig om i tro att hon ser något hemskt bakom honom. Men han upptäcker bara en galjonsfigur av ådrat trä på väggen, med bröst så fasta att man kan krossa en invigningsbutelj mot dem.

Guvernören är älskvärd och talför men ser samtidigt frågande på besökaren, som om han oroligt väntade att denne ville bekänna något ouppklarat brott mot koloniens lagar.

– Sex och våld är det mesta numer. Vår son säger att det passar honom fint – bara för att reta mig. Jag undrar hur det är att vara ung och leva just nu.

Lady Thompson flyttar på etagèren och dämpar spritlågan under samovaren.

– Höstfärger redan, det är torkan, prövar hon ett nytt samtalsämne.

– Folk talar för mycket om sex, fortsätter sir Stephen. Men pengar är viktigare. Kolonier var till för att ge pengar. Krig är en fråga om pengar.

– Jag tror att passioner, inbillningar, besatthet står bakom det mesta, säger Johan Fredrik. Oklara föreställningar som inte går att rubba på.

– Jag gissar att fler människor varje dag blir upphetsade av börsnoteringarna än av alla herrtidningar i världen.

Sir Stephen får ett glas kallt te och låter isbitarna taktfast klirra mot framtänderna.

– I tropikerna drack vi mycket kallt te.

Därmed nalkas de anledningen till Johan Fredriks besök och guvernören blir tydligt avvärjande.

– Vet ni, vid den här tiden på året brukar jag förströ mig med ett hastigt jaktparti. Det piggar upp. Säsongen är kort. Djurlivet är inte som i Kamerun, men vi ska inte misströsta.

362

Geväret är smort och redo, han föser Johan Fredrik framför sig, och de följer en nött stig in mellan bokarna. Kvisthålen i stammarna liknar ögonhålor och barken grånat ben. Nötskrikor först, sedan en gröngöling. En skara fasaner springer genom undervegetationen, de tvekar att lyfta, men så flyger en tupp och i det ögonblicket hejdas den av Thompsons skott.

De står tysta, avvaktande; det är vindstilla, röken från byns skorstenar går rakt upp. Så korsar en hare stigen, skjuts i länden av den gamle och tjuter såsom Johan Fredrik inte visste att harar kunde. Ett snabbt skott till, en kullerbytta mot döden.

– Nog nu, suckar guvernören. Det här räcker till en lunch. Han tystnar.

– Herr kabinettssekreterare, vad återstår av den gamla engelska landsbygden? Pensionärshem, motorvägar, hedar sönderkörda av tanks...

Johan Fredrik inser att han är på besök hos en lantjunkare med rävskinn på fållbänken i hallen och dubbelbössan på väggen. Kanske påminner hans revir om Wilhelm Knutsons.

En mur av tegel och flinta omger köksträdgården, och en grön träport leder dit in. Den slår sakta och gnisslande igen. Av dess fart kan man avgöra om någon annan har hunnit in samtidigt – utan att man vänder sig om. Det är kvavare där inne, blomkål och gurkor är mogna för skörd, insekter surrar, solrosorna är höga som parasoller.

I en låda ligger porslinsskärvor och glasbitar för att användas till mosaiker. In över den skyddade köksodlingen böjer sig en sykamor, och en fjäril, skimrande och grann som hade den följt med från Kamerun, singlar fram och åter mellan dess grenar.

Det luktar gyttja från dammen, och det umbrafärgade vattnet speglar nässlor, säv och himmelens moln. Kullarna runt omkring är grå pucklar, täckta med gultörne vilkas sega stammar bär luftens börda.

– Ja, så här kunde det väl se ut i Kamerun någon gång, på bergets nordvästsida, menar sir Stephen. En bördig trakt. Men jag hyste en hälsosam respekt för vulkanen. Kom man högt upp, fick man vara på sin vakt. Jordskred, lava, laviner – den bjöd på det mesta. Det som mest påminner om Kamerun här är platanerna på kyrkogården. Det står några plataner på den övergivna tyska gravplatsen mitt i Douala.

De går in igen, förbi rörbarometern i hallen och en örn som håller en kristallkula i näbben. Fru Thompson serverar iste också åt Johan Fredrik.

– Jag kände det aldrig som om vi ägde Kamerun, fortsätter sir Stephen. Jag var kosmopolit, inte imperialist. Jag började min bana hos Ronald Storrs, Oriental Secretary i Kairo kring 1920, och följde honom till Cypern där han blev guvernör. Oriental Secretary är en titel som gått ut ur matrikeln. Tråkigt nog, för just Mellanöstern hade behövt en brittisk närvaro i dag. Nå, inte för att jag stod på Edens sida i Suez, det finns andra former av inflytande. Cypern, ja... tennis, schackklubben en gång i veckan, arkeologi... Turkar och greker kunde inte försonas. Om greken sa en tavla var vacker, förnekade turken att den alls fanns till.

Lädersoffan de sitter i har spruckit och är täckt med fårskinn. Den knarrar och gnisslar som om det ännu doldes ett levande djur där inne.

– Jag har sett några saker, i kriget, i Afrika, som jag inte kan tala om men inte heller glömmer. Fråga mig inte om dem!

Johan Fredrik nämner sitt möte med kyrkoherden som varit fältpräst i RAF.

– Ja, vi har en del gemensamt. Livet borde vara ljusare när man minns helvetet på jorden. Man undkom ju. Men det hjälper inte. Helvetet är en del av det hela.

Utom Wilhelm Knutson själv har Johan Fredrik inte träffat någon som likt sir Stephen har bott länge i Kamerun och sedan återvänt till Europa. Han är en diplomat som aldrig fått några stora uppdrag och aldrig vistats nära den brittiska politikens huvudfåra. Kamerun före oljans tid var en avkrok i imperiet. Men han blev intresserad av skogsvård där och är nu med i en grupp som planterar dungar av lärkträd på Somersets kullar.

Det ger timmer och renare luft.

Johan Fredrik berättar om sin släkting som en lång tid var bosatt i Kamerun. Men han tycker att det bara blir torra uppbenade fakta, utan doft av närvaro, den som ensam känns som sanning.

– Jag vill gärna veta mer om honom, förklarar han. Men jag inser inte hur jag på allvar ska komma honom på spåren. Därför är jag här. Jag trevar mig fram. Det är som att höra skratt i mörkret.

Mycket mer yttrar han inte om sitt uppdrag, ty han fattar att guvernören trots sin ålder var i Kamerun så mycket senare än Knutson.

– Det fanns en missionär som hörde till Berlinermissionen, säger sir Stephen. Han höll på att översätta Jesu Syrak till bakwiri. Han hade slutat röka, i stället tuggade han jämt på en oreganokvist. Också när han talade med mig. Om han lever är han säkert landets äldste vite invånare.

– Då kan han ha träffat Knutson.

– De tyska gudsmännen var energiska. Det fanns flera av dem på Kamerunberget. De försökte skapa bondbyar efter modeller från Thüringen och Schwaben, före industrialiseringen. Infödingarna förstod ingenting.

Han reser sig, tar fram ett björnbärsbrännvin av egen tillverkning och häller upp i låga pressglas.

– England är en havsnation. Vår nedgång började när vi gav upp vår tätplats som handelsflotta. De som talar engelska i Kamerun är i minoritet. Men jag tror de finns kvar, de små tidningarna i Victoria: Cameroon Times och Cameroon Outlook.

På byrån ligger snäckor som lady Thompson har plockat mellan tidvattnen i Victoria.

– Jag saknar lagunen, den var lugn, men utanför sandbanken reste sig vågorna som glasväggar. Badstranden var svart av lavastoft och skifferflis. När det regnade, glänste den som ytan till en främmande planet. Vi tyckte det var den yttersta svartheten, mörkare än några afrikaners hud. Om kvällen var där fullt med fladdermöss och vampyrer som åt vilda frukter. De hade ansikten som var omänskligt grymma och liderliga.

– Men fullkomligt oförställda, inflikar Johan Fredrik.

– Naturligtvis.

En papegoja har de, uppstoppad, men den levde ett bra tag sedan den forslats hem från Kamerun, den är lik Knutsons fast inte helt: grå med blå stjärt. Johan Fredrik tänker att det borde vara lättare för en papegoja att uttala Kamerun på engelska än på franska. Guvernören följer hans blick och säger med ens:

– Den grå papegojan... var det inte en gammal svensk som kallades så, i någon historia eller anekdot jag hörde. Kanske för att han upprepade sig så mycket. Jag minns inte längre.

Var det Knutsons envisa löjliga slit med rättvisan, processerna, advokaterna, försvarstalen och intygen? Monotonin och sturigheten i detta – som papegojans Goddag goddag och Tack så mycket.

– Jag gjorde aldrig några anteckningar utöver det nödvändigaste. Jag borde ha skrivit upp saker. Minnet sviker, ibland är man ju glad för det. En svensk? Ja, kanhända någon uppe på berget... en historia om någon som höll på att drunkna i en källsjö... men räddades? Eller?

Johan Fredrik vill få fram Wilhelm Knutsons ansikte som när man stryker med uddlös penna på ett papper och konturerna träder fram, de som har funnits hela tiden inne i materialet. Men han lyckas inte.

– Besök Commonwealth Institute i London! Kanske hittar ni några papper där.

– En process... den pågick i decennier... mot brittiska kronan.

– Jaså? Det känner jag inte till.

– Nej, vi längtar knappast tillbaka, svarar lady Thompson på Johan Fredriks fråga. Ni förstår, David, en av våra söner, drunknade där. Oförsiktigt av honom, meningslöst... Tjugo år och idrottsman. Han gav sig ut på surfen, en våg slog ner honom, sög ut honom längs botten. När han kom till ytan var han kvävd.

Hon pressar fingrarna mot ansiktet, ringen med bergkristall gör en grop vid hennes kindben.

– Älskling, förmanar guvernören, det blir för mycket för dig att berätta om vår olycka, och vår besökare för sin del...

– Är David begravd i Kamerun? frågar Johan Fredrik med ett uns av hoppfullhet, som om detta kunde göra landet verkligare för honom.

– Nej, han togs till England. Han ligger här i närheten, på kyrkogården i Goathurst. Men han var länge kvar hos mig som ett levande barn. Han blev så mycket yngre av att dö ifrån oss.

– Kära vän, säger guvernören till sin hustru, om du skulle låta bli att betunga vår gäst. Också för din egen skull. Går man för djupt in i sig själv, hittar man aldrig ut igen.

– Ja, du brukar säga det.

Sorgen i hennes ögon, och detta i ett hus som för tanken till sällskapslekar och pajbak, silhuettklippning och kyssar under misteln på juldagen. Johan Fredrik tycker han har snuddat vid många döda under veckans vandringar. De är så många flera i ett gammalt landskap där varje by har sin kyrkogård.

Guvernören tittar i taket där fuktfläckarna bildar en karta med höjdbeteckningar i ojämna cirklar. Ute stiger en dimma och får dalen att avteckna sig som genom vatten. Rigeln till växthuset sover med huvudet neråt. Några får står tjudrade i trädgården; Johan Fredrik skymtar en handbok i avmaskning. När sir Stephen går ut, säger hans fru till besökaren:

– Barnen är vuxna. Men jag har blivit sårbarare än när de var små. Tänk om något händer dem! Jag kan inget göra.

Hon ser inte på honom utan ut genom fönstret, mot ett grönt skjul och ett knotigt mullbärsträd och några skolbarn i täckjackor på botanisk utflykt. Själv får han syn på fotot: en ung man i shorts vid en höjdhoppsribba. Han vet att det är den drunknade, så han säger ingenting.

– Han skulle ha firat sin födelsedag den här veckan, tillägger hon då.

Hon går med lätt hälta och ena axeln uppskjuten, som om hon bar en osynlig börda vilken måste hållas i jämvikt. Johan Fredrik sträcker instinktivt ut handen för att hjälpa henne med tebrickan.

– Ingen fara. Det är en gammal skada. Jag vrickade foten på min sons begravning. Några senor och ledband har inte velat läkas som de ska. Sen dess dras jag med det här. Men ibland märks det inte alls.

Guvernören kommer in med en handbok över förvaltarskapsområdet Kamerun och ber Johan Fredrik behålla den.

– Man får se upp med diamantsmugglingen från Sierra Leone och Angola. Den går via mellanhänder i Gabon, och de skurkarna gömmer sig i Kamerun, det vållar störningar i grannsämjan.

En grå gunghäst grinar gleshårig på ett trästativ i hallen. Barnen har ansat dess svans och man i tanke att de skulle växa ut igen. Sir Stephen skrattar åt det, och Johan Fredrik tycker han hör sig själv om trettio år och ser sitt ansikte utbytt mot ett mycket äldre som ändå är hans. Lever han med någon annan då, var finns Gudrun, vad gör Lena? Och modern som redan sitter åldrad i ett par rum vid Johannes, också en kyrkogård, där frosten snart lossnar på löven och låter dem täcka gravarna.

– Nu ska ni höra, nu kommer jag på något, ropar guvernören. Ett litet hus, säkert övergivet nu, låg på strandremsan strax norr om Victoria. Där fanns en åldring, kanske vit, häftigt brynt av solen, i vilket fall 'gone native' som vi sa. Då – 1960, mitt näst sista år – stötte jag på honom, jag skulle inviga ett postkontor och anknöt i mitt tal till de gamla postångarna. Han kom fram därför att han varit någon sorts postiljon och han nämnde faktiskt en svensk, några svenskar, på Kamerunberget. Han hade själv bott där sen 10-talet, han hade kanske tagit hand om deras försändelser.

– Det var nog Waldau han tänkte på, han som bodde kvar till andra världskriget. Det fanns flera. Men Knutson for därifrån tidigare...

– Lämnade han någon efter sig i Kamerun? Något barn?

– Inte vad jag vet.

– Nej? Jag undrade bara.

Johan Fredrik märker att lady Thompson har lite lera kvar på fingrarna. På en bänk ligger hennes trasiga stråhatt, den hon har i trädgården.

– Något höll på att gå under där, vi eller de, man vet inte, mumlar hon eftersinnande.

Över golvet flyter ett sent solljus. Guvernören hostar som fann han tystnaden för lång.

– Stannar ni länge i Somerset, herr Victorin?

– Nej. I morgon kör jag tillbaka till Heathrow och flyger till Stockholm.

– Jag har hört att den svenska modellen börjar vackla.

– Har man poserat länge, får man ont i lederna, det är oundvikligt, svarar Johan Fredrik lätt.

Han är klar att gå. De växlar visitkort.

– Herr Victorin, det var vänligt av er att besöka oss, säger lady Thompson. Och om ni kommer den här vägen igen...

Artighetsfraser vid en halvöppen grind med grå tvärslå: Eden Close. Det faller Johan Fredrik in att han både är en yngre kollega, centralare placerad i hierarkin än sir Stephen men från ett obetydligare land, och en vetgirig student som har sökt upp en man med erfarenhet, en vars ögon sett vad han själv har svårt att föreställa sig.

Men om Wilhelm Knutson vet guvernören näst intill ingenting, mindre än Kerstin på Ingemarsgatan, långt mindre än Ellen Mörk, fast vad det är hon vet återstår att ta reda på. Och han längtar på nytt efter att höra hennes röst: förvånad, obeslöjad. Hur förklär hon sig, hur ser de masker ut som blottställer henne?

Han tar upp broschen när han går. Han vågar sällan se på den länge i taget. Ansiktet är så litet, ändå har hon märkbart rundade läppar och hon har ögon som ser. Hon ler inte, men hennes hud börjar glänsa under hans fingrar. Fetischist? Ja, som människorna i Kamerun, tänker han för sig själv.

Sista kvällen på värdshuset i Quantock hills. Han står på sin kammare och följer ljusets passager över kullar och hed. Molnen över Bristol Channel: som hoprullade segel.

Han minns den äldsta idegranen i Somerset, den i Broomfields by, de oroliga spindlarna i den sengotiska sandstenskyrkan och de röda bänkdynorna stoppade med halm som stack fram i sömmarna. Han tänker på blänket i beckasinens odonögon vid Durleigh Reservoir och på det mossiga gräset som bara växer under lärkträd och på stigarna ljusa av den vilda vitlöken som påstås följa romarna i spåren.

I denna provins verkar yttersta domen fjärran – och ändå är den möjlig inom tio minuter. Den namnlösa megadöden är motsatsen till de enstaka gravstenar han mött på sina vandringar. Han har återsett Nigel, skolsalarna, biologilärarinnans brorsdotter, och han har skymtat Knutson som en skugga i guvernörens lustgård.

En långsam inringning har skett – eller utbrytning.

– Ni måste tycka det är väl lugnt här, säger översten när han kommer ner till middagen. Men det kan vara bra med luftombyte.

– Ja. Man får nytt syre i blodet, svarar Johan Fredrik. Och det händer ju en del.

– Man bygger om byskolan till medborgarhus. Och grundvattnet sjunker. Det går både fram och tillbaka.

Höst med luft och vatten lättrörliga. Ut över havet flyger i halvmåneformering en skara mörka fåglar under gälla rop. Och bland aster och malva på närmare håll tystnar en starflock; reviren är halvt upplösta nu, mindre heliga än på våren.

Några åskmoln driver in och fyller dalen med dova trumslag mot bergens sidor. Därefter stillhet, tills ett lätt regn får fönsterhaken att skramla. Vad kommer honom att resa hem?

På morgonen just då han ställer bagaget i sin gröna Ford dyker guvernören oväntat upp i sin bil. Han är klädd i vita kortbyxor och en rock i randig frotté. På väg till tennisen, förklarar han, men Johan Fredrik har en känsla av att han gjort en avsevärd omväg för hans skull.

Och till hans överraskning kommer sir Stephen fram till honom och griper honom vänligt, nästan bedjande om axeln:

– Kamerun i dag är inte vad det var. Diplomater lever osäkert nu för tiden. Det är inte nödvändigt att resa dit. Allt förfars så snabbt under ekvatorn: papper, arkivalier... Det finns andra platser, kom ihåg det!

Det låter som en vädjan mer än som en varning.

VI

Livstecken

1

En morgon då kabinettssekreteraren stannar kvar efter föredragningen hör han Sveriges utrikesminister yttra fyra ord, och det dröjer innan han fattar deras innebörd:

– Du behöver vila dig.

– Va sa du? Verkar jag trött? Irritabel?

– Inte mer än jag, svarar hans chef undfallande. Men varken vi eller säkerhetspolitiken får knaka i fogarna. De hänger ihop.

– Det hoppas jag inte, säger Johan Fredrik med mild skärpa.

– Se där! Du är känd för ditt jämna humör. Nu brusar du upp. Jag känner inte igen det.

– Du har kanske rätt. Och du har ett botemedel? Härifrån brukar man inte gå med oförrättat ärende.

– Jag menar, rättar sig utrikesministern, du behöver nya perspektiv. Som vi alla. En ny infallsvinkel.

– Är du säker på att det är det jag behöver?

– Jag kan tänka mig att du behöver se dig själv på lite håll.

– Inte det lättaste om man inte har en böjd kikare.

Johan Fredrik vet att protokollchefen väntar på företräde för att diskutera den österrikiske kollegans besök. Han ser ut genom fönstret, det är släckt i slottet sedan kungafamiljen flyttat ut ur avgaserna och historien. Trafiken nere på torget verkar ha tystnat efter utrikesministerns ord.

– Vila mig? återtar Johan Fredrik.

– Du har haft en intensiv period. Det du har varit med om kan hända den bästa, påpekar statsrådet med ett egendomligt sakkunnigt tonfall och ställer sig på tåspetsarna.

– Jag räknade med att du kände till det, svarar Johan Fredrik manligt.

– Jag tyckte för resten om din senaste promemoria. Jag fann

den dämpad i tonfallet, skarp i analysen. Föredömligt!

– Tack.

– Det finns ingen anledning varför du inte skulle ersättas lite extra för ditt arbete, även om vi inte tillåts ha övertid på våra höjder.

– Jaha. Någon form av tjänstledighet?

– Varför inte en resa till valfritt mål?

– Jag reser ju ofta.

– I tjänsten, ja. Men vad än riksrevisorerna har för synpunkter tror jag vi kan ordna en tjänsteresa utan rapporteringsplikt. Gör dig ingen brådska, men faktum är att det kunde passa bra just nu. Ett och ett halvt år kvar till valet. Ingen vet hur det går. Omöjligt att spå vilka omflyttningar som kan bli aktuella. Man måste räkna med att din post politiseras.

Johan Fredrik tiger. Han tycker sig underligt nog förekommen av sin chef. Han hade velat föreslå detta själv. I belöningen ligger en förebråelse.

– Ibland förbryllar du mig, säger utrikesministern.

– Hur så?

– Jag har en känsla av att du skulle vilja ha en annan plats men inte nödvändigtvis en bättre.

– Jag vet inte. Det finns saker jag skulle vilja delegera. Låta andra ta hand om.

– Det ska du säga! Vad skulle inte jag vilja bli av med? Ett par av mina rådgivare först och främst. Men de är inte lämpade för utlandstjänst. Då skulle de göra verklig skada.

Kabinettssekreteraren avböjer att kommentera. Hans chefs frispråkighet är ibland mer pinsam än klargörande: den har kompensatorisk karaktär. Ty hans fysiska mått är små, och omgivningen gör enligt hans egen uppfattning vad den kan för att ytterligare förringa hans dimensioner.

– Mitt förslag, säger utrikesministern till slut, är att du besöker några länder vi inte har diplomatiska kontakter med. En betald sabbatstermin, helt enkelt. Det har du gjort dig förtjänt av.

Johan Fredrik tackar. Han nämner inget om Knutson och Norrtullsgatan; de hör till en annan sfär. Nu ska han lösgöra sig från de osynliga och ohörbara direktiv som styr hans ämbetsutövning. Han känner sig ofta som en ställföreträdare för någon som inte är han. Han finns till som ett skum på en yta vars djup han inte kan mäta.

– För resten, påminner utrikesministern, det där talet jag ska hålla i Världskyrkorådet: lägg in någon bra metafor, det är det enda folk kommer ihåg. Förra gången, på Volvo, gav du mig något om alliansfriheten och en fyrväxlad bil.

– Jag ska tänka ut något, tröstar han den orolige. Kanske något om att ingen vildmark, inget hav, inte ens en himmel finns som inte nås av våra små förehavanden, våra rustningar, avgaser, satellitspaningar. Inte ett kloster att gömma sig i som under medeltiden.

– Ja, gärna ett historiskt perspektiv.

– Något om frihet och anständighet... Vikten av att mänskligheten vilar lätt på jorden...

– Det får inte låta vitsigt.

– Inte på engelska. Vi människor har inte rätt att tynga jorden med vår mängd, vår expansion, våra tunga redskap och vapen. Inre liv väger inget. Fast mark är inte cementerad natur. Vår värld ska inte kontrolleras och bemästras av vare sig kyrkan, militären eller politikerna.

– Nu är du på väg att bli biskop, avbryter utrikesministern. Det är sant att jag ska tala inför kristenheten. Men jag kan inte gå för långt. Jag säger gärna något om små stater, om det vackra i det lilla. De stora enheterna är farliga, det är en svensk tanke. Det är alltid minoriteter som är skapande. Vi ska värna om dem.

– Har jorden råd med oss?

– Vad menar du?

– Ställ frågan! Det är bra när en utrikesminister gör det. Senare i dag ska jag ge dig din metafor. Något om kainsmärket och den urbana industrialismen som ett hot. För det var Kain som grundade den första staden.

– Var det?

– Visste du inte det?

– Och är det något fel på det?

– Han byggde den som en fästning för att skydda sig mot omgivningen, mot jorden själv. Han var den förste upprustaren.

– Bra! Det passar! Och skyller man på Kain, förolämpar man ingen.

– Jag försöker göra skäl för min tjänstledighet. En sak till om Kain, eftersom du ska tala inför kyrkans folk. Efter sitt brott fick han inte jorden att grönska. Han, den första stadsbon, hade avlägsnat sig från Gud och naturen till den grad att marken under hans fötter blev ofruktbar och han kunde inte försörja sig själv. Se på tredje världens städer: de har inga feta marginaler, de faller sönder. Ändå är det i jordens huvudstäder som makten diskuterar hur många bönder som ska få finnas kvar.

– Alltför känsligt, svarar utrikesministern. Det låter som kritik av EG och våra mottagarländer. Det får räcka med det lilla och det vackra. Och så något om Kainsmärket. Jag vägrar tala om kondomer, självtillit, gå tillbaka till roten. Det blir för svenskt. Det du sa om att vara lätt på foten för att inte bräcka jordskorpan passar mig bättre.

Han kastar sig över en pärm till tecken på att samtalet är slut. Johan Fredrik konstaterar att den lille mannen darrar lätt, inte av skrämsel förvisso utan av den mäktiga inre motor som tycks hålla honom i beständig rörelse.

Det är möjligt att utrikesministern har rätt: han är trött, bakbunden av sin situation, oförmögen att få syn på hela bilden av sin tillvaro. Det ena ärendet avlöser det andra. Han ligger en handlängd framför sig själv. Han kommer hem, hans andedräkt hinner mödosamt ifatt honom. De virvlande papperen, de fladdrande tankarna lägger sig till rätta.

Kvar blir en stillhet, ibland en tomhet. Han tycker sig kvävas av den förtvivlade känslan att hans liv bara finns i ett exemplar, när han gärna vill komma ut i flera. Man lever bara en gång – det verkar vara majoritetens uppfattning numera – och i så fall har han inte tagit vara på tillfällena.

Han kan se sitt liv i bolagsredovisningens termer: ett företag med likvida medel och långsiktiga fordringar, initialavskrivningar, utvecklingskostnader, administrationsuppgifter, en gradvis minskning av riskkapital, kortfristiga lån, obeskattade reserver, garantiförpliktelser, ansvarsförbindelser, ställda panter och latenta skatteskulder, anläggningstillgångar, extraordinära intäkter...

En av Oscar II:s utrikesministrar stirrar ner på honom från väggen. Du har aldrig gjort något för mig, jag kan inget göra för dig, är hans budskap.

Folk frågar Johan Fredrik Victorin vad han sysslar med; hans titel är intetsägande. Han har lust att svara att just det kan han inte avslöja. Antingen anlägger han en hemlighetsfull min eller en anspråkslös: han är blott en köpman vars varor står lågt i kurs på marknaden.

Diplomatin är ett suddgummi som slätar ut konturerna mellan olika domäner, det mjuka sandpappret mot kantiga pusselbitar. Hans uppgift är att vara hemma i ett nätverk, införliva gamla traditioner och tillgodogöra sig oväntade möten. I spänningen mellan dessa, i de flygande associationerna mellan skilda sfärer lever han.

Han har ännu inte avslutat sin föreläsning om neutraliteten och det nödvändiga engagemanget. Det senare ordet väcker olika känslor, naturligt nog. Men också neutralitetens innebörd ifrågasätts här och där; och det är kusligt.

Han hemligstämplar rutinmässigt sina anteckningar ifall någon skulle gå i hans lådor. Det är för tidigt att ge dem till registraturen.

2

Senhöst, förvinter. Det betyder paneler och seminarier som verk och företag betalar: om framtiden, stormaktsinflytande, exportkrediter, näringslivet och diplomatin... Handelskammaren på Grand Hotel, verkstadsföreningen på Appolonia, SIDA på Birger Jarl, UD i Saltsjöbaden och LO på Rönneberga.

Ibland tycker sig Johan Fredrik se tillbaka på år av planeringsrådslag, vanligen på Lidingön, med motion, bad och bastu, inga telefoner, ändlöst med mineralvatten och statsverkets spetsade blyertspennor. Den korporativa lyxen. Sammanfattningarna av dessa hjärnstormar skrivs ut från banden och är för utförliga för att någon ska orka med dem – utom att man en stund försjunker i vad man själv har yttrat.

Då tänker han: Detta liv är allt vi har och en del har rätt litet av det. Slutstationen är döden, men det finns ingen garanti för att inte tåget stannar redan vid Château d'Eau i stället för att fortsätta till Porte des Lilas.

Han grubblar över de oklara broar som går mellan de ekonomiska behoven, de sociala och de existentiella. Ju mer de klarläggs desto bräckligare verkar de bli. Det finns ett omätbart element i alla handlingar. De granskas vid förnuftets fakultet, de utsätts för våra erfarenheters pedagogik, ty det gäller att försvara och berättiga också våra dystraste upplevelser, så att de inte förefaller helt meningslösa; i sista hand måste lidandet göras till ett egenvärde.

Men plötsligt står en häxa vid pålen och röken kväver hennes skrik. Plötsligt sprängs hus i luften mitt i Stockholm, barn kidnappas, människor vacklar i ett exotiskt rus av några vita milligram som en gång, likt de själva, gömts i en främmande kvinnas slida.

Numera är det som om han gick över en ojämn stenläggning som tvingar honom att röra sig långsammare. Ministère des affaires etrangères står det på ett av hans visitkort. Främmande förbindelser. Han stegar upp sitt ämbetsrum, medan han ser framför sig människor han har känt, kvinnor mest; de är hans Home Affairs, ett annat ministerium. De är boningar, uttrycksformer, det enda som är alldeles verkligt.

Fanns något oförskingrat en gång? Eller föddes han bland krossat porslin som han lappar ihop efter mönster och förebild?

I honom lever andra människors handlingar. Hans biografi är en rännil i andras historia som också är hans. Spelet av tillfälligheter äger rum på hans inre scen. Gränsen mellan den han är, den han kunde ha varit och den han kanske är på väg att bli är tunn, rörlig som sekundvisaren. När som helst kan något börja.

Det finns en arktisk sommar, en lekplats uppe på den mörka vinden, en opera också långt från Glyndebourne och Gustaf Adolfs torg – det har han känt med upproriskt lättsinne, det har han velat tala om med en hoppfullhet han inte kunnat motivera: detta finns såsom Gud borde ha funnits i dess ställe.

Men han vet inte vilka han ska övertyga därom. Ty kanske är det alltid till de överlevande man talar, sedan ridån omärkligt har gått ner för de andra. Det är ju bara de som klarat sig som förmår lyssna när man försäkrar att livet har varit värt besväret.

Han strövar en kväll genom Sophia Albertinas tomma palats. Bara en vakt döljer sig i sitt glasade bås, en radiotelegrafist, en uppsyningsman vid telexen. Det är dunkelt i de stora salarna på första våningen. Lyktorna från Operan och Norrbro kastar en suddig strimma över parketter och turkiska mattor. De höga porträtten är så tysta som om de aldrig hade öppnat munnen och utfärdat dekret.

Det är ingen spöklik stämning, han tror inte att någon gömmer sig bakom de tunga draperierna. Det råder en mild halvskugga i samklang med hans önskningar; dagens krav och hans egen gestalt stryks ut ur medvetandet. Att ett hus så viktigt för Sveriges trygghet töms och blir ett skal är egendomligt tillfredsställande. Också de mäktiga och beställsamma sover fast tyvärr på olika tider. Mörkret luktar bonat golv, stenciler, dagens förbrukade andedräkter.

På skrivbordet breder han ut Per Duséns karta ur teburken, och intill lägger han Kameruns atlas från UD:s bibliotek, med specialblad för förekomsten av palmolja, skogar, geologiska skikt. Ett okänt land med Afrikas tredje högsta berg och enda verksamma vulkan. Och en kartritare vars roll i Knutsons liv är obekant: han måste ta reda på om Dusén grundade sina beräkningar på Knutsons skisser eller om han själv var med på berget.

Knutsons motiv att fara till just denna del av jorden förefaller Johan Fredrik dunkla. Det verkar som om Wilhelm velat ägna sitt liv åt att utforska ett berg, klassificera en främmande flora, hitta kommersiellt användbara växter och i övrigt på ett för honom själv ovisst sätt bidra till lokalbefolkningens välfärd.

Nu ska Johan Fredrik Victorin bli Knutsons utsände. Så har det ofta varit: utsänd av UD, av landet, aldrig ett uppdrag som varit helt hans eget.

Sabbatsterminen ska lösa upp det organiserade och disciplinerade i honom. Han hör kamraternas röster: "Jag förmodar han försökte glömma henne i Kamerun. Men man kan ju aldrig veta." Nej, man kan inte ens veta vem det är man försöker glömma och vem som man vill minnas.

Han far ut som improvisatör för att bemästra det oförutsedda. Eller för att märka motståndet längs sin tillvaros gränser. Som när boskapen i en hage prövar det elektriska stängslet för att känna vilka stötar den tål.

3

Johan Fredrik går runt i Stockholm som för att ta avsked. Förr låg affärer där de låg. Så tyckte man ifall de höll samma lokal från det man var åtta tills man blev femton, den seende barndomens år. Från hans uppväxt finns knappt en butik kvar vid Storgatan, Kungsgatan, Drottninggatan.

Tehus från Kashmir och Sri Lanka invaderar staden. Kaféet som tidigare serverade soppa på brynt vitkål med frikadeller har blivit kvarterskrog där man har fransk ostbuffé och kanelglass med päron. Mikrougnar gör att varje konditori kan bjuda på varmrätter. Under Karlagård hade Stockholms organiserade spiritualister seansrum intill ett gasmasklager kvarglömt från kriget, och det knastrade från torra napoleonbakelser under det att mediet koncentrerade sig på det hinsides. Men Karlagård upphörde och blev efter ett serbiskt intermezzo l'Escargot, Piccolo Mondo, Lilla Östermalm och Casa Nova. Inuti lokalen flyttas för varje namnbyte speglarna från väggen till taket och ner på golvet, så att gästerna till slut inte vet på vilken ledd de ska inträda.

Spagettibagare huserar i källare där man förr köpte kängsnören eller wienerbröd. Den stekta sillen har ersatts av koriandermarinerad hälleflundra, de höga gräddtårtorna av fruktflan, och de svenska äpplena slås ut av kiwi och mango. I frisersalongerna – omdöpta till På håret, Exact Hair, Glada saxen och Snabba klipp – sätts en löddrande kopp cappucino fram till schamponeringen.

Johan Fredrik vill som vanligt ha båda delarna av allting: det gamla Stockholm liksom en ny stad som finge växa fram vid sidan av. Han står tvekande i Drottninggatans första snöfall. Runt omkring har han danshak, guldsmeder, antikvariat, grillbarer. Inom synhåll är scientologernas kyrka, en affär för solidarisk handel med u-länderna, Set Perssons boklåda som råder en hur man bringar samhället på fall, Vanadis kuranstalt där en kraftig karelska gnuggar en i olja och talk.

Han märker att han är i färd med att lämna ett Stockholm bräddfullt av sysslor och nöjen. Han passerar butik Aysha "specialist i handgjorda varor", Art Invests salonger vid Riddargatan, After Dark Productions på Brahegatan, Institutet för ledarskap och lönsamhet, porrcentrum Venus som säljer trosor med inbyggd plastpenis.

Malmskillnadsgatans flickor ser frusna ut utom den ståtliga negressen som år efter år står vid trottoaren i sin vita päls, småleende och till synes stark av självkänsla, ett sjömärke i trafiken permanentare än någon affär vid Karlavägen. På Brunkebergstorg hör han svag musik från Operans repetition i gamla posthuset och ser det faraoniska ansiktet ovanför dess portal avteckna sig i hotfull profil när han blickar söder ut mot slottet och upp mot de snåriga signalmasterna på försvarsdepartementets tak.

En dag tycker han sig skymta Gudrun i hög fart över Norrbro med en välbekant schalett mot isvinden från Saltsjön. Han springer i fatt henne med ett rop, men när kvinnan vänder sig om har hon ett främmande ansikte.

Efteråt undrar han en stund om det ändå var hon – eller hennes önskedröm att på håll vara densamma men slippa svara på hans tilltal.

Den albinovita anden nedanför Grand Hotel är kvar. Hur gamla kan simfåglar bli? Den tröstar honom med sin beständighet, den lyser som alabaster i det mörka sorlet av stannfåglar. Och bortom den är Kastellet i rosa ljus och rimfrosten som pudrar Skeppsholmens blindfönster. Popplarnas löv är ännu brungröna, lönnarna kala, och vid Stadsgården sover isbrytarna, med skroven svarta som vintervatten och gula överbyggnader på sex våningar.

Längre ut ser han polisbåten dragga efter en drunknad utanför Fåfängan, någon som har lämnat ålandsfärjan i förtid. I Triewaldsgränd går han in för att handla safariskor. Affären har fortfarande en enahanda inredning: en rad stolar mitt emot varandra och väggarna klädda med bruna och vita kartonger med nummerstämplar och ett golv där människor tveksamt och osäkert vandrar i en ny vänstersko som vore de för första gången uppe från sjukbädden.

När han passerar Svartmangatan, finner han badinrättningen stängd. Han har goda minnen därifrån. Han gick dit under en period för att skrubbas och ångkokas. Det var på torsdagens eftermiddag, och då infann sig samma skara; strögästerna var få. Det var en före detta trumpetare med titeln regementsmusiker, en restaurangarbetare som skurit kål och rivit morötter på Freden och Bachi Wapen mest hela livet, en kommunalanställd som med ett spett krossade isen på Österlånggatans trottoarer, en plåtslagarmästare som var ansvarig för de flesta skorstensskoningarna i S:t Nicolai. Det var andra också, reumatiska, åderbrocksblå, seniga, med skinkor och testiklar löst hängande från skelettet. Efter en sista sköljning med isvatten gick de och åt ärtsoppa eller revbensspjäll från Ahlms köttaffär hos en byggmästare som hade en stor lägenhet vid Tyska skolgränd.

Johan Fredrik tar Lena till Koppartälten i Haga, där står maträtterna kritade på svarta tavlan, brasan flammar, och utanför i det frostiga gräset skrider tre fasaner och lika många skator följer dem som hovdamer. Ruinerna är svarta och farofyllda, nötväckorna störtar med huvudet nedåt i barkspringorna, men inomhus brusar ett tumult av röster, stearinljusen fladdrar, gravlaxen halstras och Gustaf III:s pomeransbrännvin hälls upp i immiga snapsglas, fast Lena bara dricker vatten till bouillabaissen och äppelkakan.

Lena i sin tur tar en kväll sin far i uppfostrande syfte till disco Zorba i Birkastan. Där spelas gladjazz och dockteater, där är unga människor från olika länder, han dricker passionsfrukt, ty stället har inga rättigheter. Bredvid honom sitter en rödögd frimärksagent från San Marino, han är här för att knyta kontakter, av vad slag blir Johan Fredrik lyckligtvis inte på det klara med. Han ber främlingen hälsa San Marinos utrikesminister, varvid denne som anar en förolämpning påpekar att hans hemland varit självständigt sedan år 303 och under senaste kriget härbärgerade hundratusen flyktingar på en yta stor som Kungsholmens.

– Kul va! ropar Lena då de slingrar sig uppför en källartrappa och står blinkande på trottoaren utanför en butik som kallar sig Ädelstensgruppen.

Han instämmer. Han har glömt hur mycket han kan sakna henne. Hon ligger över hos honom flera kvällar i rad. Ner i varv med dig! hälsar hon honom då han kommer hem till hennes läxböcker. Han hjälper henne med glosor och grammatik, hon breder blekt linneväv över köksbordet, värmer fiskbullar och ris, vispar till en gul sås, klipper mynta. Bra mat att äta sent, förkunnar hon.

Hon vet, hon styr, hon skrattar åt honom och mot honom, hon segrar, tröttnar, segnar i säng. Han är bortskämd. Vilka av släktens gener talar genom denna flicka? Han känner inte igen någon i henne.

Bakfickan på hennes jeans är bucklig av en penna och en tampong. Det spritter i hennes sovande lemmar som deltar hon i ett sprinterlopp. Hon är djärv. Han kan inte tänka sig henne invecklad i "en hopplös kärlekshistoria" som hon medlidsamt sa om en kamrat.

Han ska fara till en annan kontinent. Ändå kan han inte föreställa sig några avstånd mellan dem. Hon är för stor för att rida på hans axlar. Men de står med fotsulorna mot varann, håller varann i händerna och lutar sig bakåt. Då uppstår en balans som de bägge ansvarar för, de bildar en triangel som svävar.

4

Johan Fredrik besöker modern vid Johannes och berättar att han ämnar ta en sabbatstermin, ett uttryck hon aldrig har hört. Hon rör sig mellan sina två rum, ljudlöst, med den smala långpipiga vattenkannan i handen, i en klänning som blivit ömtålig och blekgrå som luften.

Hon tar upp saker och sätter ner dem, flyttar dem efter en inre ordning som om det stod osynliga glasmontrar längs väggarna. Han märker att hennes hår ej längre är uppsatt i knut utan kortare och permanentat, och inget markerar hennes ålder så starkt som detta försök att se ungdomlig ut.

Han anar en förebråelse för att han lämnar henne ensam, för att han inte lyssnar tillräckligt på hennes erfarenheter, för att han inte ger henne sitt totala samtycke eller prisar henne som den bästa av mödrar, den mest gudomliga han kunnat råka ut för. Dock vill han inte att hon ska tycka sig ha levt förgäves, och det gör hon nog inte; hon har blivit karskare genom sitt änkestånd.

– Jag vet inte varför jag sitter här, säger hon med ens. Jag borde ta mig härifrån.

– Trivs du inte?

– Jag kunde se mig om efter någon annanstans att bo, svarar hon vagt.

Han irriteras av hennes obestämda signaler. Om hon talade om exakt hur hon vill ha det, skulle han hjälpa henne. Nu skaver henne en liten anklagande bitterhet som en sten i skon. Men hon vill aldrig säga vad det är hon har lurats på.

Han älskar henne inte såsom han borde; kanske märker hon det. Från sin barndom minns han knappast hennes värme, doft och mjukhet. Han har inga problem med henne, han är inte

389

rädd för henne. Men han tvivlar på att han någonsin har varit henne nära.

En gång lät hon sig fångas av kärleken eller av konventionerna, omständigheterna, svårt att veta vad som hände. Det viktiga var att inte svika ett borgerligt livsmönster och att foga sig i sin lott också då det var för sent att slå rot och skörda på nytt, för sent för allting utom att hålla håret snyggt och våningen ren, känna påskliljornas spröda doft mellan gravarna och lyssna till brandlarm och klockors klang kring Johannes.

Mannen död, sonen otacksam... Födelsedagen hon väntat på så länge som barn var över, det gick så fort och gav sådan smärta, men att glömma hur det var gjorde också ont. Hon försvann in i sitt liv, ett tändsticksljus så svagt att han knappt märkte det.

Ändå ber hon att bli sedd av sonen vars strumpor hon inte behöver stoppa mer, ty även denna plikt och vana är för länge sedan bortlagd i syntetfibrernas värld.

Min mor – tänker Johan Fredrik – vet inte vad det vill säga att vara mycket älskad, kanske vet hon inte vad det är att älska, att känna denna kraft som vistas i en innan den ofta nog går vidare genom en som vore man idel transparenta hinnor.

Och bakom henne ser han sin fader Teodor, på en gång sluten och skyddslös, ibland oåtkomlig som bakom en glasvägg, ibland oväntat beredd att godta otraditionella beteenden. Så när han förlät den snattande Johan Fredrik var det av abstrakt insikt, det var en tillämpningsövning i psykologi och inte en spontan kärlek till ende sonen.

I efterhand anar Johan Fredrik att fadern mot slutet kände en kvävande förtvivlan över att hans liv hade varit så välordnat och fritt från katastrofer, aldrig äventyrligt som Wilhelm Knutsons, inte ens syndfullt på vanligt småborgerligt vis.

När Teodor inför döden insåg att han inte kunde ändra livets förlopp, stockade sig orden i hans strupe. Men hans händer plockade bland pusselbitar och pennstift, slipshållare och piprensare och åstadkom mönster som ingen hade tid eller mod att tolka.

Denna familjekrets har förefallit Johan Fredrik snäv i sin räckvidd, overkligt fjärran, varken kylande eller värmande. Ett tak över huvudet var den, en halv ensamhet och en halv gemenskap, en tynande låga, inte nog för ett uppror, inte nog för en bestående samhörighet.

Han betraktar sin mor: hon vill kanske bli en ängel, och det nu, på en gång, men han kan inte hjälpa henne.

På natten drömmer han om Anna Fredrika, de är ute på en istäckt sjö, hon är stor som Filippa en gång på Brunnsviken. Hon glider ner i en vak, han sträcker fram foten, hon klamrar om hans häl. Då sparkar han till henne så hon släpper taget och försvinner. I sista minuten klarar han sig men känner enbart rädsla, ingen lättnad.

Så drömmer han; och det betyder att han kom i systerns ställe, det fanns inte plats för dem båda.

När han vaknar, åker hon fortfarande skridsko, ljudlöst, på drömmens isar. Han glider fram i en ränna av ljus. Han vet att han är nära att slå upp blicken till orden och besluten, men han vill hålla kvar denna seglats på blänkande ytor som frusit över det mörka och osagda.

Han skriver ett testamente som han tänker lämna på sitt nattduksbord. Det blir bara en varningslapp, han vet inte vem han ska rikta den till:

"Tro dem inte ifall jag kidnappas och de säger att det är min röst på bandspelaren och min signatur på bekännelsen. Tro dem inte då de visar foton av mig och du ser mina falska papper. Tro dem inte ens när du ställs inför min döda kropp..."

5

De möts i trappan i huset vid Parmmätargatan, han på väg upp. Hon ser ner på honom som på ett barn, hon ler som om hon tycker synd om honom och artigt väntar på vad han skall be henne om. Du ler därför att du inte längre bryr dig om mig, du förstår inte varför, men du avstår från att fråga.

Så tänker han, ty han har fortfarande kärlekens behov att utforska hennes känslor, men han kommer ingen vart.

Hon har en frihetslidelse. Hon vill bort. Man är nära; så upphör det. Man säger: Minns du? Men den andra minns inte. Hon är ett evighetsblock, skriften utplånas, nej hon minns inget. Hon har ställt sig på noll likt kilometerräknaren i bilen som man trycker på inför en resa. Hon tycker sig kunna börja på nytt – som tonåringen som har gjort slut. Men vid äldre år gör man inte slut på någonting utom på sig själv, det är vad han tänker.

Allting har en baksida och en framsida, säger hon vagt. Inget är som det är. Somliga lever med det och skrattar, andra har sett för mycket, det märks på deras bittra slutna ansikten.

Människor är farliga, han är farlig, fast hon inte kan förklara varför. Yrkeslivet och den offentliga samvaron hotar henne mindre än närheten till en enda person, bakom kvällens låsta dörrar.

Han minns då att hon en gång har sagt: Bara den jag låtsas vara blir omtyckt. Den jag verkligen är vill ingen veta av.

Är det en Gudrun som kräver ett avstånd som gör dem synligare för varann eller vill hon vara honom så nära att de utplånas som personer och slapp se? Bara inte denna osäkra medeldistans.

– Jag trodde förr att vi älskade varann så mycket att inget som hände oss kunde förstöra oss, säger Johan Fredrik.

– Man måste känna den man älskar. Jag är inte säker på vem du är och inte på vad du vill med mig.

Hon vållar en sveda i honom, han vill rulla runt i en myrstack för att bli av med den. Han tycker hon har borrat sig igenom lager på lager av kärlek, därför läcker den ut, försvinner i jorden, utan spår.

– Vilken domedag var det som du märkte sprickan genom vårt liv?

– Jag vet inte.

– En påse sprack och allt rann ur. Men du sa inget.

– Det var det jag gjorde. I påskas.

– Jag låg nära dig, famnade dig, fanns där hos dig. Du vände dig mot mig och blev besviken att det var jag.

– Jag märkte att jag inte hoppade till av glädje när jag såg dig.

– Det säger du utan omsvep!

– Du ville ha klarspråk.

– Vad har jag gjort dig?

– Ingenting.

– Jag balanserade på den vassa sidan av bommen. Det värkte i fötterna. Jag tänkte jag skulle hinna fram till dig. Men jag föll. Inga skyddsnät, ingen mjuk madrass. Du brydde dig inte om det.

– Jag ser inte vem du innerst är, påstår Gudrun. Då klär jag ut dig. Då förser jag dig med det jag tycker om och du smiter ut bakvägen. Kvar är din mask, den håller tills jag råkar stöta till den.

Hennes ärlighet finner han självisk och sårande. Han vill inte tränga sig på henne med en kärlek hon inte känner igen. Och har han en mask är det inte längre hon som kan ta av den.

Han får lust att göra henne illa, men han kommer inte åt henne. Och när han vill få henne glad, är hon inte så mottaglig som han önskar. Han knackar på stängda fönster. Hon går till sin utvalda ensamhet, där är hon hemma.

I drömmen sliter han i gräset för att åla sig ut i världen, bortanför hennes dragningskraft. Men själv är hon ute ur kärlekens hage och inne i normalitetens zon. Där har hon sällskap med många, med nästan alla.

– Vad är det jag döljer? frågar han.

– Jag vet inte säkert.

– Kanske ingenting alls.

– Så mycket värre!

– Du vill ha ett skafferi som bara du har nyckeln till. Som en gammaldags husmor.

– Jag vill inte ha monopol på dig, invänder hon.

– Jag kan inte bjuda på några överraskningar, tyvärr. Allt hos mig har du tummat på.

Gudrun lägger ner sina känslor i en stor tvättkorg, tar en frottéhandduk och täcker över. Så ser han det.

Var har han sårat henne och när? Tröttnade hon på allvar under hans senaste resa till Rom och FAO, med en avstickare till OPEC-mötet i Kuwait? Har hon drabbats av blodbrist? Är hon mindre kännande såsom andra är mindre vetande?

Jag tänker inte gråta för vår skull, har hon sagt. Varför skulle hon det? Något hos henne är så öppet och direkt att det blir hemlighetsfullt. Jag är ledsen att jag måste göra det här mot dig, säger hon. Men hon är inte ledsen, annars hade hon inte gjort det.

Johan Fredrik anser att något hos honom har Gudrun aldrig sett, därför sörjer hon det inte. Efter så lång tid: vilket nederlag!

De står kvar i den tysta trappuppgången; ingen annan tycks vara hemma från arbetet än. Hon är på väg ut, han upp; de kan inte besluta sig.

– Kanske min kärlek till dig aldrig fick bli vuxen, säger Gudrun. Så klart att jag minns – passion, lidande. Men inte från senare tid.

– Du tror du är sund och stark, men det är din egoism som driver dig. Du tänker bara på dig själv.

– Ibland inbillar jag mig det värsta om dig. För att få veta hur det känns. En sorts pervers beredskap.

– Vad är du ute efter?

– En gång var det att älska dig trots allt, vad som än hände. Men jag klarade det inte. Du märkte inget. Du guppade på ytan som ett flöte, glad över dig själv.

– Fastän inget hände?

– Något händer. Hela tiden. Inte otrohet kanske, men en bortvändhet, ett skifte i balansen. Jag har letat efter dig. Jag hade en vittring. Men jag hittade inget, jag gav upp. Jag gav upp dig.

– Så nu finns inget att tillägga?

– Jag är gärna din vän.

– Du hade en sten bakom ryggen och väntade på ett tillfälle då jag verkade stark som i påskas. Då kastade du. Vad du tar allting lätt!

– Vänskapen har större avstånd, en större glättighet också, en välvilja, inte så mycket ängslan, spanande efter miner och blickar. Det passar mig. Jag är inte gjord för de stora bokstäverna. Jag gav mig av för att slippa sakna dig när du en gång går.

– Att sakna mig nu är dig främmande!

– Jag sörjer inte att jag gått miste om några gram sädesvätska. Men den verklighet du lever i väcker inte min hängivenhet. Någon riktig vilja att ha mig kvar har du inte visat. Jag var så självklar att du inte märkte när kärleken täcktes av mjöldagg.

– Gudrun, du är ingen spets som min tillvaro snurrar på. Jag har annat, det vet du. Men att ha dig som sval väninna känns trist. Jag förstår att inget hos oss längre är sammantvinnat, det är söndergnagt. Och då kan vi ju inte gå som två polerade främlingar i samma våning. Roligare kan man ha. Jag begär inte att få komma tillbaka.

Han märker på hennes fingrars grepp att hon har givit upp honom för andra verksamheter. Hon söker andra ytor än hans. Det liv hon lämnat kvar åt honom blir plötsligt urskiljbart som tavlors fyrkanter på en solblekt tapet: Där fanns vi – just där – ett porträtt och ett landskap av detta exakta format, ovanför ett golv där en tappad synål föstes ner mellan bräderna.

Prydlig, saklig, lågmäld är hon, civilekonom, omtalad yrkeskvinna. Han har sett henne ta på sig och ta av sig morgon och kväll genom åren. Han försöker föreställa sig hennes kropp pressad mot en trädstam eller utsträckt i ett bilsäte, infogad i en främmande man, med jämmer, andetag och ord han inte skulle känna igen. Det är svårt.

Har hon ett hemligt liv och hundratals outtalade tankar? Kanske har alla det. Men just hon som förnekar det flyr ur deras gemensamma landskap och gör sig oförklarligt frånvarande. Ändå har hon inte förmått säga vad det är han kan ge henne och vem hon ville att han vore.

Delar av henne är mörklagda, hon vägrar varje inblick. Lyste han på henne från en hemlig vinkel, finge han kanske se ett vilddjur.

Han betraktar Gudrun som verkar plågad, oroad, dock segrande. Han kan inte längre tolka hennes ansikte. Mellan självömkan och insikt går gränsen i en ojämn zigzagsöm. Hon nickar och försvinner mot tunnelbanan vid Hantverkargatan, det är ett av deras avsked, ett av många. Han känner sig på en gång besviken och otålig. Nu kommer det att dröja tills de åter talar med varann.

Han minns den olivfärgade dräkten som de köpte ihop och som han så lätt kom under; den var någonstans i Latinamerika nu, samvetsgrant kemtvättad för en insamling. Och pläden i gulgröna ängsfärger som täckte henne då hon pluggade företagsekonomi hade styckats till kofta åt hennes systers tax. Tiden har slitit i dessa textilier. Det är länge sen: så många befattningar, resor, uppdrag skiljer då och nu.

Det förflutna löper som en sond genom blodet. Någonstans inom honom dyker det upp hur han än vänder sig. Längtan lämnar små ärr som efter vattkoppor: riv inte på dem! Saknaden följer honom likt en efterhängsen katt; han vill schasa bort den men vet inte hur.

Har allt vi gör en motpol vi flyr ifrån? Han ser sin tillvaro som ett flyttlass i sakta rörelse, dess topp synlig från första våningen där han dröjer kvar. Han måste rusa efter det och låtsas styra

397

det.

Kungsholmen står avlövad i förvinterns tidiga skymning. Skuggorna ligger stilla på marken som mörka häften. Rönnbären vid kyrkstaketet lyser röda i gråvädret: solflisor som blivit kvar.

Han vill hitta sitt lättsinne, slunga sig upp i ett luftlager där han kan röra sig fritt, utan skyddsnät, i ett dallrande högtryck.

Världen är en springa som vidgas och djupnar under långsam utforskning. Världen är en väntan som klingar av ljus. Och som ljuset växer inuti skuggan och andas mot dess kanter, så makar lusten döden en aning åt sidan. Och glipor öppnar sig då och vatten blänker i skrevorna.

6

Johan Fredrik blir en dag så utled på sin skrivmaskins armégråa uppsyn att han tar med sig en burk rött billack och förvandlar den till en lysande modern tingest som verkar lova alldeles nya texter. Utrikesministern är inte sen att lägga märke till det:

– Jag ser det som en form av markering!

– Det är jag knappast själv på det klara med.

– Du har innerst en böjelse för våldsamma lösningar. Det är inte ovanligt i diplomatin där så många känslor måste undertryckas. Men jag varnar för alla kanaler utom de sedvanliga, de beprövade.

– Jag ber! Rött är en sjuttonhundratalsfärg.

– Din skrivmaskin ser ut som en söndertuggad karamell. Jag är inte tilltalad av den. Lycklig resa för resten! Det börjar bli dags.

Före avfärden är han inne hos statsministern som serverar kaffe ur plastmugg med finska pinnar. Rikets styresman har en inträngande blick och en osannolik förmåga att fånga upp strörepliker och använda sig av dem. Han berättar anekdoter från statsbesök och minnen från värnplikten. Han visar hiskliga gåvor från presidenter och premiärministrar; de mest praktiska har han skänkt till folkhögskolor, men en samling skulpturer ska efter någon karenstid hamna i ett skräckkabinett på Gröna Lund.

Statsministern älskar sitt arbete och skulle säkert gärna inneha det på livstid; ändå verkar han inte hungra efter makt. Han betraktar Johan Fredrik nyfiket som hade han aldrig sett en människa med det utseendet och frågar ut honom snabbt som en journalist. Ett av hans knep är att låtsas mindre begåvad än han är, vilket ändå är mycket begåvad. En rad kråkfötter under ögonen förråder hans ansträngande livsföring, men han verkar laddad med energi och rör sig vigt som ett lodjur mellan askhögar av glömda beslut.

– Har du någon anledning att fara just till Kamerun?

Statsministern har en vana att vidga näsborrarna som om han ville vädra sig till något motstånd. Johan Fredrik finner det inte lönt att nämna Wilhelm Knutson.

– Nej, ingen annan än turisternas alltid giltiga skäl: jag har aldrig varit där.

– Vore det lämpligt för Sverige att markera ett intresse på något område?

– Förmodligen inte.

– Nej, de franska preferenstullarna hindrar oss. Nå, jag ska inte förgifta dig med goda råd. Kamerun har jag aldrig satt min fot i. Här har du en rekommendation på två språk. Använd den sparsamt eller göm den! De flesta kommer att betrakta den som förfalskad och sätta dig i finkan.

Statsministerns tankar och fantasier löper i dubbla kanaler. Johan Fredrik har märkt det förr. I hans hjärna blinkar den trekantiga signalen som påminner om att det finns ett annat program än det han just spelar upp.

När han får den inåtvända blicken hos en rymdfarare, sväljer Johan Fredrik hastigt en finsk pinne och tar avsked, oformellt, som om de snart skulle råkas igen.

Åter inne på sitt rum ringer han till Gustaf Wallin för att höra om fotografen har kommit tillbaka.

– Inte! Han är nog någonstans i Siebengebirge.

– Och hans fru?

– Den dag han hör av sig blir hon orolig på allvar.

Vilka bör han själv höra av sig till? Mona Livijn, Kerstin på Ingemarsgatan... nej, låt dem leva sina liv, hans uppgift är att inte blanda sig i.

Han lutar sig bakåt i sin stol med händerna om nacken, en ställning för tankar som lätt går över i dröm och slummer. Han ska resa bort från Sverige och ser framför sig slagskeppet med samma namn; han ägde henne i modell från Eskader på Gumshornsgatan. Nu är hon rostig, urmodig, stationär, dock väl nitad under vattenlinjen, ännu ej omdöpt, ännu inte såld till främmande makt. Hon gnisslar i riggen, kränger i östersjöstormen, längtar efter torrdocka, översyn och reparation; men hon håller ihop.

Den som väcker honom är vakten som ringer och meddelar att en kvinna söker honom.

– Har hon avtalat tid med min sekreterare? frågar Johan Fredrik myndigt.

Nej, det finns ingen överenskommelse om sammanträffande, upprepar vakten hennes ord. Hon hoppas du vill lyssna på henne i en fråga.

Två minuter senare är det Ellen Mörk som kommer in genom dörren, fast det är som om hon trätt in från en hemlig lucka i tapeten, med ett ansikte som är honom främmande och samtidigt förtroligt.

Hon är åter hemma. Ett par dagar senare far han själv. Det är alltsammans bestämt. Det är början till en obeveklig kronologi.

Hon ser på honom först utan att säga något. Vore hon mer besvärad, skulle hon försöka fylla ut tystnaden. Hennes panna rynkas av förvåning – som ett barns i födelseögonblicket, tänker han och blir sittande.

– Du har varit borta! utbrister han utan omsvep. Jag sökte dig, jag ringde till ditt arbete...

Hans tonfall vacklar: upplysande, förebrående, vädjande. Ett mörkt ljus över hennes ansikte.

– Så du visste? Ett par veckor i Italien med min dotter – det var planerat, långt i förväg. Jag har tittat på miljöer där Olga Törner vistades. Det har att göra med Wilhelm Knutson, indirekt, de kände inte varann då.

– Jag vet ännu inte mycket om det där.

– Deras förbindelse hörde inte till de vanliga. Jag har fått lust att tränga in i den.

– I övermorgon reser jag till Kamerun. För Knutsons skull.

– Det är märkvärdigt. Och just nu!

Det är om Wilhelm Knutson de talar, inte om varandra – och varför skulle de göra det? Han tar sig över pannan som om den inte bjuder något skydd mot hans tankar. Han böjer på huvudet som för att slippa se det han måste se.

Ellen Mörk frågar:

– Finns det många som du?

– Det finns bara en kabinettssekreterare.

– Och ingen annan som forskar i Wilhelm Knutson?

– Utom du.

– Du kanske kommer att förstå vem han var genom hans omgivning, säger Ellen. Jag tror att Olga sörjde över att hon inte mötte honom vid en annan tidpunkt i livet, under andra omständigheter.

Hon står som om hon kommit för att tala om något annat: en myntreform, en skärpning av tullavgifterna... Hon har en naturgrå regnkappa med smala axelklaffar, den verkar gjord av impregnerat linnetyg. Han betraktar henne uppmärksamt. Hon är ingen hägring, ingen tillfällighet, hon existerar utanför honom själv.

Som en frossbrytning kommer det över honom att han inte får förlora henne ur sikte. Han blir rädd på ett sätt han inte känner igen. Ty han är ovan vid rädsla; som barn var han ofta skrämd, men sedan lärde han sig att paketera rädslan, stuva undan den, för att hinna ha roligt innan den stund kom då han måste ta fram den.

Nu är han förfärad. Men han kan inte hålla fast henne. Hans händer är till ingen nytta. Bara blickarna mellan dem säger något han knappt vågar tolka. De säger också att det är för tidigt att tala. Och han vet att andras röster ska lägga sig över hennes stämma, andra bilder fördunkla hennes ansiktes linjer. Han spjärnar emot, han pressar den romerska broschen mellan fingrarna långt nere i fickan.

Svindel och leklust, hunger och blyghet som han inte vet hur han ska hantera. Och en plågsam lycka som får honom att till hälften vända ryggen mot Ellen och se ut genom fönstret och sedan bort mot utrikesministerns dubbla dörrar som om han önskade att denne skulle träda in, få syn på dem och intyga deras verklighet.

Hon är en okänd och ogripbar mångfald, hon frågar om Hillevi, hon talar om en konstnärinna i Klara. Och varje vinkel och geometrisk figur i hans rum håller på att bilda bokstäverna i hennes namn.

– Kamerun? Är det inte riskfyllt att fara dit? Det finns väl andra platser där man också kan leta efter Knutson. Alla hans processer som Olga talade om...

Hon uttrycker sig som guvernören i Quantock hills, tänker han, men utan dennes erfarenhet.

– Arbetsdagen är snart slut. Hur vore det med en middag på Cattelin?

Hon tittar på klockan och skakar energiskt på huvudet.

– Tyvärr, säger hon. En annan gång.

Sedan frågar hon:

– Har du en adress? Ifall jag skulle hitta något i Olgas ateljé.

– Poste restante, Douala. Jag håller mig på rörlig fot till en början. Utrikesministern har gett mig en sabbatstermin. Men jag vet inte hur länge jag blir borta.

Bakom sina torra ord känner han en djup undran. Inom sig hör han moderns förebråelser när han var barn och hade gjort något som upprört henne: "Jag förstår mig inte på dig! Vem är du egentligen!" Och hade han företagit sig något hon fann förmätet och opassande snarare än elakt och ouppfostrat, så sade hon: "Vem tror du egentligen att du är?"

Johan Fredrik upptäcker att han är beredd, om Ellen så vill, att visa henne den solblekta kvadraten på väggen och tala om vad den har föreställt.

Men då är hon redan borta. Han stiger fram till fönstret och pressar pannan mot det kalla glaset. Han ser henne komma ut genom porten och försvinna runt hörnet mot Fredsgatan.

Tullmannen skriver sina otydbara tecken på bagaget som han

inte brytt sig om att öppna: Klarerat, genomsett. Det klottrar nu Johan Fredrik Victorin på Ellen Mörk utan att hon märker det: klartecken för något okänt.

7

Från en utställning i Stockholm minns Johan Fredrik en engelsk konstnär. Denne bad sina gäster att med förbundna ögon kasta pil på en världskarta. Där pilen landade, dit for han för att utforska en enda kvadratmeter och ta till vara vad den innehöll: rötter, hjulspår, en plogfåra, örter, fotsteg av djur, gatstenar, sopor... Han lade en ruta över marken. Slumpen laddade hans fynd. Han såg aldrig åt sidan.

Trycket av ett finger mot en handled kan dessa tavlor inte ta till vara, bara jordens egna vindlingar, verk och skrymslen. Hamnade pilen i djuphaven, fick den vakta över en dröm. Men till varje annan punkt blev förr eller senare en expedition möjlig. Ställena markerades med tecken: knappnålar på levandets karta.

Johan Fredrik tycker att han har kastat pil och den har träffat Kamerun. Så måste han dit. Men det är mer invecklat än så. Han tycker att Ellen Mörk har kastat en pil och den har träffat honom. Men om hon tänker gå i pilens riktning kan han inte veta.

Själv går han dagen före sin avfärd upp till Hillevi på Norrtullsgatan. Hon blir inte upprörd då han berättar att han är på väg till Kamerun. De vistas i olika sfärer, han är kabinettssekreterare, i hennes ögon kan han företa sig vad som helst.

Hon frågar ingenting, hon är diskret. Hon har ett fint råttansikte, det tycks honom smalare för var gång de ses. Mycket som är ömtåligt och svårutsägligt visar hon honom inte, det finns väl gömt under madrassen i det vita rummet mot gården där hon bor.

Men hon öppnar dörren till en garderob, och där är papegojans bur med den nötta träpinnen. Den ironiska grå dörrvakten, vars rop hördes in i matsal och salong; akustiken var god. Han minns rösten, men fågeln själv är borta.

Knutson är borta. Johan Fredrik har låtit förstora ett foto av honom för att komma honom närmare, men det blev bara overkligare, dimmigare; till och med pupillen upplöstes i flera små pupiller.

De flesta lever, likt fotografier, inom sina ramar och vet inte vad som väntar dem: en ska bli nittio, en ska dö i lungcancer, en kommer att utvandra. Några råkar inte ut för något alls, ty de räknar inte med händelser utan tar allting för givet.

Men Knutson höll sig aldrig inom ramen. Ingen kvadratmeter jord bevarar hans avtryck.

Om man i en annan människa känner igen sig själv, kan man kanske komma henne närmare än man kan komma sig själv.

Johan Fredrik har alltid inbillat sig att han inte har nått fram till sitt verkliga liv. Det väntar en bit längre bort, färdigt att träda ut ur kulisserna. Därför har han i sina förehavanden sällan lagt manken till, aldrig gett sitt yttersta: det skulle komma senare.

För feghet och undanflykt förebrår han sig och för att aldrig ha satsat stort. Vad han sysslat med är oansvariga lekar på vägen till det tunga allvar som skulle kräva och begära allt av honom.

Han tänker sig att han småningom måste ut på en betydelsefull och mödosam expedition. Dock inte än, inte än. Han skjuter halvt omedvetet men oförtrutet upp den, ty den hotar honom med något fullbordat och avslutat som han inte känner sig mogen för och inte tycker sig orka och våga.

Han fruktar att bli vuxen och mätt, vilka belöningar det än för med sig. Han älskar det ofärdiga, han vill vara kvar i uppväxtåren. Därigenom beter han sig som hade han ett extra liv till godo. Det vet han att han inte har, han som inte ens tror på ett liv i Gud.

I praktiken – det. märker han – faller han ofta undan, av tankspriddhet, lättja eller bristande övertygelse. Han antar inte de svåra utmaningarna, han är ingen duellant. Han dröjer kvar i en förgård till livet.

Dock gäller det inte kärleken. Den har bjudit ett gömsle inne i grottan, den tvingar honom obarmhärtigt ut på klippavsatsen. Den är drömmande lätthet och påhitt, men också en verklighet han har bärgat. Den finns: ljuskällan i en mörk spegel.

I åtråns och kärlekens otidsenliga zon har något satt ner honom utan att fråga efter hans vilja, och där är tiden en närvaros beständiga upprepning och klimatet en invärtes hetta, och dess karta rymmer orter, som ej hittas i geografens index, och vandringsleder, landningsbanor och namnlösa ytor som ej kan siktas genom en lantmätares kikare.

Och där finns en lycka som ens instinkt värjer sig emot, och en ödmjukhet inför det oerhörda. Och inga ivrigt hopsamlade fakta ger svar på en gåta lika undflyende som galaxerna.

Och all denna åtrå har lärt honom är att det alltid är en annan än han själv som uppenbarar hans frihet och stakar ut dess gränser.

Nu lär han sig det på nytt av Wilhelm Knutson som ger honom nycklar till en annan erfarenhet än kärlekens. Nu kallar på honom berget i Kamerun; och den grå papegojan ropar, spefullt, entonigt, tålmodigt.

Och broschen från romarnas gravar i Quantock hills kramar han i handen, med tummen smeker han täljstenens mjuka kvinnoansikte, så det ska framträda tydligare – eller utplånas.

Så berättar Hillevi på sitt plötsliga vis hur Amanda Knutson de sista åren förlorade minnet. Hon måste påminnas om att borsta tänderna eller ta på sig skorna. Hon släpptes inte ut i köket, sedan hon lämnat gaskranen öppen utan att tända. Wilhelm har ringt, kunde hon meddela sin man utan att känna igen honom. Eller: Nu vill jag fara ut till Karlsudd och städa huset. Pappa säger vi ska sluta köpa spansk sherry. Och det var något som låg femtio år tillbaka. Det var vid sådana tillfällen som Knutson sökte upp Olga Törner i hennes ateljé.

– Grosshandlarn ville ha lingon till kött, påminner Hillevi lika oförmedlat. Fru Knutson och jag plockade lingon på Värmdön. Herr Lutander kom med några burkar från Gotland.

Vi hade hört att lingonen var nästan utrotade där, så vi trodde honon knappt.

Johan Fredrik ler. Också han var van att med lingonens hjälp svälja det sega köttet i sin barndom.

– Jag far nu, säger han igen och rör sig mot dörren som om friheten lurade där utanför.

– Det är säkert riktigt, svarar hon då.

– Jag tror det.

– Ja.

Han klappar henne på axeln, hon luktar lavendelvatten, och hon ler försiktigt. Det är tyst i hallen, inga varnande skrik i riktning mot säkerhetskedjan.

Han förnimmer en lätt smärta – som om han höll på att skruvas isär som en docka. Han låtsas stark inför Hillevi, men han är bräcklig, hans mungipor är spända, han vet inte om hon märker det.

– Ja visst, nu minns jag, säger hon medan han sätter på sig rocken. Johan Fredrik har ju läst testamentet. Här är ett annat brev. Det borde väl ha legat intill grosshandlarns memoarer som Johan Fredrik fick tidigare.

Han griper det påbörjade, oavsända brevet som till hans förvåning är riktat till honom själv och skrivet på ett gulaktigt vattenstämplat ark från Kurhaus i Scheveningen:

"Om jag kunde iaktta dig öppna detta paket med papper som jag adresserar till dig... Jag skulle vilja se om något plötsligt fångar ditt intresse, medan du bläddrar en smula ouppmärksamt genom dessa sidor. Jag skulle önska att du ryckte till som om du hittade något som hade att göra med ditt eget liv.

Jag föreställer mig att du blir förvånad, om du inte rentav har glömt mitt namn efter alla dessa år. Jag har bara förekommit i någon enstaka jultidningsintervju. Inom släkten har vi aldrig hållit ihop.

Åtminstone kommer du att fråga dig själv: Varför just jag?

Jag är en mycket gammal man. Tiden är en börda jag snart kastar av. Det här är en simpel flaskpost utslängd i den framtid där du har en del. Jag slår upp ditt namn i telefonkatalogen, så långt har vi kommit från varandra, fast vi bor i samma stad.

När jag läser vad jag har skrivit, minns du kanske vår långa frukost här i köket då jag berättade för dig om Sjöryd och Afrika.

Det finns annat jag kunde ha nämnt, om du inte hade varit liten och oerfaren då och jag var osäker på vad du skulle föra vidare till dina föräldrar som förvisso med tvekan hade överlämnat dig i förvar hos mig.

Jag skulle vilja se dina händer när de börjar bläddra i mina minnen... De är klumpigt skrivna, jag är inte beläst i det litterära. Men jag har stegat upp en bit av Afrika.

Och jag har levt nära ett ljus: ekvatorssolens bländning och vulkanens flammor och flimret under akaciorna när törnfåglarna gnistrar och havets svala genomskinlighet under en urblekt himmel.

Och jag har levt nära dem som under årtusenden har svartnat av allt detta ljus, människor som vid mötet med vår kultur har förödmjukats och förnedrats och blivit till skuggor som lutar sig mot varandra.

Det är detta jag vill berätta om, ljuset och det påtvingade mörkret... Det är mina livstecken. Men jag vet inte om du..."

Efterskrift

Var och en som har lärt känna några kabinettssekreterare vid UD kan lätt konstatera att ingen av dem liknar min huvudfigur.

Eldens skugga är första delen av en planerad trilogi, vars övriga volymer bär arbetsnamnen *Bergets källa* och *Ljusets hjärta*.

PW